あ・じゃ・ぱ！ん 上

矢作俊彦

角川文庫
15995

アテンション・プリーズ。このフィクションは小説です。あらゆる物語はロマンスなので、登場する団体名、会社名、及び個人名と現実のそれらとは一切関係がないなどと誰に断ずる権利があるでしょう。

『共産主義を地上から掃討したのは、人間の中の善なるものの力である（うふふ）』
――ヨハネ・パウロ二世

第一部

と、いったようなこと全部が、初手《はな》から旨《うま》くすすんでいったわけでは決してなかった。

1

私は長い長い失業期間からやっと脱けだし、ニューヨーク州ニューヨークで、西日本の、とある放送局の現地レポーターに雇われたばかりだった。給料はよかった。車も買い換えたばかりだった。マンハッタンのど真ん中に、七十畳ほどの、狭いけれど快適なアパートも貸与されていた。(畳というのは東西問わず、日本古来の広さの基準だ。彼らは、縦六フィート横三フィートのタタミマットをもって、広さばかりかあらゆることを推しはかろうとする)

ところで、こうしたアパートは、ドクシンリョウと呼ばれている。たいていの優良企業が不動産部門を持っている西日本社会では、会社が社員の家賃を肩代わりしたり、給料に上乗せするのではなく、こうして直接いくつもの住宅を、——国内にあっては住宅の供給ばかりか、あらゆる公共サーヴィスを——保有し運用している。

名古屋の近くにあるトヨタ市が、その成功の一大ページェントだ。

市名が示すとおりトヨタでは、世界最大の自動車会社が上下水道からガス、電気、郵便、電話、義務教育、消防、警察、選挙管理に至るまで、政府に代わって一手に引き受けている。

いや、まったく本当に。

西日本人はワーカホリックだ、西日本企業は労働者を酷使する、個人生活に土足で踏み入る、などなど、世評に高い。しかし、さにあらず。

私の当時のボスは生粋の西日本人だったが、そもそもアメリカ人、ことに私のような黒人は、怠け者でアッパラパのパーで権利意識ばかりが強く、下手にそこらを刺激したら、告訴され、西日本叩《たた》きにまたぞろひとつ恰好《かっこう》の口実を与えることになるのではないかとびくびくしていたので、仕事はけっして過酷ではなかった。

顔を合わすたび、よく尋ねられたものだ。こんなふうに。

「どないや、切のうないか。しんどいことあらへんか？　気いついたら、何でも言うてや」

むしろ休暇をきちんととるように、再三にわたって懇願された。

「辛《つら》いんや。わてかて辛いんや。あんたはんが休んでくれんとなあ。——バハマなんかええんとちゃうか？　ホテルの優待券があるんやけど、よかったら使こてんか。うちのケーレッツがやっとんのや」

こうした次第で、CNNから代理人をとおして最初の誘いを受けたときも、西日本以外の世界では、ぴか一に多忙を極めているこの国で、最も多忙、ときには危険を極めるあした職場へ移るなど、この私にはもってのほか。直接CNN本社から転職を勧めるメールが届いたあとになっても、なお、こいつは絶対、断ろうと決意していた。しかし、——

待てよ。断るためになら、連中に会いに行ってもいいのではないか、と考え直した。

頭の中で、ぱちんと電灯がともったのだ。CNNの本社は、バトンルージュのグランプス大通り十一番地にある。聞くところでは、バトンルージュで一番大きなビルを持ち、街の六割の雇用を提供している。言わずと知れたルイジアナ州のバトンルージュ——州都にフランス語をぬけぬけ持ちこむなど、他のどこで可能だろう。

ルイジアナ！

バンジョーの音色とガンボの匂いが私を手招きした。

送られてきたエア・チケットはもちろん往復、招待の主は国際報道担当の副社長本人だった。

その好意を疑う理由はどこにもなかった。

ルイジアナ！

ゴスペルとザリガニの塩茹《ゆ》でが私をそそのかした。

と、言うのは他でもない、二十年ほど前に死んだ父が、その土地を、土地にまつわるすべてを、——ジャンバラヤを、ディキシーランド・ジャズを、ルイス＝クラーク探検隊を、あれやこれやを、——蛇や蠍《さそり》のごとく（これは日本語の言い回しだ）嫌っていたからだった。

何ということだろう。

三十代も半ばを過ぎるころから、私は、父が嫌っていたことをふいにしてしまうという妙な衝動に悩まされていた。父が私に遺《のこ》した禁忌を、片っ端から破ってやりたいという衝動、——それは年々歳々強くなり、最近では筋金入り、めっきり磨きがかかり、ときおり自分自身でも抑えきれないものになっていた。

たとえば三年前、私はシトロウエンのＤＳ21を買ってしまった。（父はそれを蛙野郎が作ったゼンマイ仕掛けの蛙と呼んでいた）ギリシャ人のくしゃみを聞くために、マンハッタン中のギリシャ人バーを丸一晩、巡り歩いたこともある。（それは父が言うとおり『アブシュルド！』と聞こえた。父がなぜそんな言葉を知っており、なぜギリシャ人に鼻先でくしゃみをされると一時的なインポテントになるなどと信じていたのか、私は知らないが）去年は〝ブルックス・

ブラザーズ〟で買った真っ赤なブレザーコートに純金の特注ボタンをつけてパークサイド・イーストのクリスマス・パーティーを荒らして回った。(これこそ、父が忌ま忌ましく思っていたことの集大成だった)まあ、その他いろいろ、ついついやってしまうのだった。

フロイト的カニバリズムのなせる業?

とんでももハップン! (これは日本語と英語の幸福な結婚だ。意味は、――目で見たまんま)それなら話は本末転倒。たとえ何だろうと、人は消化不良を唯一の目的に、飲んだり食ったりはしない。

父は、ありとあらゆるものを嫌っていたので、この衝動は私にとって相当高くついた。

その父が、常々、

『ルイジアナなんて、お前、アメリカ人の行くところじゃねぇよ。あんなところへ行くのは、ヒトラーかユダヤ人だけだ』と、言っていたのだ。

しかし、それだから彼が、『目覚めた黒人』だったなどと思わないでいただきたい。若き日、南部の旦那《だんな》衆にどうにかかされた過去があったわけでもない。むしろその逆、彼は〝風と共に去りぬ〟を結構気に入っていたし、キング牧師の名前さえとんとご存知ないような男だった。

一九七二年四月、マーティン・ルーサー・キングが遅ればせながらノーベル平和賞を受賞した夜も、(父はボルティモアの陸軍記念病院に運ばれるのを今や遅しと待ち受ける重病人だったのだが)酸素テントの中、サボテンのように青くぶよぶよとふくらんだ顔をブラウン管に光らせ、私に聞いたものだ。

『なんでこの野郎はアッカンベーなんて日本語を知ってるんだ』

そのときTVのキング牧師はこんなふうに言っていた。

『アガペは弱い受け身の愛ではない。アガペは共同体を維持し創造しようとする愛である』うんぬん。

実際、父はモハメド・アリを死ぬまでカシアス・クレイと呼び、非国民と罵《ののし》り、ジョン・フィッツジェラルド・ケネディを、彼が民主党員でカソリック教徒で、しかも『勝てる戦争を、勝つ前にやめようとした』という理由から、蛇や蝎のごとく嫌っていた。

勝てる戦争とは、もちろんヴェトナム戦争のことだ。

一九六八年、JFKが、次期大統領候補に指名されたばかりの弟もろとも、アトランティック・シティで爆死しなければ、そして彼のもくろみどおりホワイトハウスの鍵《かぎ》をすんなり弟の手に譲り渡せたなら、父の言うとおりの結末になっただろう。JFKの頭の中には、就任以来ずっと、インドシナ半島からの名誉ある撤退しかなかった。それができたかどうかは別にして、戦争がその後、五年も続くことはなかったろう。まかり間違っても、ハノイに核攻撃を加えるようなことだけはなかったと、――これはもう、通説になっている。

通説に従おう。通説に従うところからはじめるのが、私たちの仕事だ。ことに、通説が教科書と異なっている場合は。

今、気がついたことだが、父は自分が黒人だと思っていなかったのかもしれない。

では、何だと思っていたのか？

もちろん、ちょっと色の黒い日本人、と。

父は、目に止まる事どもことごとく、やたらめったら嫌っていた。好いていたのは、軍隊とハナコさん、それに日本だけだった。

と、いったようなことが次々と起こった挙句、つまり生まれて生きて数えるのがそろそろ億劫《おっくう》になってくるほどの年月の果て、私は休暇をとって、ルイジアナ州バトンルージュに出かけた。

当時のボスは大変喜んだ。ニューオルリンズにケーレッツのゴルフ場がないことを、まるで自分の責任のように残念がってくれるほど。

『堪忍やで。夏の休みは悪いようにせえへんよってになあ』と。

だから、私はどこにも寄り道をせず、空港からグランプス大通りのCNNの本社へ直行した。

そのことを、もし彼が知ったなら眉間《みけん》に皺《しわ》をよせてこう言ったろう。

『働き過っぎや。ようないで。ようない傾向やで。労使はもっと協調せなあかん』

2

ＣＮＮの国際報道担当副社長は、アンナ・ハルゼイという名の大きな体の中年女だった。背も私より高く、尻《しり》と胸はそれぞれ私の頭、七つ分ほど、口の端には不快な皺と金色の髭《ひげ》があった。

その彼女が私の顔を見るなり、赤い髪をかきあげ、睫毛《まつげ》をぱたつかせて言ったものだ。

「男が欲しいのよ」

私は、思わずあたりを見回した。

彼女のオフィスは三十九階にあった。どこからどこまで黒い御影石《みかげいし》に覆われ、背にした窓からは空しか見えなかった。バトンルージュにはそれより背の高い建築物は存在しないのだ。

「本当よ」

アンナ・ハルゼイは、真っ黒で真鍮《しんちゅう》の飾りがある日本の仏壇みたいなデスクの向こう側で、引き出しにかがみこんだ。「趣味のいい日本人が心を許すほど礼儀正しくて、ロシアの戦車に爪先を轢《ひ》かれてもマイクを手離さないようなタフな男が必要なの」

「無理だな」と、私。

「そんな注文は、クラノスケ・オオイシとコウズケノスケ・キラーに二人羽織《ダブルコート》、をやらせるようなもんだ」

二人羽織は、二人で一着のオーヴァーを着てみせる日本の古典芸能だ。

もちろん彼女に通じるわけがない。

アンナはあやふやに短く笑って、引き出しの中で手を動かした。

造りつけの棚のなかで、巨大なTV画面に灯がともった。薄っぺらいプラズマシステムのTVだった。バラックの土産物屋が建ち並ぶ鉄道フェリーの桟橋を背にして、マイクを握った男が、口をぱくぱくさせていた。《釜山《プサン》から生中継》というテロップが右隅に瞬いた。

「煙草を吸ってもいいかしら」

彼女は別の引き出しからカルティエのシガレットケースを取り出し、私に振って見せた。

私が肩を竦《すく》めると、「よかった」と微笑んで、長いホルダーにマルボロを差し込み、火を点けた。

「禁酒法しかり、中立法しかり、イーゴリー法しかり。まったく！　――」と、彼女は嘆き、天に唾《つば》するといった仕種《しぐさ》で両腕を広げた。

イーゴリー法とは、例の悪名高き人種間機会均衡法《イコール・ライツ・アクト》のことだ。しかし今では、こんな名前で呼ぶ者は滅多にいない。当のイーゴリー上院議員が、インド人婦人とアフリカ系アメリカ人婦人の就労機会の拡充に尽力した挙句、腎力《じんりょく》を使い果たし、LAのとあるクラブの木馬の上でハイヒールを銜《くわ》えたまま頓死《とんし》して以来、賛成派も反対派も、良識ある者はイーゴリーのイの字も思い出したがらないのだ。

「ぼくが黒人だから選ばれたってことですね」

私は相手を柔らかく見つめて言った。そう、プロの手並みで見つめながら。

「わたしたちは、平等を前倒しして使い切っちゃったらしいからね」と、彼女は独りごちるよ

うに言い、

「でも、わたしは煙草のことを言ったのよ。例のクソ法案のことよ」

「一本貰《もら》えますか」

「もちろん、喜んで」

彼女は身を乗り出して、私に煙草を差し出すと、デスクの上で山をこしらえている書類や本や紙束を掻《か》き回しはじめた。ずいぶんと手間取った。何度か自分に舌打ちをくれるほど。やがて煙草から灰が落ちそうになり、ケータリング・サーヴィスの紙椀《かみわん》に残っていたガンボのつゆにそれを投げ込んだ。

ガンボとはこの地方特有の具入りスープのことだ。もともとは南仏名物、魚スープの成れの果てだが、蟹《かに》入りのミソ汁をぶっかけた日本の冷飯に大変よく似ている。なかなか旨《うま》いが、残念！　東日本ではいざ知らず、西では昔から『ネコメシ』と呼ばれ、まともな大人は決して口にしない。すっかり豊かになった今の西日本では、猫はおろかゴキブリだって、そんなもの跨《また》いで通るだろう。（これは日本の慣用句だ）

ガンボもネコメシも、しかし私はいたって目がない。本当、弱ったことに。

やがて、アンナ・ハルゼイは捜し物を諦《あきら》めた。また別の引き出しを開けて、

「アンナに灰皿を持ってきてちょうだい」と、引き出しに囁《ささや》いた。

電子音をたてて特殊ガラスのドアが開き、だいぶ誇張された英国仕立てのスーツをデヴィッド・ボウイよろしく着こなした金髪の青年が入ってきた。

彼は、恐ろしく気取った物腰でアンナの前の紙の山を切り崩し、うやうやしく灰皿を置くと、

自分の耳たぶをいじりながら私に流し目をくれて出ていった。

「赤くなってたわ」彼女がおかしくもないといった調子で言った。

「ピンカートンの雇用レポートで、あんたの写真を見たときからそわそわしてたのよ」

「ああいうのを秘書にするのが流行ですか」

「普通《ストレート》の男だと面倒でしょう。肩を叩《たた》いただけでセクシャル・ハラスメントだなんて訴えられたらたまらないじゃない」

言うと、彼女はいきなり立ち上がり、腰に手を当てて、下唇をぐいと突き出し、

「そうよ。みんな、そう！　――イーゴリー法のおかげよ。禁煙法案だってその延長よ。少数者の権利ですって?!　煙草を吸う人間も、生まれながらに女でいる人間も、絶対多数者だっていうのに。その権利はどうしてくれるのよ！」

その法律の第一条は高らかにこううたっている。

『民族的または民俗的または身体的または性的または性的実践上の、社会的または社会的実践上の、または社会的出自上の、とどのつまりは受苦する存在としてのありとあらゆる少数者へのおおよそすべての差別の撤廃』と。

施行されてから早三年、まさかイーゴリー上院議員も、共産主義者やＫＫＫの団員、はてはネオナチ党のテロリストまでが、当の法律違反で地域の民生委員を訴える日が来るなどとは夢々思わなかったろう。提訴の理由は、もちろん、

『社会的実践上の少数者への差別迫害』

「全く！　永遠のとっちゃん坊やだよ、この国は」と、彼女は言い、また天に唾する真似をし

た。

「そして、困ったことに、それがこの国の活力でもあるのよ」

「そうなんですか」

「大恐慌の直後にニューディールだなんて、他の誰が考える？　いいえ、考えたとしても実行しやしないわ。小僧のイマジネーションと実行力！　ヨーロッパに対しても、かつてのソ連に対しても、まさにそれこそがアドヴァンテージだったのよ」

「禁煙法が、我が国の競争力になるって言うんですか」

「そんなこと、やってみなけりゃ判らないでしょう。何事も、やってみないことにははじまらないじゃないの」

「で、ぼくには何をやってみろと？」

彼女は指を一本立てて領《うなず》いた。爪には真珠色のマニキュアが塗ってあったが、指輪はひとつもしていなかった。その指で、引き出しのなかを突っついた。

「と、首都釜山では一般的に伝えられています」

TVが、いきなりしゃべり出した。

「これが、この国を、——いやこの国と、ああ違った。この国が置かれた現在の難しさを言い当ててるんではないでしょうか。CNNマイク・ジェンキンスが、高麗民国《サウスコーリア》、釜山からお伝えしました」

サウンド・ロゴ。回る地球儀。タイトル、《八十分間世界一周》。

そして後《あと》CM。

水玉模様のシルクハットを被《かぶ》ったマイケル・ジャクソンがくるりと一回転した。彼は笑いながら帽子を持ち上げ、カルピスは初恋の味、みんなでカルピスを飲もうと歌いだした。

「見た、今のスタンドアップ？」

アンナ・ハルゼイはモニターの音声レヴェルを下げ、

「ハーレクイン・ロマンスに出て来るニュースキャスターってところじゃなくって？　──東アジアには、あんなのばっかり！」大袈裟《おおげさ》に溜《た》め息《いき》をついた。

スタンドアップとは、現場を背にしたキャスターが、立ったままニュースを読むことだ。

「別にあんたが黒人だからって、来てもらったんじゃないのよ。キャリアがあって、日本語が出来て、タフな人間が必要だったの。日本支社は人手が足りなくって顎《あご》があがってるわ。どうしても日本でやってもらいたい仕事があるの」

「ぼくの日本語は西日本では役に立たないんですよ。ある程度なら向こうには通じるけれど、こっちはほとんど理解できない」

「あら、どうしてよ？」

「方言なんだ。もっとも、半世紀前まではこっちが標準語だった。しかし、大戦後、西日本が近畿《きんき》圏の方言を再編して標準語にしてしまったんで、今では、モスクワでもめったにしゃべる奴がいない。教授がえらいヘソ曲がりだったんですよ」

彼女は手許《てもと》の書類綴《つづ》りを引っかき回し、目を落とした。

「ナンタケット大学だったわね。先生は誰？」

「エドウィン・ライシャワー教授、──御存知ですか」

彼女は首を横に振り、溜め息より景気よく息を吐いた。

「だろうな。不遇な人だったから。——終戦直後、京都大学に三顧の礼をもって迎えられたのに、大阪の言葉が大嫌いでね、勝手に退官して、ずっと四国島《コーボーアイランド》松山の高校で教鞭《きょうべん》を執っていた」

彼の教室には、少なくとも私の在校期間、学生はひとりしかいなかった。もちろん、この私のことだ。

そのころ、私は、これほどまで日本語が世界に通用する日が来るなどとは思ってもいなかった。まして、その日本語の九十九パーセントが（少なくとも西側世界では）関西標準語であろうとは。

来る日も来る日も、私たちは二人きり、今となっては極東シベリア共和国の通商代表ぐらいにしか通用しない日本語で語り合ったものだ。猿飛佐助《さるとびさすけ》を、大石内蔵助《おおいしくらのすけ》を、机竜之助《つくえりゅうのすけ》を、本郷《ほんごう》義明《よしあき》を、宮崎滔天《みやざきとうてん》を、そしてあの法水麟太郎《のりみずりんたろう》を。

去るもの日々にうとうと。これは日本の諺《ことわざ》ではない。

「ちょっと待ってよ」

アンナが叫び、私を古き佳《よ》き日々から救いだした。

「昔の標準語なら、《壁》の東側では今も立派に通用するんじゃない。だったらよけい好都合なのよ」

言って、書類を数ページめくり、

「何だ。そうだったのか。ピンカートンはちゃんと考えて、あんたを推したんだ。——東日本の言葉がしゃべれるなんて、今まではいざ知らず、これからは大変な強みだわ」

「それはどうも」

「週給九百ドル。それがうちの規定なの。契約はとりあえず半年。——でもね」彼女は書類綴りを遠ざけ、目を細めた。

「今月のORCの指数だと、大阪では給料一ドルにつき四ドルがつくわ」

「四倍？　週給三千六百ドル！」私はびっくりして尋ねた。正直言って、このとき初めて心がぐらついた。

ORC＝オーガニゼーション・オブ・リサーチ・コンサルタンツは、世界へ赴任するビジネスマンのため、為替格差とはまた別の、様々な都市で一定のアメリカ的文化生活を維持するための一ドルの価値格差を指数にして提供している。もちろん無料ではない。無料の数字など我々の世界には何一つ存在していないのだ。

「だって、大阪では家賃が一平米百ドルもするのよ」彼女は怒り声で言った。

「フロッピー一枚分の土地が千ドル以上、スカッチが一杯十二ドル、玉葱《たまねぎ》が一個一ドル七十セント。いくら上積みしても、ニューヨークと同じ生活は維持できないね」

ぐらつきは、ぴたりと止まった。

「でも住居はこっちで持つし、ロンドンでは通らないような領収証が大阪でなら経理を通るわ」

彼女はぱたんと音を立てて書類綴りを閉じ、引き出しの中で忙しく指を動かしはじめた。光が瞬き、モニターからジェンキンス君が追いやられた。一度、サンドストームが吹き荒れ、カラーバーが出た。早送りのノイズが上下に流れ、いきなり紫に霞《かす》む山々が映し出された。ふっくら女性的な山並みだった。カメラは上空からそれを舐《な》め、はるかの空の下、ガスの中でときどきピカッと光る海に向かって進んでいった。

突然、山間《やまあい》を縫うようにしてつづく白っぽい帯が現れた。

自動車道路なら、もっとくねくねと山を上り下りしているはずだった。カメラがズームすると、帯はコンクリートの巨大な塀になり、濃い緑の景色を真っ二つに分かった。数百メートルごとに灯台のような監視哨《しょう》がそびえていた。カメラが上昇した。塀は山を越え谷を渡り、地平線に溶けるまでつづいていた。

「これが東西日本の《壁》？」私は尋ねた。

「そう、富士山のずっと北。空撮は貴重でしょう。在日米軍のヘリが撮ったのよ」

その空撮に、大阪城紀州御殿で会見する昭和天皇とマッカーサー元帥のスチールが、ゆっくりディゾルブした。音声はなかった。

次は、日本の深夜の街並みだった。商店はみなシャッターを閉ざし、ネオンも看板も灯を落としていた。明るいのは街灯と、アーケードの軒先にずらりとさがった提灯《ちょうちん》だけだった。

深夜も深夜、ウシミツ・タイムといった光景だったが、そのアーケードの下は人出でぎっしり埋め尽くされていた。群衆もそれを規制する警官も、場違いなほどの静けさをたたえ、じっと何かを待ち受けている。車道を仕切った安全柵《さく》のすぐ内側には筵《むしろ》が敷きつめられ、その上にきちんと正座している者もいる。

かつてライシャワー教授は、日本人が脚をきちんと畳んで坐《すわ》るのは、礼儀正しいからではなく、垂直にぱっと立ち上がって、すぐさま斬り合いをはじめることが出来るようにだと教えてくれた。

しかし、一分でもいいから正座をしてみたまえ。いったい、どうやったら動けるというのだ？

モニターの群衆も、そんな顔をしていた。いったい何をどうやれば？

やがて、ジェンキンス君が上手《かみて》からダークスーツ姿で現れ、キューを待って身構えた。

「天皇の柩《ひつぎ》を迎える京都市民は悲しみに打ちひしがれて、──」

彼は言い淀《よど》み、頭を掻《か》き、カメラに向かって、

「ごめん。もう一度ね」と、手を上げた。

アンナ・ハルゼイは、恐ろしい目付きでモニターを睨《にら》みつけていた。

「ぼくは体が凄《すご》く弱いんだ」

私は、その目を避けてそっと呟《つぶや》いた。

「見てくれ。身長は六フィートより五フィートに近い。体重は百四十ポンドに満たない。親父はスポーツで奨学金を狙わせようとしたが、学齢期以前にとんでもない心得違いだったことに気づかされたもんだ」

「だからどうしたの？　イラク領イランに行ってくれってんじゃないんだよ」彼女はぴしゃりと言った。モニターから目は離さなかった。

「あんたには、遊撃班になってほしいの。体は今より楽なはずよ。見なさい。これで、西も東も日本は一気に動き出すわ。東西ドイツの再統合以来、これ以上のニュースがあると思う？」

ジェンキンス君は、その間もしゃべり続けていた。

「昭和の終わりに立ち会い、万感胸につのるといったところなのでしょう」

「昭和の終わり?!　――これこそ日本の戦後の終わりだよ」アンナが吠《ほ》えた。

「東日本＝日本人民民主主義共和国が、あのミカドを公の場で戦犯って呼ばなくなって一年になるわ。人民に対する背任、残虐な戦争行為の指揮者、――少なくとも一昨年《おととし》まではロをきわめてそう罵《ののし》っていたのに」

彼女は立ち上がり、せわしなく煙草に火を点《つ》けて、火力発電所の煙突のように煙を吐きだした。「東のサインは出てるんだ。これで、西がそのサインを受け取れない理由なんかひとつもなくなったわけよ」

「そう、ひとつもありません!」ジェンキンス君が叫んだ。自分の声に、すっかり酔っていた。

モニター画面では、霊柩車《れいきゅうしゃ》に改造されたトヨタ・クルセダーV12が、デッドスローで商店街を通り過ぎるところだった。

「分断国家日本の一方の象徴、いや、すべての象徴が、今、二十世紀から立ち去っていくのです」彼は言った。

「皇居を出た葬列は、しずしずと京都市内を巡っていきます。烏丸《からすま》通から四条《しじょう》通へ、ここからはほぼ祇園《ぎおん》祭のパレードと同じコースです。京都市民に最期の別れをという要望があったと言われます。天皇家と京都市民の関係は、二千六百年以上に及ぶ、特殊で親密な、ある意味では家庭的なものなのです」

「千二百年だ」と、私。ついつい日本語で、

「鳴クヨウグイス平安京！」

アンナはモニターから目をちらりとも動かさず、知らぬがブッダを決めこんだ。

カメラが切り替わり、葬儀車両をほぼ正面から映しだした。

漆のようにただただ黒い霊柩車の両翼を、黒烏帽子《えぼし》に白い水干《すいかん》を着た男が二人、清めの松明《たいまつ》を翳《かざ》し、歩いていた。前後を固めた警備車両をのぞけば、ただそれだけの質素な行列だった。

四条河原町《しじょうかわらまち》の交差点にさしかかった。そこには、水で浸した青竹が敷きつめられていた。その上まで来ると、霊柩車のトヨタは止まり、男たちが車体に取りついて押した。竹が滑って、車はその場で九十度回転し、また走りだした。

「今のは、お引き回しというんです。あの車は自分で曲がってはならない。舵《かじ》は、たえず中立を保たなければならないきまりなんだ」私は言った。

カメラが俯《うつむ》いて、車道に敷き詰められた白砂を映しだした。河原町通は、どこまでも見渡すかぎりの白砂で、ライトに光り輝いていた。

「この白いのは何なのさ」

アンナ・ハルゼイが尋ねた。立ったまま私を見下ろしていた。

「清めの塩の代用だ。スモウレスラーが、自分の前に塩をまくでしょう。天皇本人だから、まくだけじゃ済まない。道路を覆いつくす」

「なんで、こんな真夜中にやるのかしら」

「浄暗《じょうあん》といって、神道では夜闇がすべてを清めると信じられてるんです」

「暗けりゃ何も見えないってことね。合理的だわ」彼女は笑ってうなずき、

「さすが、ピンカートンの見立てだわ。あんた以外にいないわよ。さあ、日本に行きなさい。行って、特丸つきの男からインタヴューを取ってきてもらいたいの」

「国際政治なんてぼくの分野じゃない」と、私は言った。

モニターは、昼の京都市内の様子を、カットバックで紹介しはじめた。

何人かの日本人が、ジェンキンス君とは別の誰かのインタヴューに答えていた。老いも若きも、彼らは天皇のことを『天子はん』と親しげに呼んだ。

喪服の者もいた。でなくとも黒っぽい服が多かった。何人かは、喪章をしていた。

カットが変わり、ケンタッキーフライドチキンのサンダース人形が映し出された。彼もまた、喪章をつけていた。ジェンキンス君が、日本人は律儀だとナレーションを入れた。

喪章をつけるのは仏教の葬儀に限られる。神道とは相容《あいい》れない。私はジェンキンス君が、やはり腕に黒い腕章を捲《ま》いていたことを思い出し、神に祈った。

いったい、どの神に？　いやはや。

また、カットが変わった。

「見てちょうだい。これを見せたかったの」

モニターは、皇居蛤《はまぐり》御門に仮設された白とブルーの縞《しま》柄テントと、そこへ弔問記帳に集まった老若男女の長い幾筋もの列を映し出していた。

引き出しの中で、カチンと音がして、モニターの映像が動きを止めた。

「ここよ。よく見てて」

色彩がトーンダウンした。シリコン・チップに記憶させた一枚画に切り替わったのだ。絵の中にカーソルが現れ、凍りついている弔問客の顔を撫《な》でて回り、やがて一点で止まった。

紋付き袴《はかま》にソフト帽を被《かぶ》った老人だった。こんな姿の日本人には、いまどき、ユニバーサル・スタジオでもお目にかかれない。

私が呆《あき》れているうちに、映像はその老人を段階的にブロウ・アップしていった。

私は目を見開いた。

「この男よ。この男からインタヴューを取ってもらいたいのよ」と、アンナ・ハルゼイが言った。

「誰なんですか？」反射的に訊《き》いたが、私の目は別のものを見ていた。

「東日本の反政府ゲリラ、独立農民党の党首よ。新潟の山奥でもう四十年も戦い続けてるんですって。伝説の人物。——それが先月、名ざしでうちに接触してきたのよ。ベルリンの壁が壊されてからこっち、わたし達も有名になったもんさ」

老人は、エネルギッシュな目で鋭くこちらを見つめていた。禿《は》げ上がった額がてらてら光っていた。ゴマ塩のちょび髭《ひげ》を生やし、胸をぐっとそらせていた。

しかし私が本当に見ていたのは、彼ではなかった。その斜めうしろ、彼の陰にひっそりと立っている女に、私の目は釘《くぎ》づけになっていた。

映像は、電子処理で拡大したために粒子が飛び、全体にとても暗かった。彼女が若いか年を取っているかもよくわからなかった。

若くて十八、老けていても三十そこそこというところだろうか。

彼女がとてもチャーミングなことだけははっきり判った。ふっくらと柔らかな頰に、つるりと気立ての良さそうな広い額、きりっと丸い目が正面をはたと見つめている。

「今言った以上には判っていないんだよ」アンナ・ハルゼイはわざとぞんざいに言った。

「年齢は七十七歳から八十四歳の間。名前は、――」

「この女は誰だ」

私は思わず大きな声を出した。やっと目をモニターから外すことが出来た。自分でも驚くほど荒い息をしていた。

そのはずだ、彼女はある女にそっくりだった。

川に釣りに行ったり、裏山に射的に出かけたり、いや、釣り竿《ざお》も鉄砲も持てないような子供の頃から、父が寝しなに〝ちびくろサンボ〟を読んでくれた夜などは（父は〝ちびくろサンボ〟が大好きだった）必ず、その写真を見せられた。母さえ近くにいなければ、場所も時間もおかまいなく、父は自分と並んで写った彼女を指さし、毎回毎回同じ与太話を私に聞かせたものだった。

黄ばんだ白黒写真の女は日本の浴衣《ゆかた》を着て、大きなリボンを頭につけていた。まだ若い父のわきに、ほんの気持ちさがって立ち、にこやかに笑っていた。しかし歯は見せていなかった。

その女は、――

「知らないよ」と、アンナ・ハルゼイが言った。

「このVTRだって偶然だったのよ。彼は新潟の山から一歩も出たことがない、写真もなければデータもないって話だったの。ところが先々週、これを偶然オンエアで見ていた西日本の公安筋が、彼が映っていることに気づいてね、支局に接触してきたんだ。そこで初めて、わが日本の局員《ボーイズ》もことの重大さに気がついたってわけよ」

「なんで、こんな場所に姿を晒《さら》したんだろう」

「さあ。強烈な天皇主義者なのかしら。でも、これで彼の値打ちがぐんと上がったことは事実だね。何しろ、気ままにこうして東西日本の《壁》を行き来しているんだ。ただの山賊じゃないことは確かでしょう」

一クリック、画像が引かれた。彼女は、形のいい胸を道徳的なスタイルの濃紺のブレザーで締めつけていた。真っ白な洗いざらしのブラウスがハレーションを起こしていた。

父なら何と言ったろう。

『そうさ、これがハナコさんだよ。お前の本当のお母さんなんだ』

などと、またぞろ例の与太を繰り返したろうか。

『そうさ、家にいるのはたしかにお前のお母さんだよ。しかし、卵は別よ。実はな、このオーガスタス、日本から帰るとき、ハナコさんの卵をちょいと先っちょにひっつけてきたって寸法よ』などなどなど。

ところで、オーガスタスとは、父の名前ではない。父は、いろいろな物に勝手な名をつけて呼ぶ名人だった。オーガスタスとは、その父が自分の逸物《いちもつ》につけた名前だ。

『そうさ。その卵がお前ってわけさ。オーガスタスがあの母さんに卵を仕込んだんだ。卵の母と孵化《ふか》の母、二人いたっておかしかねえだろう』

また一クリック、映像がノーマルに戻った。

「新潟ならあんたと同じ日本語を話すはずね」アンナが念を押した。

「ああ、ほとんど、――」私は言った。

断るつもりは、もうどこにもなくなっていた。いや、困ったことに、どこを探しても。例の悪癖がむくむくと頭をもたげた。ハナコさんが目の前に現れたら、父はいったいどうしただろう。しかし、このハナコさんはどんなに年取っていても三十代前半、父のハナコさんが生きていたら、どんなに若くても六十代半ば。これはしかり。

「名前はなんていうんだ」私は尋ねた。

「知らないって言ってるじゃない」

「この男の名前ですよ」

「ああ。彼の名は田中角栄《たなかかくえい》。変わった名前ね。日本人の名前って、みんなこんななの」

彼女の姿はどんどん小さくなった。今では、皇居を取り巻く人の波に掻《か》き消えそうになっていた。

アンナの手が動き、モニターが光を落とした。

「田中は、報酬を要求していないの。資金も物資も、アメリカの支援は一切要らないそうよ。ねえ、興味深い存在でしょう」

「ぼくが、もう引き受けたみたいな言いぐさだな」

「あら、そうじゃなかったの?」彼女は、豪快に笑った。

「それともこう言うの? 法律に違反してるわけじゃないけど、リスクが大きすぎるって」

「半合法がぼくの稼業だ」私は言った。

「オーキー・ドーキー。さあ、田中角栄のインタヴューでピューリッツァー賞記者におなりなさい。そして、この可哀相なアンナにしこたまボーナスを運んできてちょうだいな」

彼女は、薄いアクリルのファイルに入った書類を差しだした。

私が立っていき、机の前で契約条件に目を通していると、彼女はいたずらっぽく微笑んで、こう尋ねた。

「ルイジアナはいかが？」

「別に。——河の上に家が建っていることをのぞけば、拍子抜けするほど普通の町だな」

「そうね。一昨日《おととい》も、市役所前でＫＫＫの抗議デモがあったわ。政治的少数者を黒人が差別したって。警備はパトカー一台にオマワリが二人。今ではまったく普通の町よ」そこで、ふうと息を吐き、こう言った。

「ね、判ったでしょう。何事もやってみなけりゃはじまらないのよ」

3

日本航空の英文社名に定冠詞がついていることを、奇妙に思う方も多いだろう。

《THE JAPAN AIRLINES》と。

これは変だと私も思う。

ご案内《アテンション・プリーズ》のとおり（すでに御承知とは思うが、という日本の言い回しだ）、十五パーセントの株式を国家が握っているこのナショナル・キャリアが、その大株主に対して支払っている、これは、まあ何と言おうか、——微笑ましいばかりのロイヤリティーのちょっとした発露。

文法上の間違いを犯したのは彼らではない。

責任の半分は、一九四五年九月二十四日、日本が東経一三九度線を境目に、真っ二つに分割占領されることになった後、その西側に誕生した大阪の政府にある。もう半分は、当然、マッカーサー元帥率いる占領軍司令部だ。それも、道義的責任というやつが。

一九六〇年代に次々と刊行された、占領期、つまり西日本とアメリカの兄弟愛の蜜月《みつげつ》期を取り扱った研究書はどれもこれも、こう明記している。

当時の大阪政府には、まともに英語を理解する者がひとりもいなかった、と。

それまでのほぼ一世紀、日本全体の首都は東京だった。さらにその前の二世紀半も、政治行政上の首都は東京だった。

大戦末期、沖縄本島には米軍、北海道にはソ連軍が上陸侵攻してきたとき、日本の中心はまだ東京にあった。わが優秀な日本の国家官僚諸公は、大空襲で焼け野原となった東京にあって、もはやありとも知れぬ国体を支えるため、瓦礫《がれき》の中で書類を作りハンコを押していたのだ。

これは多分、宦官《かんがん》の伝統ではあるまいか。

宦官とは、父が言うオーガスタスをちょん切った中国の宮廷官僚のことだ。彼らは、そうすることで時の権力に忠誠を誓うだけでなく、どうやら勉強が良くできるようになると信じていた節がある。まあ、これは当たらずと言えど遠からずの類《たぐい》だが。

アテンション・プリーズ（私はこの言い回しが大好きだ）。日本は、和魂洋才で二十世紀を迎えた。これは日本の魂に西洋の才気といったほどの意味の、明治政府がこしらえた標語だが、日本人の手にかかると、どんな標語もただの標語ではなくなり、すぐさま疾風怒濤《どとう》の勢いで即実効力へと変わっていく。

『富国強兵』、『有備無患』、『安全第一』などがそのいい例だ。書にして家々の床の間に飾ったとたん、この国はロシア軍に勝ち、結核を克服し、真夜中の地下鉄に若い娘が一人で乗れるほど安全になった。彼らにとって四文字言葉は、我々とは正反対の意味あいで大変特殊なものなのだ。そもそも、この四文字標語の本家本元は中国だったのだが、考えてみたまえ、中国では標語は標語、一度だってそのとおり物事が進展したことはない。

『発財賣買！』、『美帝打倒！』、『造反有理！』、その他もろもろ、どれもこれも。

（やはり『！』の字余りが祟《たた》っているのだろうか？）

それはさておき、こうして日本人はまたたく間に『和魂洋才』になった。だが、それまでの千数百年間、彼らが床の間に飾っていた標語は実は『和魂中才』だった。『中』はもちろん中国の中。五世紀、六世紀の天皇は、自ら進んで中国の法制、税制、行政機構を日出ずる国に取り入れたものだった。

システム〝宦官〟はそのとき輸入されたのか？

いいや、日本の宮廷官僚もサムライ官僚も、オーガスタスをちょん切って登用されたなどという事実はない。しかし、彼らはその代わり、不実に際してはハラキリすると誓って主君に仕えた。日本の諺《ことわざ》は、こう伝えている。

『肉を切らせて職を得る』

明治以降、逸物や腹の代わり、彼らが何をちょん切るようになったのかは知らないが。

ともかく、こうした伝統から、『和魂洋才』で急速培養されてきた近代日本の知識階級、ことに優秀さと清貧さでは他に類を見ない高級国家官僚は、敗戦時、その『洋才』ぶりにもかかわらず、大半が灰燼《かいじん》と化した東京に踏み止《とど》まり、虱《しらみ》と栄養失調に苦しみながら、最後の一秒まで書類を作りハンコを押していた。

これがいけなかった。すべては伝統のなせる業。彼らは、ソ連軍到着前から日本の共産主義者に協力を約し、進駐してきた赤軍にレジスタンスを企てることもなく、モスクワの赤い政治家が泣いて悔しがるほどの迅速さで被占領統治の実務に邁進《まいしん》したのだ。

と、ライシャワー教授は私に語ったことがある。あれは、ナンタケット大学アメリカン・フットボール部が、京都産業大学遠征チームのショットガン・フォーメーションの前に手もなく惨敗した夜のことだった。

『見たまえ。これが和魂洋才だ』先生はとても興奮した面持ちで言った。『しかし、滅私奉公の精神は、決してスポーツと関係のあるものではないんだがなあ』

滅私奉公！　これもまた大事な四文字言葉。そのおかげで、占領の最初の一秒から、そしてソ連軍撤収後も変わりなく、明治維新の偉大な遺産は、東京でスターリン主義者のために書類を作りハンコを押すこととなった。

だが、芦屋《あしや》空港に降り立ったマッカーサー元帥には手駒がなかった。

西日本政府は、大阪市役所の職員がゼロから始めたと言っても決して言い過ぎではないのだ。たとえば、暫定的な（これは日本の言い回しだ。日本語で暫定的と言ったら、いずれそのうちいつの間にやらこう決定するんだという不断の意思を意味する）新憲法を制定するついで、新しい国の名称を《大日本国》と決めたとき、彼らはその《大》を、BIGと英訳するかGREATと英訳するかで、真剣に悩んだと記録にある。彼らの英語力はそのようなものだったのだ。

さすがに見かねて、中之島《なかのしま》のマッカーサー司令部が口を挟んだ。それでは、あんまりじゃないか、と。

枕、蛇に怖ずとはこのことだ。（これは日本の諺だが）彼らはひるまず、代案を出した。つまり、

《THE　JAPAN》と。

ここに、連合軍最高司令官総司令部の記録文書がある。ワシントン国立公文書館から一九八一年に公開指定されたものだ。

交渉にあたったのは、当時、米占領軍司令部民生局長秘書官のウォルター・ライカー、日本側は当時外務省条約局長だった林正之助《はやししょうのすけ》。彼らはこんなやりとりをしている。
ライカー『固有名詞には、定冠詞も不定冠詞もつかないんですよ』
林『USAにもUKにも、ついとんのをみたことがありまっせ』
ライカー『それは文脈上、――ステーツという一般名詞についているんだ。いいですか？決してアメリカについているわけではない』
林『わてらアメリカ人やないよってになあ。多少の間違いは大目にみて欲しいわ。何と言うても、敗戦国民ですさかい』
後に外交団の中核として日米講和条約締結に尽力し、一九六〇年から九年間、西日本の首相を務めた林は、その自伝のなかでこう書いている。
『GHQからの帰途、わては上機嫌やった。車を降りるなり、迎えの者に言うたった。
「アメリカはん、ギャフンと言わせたったわ」』
こうした歴史的経緯から、私は《ザ・ジャパン》エアラインのボーイング777マンボに乗り、大日本国《ザ・ジャパン》に到着することとなった。
三月終わりの、まだうすら寒い日暮れ時だった。
飛行機の中では、何人もの日本人から、桜の季節に訪日できる私の幸運を祝福されたが、着陸直前、スクリーンに映写された衛星ニュースは、雨と風のために今年の桜は遅咲きのうえ、見栄えがしないだろうと伝えていた。いや、関西標準語が判ったわけではない。副音声で同時通訳を聞くことができたのだ。

飛行機は着陸まで四十分、金剛山《こんごう》から紀伊《きい》水道上空へかけて四回も、時間稼ぎにぐるぐるまわり、乗客は延々とTVニュースを見せられた。

坊主のストライキで観光客を締め出した清水寺《きよみずでら》、金閣寺《きんかくじ》、竜安寺《りょうあんじ》。人手不足で建設の止まった新大阪副都心の摩天楼。空港反対派のデモで混乱をきわめる飛鳥《あすか》新大阪国際空港。その他もろもろ。——まるで、本編より長い劇場用予告編のように。

アテンション・プリーズ。飛鳥空港は着工から二十年も経っているのに、横風用の短いのも含めてまだ二本しか滑走路がない。そこへ、四十七秒に一機の飛行機が降りよう飛ぼうと、ひっきりなしに押しよせている。

頑《かたく》なな空港建設反対運動のおかげで、もう四本造るはずの滑走路は荒地のまま十数年間放置され、その真ん中では、今も立ち退き拒否を続ける反対派の農民が畑を耕し、牛を飼っている。農地はバリケードで囲まれ、野戦服に紫色のヘルメットを被《かぶ》った若者たちによって、石と火炎瓶で守られている。

ちょうどその日は、反対運動の何かの記念日にあたっていて、芥子《からし》色の戦闘服を着た警官が、バリケードから出てきた若者たちを、棍棒《こんぼう》と放水で激しく攻めたてていた。

《実況中継》のテロップが出ていた。

私は、飛行機が着陸態勢に入ってからもずっと、窓に顔をひっつけ地上をうかがっていたのだが、火も煙も、それらしい砦《とりで》も、とうとう見えなかった。真新しい道路を、何台もの緊急車両が薄暮に赤ランプを瞬かせて、右へ左へ走っているだけだった。

「未収容地とは反対の方向からアプローチするんですよ。乗客に見せないようにね」

そう教えてくれたのは、CNN西日本支社から私を迎えに出た男だった。

瘦《や》せた、顔の長い男だ。その顔は土気色で、しゃくれた顎《あご》にはニキビの跡がいっぱいあった。後になって、仕事上の容赦ない日焼けが原因だと判ったが、判ってもなお、肝臓に病気を持っているように見えてならなかった。

年は（これも、後で判った）五十歳にだいぶ近かったのだが、私より三つも四つも年下に思えた。

「はじめまして、私はカメラマンの吉家《よしのや》です。支社長が一緒に来るはずだったんですが、急な仕事でね。今朝方、金沢へ出張してしまったんですよ」

「国境に何か動きでも？」

「いや、ロシアの経済難民がまた流れ着いただけです。――人手が足りないんですよ」

彼は、きれいな発音の英語を話した。大阪の人間とは思えなかった。なぜなら、彼は、アメリカ人なら日本語をしゃべるのが当たり前だという、よく有りがちな態度をとらなかったし、お辞儀をする前に名刺を手渡し、そのお辞儀もぺこりと首を前に傾けただけのものだったからだ。

ついでながら、西日本では一日に千五百万枚の名刺がやりとりされている。これを積み上げれば、エンパイア・ステート・ビルディングより高くなる。身の毛もよだつ光景ではないか。一日にひとつ、一年で三百六十五、文字どおりペーパー資産《アセット》のエンパイア・ステート・ビルディングがにょきにょきと生えていくのだ。

東日本はどうかというと、――これが、西より三百万枚も多い。いや、まったく、社会主義国家なのに。

ターミナル・ビルは人が一杯で、通勤時間のグランド・セントラルにインディアンが、――いや、好戦的な一部のネイティヴ・アメリカンが攻めてきたような騒ぎだった。

「いつも、こうなんですか」

「そう《イエス》」と、彼は言った。ちなみに、これはイエスでもノーでもない。『そうでんなぁ』とか『せやなぁ』などという日本語を無理やり置き換えた表現だ。これからも、ちょくちょく登場するので要注意。なにしろ、イエスの後は、こんな調子で続くのだから。

「そうでもないんですよ。ここのところ、特にひどくてね。もともと、ひどかったんですが、これほどじゃなかった。なぜでしょう、陛下が亡くなってから、ぐっと凄《すご》くなってね。しかし、実際、限界に来てたんですよ。滑走路も、空港ビルも」

私のトランクを乗せたカートを押して、吉家は人ごみに切り込んで行った。それでも、西日本人の三人にひとりは、私より背が高く頑丈な体つきをしていたので、私が芋だったら、空港到着ロビーを出るまでに売り物にはならなくなっていただろう。いや、間違いなく。

「やめてくれ。お前ら、それでも人間か」

巨大な自動ドアを出たところで、私は突然、日本語を聞いた。私に判る日本語を。

「同じ日本人じゃないか」

その男は、見るからに薄っぺらい安物のレインコートをひるがえし、コンコースの一番外れに停まった青いバスの前で、警官から逃れようともがいていた。

バスの前には、似たような貧しい服装の東洋人が数十人、列をつくり、警官の誘導で順序よく乗り込んでいるところだった。警官の隊列が、彼らとこちら側のにぎわいとの仕切り壁になっていて、男はその壁に阻まれてもがいているのだ。

警官の壁の中から、男の顔が出たり引っ込んだりした。そのたびに、声が聞こえ、また途切れた。

「頼むよ。同じ日本人じゃないか」

「そうなんですか？」私はその様から目を離さず、吉家に訊《たず》ねた。

「何や、言葉判らはるんやないの」

「いや。あっちの日本語しか出来ないんです」

吉家は、目を剝《む》いて私を覗《のぞ》き込んだ。しばらくの間、息をつめていた。やがてやれやれと頭をふり、息を吐き、英語で、

「一度、極東共和国へ出てパスポートを買うんですよ。モンゴル系シベリア人の国籍をね。本物の旅券が売り買いされてるんです。シベリアがロシア共和国から独立して以来、旅券事務が目茶苦茶になってるみたいなんですよ。現役の官吏がブローカーをしている」

「日本人が日本に脱出するのに？」

「同じ日本人だからこそ。いろいろ難しいんです」

男は、もみくちゃにされながらバスに押し込まれた。警官がそうしている間、他の密航者は列をまったく乱さず、ただじっと待っていた。

「東側とは、天皇が亡くなってから往来の規制が緩んだって聞いていたが」

「そう。それからなんですよ。あれ以来、極東経由で来るのが逆に急増しちゃって、——規制が緩んで、ただ金を稼ぎにきているだけなんていうのが増えすぎたんです。それで、逆に目にクジラを立てて取り締まってるんですよ」

「向こうの当局が売った本物の旅券を、どうやって見破るんだろう」

「どっちだって同じなんです。ナホトカから飛んでくる乗客の半分は、取りあえず引っくくられてしまうんだから」

そう言うと、吉家は胸に紐《ひも》でぶらさげていた大きな札を、やっとむしり取った。札には私の名前が書かれ、その上に、真っ赤なフェルトペンでこうあった。

《OIDEYASU CNN THE JAPAN》

4

首都高速道路富田林《とんだばやし》線は上下八車線の高架道で、田園地帯の真ん中を、赤黒い光にぼんやり覆われている都会の地平線に向かってゆるゆると延びていた。

車に乗り込むと、吉家は一言も口にせず、次々と車線を変え、物凄《ものすご》いスピードで先行車をごぼう抜きにしていった。

ごぼう！　日本人は、このただの木の根っことしか思えない野菜を、芋より大切にしている。彼らはそれを手で収穫し、手で洗うのだ。

やがて、高速道路の高架より少しは高い建物が、両側にちらほら見えはじめた。どの建物も、建物よりはるかに立派で頑丈そうな看板やイルミネーションを屋上に乗せていた。

《ぢ》というひと文字のネオンがとりわけ目立った。

アテンション・プリーズ。トヨタもパナソニックもホンダもニンテンドーもオオツカ食品（ゼェネラル・フーヅの親会社だ）もジェニー（最近CBSを買い取った会社だ）も、大きさでは負けていた。なのにそれは、テニスコートほどの白い光の板にただ赤く一文字、《ぢ》とあるだけで、キャッチコピーどころか会社名もなかった。

「あれは何の宣伝なんだろう」という私の質問に、吉家の答えはこんな具合。

「病気を宣伝してるんですよ。痔《パイルズ》のことです」

そういえば日本には『病気自慢』という言葉がある。
夜闇が光で濁りだした。看板やネオンはますます多く、大きくなった。もうとうに都市部を走っているはずだったが、街並みはその陰にすっぽり隠れていた。左右に現れ、後ろに去っていくのは、看板、看板、看板、看板。
世界的な企業が、遠来の客に呼びかけていた。
《WELLCOME》
《熱烈欢迎》
《어서　오십시오》
《OIDEYASU》
《よう帰ってきなはった》
国内向けのメッセージもあった。こんな奴だ。
《減らせや文盲。高めや識字率》
《親が泣きまっせ、あんさんの迷惑駐車》
《好きやで大阪、燃えるで青春。上級国家公務員大募集！》
最後のネオンサインについては、私が訊《き》く前から、吉家がこう説明した。
「ひどい人手不足なんです。その上、大阪では国の役人だと農家の長男より嫁のきてがない」
「それなのに、何だって彼らを追い返すんだろう？」私は尋ねた。
「東日本の連中ですか？　――向こうの政府との関係が、いい方へ向かってますからね。ここで東京の面子《メンツ》を潰《つぶ》したくないってところでしょう」

「しかし」と、私は言った。

「外交ってのは、机の上だけでやるものじゃない」

「外交なんてないんですよ。西ドイツみたいに、一貫して越境入国を奨励して来たわけじゃないし。それどころか、何も考えてこなかったんです。ごく最近になって、特別時限立法でお茶を濁した程度。あれだって東からの難民の保護は建前、本音は管理だけですよ。餌で釣って、出頭させて、登録して管理しようということです。その餌だって、西ドイツみたいに公営住宅とか生活資金なんかじゃない。ご存じでしょう。奈良ディズニーランドの優待券ですよ！」彼は口を歪《ゆが》め、首をふった。

「ともかくね、伝統的にこの国は亡命者を認めないんだ」

「認めないって、誰に対して？」

「来るやつ、全部。この国には亡命者は来ないことになってるんです。基本的にね」

「基本的に？」

「そう《イエス》。言葉どおりに。——いつだったか、中国の民主活動家が民航機をハイジャックして福岡空港に逃げてきたの、ご存知ですか。あれなんか、とうとうただの犯罪者だって強弁して、中国の公安当局へ引き渡してしまった」

「航空機の機内は主権が及ばないでしょう」

「そう《イエス》。滑走路に飛び下りたんですよ、あの中国人は。飛び下りて、日本の警官に亡命を求めた。そのへんの事実関係は揉《も》み消しちゃった。公式見解は、あれは被疑者の意思で飛び下りたのではない。落ちちゃったんだってことです。——揉み消すこともままならず、仕方なしに亡命者と認めざるを得ないときは、みんなアメリカに送り出すんです。ソ連や中国からの亡命者はもちろん、東日本から脱出してきた同胞まで、かたっぱしからアメリカにね。徳田球一《とくだきゅういち》だって、そうだったじゃありませんか」

「戦前からの日本共産党員がスターリンによって粛清された頃は、まだ東も西も占領下にあったはずだ」

「それなら、小林秀雄《こばやしひでお》は？　彼が釣舟のアイスボックスに隠れて逃げてきたのは講和条約のあとですよ」

「アイスボックス？　生《い》け簀《す》じゃないんですか」

「いやいや、アイスボックスです。他の誰が、あんな物に隠れられますかって。——外務省の役人が懸命に説得して、小林秀雄にアメリカ亡命を希望させたんですよ。外務省には、そのための専門スタッフがいる。アメリカに亡命するのが、いかに人生有利に働くか、親身になってアドバイスするスタッフが」

　彼は言って、ふうと息を吐きだし、

「嫌なことは考えない、考えないことは存在しない。判りますか」

「臭いものには蓋《ふた》をするってやつですね」

「そう《イエス》。完全な蓋なんてないんです」

　気がつくと、両側の建物はいよいよ高くなり派手になっていた。夜空を幾筋ものサーチライトが引っかきまわしていた。低い雲の端が、赤や青に瞬いた。

　渋滞が始まった。ニューヨークから来た者の目には、渋滞というより止まっているように見えた。ロサンジェルスから来た者が見たら、道路というより縦長の駐車場にしか見えなかったろう。

「日本は初めてじゃないんでしょう」吉家が尋ねた。

「三回目です。でも前に来てから、もう七、八年になるな。その前は——」私は言いよどんだ。指折り数えると、四半世紀も前のことだった。

「ぼくはまだハイスクール八年級だった。パンナムの懸賞論文に入賞して来たんですよ。賞品が世界一周の航空券でね」

「論文？」

吉家は、目をこっちに向け、私を見た。不思議そうに、まるで問い質《ただ》すように、しばらくそうし続けた。論文？おいおい、マラソンか野球の間違いじゃないのかい？　と。

「論文といっても、子供の作文ですよ」しかたない、私は彼に助け船。

彼はにっこりうなずいて、こっそり胸を撫《な》で下ろした。

子供の作文は、パンアメリカン航空が世界一周便就航二十周年を記念して、イギリス、ドイツ、レバノン、インド、香港、日本、そしてアメリカで、一斉に募集したものだった。世界一周便は、それらの国を経由していた。

広告ではアンクル・サムの恰好《かっこう》をしたボブ・ホープが指をつきたて、大言壮語していた。

『君の夢を書いてごらん。夢に翼をつけてあげよう』

父はその雑誌の広告ページをどこからかやぶき取り、いくつにも折り畳んで持ってきた。折り皺《じわ》が濡《ぬ》れて、ビールの臭いがしていたから、どうせ碌《ろく》な雑誌ではなかったのだろう。ジョージの酒場やエマーソン食堂に〝ナショナル・エンクワイアラー〟以上の教養誌が転がっているとは思えないからだ。私が育った町で、黒人がビールを飲めるのはその二軒だけだった。

さて、父はそれを食堂テーブルに広げ、こう言ったものだ。

『さあ、お前、もう一人の母さんに会いに行くチャンスだぞ』

「懸賞の賞品が世界一周ね」と、吉家が言った。

「そいつは豪勢だな。やっぱりアメリカだ。オリンピックの前のことですか」

「オリンピック？　オリンピックのとき、ぼくはまだ字も書けなかった」

「字も書けないって？　――それ、いつのオリンピックのことですか」

「オリンピック・オリンピック。一九五六年だったかな」

「五六年は、あなた、シアトル・オリンピックでしょう」

「ワシントン州のオリンピックって町で開催されたんですよ。シアトルからは百マイル以上離れてる。IOCが、どうしてもオリンピック・オリンピックって名前を使わせなかったんでね。でも、アメリカでは誰もシアトル・オリンピックなんて言わない」

アテンション・プリーズ。

ワシントン州オリンピックには、オリンピアという町があり、オリンポスという山もある。もちろん、オリンピアという名のビールも売られている。そのどれもが、クーベルタン男爵の登場以前からあったというのが彼らの自慢だ。

「いやいやいや。さすがですね。アメリカだなあ」吉家が声をたて、息を吐いた。

「そう《イェス》。私が言ったのは一九六四年、――京都オリンピックのことなんですよ。どうも、私ぐらいの日本人は、あれの後先でものを考えてしまう癖がある。あの前は、この国なんて、あなた、誰にとっても無いも同然だったんだから」

　このときやっと、私は彼の年齢を知った。彼は、日本が戦争に負けた瞬間に、一組の大変な理想家のカップルによってこの世に生を受けた様子だった。敗戦からちょうど十か月と十日目が誕生日だったからだ。

　未曾有《みぞう》の世界戦争が終わり、世界中の若者が一斉にあったかいベッドに帰還して、誰も彼もが理想に燃えて腰を動かした結果、そのあと世界は子供で溢《あふ》れた。

　日本語では、それをこんなふうに言う。

『思い、立ったら吉日《エレクト・イット・ホエン・イット・ヒッツ・ユー》』

　ところで、この世代は、何かというと自己史を世界史的な出来事に重ねあわせて悦に入る。

「そう《イエス》。ぼくたちが大学へ入ったのが北爆開始の年でしたからね」と、いうように。

　しかし、京都オリンピックが世界史的出来事とは。

　それならずっと、世界にとって一九六四年は、ワールドシリーズの年として記憶されるべきだ。カージナルスの黒人ピッチャー、ボブ・ギブスンの前に、無敵のヤンキースがついに敗れた年として。

「最初に日本に来られたのは、じゃあカストロ暗殺のころですね」と、吉家は言った。

「いや、一九六八年ですよ」

「六八年？　――八年級っていうと十四歳でしょう。そうか。六八年に十四歳ですか」彼は、感心したように繰り返し、

「あの頃は、いろいろあったからなあ。ローリング・ストーンズが解散したのもあの頃だった」

そうかもしれない。私には自信がなかった。あの頃は、たしかにいろいろとあったから。

「そうだ、一九六八年の十月だった」吉家は大きな声をだした。

「ブライアン・ジョーンズがミック・ジャガーを刺し殺しちゃって。ショックだったな。ぼくは、大学を中退して京都の映画会社でカメラ助手になったばかりだったんだけど、仕事へ行く気がどうしてもしなくてね。結局、半年は何もしなかった。下宿でぼんやりしていましたよ」

そこでクラクションに急《せ》かされ、十メートルほど車を進めてから、

「黒沢組の〝トンキン湾の誓い〟についてたんですよ。あのまま続けてたら、今でも映画をやってたろうな」

アテンション・プリーズ、一九六八年の十月は、しかし、たいていの者にはケネディ王朝最後の時として記憶されている。

アレクサンドル・ドプチェクがプラハで推し進めてきた民主化路線を葬るため、ソ連率いるワルシャワ条約機構軍がチェコスロバキアに侵攻したのが一九六八年、――あれは八月のことだった。

それに抗議して、チェコの民主改革派芸能人支援のためのチャリティ・コンサートを、アトランティック・シティのリゾーツ・インターナショナルでフランク・シナトラが主催したのは、その年の十月、――あれは二十一日のことだった。

多くの人々が、そこに集まっていた。

サミー・デイヴィス・ジュニア、ピーター・ローフォード、リチャード・コンテ、それに大統領選挙戦の最中《さなか》にあったロバート・ケネディ、第三十五代合衆国大統領ジョン・フィッツジェラルド・ケネディ、――いや、まったく多くの人々が。

爆弾は大ホールの天井から吊《つ》り下がったミラーボールに仕掛けられていた。普通のミラーボールがきらきらとふりまく光の点々の代わり、それは一万本の鋼鉄の五寸釘《くぎ》をあたり一面まき散らした。時限信管のついた最新型のニードル爆弾だったのだ。

午後七時、爆発と同時に呼笛のような音がして、ステージでライトを浴びていた者は皆、鋼鉄製の五寸釘で穴だらけになり、息絶えた。ケネディ一家で生き残ったのは、映画プロデューサーとして売り出し中だったいちばん下の弟、テディ。シナトラ一家の一員で命拾いしたのは、宿酔《ふつかよ》いでコンサートをキャンセルしたディーン・マーチンただひとり。

十四歳の私が、最初に日本の土を踏んだのは、ちょうどその十月二十一日の午後七時、時差の関係で事件の丸々半日前のことだった。

日本で迎えた最初の朝、こうした次第で、私は同行の記者（パンナムは雑誌記者を二人、同行させていた）からコメントを求められた。

『アメリカは多くのものを失ったが、君はどう思う？』

私の発言は次のとおり。

『失くしたものが本当に大きいなら、きっともっと大きいものが手に入るよ。神様の出納帳が赤になることはないんだから』

「いや、背中から刺すなんて、ブライアンはしちゃあいけなかったんだ」

吉家は、独りごちるように繰り返した。西部劇のファンだったのだろうか、それとも、武士道精神と、何か関わりがあるのだろうか。彼の目は潤んでいた。

「背中から刺すなんて、絶対にいけない」

高架道路は次第に下りはじめていた。

天王寺《てんのうじ》ジャンクションが近づいているようだった。そこで空港からの高速高架は、大阪の都心を巡る環状道路に合流している。

大阪の街をぐるりと一周していた鉄道は、京都オリンピックにことよせて、ほぼ全線が地下鉄化された。かつて線路であったところは有料の環状道路になった。首都高速道路環状線というのが正式な名前だが、何のことはない、市民も警察も、五輪筋と呼んでいる。一九六四年のオリンピックに合わせてつくられたものは、なんでも五輪を冠して呼ばれるのだ。

曰《いわ》く、五輪堀。五輪櫓《やぐら》。五輪ビル。五輪炊き。五輪焼き。五輪刈りに五輪の書。

ふいに、右手の夜空に通天閣が姿を現した。

シアーズ・タワーより高い、世界最大のTVアンテナだ。展望台までは大昔の軍艦の艦橋のような鉄骨の建物で、そのさらに上では、アルミの化粧板を張った円筒状の塔が大きな丸いイルミネーションのボールを貫いて空高くそそり立っていた。

そのボールは、私が最初に日本を訪れたときも、二度目に訪れたときも、パンナムの青い地球儀だった。二層になった展望台の横腹にも《ＰＡＮＡＭ》というネオン文字が輝いていた。二度目のときは、《パンナム》に変わっていた。

しかし今、全面ガラス張りに改装された展望台にネオンはなく、その地球儀はただのっぺりと白く光る巨大なボールに変わり、真ん中に赤い大きな文字をひとつ、浮かべているだけだった。こんなふうに。

ぢ。

5

そのころはまだ、CNN日本支社は曾根崎《そねざき》に建つ雑居ビルの四階に間借りしていた。四は死と音が同じだとの理由から、日本では四階の家賃が割安なのだ。

西と南の窓は、隣のビルの壁で完全に目隠しされていたが、東側の窓からは真下にお初天神を見下ろすことができた。

大阪の中央駅である梅田は目と鼻の先（これも日本の言い回しだ。彼らの目と鼻のてっぺんは大変接近している）だったし、その地下に広がる壮大なショッピングモールとはエスカレータつきの出入口でつながっていた。

梅田から少し南に横たわる淀川《よどがわ》までの一帯は超高層のビジネスビルで埋め尽くされ、反対側の一帯にはテレビ局や新聞社が建ち並び、西日本のフリート街をつくっていて、そのどちらへも目と睫《まつげ》毛の先、目と瞼《まぶた》の先だったのだが、――いや、この一角だけは、小さく痩《や》せた建物が勝手気ままに、これも小さな天神様を取り巻き、醬油《しょうゆ》を焦がす匂いと自転車のベルの音で満ち満ちていた。

その神社は、男と一緒に自殺した売春婦を祀《まつ》ったものだった。

「無念を残して死んだからね、神様にしちゃえば祟《たた》りがないだろうってんで神社を造ってしまうんだ。これが、彼らの宗教なわけよ」

プロデューサーのチュオン・フーメイは、東側の窓から顔を上げ、肩をすくめた。

三十代後半の、背の低い、筋張った体つきの女で、きびきびとよく動き、それに相応《ふさわ》しい言葉をしゃべった。よく光る目だけがやたらと大きく、その威圧感で、背丈を実際より五インチ、高くしていた。

「ヴェトナムの仏教も似たようなことをするんじゃなかったかな」

私は言った。いささか抗議じみていたかもしれない。誰のために？　いやはや、こと日本のこととなると、私はいつもこれでしくじる。

彼女はちょっと驚いたみたいに、

「知らないわ。三つのときに、キャリフォルニアに出てから、一切帰っていないんだもの」

今度は私が肩をすくめる番だった。

「いいビルだ。エレヴェータを待って苛々《いらいら》しないですむ」

「いいことばかりじゃないのよ。近所づき合いが大変でね、祭りのたびに寄附を取られるんだ。大使館に肩代わりしてもらいたいくらいよ。ここの町内会ときたら、わたしたちの寄附金でアメリカの景気を計ってるんだから」

「だったら、神輿《みこし》を担がせてもらえるな」

彼女は目を丸くして私を見つめた。それから、ツウィード・ジャケットの袖《そで》をたくしあげ、ホイヤーのごつい腕時計を眺めた。

「夕食でもどう？」

すでに九時を回っていた。空港から三時間近く、平均時速十キロの計算だ。その道路に、日本人は千二百円、約十九ドル支払い、なお『高速道路』と呼んでいる。

「できたら、先にアパートに行って荷物を解きたいんだが」と、私は言った。

「そのことなのよ。ビッグ・ヒリアーが、——ヒリアーっていうのは支社長なんだけど、彼がドジを踏んだの」

「何を踏んだって？」

「ドジよ。契約している不動産屋がOKだって言ってきたもので、すっかり信じてしまったの。それが、昨日の午後になって急にキャンセルしてきたんですって」

「理由もなく？」

「だから、ビッグ・ヒリアーがドジを踏んだんだって、——」

「ぼくが黒人だってことを言い忘れたんだ？」

「バカは言わないでよ」彼女は、目の前の空気を小さな手で払いのけた。

「彼は、日本に初めて来たわけじゃないよ」吉家が言った。

彼は、私のために、田中角栄に関する資料をコピーしているところだった。

コピー機は東の窓辺にあって、その後ろの大きなガラス窓からは、夜空に国立吉本記念オペラ劇場のドーム屋根がぼんやりと浮かんでいるのが見えた。ここから見える部分に限って言えば、それはパリのパンテオンにそっくりだった。てっぺんに小さな自由の女神が乗っかっていなかったらの話だが。

その女神は本の代わりに楽譜を脇挟み、ドーム屋根の頂点に両足を踏ん張って立っているのだ。

「あの家主が特別なだけよ」と、フーメイが言った。

「この十年で西日本も大いに変わったんだから。少なくとも会社員なら万民平等。会社員なら、禁治産者にもクレジットカードが出るんだよ、この国は」

彼女は下唇を尖《とが》らせて首を横にふった。

「ダイナースも？」

「アメックスのプラチナカードでなけりゃ何でもよ。今どき、ガイジンを差別してるのは、記者クラブだけさ。でもあそこはガイジンなら、たとえダン・ラザーだろうとブキャナンだろうと平等に差別するわ」

差別！　両手を広げ、私は唸《うな》った。いや、判らず屋の家主なんかにではなく、日本のＴＶ記者会に。彼らは、しかし私の唸り声に勘違いして、黙りこくってしまった。

とたんにあたりがしんと静まり返った。

仕切り壁がくねくねと這《は》い巡っているオフィスの大部屋に、いるのは私たちだけだった。例のマイク・ジェンキンス君は沼津《ぬまづ》の国境へ出払っていた。他にも三組の取材クルゥがアジアの近隣諸国と西日本の地方に出ていた。今、社内にいるスタッフは定時の素材送出《フィード》のために、ついい今し方カタコンベと仇名《あだな》されたオペレーション・ルームに立てこもってしまった。

バトンルージュのアンテナから二十四時間、ライヴで送ってくる国際映像が、壁に埋まった何台ものモニターでちかちか瞬いていたが、音声は完全に絞られていた。

「君の家に泊めてもらえるかな？」私はフーメイに言った。

「帝国ホテルの新館に部屋を取ったわ。国会のすぐ近く、新しい立派なホテルよ。――私のベッドは亭主が出ていかないんで仕方なかったのよ」彼女は気を取り直したように笑った。

「通関は終わってるけど、あなたの引っ越し荷物は、業者の倉庫に置いたままよ。ホテルも倉庫代も、もちろん会社持ち。——どっちにしろ、明日《あした》か明後日《あさって》には東側へ入ってもらわなけりゃならないんだ」

「明日か明後日？」

「今日、東側の許可が下りたの。ところが、そのパスの有効期間が七日間しかないんだ。今日を入れて七日だよ。西側の越境パスはもう取れてるし、早ければ早いほど、いろいろ動けるってわけよ」

「今日と移動日を除いたら四日しかないじゃないか」

「三日ですよ」と、吉家が言った。

「東側には表向き、新潟の文学探訪ってことでプレス・パスを申請したんだ。どうせ地区の党幹部に二、三人は出たがりがいるだろうから、彼らのインタヴューも撮らなけりゃならないだろうし、おざなりにでも文学関係の絵を撮ってみせなけりゃならんでしょう」

吉家はコピー紙を分類して幾つかの山に分け、それぞれを手際よく無針ステイプラーで綴《と》じはじめた。自分の手許《てもと》を見つめたまま、

「その撮りに丸一日取られてしまうだろうなあ」

「やれやれ」私は天井に息を吐きだした。ほんのわずか、航空機のエンジンから供給された与圧空気のにおいがした。

チュオン・フーメイが、窓辺からつかつか歩いてきて、えいやっとかけ声でもかけるような調子で自分のデスクに地図を広げた。一九四三年に東亜地誌協会が発行した新潟県の地図だっ

た。

「これしか手に入らなかったのよ」と、彼女は言い、鉛筆の尻《しり》で鉄道線路を海から山へとなぞっていった。

「越後湯沢《えちごゆざわ》は知ってるでしょう」

「〝雪国〟だ」私は言った。

『もっとも美しい、日本の小説だ』と、ライシャワー教授は言った。言ってから、一度静かに目を瞑《つぶ》り、川端《かわばた》のサインが入ったその初版本を私に手渡した。

『ただし未完なんだ。永遠に未完の連作小説なんだよ。しかし、こと日本の芸術にとって、完成なんてことはあまり意味を持たないがね』

一九七六年、戦後ただの一度も筆をとらず、頑《かたく》なに沈黙を守ったまま、このアジア唯一のノーベル賞作家が幽閉先の逗子《ずし》で亡くなったとき、だから、そう、あれはちょうど私が先生と二人で小栗虫太郎《おぐりむしたろう》の研究に取りかかっていたころのことだ。

その報をうけた春のキャンパスは水仙の花で黄金色にかがやいていた。

アテンション・プリーズ。ナンタケット大学はマサチューセッツ州ナンタケット島にある。

この島の名物は三つ。クジラとクランベリー、それに水仙だ。

『まさに日本の〝デカメロン〟だ。しかし、しかし、――』

先生は眼鏡を金色に染めて言った。瞑った目の隅が濡《ぬ》れていた。いやはや。かれ夢見ぬ、《イーム・トラウテエル・》さ《コ》れど、そを云ふ能はざりき《ンテス・ニヒト・ザーゲン》。ああ、君知るや、オリエンタル・カレー《アー・エルケンネン・ズィー・デン・オリエンタリッシェン・カリー》。

「この近くの山が独立農民党のテリトリーなのよ」

フーメイが地図を鉛筆で叩《たた》いた。

「ここら全体がね。今も温泉があって、人民保養施設なんですって。東日本対外通信宣伝部は、〝雪国〟と抱き合わせで、そこも取材するよう言ってきてるの。渡りに船ってのはこのことでしょ」

ついでだが、渡りに船というのも日本の言い回しだ。もしかするとヴェトナムからの借り入れかもしれないが。

「クルウは？」と、私は尋ねた。

「吉家とあなた、それにアシスタントを一人つけるわ。ごめんなさい、私が行けないんで、あなたにはプロデューサー兼務でやってもらわないと」彼女は、乱暴に地図を畳んだ。

「二重国籍なのよ。だからパスが出ないの。サイゴンに家族が残ってるんだ。サイゴンなんて町はとっくになくなっちゃったはずなのに、役人がこんなときだけ思い出すってわけさ」

「どっちの？」

私は咄嗟《とっさ》に尋ねた。彼女の返事は次のとおり。

「どっちも」

「アパートのことは気にしないでくださいよ」

吉家が、資料の入った阪急《はんきゅう》デパートの紙袋を私に手渡し、静かに言った。

「どうやら家主が堺《さかい》事件の被害者らしいんだ」彼は、弱々しく首をふった。

「朝鮮戦争の最中に、堺港の輸送基地から兵隊が脱走してね。三百人近い完全武装の兵隊が町に出て、住宅地を襲って、――それで、その、いろいろと」

彼は、もごもごと口を閉ざした。

口ごもる必要など、どこにあったろう。その事件については、どこかで聞いたことがあった。なぜ、彼らが完全武装だったか？　三時間後、最前線に送られることになっていたからだ。なぜ脱走したか？　人口比率ではアメリカ全体の一割でしかない黒人が、戦死者の人種比率ではダントツ、四割に近かったからだ。なぜ吉家がもごもごと口を閉ざしてしまったか？　そう《イエス》、三百人は全員黒人兵だった。

こういうのを日本語では、『藪《やぶ》から蛇』と言う。

もちろん、今ではこんなことはない。それもこれもイーゴリー法のおかげ。知ってのとおり、一戦闘単位の戦死者の人種配分が、合衆国の人種構成と著しく異なった場合、戦闘指揮官は処罰される。

「おお、神様」フーメイが、顎《あご》の下で拳骨《げんこつ》をすり合わせ、ここにいない誰かをからかうみたいに呟《つぶや》いた。

「おお、神様。私をお清め下さい。でも、できたら天に召されるちょっと前に」

「カソリックなのかい」私は尋ねた。

「そうよ、サイゴンではちゃんとした家の娘はみんなそうだったもんよ」

私は彼女が少し好きになった。考えてみれば、それは、父が年来カソリックの信者を蛇や蝎《さそり》のごとく嫌っていたせいだったのかもしれないが。

「じゃあ、明日朝一番で新潟に向かおう」と、私は言った。

「そうは問屋がノー・キャリー」

彼女は突然鉛筆をふり上げた。「田中側のレポが待ったをかけてるんだ。今になって、田中のスケジュールがどうしたこうしたって。勘繰りようによっては、何だか会わせたくないみたい」

「向こうから、接触してきたんでしょう?」

「そう。それなのに、——どこか食わせ者なんだ。そいつが田中の意図を体現しているのかどうか判らないしね」

「こっち側に住んでる人間?」

「それも判らない。《飯沼勲《いいぬまいさお》》って名乗ってるけど、偽名だね、これは。金かけて調べたけど、この名前からは何も出てこない。電話でしか話せないし。どうも旨《うま》くないんだ」

「きな臭いな」

「そう。そこなんだ。行くのはあんただし、決めるのもあんたに任すよ」

「入れるものなら、多少きな臭くてもしようがない」私は言った。

「そう。それなら、やってみる手よ」彼女は声を弾ませた。

「何ごとも、取りあえずやってみなけりゃ始まらない」

「それがCNNのモットーなんですか」私は尋ねた。

彼女は受話器をつかんだ手を宙に止めた。私を見つめ、口を半開きにして、それからこう言った。

「あらやだ。フランクリン・ルーズヴェルトの就任演説じゃないの」

いや、本当に。あらやだ。

6

F《フ》ランクリン・D《デ》ラノ・R《ル》ーズヴェルトは、とても新しもの好きだったのではないか、と私は思う。

保守的な東部の郊外人士としては飛び抜けて、いや、パリジャンと較べても、江戸っ子と較べても、なお見劣りしないほど。

アテンション・プリーズ、ＦＤＲは自動車で選挙運動をした最初の政治家だった。

飛行機で移動した最初の大統領候補だった。

女性閣僚を登用した最初の大統領だった。

黒人の顧問を起用した最初の公人だった。

そして、——

原爆を落とした世界最初の戦争指導者だった。

『神様、ルーズヴェルトをどうもありがとう』

と言ったのは、私ではない。一九三三年三月から一九四九年一月まで、実に十五年九か月に及ぶ前人未到の長期在任期間中、多くの合衆国国民が彼に対して変わることなく（衷心から！）声高々、口にしてきたスローガンだ。

私たちの世代のスローガンは次のとおり。

『神様、ケネディをどうぞよろしく』

たしかに、ＦＤＲがホワイトハウスに登場する以前、アメリカには社会保障も失業保険も存在せず、貧乏な老人、失業者、病人を救うのは金持ちの偽善か教会の次善、――いや、慈善だけだった。いやはや。

しかし、また、ＦＤＲ以前には世界最強のアメリカ軍も存在していなかった。わが国の軍事力は一九三三年三月、つまり、彼が神と国民の前に憲法への忠誠を初めて誓ったとき、世界で三十一番目、統計数字の上ではバチカンのスイス傭兵団《ようへいだん》と戦っても勝てたかどうか怪しいような代物だった。

それから六年後、ドイツがポーランドに侵攻し第二次世界大戦が始まったときでさえ、アメリカの軍事力は世界第十九位、ルーマニアの下にランキングされていた。（そう、軍事力世界ランキングの歴史はボクシングのそれよりずっと古い！）

一九三九年といえば、真珠湾《しんじゅわん》攻撃のわずか二年三か月と一週間前、つまりエノラ・ゲイ号が未曾有《みぞう》の威力を秘めた新型爆弾を抱えてニイガタへ飛び立つ五年十一か月と二週間前だというのに、まだ十九位！　いや本当に、まったく、

『神様、ルーズヴェルトをどうもありがとう』

ＦＤＲはメディアを通して直接国民に語りかけた最初の大統領でもあった。

《炉辺談話》が始まったとき、ラジオの時代だってまだ始まったばかりだった。テレビなど夢のまた夢、ラジオが定刻にニュースを伝え、報道機関として定着するかしないかの時代に、いち早く、ＦＤＲはマイクの前に坐《すわ》り（まあ、はっきり言って彼は、立《スタンドアップ》っているのがあまり得意ではなかったので）、私の職業に先鞭《せんべん》をつけた。

そして、国民はこぞって、大統領の声を聞くためにラジオの前に集まった。日本の言い回しに従うなら、『その時間は風呂屋《ふろや》が空っぽ』になるほどに。

ＦＤＲは、速く新しいものが大好きだった。（車椅子になぜエンジンと電話をつけなかったのだろう？）

自動車、飛行機、それから電波。好きこそものの上手だぞ。（これは日本の諺《ことわざ》だ）彼は好きなものを全部、自分の仕事に従わせた。いや、見事なほどに。

十五年と九か月で、彼のアメリカは世界一の国になり、同時に、狭いスタジオで火星人が来た！　などと騒いでは顰蹙《ひんしゅく》を買っていたラジオ屋が電波メディアを名乗るようになり、街道筋の電柱にビラを張っていた宣伝屋が広告代理店を名乗るようになり、それぞれパイを十万倍、百万倍にして、ついには、ちょっとした商売上の秘訣《ひけつ》、――つまりそれまでは誰も売り買いしようなどと考えもしなかった『時間』の売買をもって、世界一の国を左右するまでに出世したのだ。

『神様、ルーズヴェルトを本当にどうもありがとう』

さて、フランクリン・デラノ・ルーズヴェルトはニューヨーク州ダッチェス郡ハイドパークのスプリングウッドと呼ばれる大農園の邸宅で生まれ、その庭先の家庭薔薇《ばら》園に葬られた。

ハイドパークは、ハドソン河をマンハッタンから北へ八十マイルほど遡《さかのぼ》ったところにある、人口三千人にも満たない小さな村だ。

ロンドンの同名の公園とは縁《ゆか》も由りもないのだが、かつて私の父が入りびたっていた小さな酒場は、結局は誰からもジョージの店としか呼ばれなかったものの、スピーカーズ・コーナーという派手な看板を出していた。その筋向かいにはマーブルアーチという名の雑貨屋があり、そこから北へ延びる道路はパークレーンという名前だった。

私はその辻《つじ》に建っていた掘立小屋で生れ、パークレーンを七マイルほど行った共同住宅で育った。住宅はエリノア・ルーズヴェルトの個人的な預託金で建てられたもので、そこら一帯はエリノア・ヒルと呼ばれていた。それも、近在の者がそう呼んでいただけ、本当の名は、

『…………』

いざ口にしようとすると相当に躊躇《ためら》われる。別に隠す必要もないのだが。

ハイスクール一年級のサマーキャンプから家に手紙を出すとき、友人に冷やかされ、私ははじめてそれに気づいた。本当の地名は以下のとおり。

ニューヨーク州ダッチェス郡ビヴァリーヒルズ。

さて、私が物心ついたころにはもう、ルーズヴェルト家の屋敷は国の史跡になっていて、隣には図書館と博物館が建っていた。

私の父は、戦後日本での軍隊勤務を終え、除隊してから死ぬまで、要するにスプリングウッドがルーズヴェルト大統領の実家だったときも、大統領の没後、記念館となってからも、ずっとそこの薔薇園の園丁として給与を貰《もら》い続けた。

しかし、金を出していたのは、ルーズヴェルト家でもなく、財団法人ルーズヴェルト記念館でもなかった。戦争直後はOSSこと戦略情報事務局、少し経ってからは多分、国家安全保障局かその関連団体が我が家の食いぶちを出していたのだ。

園丁にしては過分な給与だった。

どんな郵便局長より俺は銭を取っている、というのが父の口癖だった。

そして、

『銭金じゃないんだよ。働いてるとこをこの子に見せてやったらどうなのさ』

と、いうのが母の口癖。

たしかに、ただの一度だって、父が薔薇に鋏《はさみ》を入れているのを見たことはなかった。彼は、ときおり私を連れてその薔薇園をぶらぶら散策するだけ、誰に声をかけるでもなく、まして指示を送るでもなく、それも天気の素晴らしい日に限ってのことだった。

父は、その家を、『あのくそいまいましい民主党員の隠れ家《スワローズ・ネスト》』と呼び、薔薇園を『あのくそいまいましい家の照れ隠し《スワローズ・ジョブ》』と呼んでいた。ずっと後になって、私は、スワローズとは諜報《ちょうほう》機関の隠語で偽装だの欺瞞《ぎまん》を意味する言葉だと知ったのだが。

それはさておき、父はルーズヴェルト夫人のことをどう考えていたのか。

父と二人してアンナ・エリノア・デラノ・ルーズヴェルトに会ったのは生涯にただの一度、例の薔薇園でのことだった。そのとき父は脱いだ帽子を胸にあてて彼女に頭を下げ、まるでグィネビア妃に接する騎士ギャラハッドのような態度をとった。つまり、ランスロットほどは親密でないという意味において。

彼女はすでに晩節を迎え、生前の夫よりずっと歩くのが不得意な状態になっていた。海軍大尉の軍服を着た男が車椅子を押していて、父はその軍人にも、とてつもなく立派な陸軍式の敬礼を送った。

ようやく彼らが見えなくなってしまうと、敬礼をしていた手でジーンズの上からオーガスタスをぐいと握りしめ、私が耳をダンボにしていなかったら(たまげたことに、これも日本の言い回しだ)とうてい聞こえなかったほど小さな声で、こう呟《つぶや》いた。

『ルーズヴェルトさん、アメリカをどうもありがとう』


と、いったようなことを、際限なくうつらうつらと考えて、私はその夜を、ベッドの上で正味三時間と眠らずに明かした。

寝入りばなを二度、間違い電話で叩《たた》き起こされた。やっと寝ついたと思ったら、今度はモーニング・コールが誤って作動した。コンピュータは、切っても切っても繰り返し私を起こした。

『お・は・よ・う・さ・ん。お・目・覚・め・の・お・時・間・で・お・ま・す』

私は仕方なく起き上がり、シャツを着て窓辺のソファに腰かけ、吉家がコピーしてくれた田中角栄関係の資料を読んだ。

帝国ホテルはガラス張りの高層建築で、大きな窓が自慢だった。

ちょうど私の足許《あしもと》で、江戸時代よりずっと前に造られた淀川の放水路のひとつが、大きく蛇行しながら別の川と合流し、巨大な乱積みの石垣を巡っていた。

石垣の上では松の木立に囲まれた国会議事堂が、胡座《あぐら》をかいた武者人形のように肩を怒らせ、でんと構えていた。もちろん、それを国会議事堂などと呼ぶものは、少なくとも大阪にはひとりとしていない。新聞でさえ、本会議場を天守閣と表記するし、議員自身、登院を登城と言うこの国の首都で。

川のこちら側には、真新しい高層ビルが立ち並んでいた。まだまだ建設途中のビルも沢山あった。ホテルが用意したパンフレットによると、ここはＯＧＰ――オオサカ・ガヴァメント・パークと名づけられ、西日本の官庁街になるのだそうだ。

アテンション・プリーズ。もともと大阪には官庁街など無かった。十六世紀の終わりにほんのちょっとの間、支配者秀吉《ひでよし》の居城が置かれたことがあるきりで、この町は管理や支配とはほとんど無縁だった。だから一九四五年十月十日、しかたなしここに首都がおかれたとき、それを現実に切り盛りしたのは、ほとんど大阪市役所の職員だった。

当初、通産省も郵政省も何もかも、大阪市役所の中に置かれていた。マッカーサーが市所管の自治業務を全部、区役所に譲り渡した結果、市役所はそのまま大日本国の行政府になってしまった。

収まらなかったのは大阪の市議会議員諸氏。なぜならそのとき、粗忽《そこつ》にも彼らはこう考えていたようなのだ。

『市役所の出納係長が大蔵省主計局長になってもうたんや。ほたら、わてら、国会議員まちがいなっしゃでえ！』

敗戦の翌年四月、大阪市が正式になくなり、二十一の首府特別区が治めることになった。

そして、新制度での国会議員選挙と大阪特別区会議員の選挙が公示されたとき、彼らが大阪市議会にバリケードを築いて籠城《ろうじょう》したのもむべなるかな。大阪市議会は無条件で解散廃止になったのだから。いやはや、これが世に言う大阪春の陣だ。

かくしたわけで、始めから立派な庁舎を持っていたのは日銀だけ、――日銀には桜ノ宮の川べりに立派な造幣局があった。――他の省庁はあちこちの貸しビルに分散し、国会を取り巻くような官庁街は、この町にこれまで存在しなかった。

しかし、大阪城の外堀沿い、こんなに願ってもない場所に七万坪もの土地がよく余っていたものだ。それについて、ホテルのパンフレットは次のように軽く触れているだけ。

『戦前は陸軍兵器廠《へいきしょう》、戦後は西日本最大の重機メーカー《日本アパッチ製作所》の本社工場であったが、移転に伴い、大日本国へ永代借地権を譲渡した』

私は吉家からもらった資料を放り出し、マグネラマで下界の風景を記録した。

マグネラマは光学ディスクに映像を記録する電子カメラだ。スクリプトワーカーとつなげば文字も入力できるし、マイクを装着して音声を絵に被《かぶ》せることもできる。コンピュータに直接入力しグラフィック処理することもできる。もちろんコンピュータ通信で映像をどこへでも送れる。今のところ静止画像だけだが、こんな便利なものはない。何しろ旅行用聖書ほどの大きさの機械がひとつあれば、映像と音声を普通の公衆電話からどこへでも送れるのだ。

ちょうど出勤の時間だった。会社員を満載した水上バスが恐ろしい混み具合で行き交っていた。航跡はまったくでたらめで、どの船も手前勝手に、自分の一番てっとり早い航路を取ろうと押し合いへし合い、警笛を鳴らし合い、ローマのロータリーの無秩序だって顔色なしといったありさまだった。

水上バスはどれも、色も形も大きさもセーヌ川のバトー＝ムーシュにそっくりだった。日暮れ時のラッシュを見てみたいものだと、私は思った。日本の造船技術は、観光客の貞操を脅かす満艦飾のネオンも、川辺のアヴェックを追い立てるサーチライトも、すべて滞りなく再現していたのだ。

ネオンばかりは、しかし、たとえばこんなふう。

《安心に御奉仕一世紀、犬印妊婦帯》

その《犬印》号が、ちょうどホテルの正面対岸の船着き場に接舷《せつげん》し、通勤客がどっと下船してきた。誰も彼も、男も女も、カーキ色のコートを着ていたので、ここからだと、それは川から地面にむかって腐った牛乳を吐き出したように見えた。

そこへ、ルームサーヴィスが朝食を持ってきた。

「相変わらず、トレンチコートが流行《はや》ってるんだな」私は英語で言った。

「はい、ここで下りるのはほとんど役人ですからね」彼も英語で答えた。

「民間の会社員は違いますよ。何といっても、あれは皆、役人ですから。それも国の役人です」

折り目正しいきちんとした英語だった。客室係のボーイだからといってバカにしてはならない。西日本では、郵政省の高級官僚がまず最初に郵便配達をさせられる。新聞記者も新聞配達を一年間義務づけられている。なにしろ、あの太閤《たいこう》秀吉でさえ、草履取りから仕事をはじめた国なのだ。

「役人が嫌いなんだね」私は何だか楽しくなって彼に尋ねた。

「ぼくが取り立ててというわけじゃありませんよ。誤解しないでください。長いものには巻かれろと言いますでしょう。伝統的に、大阪の人間はあれが嫌いなんです」

おやおや、これはしたり。長いものには巻かれろ？

正確にはこうだ。

『長いものには巻きつけ』

これは、父の口癖だった。もしかすると、大阪では『巻かれろ』と言うのかもしれないが。

さて私が注文した朝食は、スチームライスと焼き魚、卵焼き、竹の子の炊き合わせ、その他いろいろ。伝統的な日本の食事だった。しかし、これは夕食ではあっても朝食ではない。なぜなら、

「納豆がついてないじゃないか」

私は思わず声に出していた。

「な、納豆！」と、ボーイは声を震わせた。

「納豆がお好きなんですか」

「もちろん」

「やっぱりや」と、彼は日本語で独りごちた。恐ろしそうに首をふりふり、後ずさりながら、

「やっぱり、日本人の食い物やないんや。ようやっと判ったわ。あら、アカと毛唐の食いもんやったんや」

「君、毛唐っていうのはヨーロッパの白人の事ですよ」私は、日本語で応じた。それも、東側の言葉で、ついうっかりと。

「ぼくは、アメちゃんのクロンボです」

ボーイは悲鳴を上げ、朝食のワゴンを放り出し、部屋から飛びだしていった。

そのときまで、私は関西で納豆が蛇や蠍《さそり》のように嫌われていることを知らなかった。そう、共産主義や東京弁の日本語と同じくらい。

納豆とは腐らせた豆で、これをもっと腐らせ手を加えると、味噌《みそ》にも醤油《しょうゆ》にもなるという食物だ。普通はかき回して辛子と醤油をかけ、ご飯にのせ、混ぜながら食べる。昔のブルジョア家庭では刻んだネギを入れた。今では、東日本統一労働者党の幹部だけがそうすることを許されているそうだ。

まだ、私がこれを食べてみる以前、父は納豆をこう評した。

『これさえあれば百人力、旦那《だんな》衆には判らない複雑さ』と。

今、私は人から聞かれるたび、こう説明する。

『この奥深い味が判る奴は、アメリカ大統領にならないほうが身のためだ』と。

パンアメリカン航空の懸賞論文に応募するよう私にそそのかしたとき、父にはふたつの腹づもりがあった。

『もう一度、一度でいいから納豆とご飯の朝飯が食いてえんだ』

そして、

『お前に、本当の母ちゃんを紹介してやりてえのさ』

紹介してやる？　――そう、父は懸賞旅行は保護者同伴だと天から信じて疑っていなかったのだ。だから、ひとたびパンナムの代理人がその旅の概要を伝えてくると父は荒れ狂った。自分を連れていかないなら、息子を日本に行かせるわけにはいかない、と言って。

パンナムは折れた。父が私とともに日本へ行けるよう、担当者は会社に取り計らってくれた。

しかし、結局、父が納豆ご飯を食べることはなかった。ハナコさんに再会することもなかった。このときすでに、父は例の奇病に取りつかれていた。

父の左足が腫《は》れ上がり、まったく歩けなくなってしまったのは、日本へ出発するちょうど十日前のことだった。見る見るうち、父の足は緑色に膨れ上がり、まるで棘《とげ》のないサボテンのようになって、自慢のオーガスタスをその中に飲み込んでしまった。

おろおろする私達を尻目《しりめ》に、父は自分でどこかに電話をかけた。すると、翌日にはもう医者がヘリコプタに乗ってやってきた。

私も母も、これにはたまげたものだった。得体の知れない医療器具や検査機器が陸軍のトラックで運び込まれ、千ドルはするような高級スーツを着た医者が、父のことをまるでエリザベス・テイラーの飼い猫か何かのように、それはもう丁寧に扱ったのだ。

『驚くんじゃねえよ』と、父は言った。

『どれもこれも、あのクソ薔薇《ばら》園のクソ持ち主のおかげさ』

ルーズヴェルトさん、本当にどうもありがとう。

『こうなっちゃ、しかたねえ』

足をさすりながら父は意外にさばさば言ったものだ。『お前が俺の代わりに、ハナコさんに会ってきてくれ』と。

父は二十ドル札を五枚と手紙を一通、母に見られぬよう、そっと私に押しつけた。

『ハナコさんには、大阪の鶴橋《つるはし》って町で会えるはずだ。町一番のジャズ・クラブさ。《タイガーリリー》って言ったら、おまえ、大阪じゃ知らねえ奴なんかいやしない』

いやいやしかし二十数年前、私は父のその望みに報いることは何ひとつできなかった。

鶴橋！　その土地を何度、大阪の地図の上に探し、道筋を指でたどったか。

鶴橋！　そこへ行くことは、しかし叶《かな》わなかった。子供が行く場所ではない。誰もがそう言って、眉《まゆ》をひそめた。

納豆に同じく。

食事を平らげて新聞を広げていると、フロントから預かり物が届けられた。

すでに、私が納豆を所望した件はホテル中に知れ渡っていたようだ。荷物を届けにきたベルボーイは、受け取りにサインも求めず、後ずさりしながら私に紙袋を放りつけ、エレヴェータホールに逃げ去った。

紙袋の中には私の記者証と刷りたての名刺ひと束と携帯電話が入っていた。

携帯電話には、エプソンのスクリプトワーカーで打たれたフーメイ女史からの手紙が添えられていた。その内容は以下のとおり。

今日は終日待機すること、ホテルから出るときはこの携帯電話を持ち歩くこと、いつでも新潟に出発できるよう出張荷物をまとめておくこと、今日一日《飯沼勲》から連絡がなかったら、明日《あした》朝、支局で今後のことを協議すること、などなど。

『どっちにしろ、今日は完全休養日、ご自由にどうぞ』

手紙の最後の余白には、手書きでこんな事が書き加えてあった。

『日本人の前では、なるべく英語を使ったほうがいいって、吉家の意見。

こっちの日本人には、あんたの日本語は刺激が強すぎるって。まるで、よく練った納豆みたいにね。

この意味お判り？』

イエス・インディード。わたし、よく、わかりまーす。

これこそ、長いものには巻きつけ！　大阪では『納豆』など口に出すだけで反社会的なのだ。

きっと、あの黒い日本人の園丁頭がそうであったように。

そう言えば、彼にはもう一つ日本から持ち帰った口癖があった。こっちは滅多に口にはしなかったけれど。それもそのはず、こんな奴。

『神も仏もファックユー！』

7

鶴橋には、膚《はだ》の色の濃いガイジンばかりが住んでいるわけではなかった。まだ《壁》が健在だったその当時は、黄色いガイジンも住んでいた。もちろん日本語で言う在日外国人も、そしてわずかだが日本人も。いずれにしろ、タイガー・リリーという名の女が住む分には、実にふさわしい土地柄だった。

環状線鶴橋駅のエスカレータは壊れていた。私は、息を切らせて、それを駆けのぼった。地上に出る前から、焼肉の煙に取り巻かれた。それをかき分けかき分け、三百メートルほど歩いた。五輪筋の高架脚の下、道を屋根にしてびっしり並んだ不法建築が、軒並み焼き肉屋を営んでいて、甘辛い匂いの煙をひっきりなしに吐き出していた。あたりは真っ白、自分の鼻の先も見えないほどだった。

煙がやっと晴れたとき、私はその場に凍りついた。何と呆気《あっけ》ない。《タイガーリリー》の『ガ』と『リ』が抜けたネオンが真正面に、昼の陽をあびて、光っているではないか。

それは、五輪筋に寄り掛かるようにして連なる飲食街の、とっつきの一軒だった。上の道路をトラックが通っただけで、音をたてて全体が揺れるような店だ。一階は椅子が三つしかない床屋になっていた。その脇に腐りかけた鉄製の階段があり、トタンとベニヤで覆われ、ペンキと豆電球で酒場への入り口らしくしてあった。

もうひとり、それを見上げている男がいた。二メートルはあろうかという大男で、蒸気エンジンで動く乗物のような感じだった。だらりと下げた手には烟《けむり》のたつ葉巻が握られていたが、どれが葉巻でどれが指か、烟が出ていなかったら区別がつかなかったろう。

往来に居合わせた、いかにも仕事がないし、それを得る気力もないといった風情の男たちが、彼をじろじろ見つめていた。

いや、まったく、見る価値は十分にあった。百年前は鮮やかな卵色だったに違いないダブル前の麻のスーツに、日本の風呂敷《ふろしき》で作ったアンティークのアロハシャツを着ていた。浮世絵の男と女が紫の地の上で組んずほぐれつしているやつだ。頭には、くしゃくしゃに潰《つぶ》れたパナマ帽。足には槍《やり》のように尖《とが》った蛇革の靴。――彼の出《い》で立ちは、この町ではクラムチャウダー・スープに溺《おぼ》れたコガネムシのようによく目立った。

髭《ひげ》はなかった、髭の剃《そ》り跡もなかった。皺《しわ》もなかった。赤ん坊のようにつるつるの肌をした男だった。頑丈な便器のような顎《あご》と小型犬のような妙に愛嬌《あいきよう》のある潤んだ目をしていた。三十代にも見えたし七十代と言われても納得してしまいそうだった。

男がふいに動き、錆《さ》びた鉄の外階段に足をかけると、もうそれだけで建物全体が手前にかしいだ。高架道路の橋桁《はしげた》に鉄骨を支《か》っていなかったら、道路の方に倒れてきたかもしれない。半開きだったドアが、男の重みで勝手に手前に開いた。

男が《タイガーリリー》の店内に消えてからも、建物は揺れていた。飲み込んだ時計が鰐《わに》の腹のなかでチクタクと鳴るような音が、店内からひっきりなしに聞こえつづけた。やがて大きな音がした。ガラスが割れる音だった。

すると、ドアが乱暴に開き、頭をタオルでぐるぐる巻きにした女が店の中から出てきた。木のサンダルを鳴らして階段を下りてきた。

「あほらし！　何言うてけつかんねん！　あの、どあほ」

彼女は道路にぺっと唾《つば》を吐いた。

「どいつもこいつも、あんたらキンタマついてへんのかいな！　えっ？　どないなっとんねや」と、道端の男たちに叫んだ。

一人がにやにや、黄色い歯をみせて何か言い返そうとしたが、女がキッと睨《にら》み返すと、口をぴったり閉ざしてしまった。

彼女は口紅を除いて、すっかり化粧を終えていた。目の回りだけ、特に入念に。頰紅もたっぷりと。それでいて、髪の毛にはタオルのターバン、唇は白粉《おしろい》が被《かぶ》って真っ白け、――その様は、いや掛け値なし、私を震え上がらせた。

「何や何や、えっ、そこの黒い兄ちゃん、何とか言うたらどないや」と、彼女は吠《ほ》えた。

「すいません。日本語が喋《しゃべ》れないんです」

と、この黒い兄ちゃんは、吉家の忠告を思い出し、英語で言った。「何かお困りですか。あの大男が何かしたんですか」

「ああ、もうっ」女が金切り声を上げた。

「どいつもこいつも、頭ちぎれそうや！」

いきなり、駅の方へ走りだした。

私はこのとき、ほぼ四半世紀ぶり、なぜパンナムの世話係がひっちゃきになって、私に父との約束を果たさせまいとしたか理解した。

鶴橋という名を聞いたとたん、彼らは私から自由時間を完全に奪い取った。夜は夜で、眠るまで見張っていた。

結局、私は父の手紙をそのまま持ち帰った。五枚の二十ドル札にも手をつけなかった。しかし、そんな遠慮は無用だったのだ。

日本から帰ると、父の足のサボテンは小康状態を保っていた。医療機器の類《たぐい》はあらかた姿を消していた。寝室の片隅にカマボコ型の、ちょうど日本の炬燵《こたつ》のような機械がひとつ残っているきりで、朝夕、それに足を突っ込み十五分ずつ特殊な光線に当てるのだと言った。父は一人で歩けるほどに回復していたが、何かが彼からあの天才的とも言える罵詈《ばり》雑言《ぞうごん》を生み出す能力を奪っていた。

薬のせいだと思うんだけど、と、母はおずおずと言った。

父は手紙を黙って受け取り、金は取っておくように言った。私は少なからず驚いて、危うく椅子から落ちるところだった。こんな場合、父の口はM60小隊機銃のように動いて人を穴だらけにするのが常だったから。いや、まったく。

私が土産に買って帰った納豆を渡すと、父は唸《うな》った。

『これは、納豆じゃないんだ』

そう、父が泣くのを見たのは、あれが最初で最後だった。

『坊主。これは、甘納豆っていうんだ』

私はもちろん、多分父も知らなかったのだ。大阪では、甘納豆以外の納豆など、絶対に手に入らないことを。

それから四半世紀後の今、私は、ゆっくり味わうように《タイガーリリー》の階段を上った。

二階のドアはまた半開きの状態に戻っていた。私はそれを押し開け、中をのぞいた。

頭のすぐ上から、私が座れそうなほど大きな手が現れ、私の肩を摑《つか》んだ。そのまま起重機のように吊《つ》り上げた。

「おまえもか？」と、テキサス訛《なま》りのアメリカ英語で、あの大男が言った。

「探してはいない。言葉が通じなくて困っているんじゃないかと思ってね」

「誰が？」彼はおかしそうに微笑んで尋ねた。

「この俺が？　タコには、どんな言葉も通じないよ。タコに通じるのは拳固《げんこ》か現金さ」

大男は、鼠に嚙《か》まれた象のように切なく眉《まゆ》を歪《ゆが》め、私をやっと床へ降ろした。

「ここは、ハナコさんの店だったんだ。大昔、ハナコさんが歌ってたんだよ」

大男が顔を近づけてきた。

驚いたことに彼は全然酔っぱらっていなかった。麻薬をやっている様子もなかった。

「俺は誰かに乱暴をしにきたんじゃないんだ。そのことを店の連中に判らせてくれないか」と大男は言って、今度は両手で私を吊り上げた。両足が完全に床から離れた。

「俺はハナコさんに会いたいんだ。会うだけでいいんだよ。俺は、ハナコさんとはもうこれで四十年以上、会っていないんだ」

「わかった。しかし、ぼくを持ち上げるのは止してくれ。色は黒いが把手《とって》はついていない。ぼくは鞄《かばん》じゃないんだ」

「もし鞄だったら、俺は引ったくり強盗だ。俺がそんな悪党にみえるかね」

悪党には見えないが、強盗には見えた。そして、私は鞄そのもの、店内に運ばれた。

中はとても暗かった。窓は埃《ほこり》だらけの厚いカーテンに覆われていた。カーテンのない窓には紙が貼ってあった。床は凸凹のリノリウムで、あちこちが剝《は》がれていた。バーのカウンターは真っ赤なデコラ張りだった。ブースの卓子《テーブル》も同じ真っ赤だった。昔の列車の座席のように背の高いブース席は、どれもスプリングが飛び出していた。その上に、小さな提灯《ちょうちん》が無数にぶら下がっていた。モール、短冊、豆電球、百年前に終わったクリスマス・パーティーの後片付けが、まだ済んでいないみたいなありさまだった。

一番奥のバンド・ステージの手前に、色の浅黒い鼻の穴の大きな女が二人、ぼんやり座っていた。ステージにバンドが立ったのはもうずっと以前のことで、今ではおしぼりの箱やら酒の空ケースが山と積まれ、その上に壊れたアコーディオンが転がっていた。

反対の端にあるカード卓子には男たちがいた。しかし、私たちが入ってすぐ、その真上の明かりが消されたので、どんな連中が何人ぐらいいるのかは判らなかった。ただ、彼らがじっと息をひそめ、そこからこっちを油断なくうかがっているのだけは確かだった。

「酒だ。ギムレットをくれ」

大男は、カウンターのスツールに私をぽんと乗せ、自分は立ったままバーテンダーに言った。

「ギムレットをお願《ねが》えできしませんでっしゃろうか」

私は、冷汗をかきかき、うろおぼえの標準語に翻訳した。

バーテンダーは、十中八九、高麗民国人だった。残りの二か一は、日本人だ。北朝鮮の出身者は、一九五二年、朝鮮戦争停戦以来、帰国か帰化を迫られて、書類上、西日本にはいないことになっていた。そして、日本人は、まずこんなところで働いていない。ところが、

「すまねえな。標準語がよく判んねえんだよ」と、彼は日本語で言った。

「東側の言葉なら、ぼくの得意だ」私は応じた。

「君は、どこの人間だ」

「おきゃーがれ、てめえみたいな訳の判んねえゲエジンに、どこの誰かだなんて聞かれて黙ってられっかよ。はばかりさま、こちとら湯島天神下で産湯をつかったちゃきちゃきの江戸っ子よ。あの北関東の空っ風の風見鶏にでたらめなことをされなけりゃ、今ごろこうして、てめえらゼイロクだのゲエジンだのに、オベッカ使って生きてるもんかってんだ」

「この男は中国人か」と、大男が私に聞いた。

「日本人だよ。東京から亡命してきたようだ」

適当な訳語がなかったので、私はそう言った。しかし、西日本では、彼らのことを決して亡命者などと呼ばない。

『脱出してきた同胞』、『解放日本人』、――メディアによってさまざまだが、西日本でいちばん格調の高いよみうり放送は、放送用語指導用例で『脱出した日本市民』を使うよう、『放送業務に携わる職員全体』に『教育的配慮』を求めている。たいへん美しい日本語で、『あんじょう頼んまっさ』と。

しかし、政府の公式名称はまた別だ。越境東日本人の保護と援助、それに西における地位を取り決めた特別時限立法は、彼らをこう呼んでいる。

《復員者》

はじめは好意的な響きを持っていたのだろうが、今は逆だ。ことに、去年の暮れあたり、昭和天皇の危篤が伝えられると、大阪政府は東日本市民に対する復員アピールをいきなり止めてしまった。それどころか復員認定のハードルを高くして、一時収容施設からなかなか外へ出さず、扱いが中国やヴェトナムからの経済難民と変わらないではないかと、市民団体から非難されるほどだ。

ふたつの政府間に何らかの合意ができあがったのではあるまいか？　お疑いはごもっとも。事実、大阪も東京も最近では表立って相手を非難糾弾しなくなった。それと時を前後して、東は西の通商代表団を受け入れるようになった。そして最近、大阪で、復員者はこんなふうに呼ばれている。

《上がり一丁》

アテンション・プリーズ。上がりとは、東海道を都に上がってくる、あの上がりだ。

「酒だ！」

大男が、カウンターをどすんと叩《たた》いた。紫色のアロハの上で浮世絵の男女がフラを踊った。

「ギムレットをつくってくれないか」私は復員者のバーテンダーに日本語で言った。

「東の日本語ならよく知っているんだ。コンニチワ。大好キ。オオ・モーレッツ。ビックリシタナ・モウ」

と、大男が言った。

「ハナコさんは、それはもうきれいな東京官話をしゃべったものさ」

失敬！　私は、このときまで、明治政府によってつくられたかつての日本標準語が、東日本で東京官話と呼ばれていることを知らなかった。

官話の官は、言わずと知れた官僚の官だ。いや、まったく、かなわんわ。

「お客さん」と、バーテンダーが私の方へ身を乗り出して言った。

「アヤつけに来たんなら、一昨日《おととい》おいでってんだ」

私の肩が急に痛んだ。大男の手よりもっと固く乱暴な手がそこをつまみ上げたのだ。どこから出てきたのか、私の真後ろに背の高い胸の厚い黒人が立っていた。髪の毛は見事に縮れ、鼻はぺたんこで唇が厚かった。日本人のTVプロデューサーが、もしシェルビー家のアンクル・トム役をオーディションにかけたなら、私ではなく、迷わずこの男を選んだだろう。

しかし、彼はボルネオ島か、そのあたりの出身だった。

バーテンダーが、にやにや笑いながら後退《あとずさ》り、酒棚に背中をぴったりつけて身構えた。

黒い用心棒はゆっくり頭を振り、私に英語で言った。

「ニガーの来るところじゃねえんだ。怪我をする前に帰ってくれ」

「今、何といったんだ？」

大男が、びっくりした様子で私に尋ねた。

私の返事は次のとおり。

「ぼくのことを言ったんだ。あんたにじゃない」

大男はまた黒い用心棒に向き直り、

「ニガーのくせしてブラック・マンに向かってニガーとは何だ！　俺はこの半世紀、国に帰っちゃいないが、最近じゃそんなこと言うと、法律で死刑なんだぞ」

「幸いなことに、死刑にはならない」私は訂正した。

「チークダンスを踊るなら外でやってくれ」と、黒い用心棒はすごんだ。

それから私と大男の肩に手をかけ、錆《さ》びついたドアをこじ開けるみたいに割って入ろうとした。

大男の動きは素早かった。用心棒の手を払いのけ、同時に体をうしろに引いた。一瞬、姿が見えなくなった。

ヴェトナム戦争末期、海兵隊で教えていた格闘技だ。第二のヨーク軍曹と讃《たた》えられたリー・シャオロン曹長の英雄譚《たん》以来、教練に正式科目として取り入れられた中国風の武道。

アテンション・プリーズ！　リー曹長は新兵を連れて任地に向かう途中、輸送機の事故でユエ郊外の敵地にほとんど丸腰で放り出された。生き残った四人に、武器はナイフが三振り、拳銃が二丁、弾丸が二ケース、敵は四キロ四方に五百人。彼は若者たちを連れ、死地をまさに徒手空拳で縦断、全員無傷で帰還したのだ。

翌日、偵察隊が、その地域で敵の死骸《しがい》を数百体見つけた。大半が、首を折られて死んでいた。

リー曹長は教化指導部長に抜擢《ばってき》され、彼の編み出した格闘技は、その後二十年、海兵隊の必《ひっ》須《す》教科だった。米中が知的所有権に関する条約を結ぶまではずっと。

中国人は、鍼《はり》、灸《きゅう》、気功、それに中国武術の総《すべ》てに関して特許権を申請し、いち早く獲得していたのだ。

今では、中国人に特許使用料を支払わないと、空手で人は殺せない。たとえ、戦場だろうとどこだろうと。

しかし、鶴橋は別だ。

大男の体が見えなくなると同時に、彼の片方の足が電光のように閃《ひらめ》き、用心棒のこめかみをなぎ払った。黒いからだが吹き飛んだ。物凄《ものすご》い音をたて、床に頭からめりこんだ。

それで終わりだった。大男が体を引っ繰り返すと、目が真っ白になっていた。口が二倍に腫《は》れ上がり、歯茎から噴き出す血で、顔は熟しすぎたトマトみたいだった。

「ギムレットだ」

大男は、カウンターの向こうで凍っていたバーテンダーに言った。

「そんな酒、知らないんです。免許を持っていないんで」

「酒は免許でつくるもんじゃないぞ」

「この国では、そうなんですよ」

「出来ないなら、ジンロでいい」

バーテンダーは、震える手で酒瓶を取り、カウンターに置いた。

「氷だ。それに唐辛子を一本。他には何も要らないんだ」と、大男は言った。

「下手なマティニなんかとてもかなわない」

「ぼくは酒に煩《うるさ》くないんだ」私は言った。

「それにしても凄い名前だな。真実の露って意味だぜ」

大男は氷の入った二つのグラスに酒をたっぷり注ぎ、唐辛子を千切って放り込んだ。

真実の露かどうかは判らなかった。唐辛子以外、何の味もしなかった。

「おまえは、何でも知ってるんだな」

あっと言う間にグラスを空にすると、大男は二杯目を自分でこしらえながら言った。

「何でも知ってる大将。ついでに、ハナコさんのことも知ってるんじゃあるまいな」

私はどぎまぎして、質問をバーテンダーにパスした。

「君なら知ってるんじゃないか?」

「この旦那《だんな》さんに言ってやっておくんなせえ。あっしは、去年の春、着の身着のままで《壁》を跨《また》いで逃げてきたんでさあ。歳だってまだ四十にいっちゃいやせんぜ。そんな昔のこと、知るわけがありやせんや」

「ジンロだ」大男が叫んだ。

気付くと、半リットル入りの瓶が空になっていた。小皿のうえの唐辛子もなくなっていた。一杯で一本、唐辛子を食べていたようだった。口の端に、黄色く染まった種がついていた。

バーテンダーが、大瓶を出した。

「銭は払ってもらいますよ」

私がポケットを探していると、大きなピンク色のシャベルが私を押し退けた。大男の手だった。それが、豚革の札入れを出し、一万円札を卓子《テーブル》に叩きつけた。

「酒だけは自分の金で飲むんだ。俺は、酒に煩いんでね」と、彼は言った。

バーテンダーは、唐辛子と氷を用意し、三回りも大きなグラスにジンロを注いだ。

大男は、カウンターに背中で寄り掛かり、店内を見回した。奥の女たちはどこかへいなくなっていた。男たちの姿も、もう見えなかった。

彼は、がらくたを詰め込んだステージに長いこと目を細めていた。そこには、湯豆腐七十円、枝豆二十円などという黄ばんだ短冊がまだ剝《は》がれずに残っていた。値段から推して、たっぷり三十年は昔のものだ。その品書きの下には、手書きのポスターが貼られていた。埃《ほこり》と煙草の脂《やに》にすっかりかすれていたが、筆文字でこう書かれてあるのが辛うじて読めた。

《クリスマス、特別ジャムセッション／演奏・野々山定夫《ののやまさだお》とシティー・スリッカーズ／客演・渡辺貞夫《わたなべさだお》／エロチックショー・ウエンディー・ダーリング》

「昔の面影が残ってるなんて、絶対思わないでくれ」

大男が私の背中に言った。

「こんなもんじゃなかった。ハナコさんはときどき、気が向いたときしか踊らなくなってた。この店を手に入れてから、もう踊る必要なんかなかったんだ。俺たちは、結婚するはずだったんだ」

「どうして、そうならなかったんだ？」

足許《あしもと》でうめき声が聞こえた。目を覚ました用心棒が、ゆっくりブースの間を這《は》って行った。

私たちは長居をしていた。しかし、大男は気にもとめなかった。

「東京でぶち込まれたんだ」彼は酒を飲み、呟《つぶや》いた。

「ぶちこまれた？」

「一九五二年のことだ。西日本が独立する前の年さ。そのころは、連合軍東京司令部にもわが軍の椅子があって、俺はＧＨＱの連絡課員としてこっちとあっちを行ったりきたりしてたのさ。それが、ちょっとした儲《もう》け話に手を出して、アカ共に足をすくわれちまった。その後、俺がどこに居たと思う」

「オリンピックの強化合宿か」

大男は大きな声を出して笑った。手元のアイスペールがビリッと震えた。

「監獄さ。東京で三年。出たときはもう、東側はガチガチの共産国家だ。俺の居場所はありゃしねえ。西日本は俺を引き渡せときた。身柄をひっくくって、裁判にかけるんだとよ。儲け話に欲をかいたって言ったろう。その一件で、FBIは、俺のことを売国奴にしてやろうと手ぐすね引いていやがったんだ。あの当時は、ナイロンストッキングを東京の女にくれてやっただけで、戦略物資を敵国に売り渡したって、そりゃあもう大変だったからな。もちろんアメリカにも帰れねえや。――しかたない、俺は新潟から船に乗ったよ」

彼はまた笑い、ピンク色のシャベルで浮世絵が描かれた胸を叩《たた》いた。

「俺はペパーっていうんだ。オーリック・G・ペパー。軍曹と呼んでくれ」

「海兵隊だね」

「ウフウム」大きな軍曹は曖昧《あいまい》にうなずいた。

私は名乗り、CNNが用意した名刺を出した。刷り上がったばかりの新品。アメリカが日本から学んだ最も偉大なビジネスツール。

彼はそれを読もうともせずポケットにしまい、私の手を握った。

背後で物音がした。出入口とは別の一角でカーテンが捲《めく》れ、その奥でドアがパタンと閉じたところだった。カーテンが落ち、ドアは見えなくなった。足許からそちらに向かって、床には血のあとが点々とつづいていた。

「あいつはどこへ行った？」

ペパー軍曹が言い、私が通訳した。

「向こうの棟とつながってるんです」バーテンダーが答えた。

「向こうには何があるんだ」

「事務所でさあ」

「ヤクザの事務所か？」

「いやあ。ガイジン連中の共済組合みたいなもんで」

「シンジケートの事務所があるそうだ。日本のヤクザ組織じゃない」私は軍曹に言った。

「事務所なら、前の持ち主の記録が残ってるだろう」

言うなり、酒を一息に呷《あお》った。

「その手の事務所じゃないんだよ。言っただろう、日本ヤクザじゃないって。記録どころか電卓ひとつ置いてないかも知れない」

「二杯分残しておいてくれ」

酒瓶を指し、ペパー軍曹は腰を上げた。

「戻ってきて、乾杯が出来るようにな」

「ぼくを独りで残していくのか？」私は呼び止めようとした。

「ぼくはすごく喧嘩《けんか》が弱いんだぞ」

しかし、ペパー軍曹はもうドアのところまで行き、カーテンを捲り上げていた。引っ張ると、ノブがもぎれた。鍵《かぎ》が掛かっていたのだ。ノブを後ろに放り捨て、錠の上を二回蹴《け》った。嫌な音がして框《かまち》がめりめりと裂け、ドアがだらしなく開いた。

　大きな後ろ姿がカーテンに隠れた。追いかけて行ったらどうだろう。いや、ドアの向こうの廊下は、赤いランプの光に怪しく染まっていた。こっちの方が、幾分なりとも居心地がよさそうだった。

「ぼくに指一本でも触れたら、君の頭をその酒瓶で叩き割ると言ってったんだ」

　私はバーテンダーに言った。

「判ってまさあ。お互い、よそ者じゃねえですか」

　彼は、グラスを磨きだした。磨きながら、ゆっくり流し台の前から俎《まないた》の方へ移動していった。

　私は、それを横目で見ていた。

　バーテンダーの手が、さっと動いて、カウンターの下にもぐり込んだ。

「あの男は、東日本の刑務所に入ってたんだ」

　私は咄嗟《とっさ》に大きな声を出した。

「それを忘れない方がいい。──その他にもあちこち、全部で十八年だ。それが、どんな意味か判るか」

「こちとら素っ堅気でござんすからねえ。ちっと判りかねやすな」

「ぼくもだ」と、私は言った。TVカメラが目の前にあれば話は別だが、そうでない今としては、これでも落ち着いている方だった。

「ぼくも無関係なんだ。道路を歩いていたら、通訳がわりに連れ込まれてしまった」

「本当ですかい？」

「ああ、本当だ。嘘じゃない」私は、CNNの記者証を出して見せた。

「あ、あの有名な」

バーテンダーが驚いて両手を上げた。カウンターの下から出てきた右手はロシア製の小型拳《けん》銃《じゅう》を握っていた。

彼は、それを一瞥《いちべつ》して照れ臭そうに笑い、慌ててカウンターの下へ放り込んだ。

「すんません。いやあ、おみそれいたしやした。――で、旦那さん、今回の御用事は？　やっぱり《不幸の手紙結社》で」

こういうとき、立派な取材記者は次のようにふるまう。

「ウフウム」

「あっしは、大したことは知りやせん。ただ、あっしがこっちへ脱出したとき、銭を払って《壁》まで送り届けてもらった連中から、その名前を聞いたことがありますんで」

私は懐でそっとスクリプトワーカーの電源を入れ、カウンターの下、まったく手さぐりで入力した。

『フコウ・ノ・テガミ・ケッシャ』

それから返す手でベルトの腰のあたりに吊《つ》るしてきたマグネラマを取り出した。

「越境組織だね」

「へえ。でも、それが本業じゃないってことでさあ。東京政府に背を向けるものすべてに関与し援助するってえのがそのスローガンだそうですぜ」

「その西側出先機関が、この店の経営者か？」

「いやいや、とんでもねえ。ここは、先刻も言ったとおり中国人の裏社会の、まあ何てえか、互助会みたいなものが経営してるんで。前の持ち主との間に何かあったらしくって、しょっちゅう揉《も》めてるんですよ」

「前の持ち主？」

「日本人の婆さんです。この近くに住んでいて、日本のヤクザに顔がきくんです。だもんでね、あのでっかい旦那《だんな》が押し込んできたとき、あっしらは、また奴らの嫌がらせかと、――」

銃声が、彼を黙らせた。黙ると同時にカウンターの中に身を隠した。

私には、隠れる場所がなかった。銃声は、私の背後、ペパー軍曹が入っていったドアの奥から聞こえてきたのだ。

私はマグネラマのモードをフルオートに合わせ、腰溜《こしだ》めに構えると、カーテンの方へ歩いた。一歩行って、考え直した。そこでじっとしていると、カーテンが捲れて、大男が姿を現した。私は反射的にマグネラマのシャッターを切った。ファインダーを覗《のぞ》かぬまま、何度も当てずっぽうに。

彼の手は、銃身を半分に断ち切ったポンプアクションの散弾銃を握っていた。銃床も半分に切ってあった。彼の手に握られると、婦人用のコルトみたいに見えた。

「ハナコさんとはここで四十七年前に会ったんだ。そのときは、大阪でも有名なジャズ・クラブだった」

彼は呻《うめ》き、ポケットから捻《ひね》り出したウォッカの瓶をがらくた置き場と化したステージに投げつけた。瓶が割れ、酒をまき散らした。

「ハナコさんは、どっちにしろ、こんなしけた場所に帰っちゃこねえ」

オイルライターを点火して、ステージのがらくたを濡《ぬ》らした酒にそれを放った。ぱっと青い火が広がった。そこに散弾銃も投げ入れた。くるりと背を向け、出口の方へ歩き出した。

「おい、ちょっと待ってくれ」私は、その巨《おお》きな背中に叫んだ。

「酒はどうするんだ？　乾杯用に二杯とってあるんだぜ」

彼はふり返った。

「次まで取っておけるか？」

「自信がない」と、私は言った。

「酒には煩《うるさ》くないが、だらしないんだ」

彼は大きな声で笑った。

「また、バーテンダーを脅すさ」

それから、すたすたと出ていった。

後を追おうとしたが、そのときはもう火が段ボール箱に燃え移っていた。バーテンダーはと見ると、とっくに姿がなかった。そのまま、彼のあとを追うべきだったかもしれない。

しかし、私は反対に歩き、隣の棟に繋《つな》がっているドアを開けた。目を覆いたくなるようなありさまだった。真っ赤なライトと赤い絨毯《じゅうたん》のせいで、頭がくらくらした。しかしそのお陰で、私は血をほとんど見なかった。

はっきりしているのは、ひとりはまだ生きていて、もうひとりは何とか死なずにいるということだった。生きている方は自分で自分をきつく抱きしめ、中国語で悪態をつきながら床を転げ回っていた。死なずにいる方は、片腕が絞りすぎたぼろ雑巾《ぞうきん》のようになっていた。黒々した液体が止めどなく流れ出ていた。しかし、そんなことにはおかまいなし、彼は天井をかっと睨《にら》んで荒い息をしているだけだった。その天井には、大きな穴が空いていた。

声をかけたが、ふたりとも、自分以外のことにまったく興味がわかないようだった。

私は、カウンターの所に戻り、電話で救急車を呼びながら消火器を探した。

ステージの火を消し終えたときは、オーリック・G・ペパー軍曹もバーテンダーも、追いかけたところで無駄なくらい、たっぷり時間が経っていた。

もちろん、日本の優秀な警察が駆けつけるには、十二分な時間が。

8

私は（当たり前のことだが）ガイジン登録証を持っていなかった。

ガイジン登録証とは、西日本が、アムネスティやら国連人権委員会やらはもちろんのこと、つい去年は北朝鮮＝大韓《だいかん》社会主義共和国の国際人民法廷からまで反人道的と決めつけられ指弾された出入国管理法によって、外国人居住者に二十四時間持ち歩いているように強制しているIDカードの正式名称だ。

同法廷は、イーゴリー法も同じように人道に反していると弾劾している。まあ、無関係ながら、お耳汚しに。（もちろん日本の言い回し）

さて、その出入国管理法は九条の二で、次のように言っている。

『当該外国人は、血液検査、検便、検尿のうえ、所轄警察署に手足の全指紋を登録し、初めてこの証書の交付を受けることが出来る』

私は、臨時雇いの特派員、いわゆる在日外国人ではない。

しかし、大阪府警の警邏《けいら》巡査に、そんなことが理解できるだろうか？

「逮捕や。逮捕やで」背の低い小太りの警官が笑って言った。

「登録証不携帯はなぁ、おまえ、死刑かもしれへんで」

もう一人は、鼻が潰《つぶ》れていた。小便器のような顎《あご》、庇《ひさし》のように出っ張った額、剣呑《けんのん》な金壺《かなつぼ》眼。

私は記者証を出し、日本語で、――彼らが言うところの東京官話で名乗った。

「たまたま取材に来ていただけなんだ。それを、あの男に引きずり込まれた」

「今、なんて言うたんや、この黒いの」

「よう判らへんなあ。なんや知らん、中国語とちゃうか」

「さよか。中国語は、全然あかん」

「May I speak LARK ?」私は尋ねた。

「公務執行妨害や」金壺眼が言った。

「大阪の警官に英語しゃべったらあかん。法律違反や」

「君達はぼくをからかってるのか」

「あかんあかん。また中国語や。食えんやっちゃなあ、この黒いおっさん」

金壺眼が私の手から記者証を取り上げ、引っくり返した。そっち側には、日本語が書かれていた。

「こんなドグサレもん、どこで買うたんや」

「王様のアイデアちゃうか」もう一人が笑った。

「あかんなあ、こないな物、勝手にこしらえたら。おまえ、犯罪やでえ」

「オッサン、どっからきたん？」

「アメリカ合衆国だ」私は答えた。

「もう一度だけ、注意したったるわ。警官に嘘こいたらあかん。憲法違反や」

「冗談も、日本語で言わんかったら、冗談ですまへんで。え？　黒いおっさん。こないな小んまいアメリカ人、どこにおんねんな」

「アメリカ人が、どないしたらこないな場末の酒場で働くようになるんや」

結局、無罪放免されるまで、四時間かかった。取り調べは二時間ほどで終わったのだが、彼らはしまいに、私に向かって請求書を突きつけたのだ。

「今日び、ただで済むもんがあったら、教えてほしいわ。勉強しといたったで。これでも高いゆうんは、おまえ、ほんまアメリカ人やないんやろ」

私は、高い安いをゆっているのではなかった。（金額は千八百七十四円、消費税込み、だった）当然お気づきの方もいるだろうが、始末書を取って用紙代と印紙代、代書手数料まで請求する警察がどこにあるだろう。

ここにある。

私が支局に電話をかけ大使館のしかるべき筋に連絡するよう頼むと、少し態度がやわらいだ。腰も低くなった。結局、大使館への連絡をしない代わり、彼らは代書手数料、千円の請求を取り下げた。

それでも電話代はきっちり取った。「ホンマもんのアメリカ人なら、ホンマもんらしゅう太っ腹なとこ見せな、あかんで。それが礼儀とちゃうんか」と、言って。

西日本の官公庁は、このとおり独立採算制を大胆に取り入れている。それを日本の新聞用語で『営業官庁』と言う。警察は？　もちろんトップクラスの営業官庁だ。

ところで、翌日の警察発表によれば、あの赤い床に倒れていたふたりは中国から来た密入国者だった。床を転げ回っていた男は足の指を少し失くしただけで、翌日、警察の尋問に途切れ途切れ答えた。

彼があの事務所の主《あるじ》であり、店の事実上の経営者だった。名義上の所有者は鳥取に住所も戸籍もある日本人で、決して架空の人物ではなかったが、なかなか見つからなかった。ずっと後になって、警察が彼を見つけ出したとき、彼は新世界の地下道に段ボールでこしらえた小屋に住んでいた。事件のころは、釜ヶ崎《かまがさき》の木賃宿で寝起きし、ときどき道路工事をして収入を得ていた。しかし、彼は《タイガーリリー》の他にも店を数軒持ち、年に二十数回、海外に出かけていた。出入国管理事務所の記録に残っていたのだ。そのパスポートの申請写真は、むろん彼のものではなかったが。

あの事務所は、そもそもそうした目的のためにつくられた《互助会》だったのだ。人知れず西日本に入り、働き、爪に火をともして貯金するような勤勉実直な労働者の権利を守るための。

あの大男がいきなり飛び込んだのは、そんな場所だった。

中国人の片われはびっくりして護身用の散弾銃を取り出し、彼を脅そうとした。

大男はとっさに銃身をつかんで奪い取ろうとした。もみ合ううち、銃は暴発して、相手の肩から手首にかけて散弾の雨を降らせた。中国人は、翌日を待たずに病院で死んだ。

大男はもう一人に何か言い、相手が返事をしないとみるや(広東語と簡単な日本語しかしゃべれなかったのだ)床に向かってぶっ放した。いくつかの散弾が、サンダルを履いた足の先に当たった。

これが、ことの顚末《てんまつ》。西日本の警察は、オーリック・G・ペパー氏を一件の傷害致死ともう一件、殺人未遂の容疑で緊急手配した。床とはいえ、散弾銃を『人が立っている方に向けて意図的に引き金を引いたから』だそうだ。

ところで、私は、名前以外、彼のことは何も警官に話さなかった。問わず語りに聞かされたハナコさんとの経緯はもちろん、彼がアメリカ海兵隊の軍曹だったということも。そして、私のマグネラマに残された彼の映像のことも。

あの大男に会ったのはまったくの偶然だった。仕事ではなかった。何ひとつ秘匿すべき理由はなかった。法的にも、倫理的にも、警察に話すべきだった。しかし、道義的には？

玄関まで送ってきた（このときは、よほど教えてやろうかと思ったが）金壺眼は、腹を抱えて笑いだし、私の肩を叩《たた》いてこう言ったのだ。

「ああ、おもろかったわ。また、来《き》いや。待っとるさかい」

警察署は三十階建ての高層建築だった。見上げると、五階から上の窓辺には洗濯物がたなびき、薄べったい布団がひるがえっていた。

アテンション・プリーズ。大阪のたいていの警察署は、こうして上階を高層アパートにしている。《営業官庁》の腕のみせどころ。交通至便、商店至近、治安極上、管理人の押し出しの良さは太鼓判。かつては四年待ち六年待ちで入居者が殺到したそうだ。

しかし、いつのころからか《絶対に捕まらない空き巣》だの《完全に迷宮入りのパンティ泥棒》だのが横行し、今では家賃を陰でダンピングしても空き室が埋まらない。事実、この鶴橋警察署の上も、人けのある窓は半分ほど、合板でしめ殺した窓も少なくはなかった。

私は黙って、警察署を後にした。金壺眼はいつまでもいつまでも手を振り、私を見送った。

「毎度おおきに！」

陽はとっくに傾いていた。五輪筋下の飲み屋街には、もうネオンが灯《とも》りはじめていた。白や紫、薄墨色の煙などがごちゃ混ぜになって道路に霞《かすみ》をかけていた。焼肉屋の煙だけではなかった。トルコ人の屋台ではシュルーマが油を滴らせながら回転し、マレー人の店ではまっ黄色のサテが焼き鳥コンロの上で音をたてていた。烟《けむり》も色とりどり、匂いはもう、言葉になるようなものではなかった。

行きつ戻りつ、何度か角を曲がって、私はやっと《タイガーリリー》を見つけた。

店の前には黄色と黒の斑《まだら》のロープが張られていた。窓は覆工シートで塞《ふさ》がれていた。二階に上がるドアの前には、若い警官が一人で張り番をしていた。

私は彼の前をゆっくり行き過ぎた。

そのときだった。例のちゃきちゃきの東日本人のバーテンダーが、私の目の前を横切って行ったのは。

彼は、私にまったく気づかなかった。わき目もふらず道路を横切り、五輪筋とは反対の並びの、お寺のような形をした古ぼけたビルに入っていった。

高い煙突が日本の古典的な火葬場を思わせた。しかし、その煙突には次のような文字が、赤いペンキで描かれていた。

ゆ

私は横長の玄関先に立ってしばらく耳を澄ませた。

何も聞こえてこなかった。話し声も、足音も、TVの音も、何ひとつ。

がらり戸は釘《くぎ》で打ちつけた跡があった。私は音を忍ばせてそれを開いた。

そこは公衆浴場の脱衣室だった。広い板の間の部屋が仕切り壁で真っ二つに分けられ、それぞれの入口に《男》と《女》と書かれたふたつの暖簾《のれん》が垂れ下がっていた。《男》の暖簾を潜っていくと板の間の隅には壊れた籠《かご》が山のように積み上げられ埃《ほこり》をかぶっていた。高い位置に明治天皇と昭和天皇の肖像写真が並んでかけられていた。天皇は二人とも、物凄《ものすご》く肩のこりそうな軍服を着ていた。ロックフェラー・センターのクリスマス・ツリーのような飾りつけでいっぱいの帽子をわきばさみ、胸にはありったけの勲章が輝いていた。

脱衣場の板の間の真ん中には机が二つあり、有線電話と古ぼけたスクリプトワーカーが乗っていた。明かり取りの窓はガラスが薄紙で塞がれ、風呂場《ふろば》へ続くがらり戸はガラスが外され裏からベニヤで目隠しがされていた。

その奥の薄暗がりから、饐《す》えた臭いが漂ってきた。押入れの奥に忘れられ黴《かび》が生えてしまったドロップのような臭いだった。

空から笑い声が降ってきて、私の周囲でわんわん反響した。男の声だった。風呂場の中で誰かと誰かが談笑しているのだ。

私は机に上り、さらにそこに積んであった書類ケースの上に乗って欄間から風呂場を覗《のぞ》いた。私の背丈は、六フィートより五フィートの間ぐらい。そこで爪先立っても、湯船の上の壁いっぱいに描かれた絵しか見えなかった。

それは頂上に雪をいただいたラベンダー色の山だった。裾《すそ》広がりな三角錐《さんかくすい》のてっぺんをちょんと切り取った、――粉砂糖がかかったババロアのような、それはもう美しい山だ。

シャカはもちろん天皇もアマテラスもまだ登場しない太古から、日本人はこの山を朝な夕なに拝んできた。多分五千年はたっぷり拝んできた。この山は彼らの信仰心の中心だった。この山が見えるあちこちで、山頂にむかって一直線に置かれた平たい石を見つけることができる。これは日本で最古の宗教遺跡だ。

日本人なら、東も西も老いも若きもその名を知っている。天下に名高い富士山。アメリカ大陸の日系一世なら、その名を聞いただけで泣きはじめる。見たらなおさら、たとえ、どれほど安っぽいペンキ絵だろうと。

アテンション・プリーズ。日本の公衆浴場は、競泳用プールのような大きなバスタブと、その背後の壁一面にペンキで描かれた大壁画が特徴だ。

戦争前までは、このペンキ絵にもいろいろとバリエーションがあった。ライシャワー教授のアルバムで見るかぎり（教授は占領下、百四十四点のペンキ絵を写真に収め、コレクションしていた）、一番多いのは宮島の厳島《いつくしま》神社、次が京都の金閣寺だ。中にはボッティチェルリの《ヴィーナスの誕生》もあった。

『これは、戦争直後の一時的な現象だ』と、スライドを教室のスクリーンに映しながら、先生は説明した。

『軍国主義的な抑圧体制が一挙に崩壊して、人々の気持ちを解放の高揚へと押し上げた。その結果だよ。敗戦後の五年間、エログロ・ナンセンスが大阪を中心に西日本の文化を捕らえたんだ』

しかし、ボッティチェルリがエログロ・ナンセンスとは？　いやいや、無理もない。よく見ると、この貝殻のなかのヴィーナスは、下半身の局部を髪ではなくタコの足で、もう実に複雑怪奇に覆い隠しているのだ。

『この時期が過ぎると、都市部に公衆浴場がどんどん新設される』と、先生はつづけた。『身だしなみに気づかう余裕を、彼らはやっと取り戻したが、まだ風呂付きの住宅は高値の鼻だった（これは、日本の言い回しだ）』

戦後の風呂屋新設ラッシュは、一九五〇年代の後半まで続く。戦後になって造られた風呂屋のペンキ絵は九十九パーセントが富士山、ペンキ絵は数年に一度描き替えるものなので、戦前からある風呂屋もそのたび次々と富士山、どこもかしこも富士山、それもこうして広重《ひろしげ》や横山《よこやま》大観《たいかん》が描いた時代の富士山、頭を雲の上に出し雷さまを下に見る日本一の富士山、今はもう見ることのできない姿の富士山なのだ。

そう。富士山と呼ばれる山は、今も変わらずそこにある。しかし、それは今、爆発の残骸《ざんがい》がころがる台地にすぎない。

爆発？　噴火ではなく？　いかにも。アメリカでは（あの戦争世代にさえ）あまり知られていないので、お断りするのだが、富士山をギザギザのカルデラに変えてしまったのは自然界のマグマが噴出したせいではない。言わずと知れた原子爆弾の核爆発のせいだ。

長崎に原爆攻撃が加えられる三日前のこと、アメリカ軍は日本海の中心都市、新潟に投下するつもりだった史上初の原子爆弾を、あろうことか富士山の火口に落としてしまった。事故と不注意と不運がジャックポットのように重なった結果、――ということになっている。

ともかく、それが誘発した火山噴火のために、富士山は標高を四分の一、体積を五分の一ほど失い、麓《ふもと》では、御殿場《ごてんば》を始めとする二百以上の市町村と、人命八千が失われた。増えたのは、湖と滝だけだった。それまで富士五湖と呼ばれた北山麓《さんろく》の観光名所は、土砂崩れと湧水《ゆうすい》によってその数を一挙に十一湖に増やした。滝は、何といっても、臼塚《うすづか》の滝が有名だ。ことにあの田子ノ浦にうちいでて見てみると、今では食いかけのバウムクーヘンみたいに姿を変えた富士山の、それは嘆きの涙のようにも見える。中腹から湧き出し怒濤《どとう》のように流れ落ちる伏流水が、夕日を浴びて赤く輝いているときならば、それこそ世界一大きなアッカンベーのようにも見えるだろう。

アテンション・プリーズ。アッカンベーとは日本の幼児がする侮蔑《ぶべつ》の仕種《しぐさ》だ。成人女子も、ときおりステディな男友達に対してやってみせる。そういえば先月、吉本シヅ子大日本国首相が、アメリカ通商代表、ヘレン・グレイル女史の背中に、このアッカンベーを投げつけ、国会が紛糾したばかりだ。

私は、富士山のペンキ絵にすっかり気を取られていた。

風呂場のなかを、こっちへ横切ってくる足音には、最後まで気づかなかった。

「どなたやねんな?」と、声がした。たどたどしい日本語だった。

「どなたやねん。そこで、見てはるんは」

いっせいに灯がともった。風呂場が、目を差し貫くほど明るくなった。

「《タイガーリリー》のバーテンダーに会いたくて来たんだ」

私は大慌てで床に飛び下りた。「怪しい者じゃない」

戸がガタピシ音をたてて開き、強烈な光が躍り出してきた。

私は、思わず手を翳《かざ》し、目を細めた。

風呂場は、男湯と女湯を仕切るタイル張りの壁が乱暴に取り払われ、ひとつになっていた。

取り払ったというより、ぶち壊したという方が正しかった。

二つの風呂には水が満ち、天井から針金で吊《つ》るした数百の裸電球でギラギラと光り輝いていた。目が慣れると水面にびっしりミミズのようなものが浮かんでいるのが見えた。もっと慣れると、ミミズなどではない、モヤシだということが判った。

戸を内側から開けたのは小太りの中国人だった。その男が、仕種で中へ招いた。

私は、風呂場に降りた。饐《す》えた臭いがひときわ強くなった。

「新しいカクテルの研究か？」

私は、バーテンダーに声をかけた。彼は太腿《ふともも》まであるゴムの長靴を履いて、風呂桶《おけ》の縁に腰掛け、木のへらでモヤシを掻《か》き回していた。

「アホ言う、違いまんねんな」と、背後の中国人が言い、鼻で笑った。

「今の今まで、モヤシはただ食べるだけだと思っていた」と、私は言った。

「中国じゃ、乾して粉にして鼻から啜《すす》るのか？」

「この人、誰やねん」

「お客さん。こいつあちょいと、悪ふざけが過ぎるんじゃございませんか？」と、バーテンダーが言った。

「ここは、あっしらが地主から正規に借り上げた家作でござんす。旦那《だんな》がしてることは、さしずめ不法侵入ってことになりやすぜ」

「難しい。あなた、言葉、判らへんね」中国人がバーテンダーに言った。

「宗《そう》さん。ちっと黙っておくんねえ。この旦那は別に怪しい人じゃない。もちろん商売敵でもねえ」

　私は、それには同意して大きくうなずいた。

「商売の邪魔をする気はない。しかし、いったい何の商売なんだ？」

「高麗種のモヤシを作ってるんでさあ」と、バーテンダー。

「高級料理屋向けのナムルです。旦那、品種が違うんで。ゼンマイも、大根も、違うんでげすよ。こういう、じめじめした場所でないと育たないんでさあ」

「君のことを、立派なバーテンダーだと思っていた」

「《壁》のあっちじゃ、バーテンダーなんて碌《ろく》な職業じゃない。二等級三号俸、そのくせ統労党幹部に姻戚《いんせき》関係者がないと、まず免許がもらえねぇ」

「こっち側では、決してそんなことはない。試しにロイヤルホテルで一杯やってみたまえ」

「あっしには、どこも同じでさ。いくら洋酒を混ぜ合わしたって、蕎麦《そば》をザザッとたぐりながらキュッとやる一杯にゃとてもかなわねえ。——やっぱし、人間、まっとうな銭儲《もう》けが一番でさあ」

「都会型の農業というわけか」私は言った。

「ところで、《タイガーリリー》の前のオーナーのことなんだが」

「もう、今日っかぎりで、あの店は辞めさせてもらいやした。この商売がやっと軌道に乗りやしたんでね。これからはこの宗さんと二人、真っ当に生きていきやす」

　言うと、彼らはどちらからともなく、同時にはっしとばかり手を握りあった。

「前のオーナーがどこに住んでるか知っているんだろう」

「西風荘《せいふう》って木賃宿でさ。この一丁先を、西に折れたところで」バーテンダーが言った。

「その宿の女将《おかみ》ってのが、《タイガーリリー》の前のオーナーのつれあいでさあ」

私は別れも告げず、その部屋を飛び出した。

9

西風荘は防腐剤で黒く塗りつぶした板張りの二階屋で、京都オリンピックの以前から、そこに建っていたに違いなかった。道路側を板塀に囲われ、屋根は、かつては立派な瓦葺《かわらぶ》きだったのかもしれないが、今では汚れたカラートタンが打ちつけてあった。

がらり戸を開けると、框《かまち》の上の方で鈴が鳴った。

それでも、暗い廊下の奥に人の気配はなかった。私は、内側から戸を叩《たた》いた。収まりの悪いガラスが嫌な音をたてて揺れた。廊下の片側はずっとガラス戸で、黄ばんだ白布に覆われていた。カーテンではなかった。布がただ画鋲《がびょう》で留めてあるだけだった。

やっと、足音が聞こえ、初老の女が、洟《はなみず》をかみながら姿を現した。

元気のない女だった。髪の毛も顔も、一昨日《おととい》買ったまま食べ忘れた綿菓子のようにしおたれていた。胸は薄く、尻《しり》は平たく、広い世界でもこの日本でだけ、ハワイのフォーマルドレスと信じられている布袋でその体を包んでいた。足にはソックスがだらしなくまとわりついていた。スリッパは履いていなかった。手の指にだけ、赤いマニキュアが剝《は》げ残っていた。

「部屋なら、――」と、欠伸《あくび》まじりに言いかけ、私の顔に目を留めた。言葉をふいに飲み込んだ。

「ちょいと。ジョークはデイ・ビフォア・イエスタデイにカミン・ホームよ」癖の強い英語で言い直した。むくむくと勢いよく、元気が彼女に満ち溢《あふ》れた。

「ブルックス・ブラザーズで服を買うようなブラザーが、何をマター・ウィズ・ユーさ」

ブルックス・ブラザーズ？　どっこい、一昨年《青山》に買収されてからこっち、私はバーニーズ・ニューヨーク一辺倒なのだが。

「聞きたいことがあるんですよ」私は英語で応じた。

「二ブロックほど北でやっている《タイガーリリー》のことなんです」

「あんた、キディン・ミーもほどほどしてよ」彼女は語気を荒らげた。

「オールレディー、アワカンツリーは立派にインジペンデントなんだからね。MPだろうがGIジョーだろうが、あたしらシチズン、言いなりにできると思ったらビッグ・ミスアンダスタディングもいいとこよ！」

「ご主人が、アメリカ軍人なんですか」私は、咄嗟《とっさ》に聞き返した。

「何をトーキング・アバウトかね、このブラザーは。そりゃあもうずっとオールド・エイジの話だよ。あんたたちが、ネグレクトって腹なら、あんた、こっちもジャパンのポリス、コールしてファイト・ウィズ・ユーだからね！」

「奥さん。ぼくは軍人じゃありません」

私は記者証を出した。彼女は、それを何度も引っ繰り返し、しまいには明かりに透かして眺めた。

そこで私は名刺を渡した。

「あらまあ」と、彼女は言った。言って髪を手で梳《と》かしあげた。

「あら、やだ、あの有名な？」

どうやら、CNNは日本で相当にあの有名なもののようだ。

「ごめんよ。あたしの名は春子《はるこ》。ハルって読んでくれりゃいいよ」

彼女の声は急に柔らかくなった。同時に、その英語もまた。

「苗字《みょうじ》はなんとおっしゃるんですか？」

「苗字なんか忘れちゃったよ。お袋が三回変えて、あたし自身が九回も変えちゃったからね」

「九回ともアルファベットで書く苗字？」

「そう」彼女は、妙に力強く頷《うなず》いた。

「でも、本当に愛してたのはアメちゃんじゃないんだ。欣太《きんた》だけなんだよ」

言って大きく溜《た》め息をついた。その息がきつく臭った。胃のなかで腐ったアルコールのにおいだ。彼女の唇の端には、唾《つば》が小さな泡になって溜まっていた。

「欣太さんの苗字は何というんですか」

「知らないよ。欣太とは結婚しなかったから」

そのときになって、はじめて私は気づいた。そこで、日本語でこう言った。

「もしかして、東のお生まれですか」

「あら、こりゃ、おったまげ！」彼女も日本語で言い返した。もちろん、私と同じ日本語で。

急に口が軽くなり、

「あんた、どこの生まれだよ。察するところ、こっちのキャンプの生まれだね。三島《みしま》か沼津の米軍住宅。あの辺は終戦直後、六三制が始まるまではちゃんとした日本語、使ってたからねえ。

——あたしは横須賀《よこすか》よ。欣太に死なれたんで、しかたなくこっちへ逃げてきたのよ。それが昭和の二十二年さ」

　昭和！　なんと懐かしいその響き。私は軽い目眩《めまい》を感じ、マニキュアの指を見下ろした。

「最後に結婚した男の苗字は、あんた、同じアルファベットでも逆さのNとか横棒のないAなんか混ざってるやつよ」春子サンは捨て鉢に言って、ケラケラと笑った。

「でも、一度だって会ったことなんかないんだ。書類上、婿にとったことになってるけど——ほら、就労許可を取るのに、戸籍を貸してやったってだけさ」

　いやはや、どうにも。しかし、不法入国のロシア人と偽装結婚して小金を稼ぐなんてかわいいもの。同じ就労許可でもこれが相撲の世界ともなると大変だ。ここ数年、出世したガイジン相撲取りが（標準語では、すもんとりと発音するのだが）親方になり部屋を持つために、日本人女性に億近い金を支払って偽装結婚に走り、問題になっている。

　しかし、思えばここは西日本。日本人自身が日本人であるために、幼稚園から大学まで何千万円もの教育費を支払って、資格を買い取るような国だ。ガイジンが日本人になるため、一億円やそこら支払ったからといって、まあ驚くには当たらない。

「人を探しているんです」私は改めて、日本語で言った。

　春子は、玄関脇の戸を開いた。中に積まれた座蒲団《ぶとん》が、旨《うま》い具合にちょうど二つ、崩れ落ちてきた。

　私たちは、それを敷き、縁先に腰掛けた。するとどこからか、春子は焼酎《しょうちゅう》の一升瓶と茶碗《ちゃわん》をふたつ出してきて、私に勧めた。

「察するところ、女だね」

と、言って、自分の茶碗を一息で空けた。

「ハナコと言うんです。大昔、あなたの店で踊っていた。しかし変だな。一九五〇年ごろは、その女が《タイガーリリー》のオーナーだったと聞かされたんだが」

「そりゃあ変だわ!」春子が甲高い声で応じた。目が素早く動いた。膝《ひざ》ひとつ体をそらした。

「だって、あんた、そのころも何も、あれはずっとうちの店だったんだからさ。名義こそ、ちょいと動いたけど、実んとこあたしのものよ。厭《いや》あねえ」

「女が嘘をついたのかな」

「まさかあの店を餌に、金をどうとかされたなんてんじゃないだろうね」

「たしかにその女を探している男がいる。理由は金じゃない。思い出です。だから逆に頭に血がのぼってる。これ以上騒ぎを大きくしないためにも、早くそのハナコさんを探したいんだ」

「調子のいい男ね。騒ぎを大きくするのがあんたたちの仕事じゃないの」

「そういう連中も確かにいるでしょう。しかし、ぼくは違う。新しいタイプなんです」

「あら、そう。新しいタイプのジャーナリスト?」

「ジャーナリストなんかじゃない。新しいタイプのTV屋です」

彼女は笑い出した。笑うと、口許《くちもと》に過去の栄華がちょっとだけ匂った。

「いいわ。あんた、気に入ったよ。上がんなさい。いろいろと残ってはいるのよ。ただ、——」

「ただ、何なんです?」

「女の子の写真とか何とか、みんな寝室にあるのよ」

彼女の言葉に嘘はなかった。資料は寝室にあったのだ。しかし、心配無用、寝室はゴミ溜めの中にあった。

春子は、下着、靴下、食べ物の包み紙、新聞、雑誌、食い散らかした食器、生ゴミを詰めたスーパーのポリ袋、その他ありとあらゆるゴミの中に浮いたり沈んだりしている家具を見渡し、

「昔の記録はベッドの下にあるんだけどさ。女の一人暮らしだからって、変な気を起こしちゃ駄目よ」

と言って、畑で生き腐れになったキャベツみたいに、色っぽく微笑んだ。

段ボールはベッドからずり落ちたシーツと毛布、古新聞に埋もれていた。掘り返すと、壊れたホットカーラーとミイラ化した鰺《あじ》の干物が上に乗っていた。

私は、箱を廊下に引きずり出した。

春子はがっかりした様子で、ドアを開けたまま敷居の上にしゃがみこみ、私のすることを見守った。

箱は四つあった。三つには、伝票や売掛、出納帳などのたぐいが驚くほどきちんと整理されていた。残るひとつがスナップ写真の山だった。

ほとんどが、クラブのステージで撮られたホステスの写真だった。みんな肩と股《もも》を剝《む》き出しにしていたが、道頓堀界隈《どうとんぼりかいわい》でみかける近頃の帝塚山《てづかやま》学院の女学生よりはぐっと控えめ、おとなしく見えた。客と店の女の子たちが騒いでいる写真もあった。客はＧＩか水兵に限られていた。たまには将校もいたが、ほんのわずか、背広姿はひとつもなかった。

その奥底に、百数十人の女の子のポートレートがゴム輪で束ねられて詰め込まれていた。裏

には出身地と雇った日付と本名と源氏名がサインペンで書き込んであった。

「几帳面《きちょうめん》な人だったのよ」春子は言った。

「あんたの旦那《だんな》たちは日本語が書けたんですか」

「それ、書いたのは支配人の稲垣《いながき》よ」

「どっちが几帳面だったんですか」

「もちろん稲垣よ。ほんとう几帳面な男でね。あたしの排卵日まで知ってたのよ。まったく、身が持たないってのはあんなこと言うんだよ」

うれしそうに目を細め、彼女は声をたてて笑った。

ポートレート写真をばらし、中からハナコさんを見つけ出すのに大して時間はかからなかった。

ハナコさんは、フラメンコダンサーのようなドレスを着て、カメラに向かって半身に構え、ハンバーガーにかかったケチャップのようにたっぷりと笑いを泛《う》かべていた。化粧はごてごてと厚く、体の線も詰め物や締め具のせいで原型を止《とど》めていなかった。

裏側には、しかしこう書かれているだけだった。

《ハナコ。二十三歳、和歌山県和歌山市出身。一九五六年四月》

そして、このハナコは、父が私に何度も何度も見せた写真のハナコさんとは似ても似つかない、アカの他人だったのだ。

アテンション・プリーズ。アカの他人とは、もちろん日本の慣用句、ちかごろでは、他人でしかも共産主義者、つまりペルソナ・ノングラータという意味あいで使われることの方が多いが。

「違う」私は思わず呟《つぶや》いた。

「何が違うって？」春子が言った。廊下の板床にぺたりと尻《しり》をついたまま、茶碗の酒で喉《のど》をグビリと鳴らした。

「これがハナコさんですか」私は写真をかざして訊《たず》ねた。

「そう。これもハナコって言ってた時期があったよね。何せ、ハナコなんて源氏名、よくあったからさ。あたしが春子じゃなかったら、春子だって四、五人はいただろうよ」

ハナコと書かれた写真は、しかしそれ一枚しかなかった。

「だって、その箱で全部じゃないもの」と、彼女は言った。

「あの店はあんた、朝鮮戦争からケネディが爆弾で全滅しちゃった年まで、けっこう長いことやってたんだ」

すると一九四九年から一九六八年まで、二十年間、——

「そのあと、女の子を置かなくなってさ、ただのジャズ・クラブとして何年やったかなあ。あれは、ハノイに原爆が落ちた年よ」

「一九七三年。ぼくが大学に入った年だ」と、私は言った。

「おやまあ奇遇ねえ。あたしもその年、手放しちゃったのよ。朝鮮戦争の好景気で手に入れた店だもんね。ヴェトナムの不況で失くしたからって文句言えないよ」

「不況？　ヴェトナム戦争末期、西日本は未曾有《みぞう》の好景気だったはずだ。あのころから、東との経済格差がどんどん開いていったんじゃないか」

「国の経済なんて関係ないよ。不況になったのはアメちゃんさ。兵隊だよ。まあ、あの戦争は負けたんだから仕方ないか。それも、原爆落として負けたんだからね」

彼女は心から悲しそうに頭を振った。自分の子供が運動会で負けたと嘆いているペシミスティックな母親のようだった。

「朝鮮戦争だって決して勝ったわけじゃない」と、私は言った。

「半島の四分の三を取られて、停戦ラインがそのまま国境だ」

アテンション・プリーズ。高麗民国の総面積は二万二百四十平方マイル、北朝鮮＝大韓社会主義共和国は六万五千二百七十平方マイル、いやはや四分の三では納まらない。

「あんた、いいこと言うじゃないよ。――あたしの母親は済州島《チェジュ》の生まれなのよ。今じゃ、全島軍事基地でさ、近寄ることも出来やしない。まったく、冷戦は終わっただなんて！　終わってると思ってるのは朝日新聞だけじゃないのよ」

「あんたも、いいことを言うじゃないか。――コメントをくれませんか」

「馬鹿言ってんじゃないよ、この色っぽい黒い兄さんは」

彼女は流し目をくれ、腰をもじもじ動かした。皺《しわ》だらけの目尻に、目脂《めやに》が湧き出ているのが見えた。気がつくと、瓶の焼酎はだいぶ減っていた。

私はフラメンコダンサーの写真をもう一度、彼女に翳《かざ》した。

「このハナコさんはどんな人でしたか」

「この子？　派手な娘《こ》だったね。でも、うちにいたのは半年もなかったよ」

「すごく大きな白人の軍曹が、彼女に熱を上げていたんじゃありませんか？」

「さあ、さっぱり記憶にないねえ」

「オーリック・G・ペパーって名前には？」

彼女は知らないと言って首をだらしなく振った。

私はマグネラマを出し、さっき記録した大男の映像を液晶モニターに呼び出した。

「知るわけないじゃんよ」と言い、眉間《みけん》に皺寄せ、ガラスを爪で擦《こす》るみたいな笑い声をたてた。

「三百人からの女の子が出たり入ったりしてたんだよ。三百人の女の子がいりゃ、三千人からの兵隊が入れたり出したりしているのは常識さ。それをいちいち覚えていたら、――」

なぜだか言葉がかったるかった。最後はふいに途切れた。酒のせいばかりではなさそうだった。彼女は体のどこからか、手品師のように私の名刺を取り出し、明かりに翳して目を細めた。

口をだらしなく開け、はぐらかすように、

「あら、兄さん、いい名じゃないの。フィリーって呼んでいい？」

「フィラデルフィアの生れじゃない」と、私は言った。

彼女は肩をすくめ、名刺を床に放り出した。茶碗の底についた水滴のせいで、その床には濡《ぬ》れた埃《ほこり》が汚らしい円を幾つも描いていた。

私の名前に、それがペタリとくっついた。茶碗《ちゃわん》の酒をまたグビリ。すると、春子はその茶碗を私の名刺の上に置いた。表にも、これで汚れた円がまたひとつ。ペタリ。

「今、長逗留《とうりゅう》の客はいないんだよ。復員者だなんて、西への脱出を煽《あお》るだけ煽っといて、不景気で仕事が減りゃあ、あんた、この始末。復員者じゃなく不法就労者だなんて言いやがる。肌の色が同じで安くて文句言わない労働者が欲しかっただけなんだ。うちへ泊まるような連中は、今じゃ地下道がいいところよ。空なんだよ。どの部屋も空っぽ。だからさ、——」

言うと、廊下の奥のひっそり静まり返った部屋に目を投げ、絶妙のタイミングで洟《はなみず》をすすった。黒いシミの輪が出来た名刺を取り上げ、それが私のリモートコントローラーだとでもいうように弄《いじ》り回した。

「他のハナコさんはどうですか？」私は立ち上がって言った。

「印象に残っているハナコさんがいたら話を聞かせてください」

「稲垣なら知ってると思うけど。——その写真をとっといたのも、稲垣なんだ」

ふっと、鼻で息を吐き、またまた茶碗の酒をグビッ。

「子供の昆虫採集と同じだよ。まったく。ちくしょうめ！　稲垣の奴。だいたいさ、ハナコ、ハナコって何なんだ！　えッ！　何だってえのさ。覚えてないもんはしようがないじゃんよ」

声が大きくなり息が爆発した。「そんなの、どうでもいいじゃんよ。あんた、ここに生身の女がひとりいるってえのにさ。え、タドンの兄さんよ」

アテンション・プリーズ！　タドンとは炭団と書く。東アジア特有の炭の加工品だ。占領中に、『クロンボ』という日本語が黒人兵に知れ渡ってしまうと、その筋の女たちが使いはじめた隠語でもある。いやはや、その炭団が知れ渡ると、今度は練炭になった。おかげで、炭団も練炭も文部省の語彙《ごい》平準化政策で『極めて不快な言葉』に指定され、もうまったく、日本中から消えてなくなった。炭団は炭ボールに練炭は炭蓮根《はすね》に名を改めたのだ。

「あたしはね、春子ってんだ。みんな忘れたふりしやがって。春子ってんだよ。いいかい、タドンのブラザーにまでシカト切られるような女じゃないんだ」彼女は唾《つば》を飛ばして叫んだ。見る間に、目から涙が、鼻から洟水が溢《あふ》れ出た。

「もう、まったく、あたしはリアリー・スタピッドだよ。悔しいったらありゃしない。このせいで、昔っから損ばっかしてきたんだ」

彼女はいきなり立ち上がり、喉が破れるような勢いで怒鳴った。腰を落として箱を覗《のぞ》き込んでいた私を、左足で蹴《け》った。私は思わず尻餅《しりもち》をついた。

「帰っとくれ！」また蹴った。蹴りながら叫んだ。

「もう話すことなんかないよ。とっととお帰りよ！」

それからぺたんと音をたてて板床に尻をつけ、両足を開いて座った。両手で顔を抑え、わあわあ泣きだした。それも一分と続かなかった。

急に泣き止むと、規則正しく洟をすすり上げ、荒い息をたて始めた。ぽたりと口の端から涎《よだれ》が垂れて、はじめて私は春子が眠ってしまったことに気づいた。

見ると、焼酎《しょうちゅう》の瓶はほとんど空になっていた。

私は、女の子たちのスナップ写真が入っている箱を引っ繰り返し、一枚ずつ丹念に調べ直した。水兵やGＩが一緒に写っているものは、ことに念入りに。

しかし父もペパー軍曹も、私の物語に関係のある人物、はたまたニュースになるような事実、そうしたものは何ひとつそこに写っていなかった。

私は、結局ハナコと書かれた贋《にせ》フラメンコダンサーの写真と、焼き肉屋の七輪を囲んだ春子の写真を床に並べ、マグネラマに記録した。

写真の春子は、まだ二十代だった。顎《あご》がするりと尖《とが》り、首は百合《ゆり》の茎みたいに華奢《きゃしゃ》で、目はすばしっこく輝いていた。どこか狡《ずる》そうな風情もあったが、それさえ若さが知性の一部に見せていた。

さて、写真の詰まった箱の底には、一通だけ大判の絵葉書が入っていた。

金閣寺を描いた日本画が印刷されていたが、その黄金色はもうすっかり色褪《いろあ》せ、埃っぽく変色していた。

宛て先は『大阪府南成区《なんなりく》鶴橋六百十七番地、クラブ《タイガーリリー》気付』

葉書を持つ私の手が大きく震えた。宛て名が、こんな具合だったのだ。

『ハナコ様御許《みもと》』

文面は謄写版で印刷されたものだった。これは、油紙に鉄筆で文字を刻みつけ、裏からローラーでインクを染み込ませる日本特有の簡易印刷機。スクリプトワーカーが普及するまで、日本では随分長いことコピー機と共存共栄していた。

『これは不幸の手紙です』

神経質そうな右肩上がりの文字で一行、そう始まっていた。

『世界を巡り巡った不幸をお返しします。

これは麻布の羽柴壮一《はしばそういち》氏より送られてまいりました。羽柴氏はこれを牛込北町《うしごめきた》の遠藤平吉《えんどうへいきち》氏より送られました。

これを送られたあなたは、四日以内に五人のお知り合いの方へ、同じ文面の手紙を送らなければなりません。

これを始めたのはカプチン派の修道僧ジョセフとも十七世紀の作家ポール・スカロンともい

われ、詳細は不明です。しかし、万国郵便連合が発足する遥《はる》か以前から数百年間、この手紙はこうして彷徨《さまよ》えるオランダ人のように世界を巡っているのです。

この手紙を無視したスコットランドはエジンバラのウィルフレッド・バーチェットさんは、五日目の朝、飼葉桶《おけ》の中で死んでいるのを発見されました。

しかし、これをすぐさま五人の知人に送りなおしたニューメキシコ州リンカーン・カウンティのジョセフ・ベリー・キーナンさんは、三週間後、ラスベガスでジャックポットを当てたのです。

あなたのご健康をお祈りします』

差出し人は《伊東錬太郎《いとうれんたろう》》。住所は書かれていなかったが、消印は東京本郷郵便局、日付は一九五〇年七月十八日になっていた。

その葉書も、私はマグネラマで記録した。謄写版の文字はムラが多く、モニターで読み取れない場合を考え、私は声をあげて文面を読み、画像に被《かぶ》せて録音した。

そのころになると、春子は大きな鼾《いびき》をかき、すっかり廊下の一部になりきっていた。

私は日本の格言に従って、黙って西風荘を後にした。格言とはこんなやつ。

『寝た子は育った』

10

「《不幸の手紙》っていったい何なんだ?」

　私は、翌日朝一番、オフィスでフーメイ女史から紹介された同僚の特派員に尋ねた。

　彼は日本に来て四年、食う寝る口説くぐらいなら事欠かないほどに日本語が、それもちゃんとした標準語が話せた。背の高い痩《や》せた男で、額がつるりと禿《は》げ上がり、トウモロコシのヒゲのような髪の毛をいつも逆立てていた。

　名前はジャン＝ジャック・ルーイン、日本で二番目に嫌われている外国人特派員だと、自己紹介した。

　と、すると、

「一番は誰なんだ?」

「決まってるじゃないか。ヤン・デンマンさ。君は来たばかりで知らないだろうが、——」と、思わせぶりに言葉を切り、目配せし、

「不幸の手紙を知り合いにせっせと出すような男だよ」

　そこで、私は尋ねたわけだ。

「——いったい何なんだ? どこの風習なんだ」と。

「それとも都市因習の類《たぐい》なのかい? ヨーロッパで始まったみたいに聞いているが本当かい?」

「ヨーロッパだなんて、聞いたことがないね」ジャン＝ジャックは言った。

「日本で始まったんだよ。そうに違いない。あの慇懃《いんぎん》無礼な陰湿さ。少なくとも、《不幸の手紙》になったのは日本でのことだ。似たようなものは世界中にあるが、他の国では《幸福の手紙》っていうんだ」

「中国や朝鮮でも？」

彼は大きくうなずき、

「日本だけだよ。それにあの文面！　――フランスの坊主だか小説家だかが始めたって断ってあるだろう。この国では、オリジナリティを発揮するのは恥ずかしいことなのさ。オリジナルを提供するときは、必ず欧米人を保証人に引っ張りだす」

「詳しいんだね」皮肉でも何でもなく、私は言った。

ジャン＝ジャックは皮肉か、もっと狷介《けんかい》な何かだと受け取って、

「そんな言い方はないだろう！」と、声を裏返しにして怒鳴った。

「言ったじゃないか、俺はヤン・デンマンの奴に引っかけられたんだ。最近、はやりの冗談だろうと思ったんだ」口から唾を飛ばし、両手を広げて抗議した。

「君がどう思ってるかは知らないが、あれは縁起物さ。たいていの人間が何気なしに出すんだよ。だからネズミ算式に蔓延《まんえん》していく」

「あら、でもあたしは出さなかったよ。破って捨てたけど、まだ生きてる」

と、フーメイ女史が私の背後から割り込んだ。

「あんたから回された五人のうち四人はそうしたよ」

「残る一人はどうしたんだ？」と、私。

「彼のワイフのことは彼に聞いてよ」

バタンと大きな音をたて、ドアが閉まった。ジャン＝ジャックがオフィスから出ていった音だった。

何も、ここまでやりこめなくても。

「アメリカ大使夫人に出しちゃったのよ、あいつのワイフ」

「だからって別に、――」

「CNNのポストカード、しかも料金別納のやつで」

いやはや、ご愁傷さま。

「大使夫人が、輪をかけたバカ。大使館の夫人連中に五通、出しちゃったの。それで、いつの間にかペストみたいに広がって、――保安担当官が問題視して、調べたってわけよ。最初の感染源はどこかって」

彼女は口の中で舌をホオズキのように鳴らし、肩をすくめた。

私はとたんに気鬱《きうつ》になった。しかし、ご安心あれ。ジャン＝ジャックとそのワイフは、このときすでにカイロへの転任が決まり、五日後の飛行機に乗る手筈《てはず》になっていた。

「さて」と、チュオン・フーメイは掛け声をかけて私の肩を叩《たた》いた。

「今朝一番、アシスタントの坊やに機材を持たせて、車で先に行かせたの。直江津《なおえつ》で待機してるよ。もし、今夜中に田中側から何の連絡もなかったら、どっちにしろ明日《あした》には新潟に入ってもらうから」

「東京経由で入ることは出来ないのかな」

「なぜ？」

そう、たしかになぜ？

「どうせなら東京を見てみたい。国境の長いトンネルを汽車で抜けて、雪国に入るのもいいだろう」

「吉家からもらった資料を読まなかったの？　清水《しみず》トンネルは去年暮れから不通なのよ」

「それは知ってる。でも自動車道路があったはずだ」

「それも駄目みたいよ。あのトンネルも三国《みくに》峠も国防上の機密でこっち側の人間を通さないの。お判り？　新潟は陸の孤島、とくに雪が積もる冬のあいだは東京からは最も遠い場所なのよ」

私は、判ったと答え、デスクのプレートを《作業中》にしてカタコンベに入っていった。

そこは、タタミマット五十枚ほどの部屋だった。波型の厚い吸音材を張り詰めたために天井は低く、その下に、バトンルージュにニュースを送る衛星オペレーションシステムと、リゾートホテルの洗面化粧台のような編集機が四台、ときおりCNNオオサカのニュースセンターに早変わりするこぎれいな贋《にせ》大理石のカウンターが詰め込まれていた。壁はほとんど、スチール製の蚕棚になっていて、隙間無く並んだモニターや他の機械類がひっきりなしに瞬いていた。窓がなく、電子機器を保護するために絶えず空調が効き過ぎの状態になっていたので、確かに、ヨーロッパの地下墓窖《カタコンベ》を思わせるものがあった。

言われてみれば、編集室のブラウン管と懺悔《ざんげ》室のシャレコウベはどこか似ている。

カタコンベの一番奥の編集ブースには、ジャン＝ジャック・ルーインが座っていた。

彼の目の前のモニターが三つとも同じものを映し出していた。ＭＨＫが朝七時、全国放送したニュースの録画だった。

アテンション・プリーズ。ＭＨＫは、大阪では一番新しい民間ＴＶ局だ。この十年ほど、大日本国政府は電信電話、国営鉄道、そして郵便、公立中高等学校、あげくに刑務所と、矢継ぎ早に民営化してきたが、そのテストケースとして手始めに分割民営化された大日本国営放送協会の大阪本部が《民間放送協会オオサカ》——略してＭＨＫだ。

モニターにテロップが立ち上がった。

《越境市民、昨年五千人に》

着の身着のまま命からがら、漁船の船倉に閉じ込められ、九州の港に到着した復員者が映し出された。船は赤錆《さ》びだらけ、塗装ははげ落ち、船名も読み取れなかった。

私に気がつくと、ジャン＝ジャックはスピーカーから音を出した。

「昨年一年で、我が国に越境してきた東側市民は五千人を超えていたことが、総理府の調べでわかりました」と、アナウンサーは言った。もちろん副音声の英語通訳が。ＭＨＫアナウンサーがしゃべる完璧《かんぺき》な標準語はとても私に理解できたものではない。

「このうち、ことに中国経由で脱出してくる方が急増しており、注目されています。命懸けで《壁》を乗り越えてくる方たちと違い、中国経由で脱出してくるのは、科学者、技術者、医師など、専門職の方たちです。中国に頭脳を貸して十五倍の数の単純労働者を借り入れるという東京指導部の大車輪政策を反映しているのですが、これが裏目に出ている面も見逃せません。昨日、保護された復員者の中にはミサイル管制誘導装置の開発で名高い科学者なども含まれ、関係者を驚かせています。その様子を九州島原《しまばら》からお届けします」

カメラはパンで島原の海をなぞった。現場レポーターがフレームに入り、反対端の立ち位置まで行って静止した。これが、典型的なスタンドアップ。日本語では、こう言う。

立ちレポ。

「こちら九州島原は、普段ですと祭りの準備に忙しい時期です。これは毎年、MHKナガサキが協賛してお送りする恒例のゴンゴロウ祭りで、毎年十万人もの観光客を集め、それはそれは盛大にとり行われるんですね。しかし、今年は祭りどころではありません。この水域にやってくる復員船が先月から激増しており、多い日で一日七隻に及ぶこともあります。昨日も新たな船がここ島原港に到着しましたが、この船で復員してきた人々の半数以上が、東京指導部の軍、公安関係者だったため、大きな波紋が広がっています」

ひなびた漁港の桟橋に、ゆっくり接岸する朽ちた木造漁船が映し出された。舳《みよし》に近い甲板にシートや毛布で包んだ死体が幾つか並んでいた。その後ろに、疲れ切った表情の復員者が十人ほど整列していた。岸壁の警備陣に気づくと、一人の男の掛け声で全員が敬礼を送り、歌い始めた。

こんな歌だ。

♪海ゆかば、水浸《みづ》く屍《かばね》
山ゆかば、草生《む》す屍
大君の辺にこそ死なめ♪

アテンション・プリーズ。この歌は、旧帝国陸軍が戦死者を悼んで歌った歌、大君とはもちろん大元帥閣下のことだ。いやはや、どうして。

しかし、歌についてコメントはなかった。

なぜなかったのか、ずっと後になって、このニュースの担当ディレクターと会ったとき、その理由を聞かされた。このディレクターは四国島高知県の生まれで、何かひとこと言うたび、自分で自分に『うん』と頷《うなず》く癖があった。

彼が教えてくれた理由は次のとおり。

「誰もあの歌をな、うん、知らんかったんや。なんや辛気臭い歌やろ、わしらな、うん、てっきり共産主義の歌かいな思うたわ。――あそこに並んどったんは治安警官やさかい、うん、ヅケとろう思うたちゃうの？　緊急復員なんていうてもな、東の治安警官やろ。うん。どうせ民主活動家の一人や二人、殺しとるに決まっとる連中やからな、うん」

しかし、そんな連中ならなおさらに、どうしてこの歌を知っていたのか？

私？　私が知っていた理由はたったひとつ。

父が、歌っていたのだ。それもたった一度、一九六八年、私が最初の日本旅行から帰国したその日に。あの旅行のことを思うたび、なぜか今でも胸の奥からこの歌が転げだす。まるで、蹴飛《けと》ばすだけで動きだす壊れたジュークボックスのように。

土産話を山と背負い、ポーキプシーの鉄道駅に降り立った私は、マグレガー・ドーントと母に迎えられた。ドーントは、父の軍隊時代からの友人で、戦争前は獣医を、戦争中は軍医を、そして戦後には神父をしていた男だった。

私は、彼の運転するピックアップトラックに乗って帰宅した。

『ほら、ハンサムが帰ったよ』と、母が言った。

私は、鶴橋の一件で、少々緊張しながら居間へ入っていった。居間の真ん中に置いた肘掛《ひじか》け椅子に父がだらりとすわっていた。足を例の炬燵《こたつ》みたいな機械につっこみ、手は缶ビールを握りしめていた。目を離すとすぐに飲んでしまうと、背後で母がぼやいた。

そのときだ、この歌が聞こえたのは。

♪海ゆかば、水浸く屍
山ゆかば、草生す屍♪

父は、目をつむり、日本語でこれを歌っていた。

つけっぱなしのTVが電灯の点《つ》いていない部屋に青白く光り、あたり一面を瞬かせていた。低い男の声が、二人のケネディとその一族、フランク・シナトラとその一家、ピーター・ローフォード、サミー・デイヴィス・ジュニア、その他大勢の合同慰霊祭を実況中継していた。

♪大君の、辺にこそ死なめ♪

ディーン・マーチンがよろける足で演壇に上り、弔辞を読みはじめた。たったひとり生き残った彼も、それからわずか四か月後、マルフォランド・ドライヴで救急車に轢《ひ》かれて死んだ。それも、自分を迎えにきた救急車に。

人生は短い。

私の父は、そのあとも六年間生き続けた。しかし、その大半は半分サボテンとして、残る何分の一かはただのサボテンとして。

人生は短いが、命は決して短くない。

「復員だなんて言ったってもともと保護が目的じゃない。狙いは管理だけさ。不景気になれば、それさえ簡単に放り出すんだ」

ジャン＝ジャック・ルーインが、振り向きもせずに言った。「いや、不景気なんて関係ない。──こいつらにとって、果して冷戦は何だったのかって、俺はときどき考えるんだ」

「何だったんだ？」と、私は訊《たず》ねた。

「判らないね。判らないが、かつての東西ドイツとは全く違う。口汚く罵《のの》り合うが、優劣を競うことはしない。相手の失点は数えあげるが、お互いの国家の正当性に決着をつけようとは絶対にしない。何より憎みあっているくせに、陰でこっそり手を組むんだ。まだソ連が健在だった時代にだぜ」と、このフランス人は言って、唇を歪《ゆが》め、VTRをライヴのCNNインタナショナルに切り換えた。

エルトン・ジョンがオオツカ食品のコマーシャルに出ていた。ピアノの前でカレーを一口食べ、派手な黄緑色の眼鏡をずりおとし、こう叫んだ。

『It's delicious! It's drop a glasses!』

「〝ヤゴー〟って言うんだよ。去年の版から、ウェブスター辞典に載ってる」と、私は言った。

ジャン＝ジャックが音を消した。そして口を開いた。

「そりゃあ、百万単位の潜在失業者がどっと押しよせてきたら、奇跡の西日本経済だって持ちこたえられないからな。結局、来てもらいたい奴らと来られちゃ困る奴らを区別したい。それが本音だ」

「わが国だって、ラテンアメリカやカリブ諸国に似たようなことをしているよ」私は言った。

「どこの国だって本音は同じさ」

「そうさ。同じだ。しかしやり口は違う。こいつらはそのために復員者だなんて詭弁《きべん》を弄《ろう》するんだ。冷戦はなやかなりし頃だって、決して対決なんてしていなかった。あれが東西対決だっていうなら、フランス人の夫婦喧嘩《げんか》の方がずっとちゃんとした政治対決だよ。分裂国家でいながら、国境を閉ざして東からの亡命者を追い返すような真似をするんだ。ただただ波風たつことを恐れている。違うかい？」

私は返事をしなかった。パリのキャフェで聞いたなら、お説ごもっともと頷いたかもしれない。しかし、私たちはこのとき、パリのキャフェからもっとも遠い場所にいた。

たしかに、彼の言うとおり、そして吉家も言ったとおり、西日本政府が戦後一貫して政治亡命を認めようとしないこともまた事実、それも病的なまでに。これは、いったいなぜなのか。

ずっと後になって、私はライシャワー博士に同じ疑問をぶつけた。有馬《ありま》温泉に泊まった夜、それを思いついたため、私は時候の挨拶《あいさつ》がてら絵はがきにしたためた。だから、返事も絵はがき、――とても短いものだった。

ちなみに、彼から送られた絵はがきは、親のお腹の袋から顔を出したカンガルーの赤ん坊。発売元はアムネスティ・インタナショナル。文面は、

『国が狭く田畑が狭く住宅が狭く世間も極端に狭いため、人口増加ほど彼らを恐れ悩ませるものはない』

先生、ご返事ありがとう。

しかし、そもそも西日本にとって東日本人は亡命者ではない。

西は東を、東は西を、それぞれ互いに『歴史的にも法的にも自国固有の領土であるものを不法に占拠し簒奪《さんだつ》を企てる無法集団』と、決めつけてきたではないか。

東ドイツで社会主義政権が崩壊してちょうど二十か月後の真夏、つまり一昨年《おととし》の八月、あの電撃的な東西日本経済実務者協議が北京で行われ、通商協定が結ばれた後になっても、それはあんまり変わっていない。

アテンション・プリーズ。あの協定には、互いが互いの立法権、司法権、行政権は認めるが、国家としては金輪際、認めないぞということを互いに了解しあった、という人類史的な前文がついている。

ついでながら、それだけ認めて国家として認めないとはどういうことか？

同じ質問を、協定批准後の記者会見で首相にぶつけた記者がいた。

吉本首相の答えは以下のとおり。

『まだ自衛権があるやんけ！』

このひと言で、日本最初の女性宰相吉本シヅ子は政権ばかりか議席すら失いかけた。

いや、それにしても。

東の市民は、大阪政府にとって、国土を強奪されたとき共に拉致《らち》された自国民ということになる。だから復員は復員、亡命などではない。

では復員とは何か。これには前の国会で、縁切り橋の旦那衆《だんな》が（内閣法制局は縁切り橋のビルに入っていたので）答えている。

『反慣習的な引っ越しとお考えいただきたい』と。

引っ越し。——テキサスからマイアミに亡命するアメリカ人は、たしかにいない。しかし、だとしたらあの特別時限立法は、自国民の国内移住を厳しく制限した、自由主義国にあるまじき法律ということになってしまう。

それに関して、吉本首相の国会答弁は以下のとおり。

『義を見てせざるは勇無きなりって言いまっしゃろ。ま、そんなふうや思うて、あんじょう頼んまっさ』

「ファミコンの裏技と同じだよ。国中、裏技でできてるんだ」

電話のベルが、ジャン＝ジャックを居心地のいいキャフェから呼び戻した。彼は受話器を取り、黙って私にそれを差し出し、

「まあ、君も気をつけるんだね。ぼくらは世の中のあらゆることに関係があるようについ思いがちだが、関係のあるものなんて、実は何ひとつないんだ」

言うだけ言うと受話器を乱暴に渡し、くるりブースに向き直り、彼はVTRテープを掛け替えはじめた。

「お待ちどうさま」私は言った。耳に当てる前から、フーメイ女史の大声が聞こえていた。

「ビンゴ！」彼女は叫んだ。

「準備はどう？　待ち人到来。飯沼勲よ。あんたを名指し」

「ぼくを名指しだって？」

「そうよ。独立農民党、侮りがたし。もしかすると、在阪アメリカ大使館の情報関係のどこかとつながっているかもよ」

にはて感謝する」と、相手は大きな声を出した。私は途端にサムライに扮《ふん》した三船敏郎《みふねとしろう》を思い泛《う》かべた。

「飯沼だ。お待たせ申し上げた。貴君のような人物を本国より派遣して下すった御社のご高配

受話器に日本語で名乗り、挨拶した。すると、

「それに答えたら、盗み聞きにならないぜ」と、私が言うと、彼女は電話を切り換えた。

「電話、盗み聞きしてていい？」

「脅さないでくれ。ぼくは気が弱いんだ」

四六時中、眦《まなじり》を決している剣豪小説の主人公を。

しかし、ふと気がつくと、飯沼は英語でしゃべっている。

「日本語で結構です。それとも、標準語でないと通じませんか？」

彼は「うむ」と、応じた。応じただけで、答えはなかった。相変わらず英語で、

「先を急ごう。よいかな？　貴君には明日《あした》の午前中までに柏崎《かしわざき》へ入っていただきたい」

「かまいませんよ」と、私は少し意地になり、日本語で続けた。

「貴君らが国境を越えたら、直ちに接触する。以上だ」

「あの。いつ国境を越えるか、どうやって、――」と言いかけると、

「心配無用。当方が確認して、馳《は》せ参じる。では、向こうでお会いしよう。健闘を祈る」

一方的に電話が切られたので、私はしばらくのあいだそのまま立っていた。

飯沼の英語はすばらしく旨《うま》かったが、日本人のものに違いなかった。だったらなぜ日本語をしゃべらなかったのか。とてもコンサバティヴな西日本人で、口が裂けても東の方言などしゃ

べれないとでも言うのだろうか。

「ねえ、どうしたのよ」と、フーメイ女史が耳のなかで怒鳴った。

「聞いてるの？」

「どうしたか聞きたいのはこっちだよ」

「とにかくヘリコプタを何とかしないと」と、彼女は言い、

「やっぱり相当な組織だよ。あんたのこと、もうチェック入れてる。飯沼も変な奴だけど、ただ者じゃないな」

感心して唸《うな》り声を上げた。

「ただ者じゃないって？」

「あんた、スコットランド訛《なま》りをしゃべる日本人なんて他に見たことあるかい？」

私は答えた。こんなふうに。

「まだ、見てはいない」

「今すぐ、直江津までヘリコプタで行っちまえばいいのよ。丸一日、時間を稼げるじゃない」

「ヘリコプタか」私は眉《まゆ》をしかめた。心臓が高鳴った。

「相当高いものにつくぞ。この国でヘリだなんて」

「かまうもんですか。ビッグ・ヒリアーはいないし、伝票はあたしのサインで出せるもの」

もう心臓は早鐘のように鳴っていた。私が弱いのは、体だけではない。どうやら、気も心も。

いや、翼のない乗物で空が飛べるほど無神経ではないだけなのだ。

しかし、チュオン・フーメイは、笑ってこう言い放った。

「大丈夫、ともかくやってみる手だよ。何事もやってみなけりゃ始まらない」

11

首都第一ヘリポートは、私が泊まっている帝国ホテルのすぐ近くにあった。ＯＧＰ——オオサカ・ガヴァメント・パークの高層ビル街をちょっと外れ、太閤《たいこう》記念公園の脇に建つ十八階建てのデパートの屋上だった。

別にヘリポートなど、どこにあってもかまいはしないのだが、日本のデパートの屋上には、たいてい簡単な幼児用の遊戯施設がついている。ここにも花籠《はなかご》の形をした観覧車と日本猿が運転する蒸気機関車と妙にのろまそうなジェットコースターがあった。それが、ヘリポートを取り囲んでいたのだ。ヘリがローターを回したら、すべての乗り物が逆さに回り出すのではないかという具合に。

「よく認可が下りたな」と、私は言った。

「どっちにしろ五輪筋の内側は、原則として昼間は全面発着禁止ですからね」

吉家は、おかしそうに笑ってつけ加えた。こんなふうに。

「原則的に駄目な以上、どんなふうに駄目でも、結局は同じでしょうが」

「原則って、もしかして日本語でいう原則？」私は恐る恐る尋ねた。

「そう《イエス》。で、なけりゃ不便でしかたない」

いや、まったく、トンネルに出口は三つ。

「規制緩和のたまものです。アメリカの外圧のおかげだ」

いや本当に、災いえてして福となる。もちろん、これは日本の諺《ことわざ》。

「実はね」吉家は、顔を近づけ声をひそめた。

「ここ、経営は国防施設庁のダミーがやってるんですよ」

「施設庁がデパートを？」

「そう《イエス》。デパートはテナントです。このビルを経営している会社が、国防施設庁のダミーなんですよ。だから、国防上止むを得ないってことで、例外扱いというわけだ」

と、言うと、私に手招きして、待合室の外へぶらぶら歩き出した。

そのときヘリコプタが爆音をまき散らしながら降下してきたので、吉家は怒鳴り声を上げた。自然、周囲に当たり散らすような按配《あんばい》になった。

こんなふうに、

「川のこっち側は役人の吹き溜まり《スキッドロウ》なんだ！　役人のゲットーだ！」

ヘリコプタが着陸し、ローターを止めても彼は怒鳴っていた。

「何しろ土地がありませんからね。省庁が分散していて、つい数年前までは大蔵省から通産省に行くのに電車で四十分もかかったんですよ。十年前、この一帯に官庁街をつくろうと計画したとき、土地の有効利用が叫ばれて、四十階、五十階の超高層にしてテナントを入れるようにしたんです。ここみたいにね」

「ここは、十八階しかない」

「だって国防施設庁は四フロアもあれば充分じゃないですか」

「このビルに入ってるんですか？」

私は尋ね、あたりを見回した。

「入口は違いますよ」吉家は言った。

「そりゃ、あなた。デパートの入口とは別です」

「ヘリコプタも施設庁のものなんですか？」私は吉家に訊《き》いた。

彼の返事は次のとおり。

「そう《イエス》。そんなことはない。ヘリコプタの会社に二十五パーセント出資しているだけです」

私たちは自分の身の回りのものを詰めた旅行鞄《かばん》を持っているだけだった。取材用の機材はすべて車で先行していた。

給油のあいだ、だから私たちにはする事がなかった。十円で二分だけ覗《のぞ》けるしけた望遠鏡で、西日本の省庁が覇を競ってこしらえた高層ビルを眺めるくらいしか。

「あれが大蔵省ですよ」

とある超高層ビルに焦点をあわせていると、吉家が言った。五十階を超えるその建物は全面偏光ガラスに覆われ、空と雲をくっきり映し出していた。

「どこからどこまで？」私は訊いた。

「二十一階から上だったかな。一番上は、エスニック・レストラン。有名なデートスポットですよ」

「てっぺんもテナントなのか？」

「そう《イエス》。大蔵省が経営しているんです。吉本内閣のスローガンをご存じでしょう」

いや、知らなかった。吉家によれば、それは次のとおり。

《自力更生、自助自得》

「レストランなんかはどうでもいい」と、吉家はさらに言った。

「こっちからだと見えないが、一階に甲陽《こうよう》アミューズメントって会社が入ってるんです。これが、実は大阪一大きなパチンコ屋でね、去年、国会で大問題になった」

「意外にお固いんだな」と、私は言った。

「そう《イエス》。パチンコ屋が大蔵省のビルに入っているのが問題になったんじゃないんです。官僚が、遊びに行っちゃって帰ってこないんですよ。それを、写真週刊誌がすっぱ抜いた。本省の課長クラスが就業時間中、揃ってチンジャラやってるところをね」

黒いアームカバーをした事務員が、われわれを呼びにきた。近づいていくと、パイロットが指を立てて合図した。私にはそれが、〝ギル・ユー〟の仕種《しぐさ》に見えた。

ヘリコプタが琵琶湖《びわこ》の上空に出るまで、私は手を固く握り締め、目を瞑《つぶ》っていた。やがて、手を開くと汗が滴りおちた。目を開けると、足の下は残らず水面だった。午後の日がそこを金色に騒がせていた。

琵琶湖は日本一大きな湖だ。万葉の歌人の中には海と勘違いしていた者もいる。しかしオンタリオ湖から較べたらただの水溜《みずたま》り、ニューヨーク州ハイドパークのちょっと下流、河幅を広げはじめたハドソン河と較べてちょうどいいくらいだった。

私の父は、そこへ釣りに出かけるたび、毎回同じ、こう言って笑った。

『ほら、やっと小川が河らしくなったぞ』

離陸してからこっち、吉家はパイロットと二人で休みなく開幕したばかりのプロ野球の話をしていた。もちろん、完全な標準語で。

「タイガースが勝ったんですよ」私に気兼ねして、通訳してくれた。

「阪神《はんしん》タイガースってのは大阪と神戸の中間にフランチャイズを置くプロ野球球団です。ここ九年、続けて極東メジャーのチャンピオンシップを制覇している」

たしかに、誰だろうと彼だろうと、歌のひとつも出てきそうな上天気だった。

事実、吉家とパイロットは一曲、話の合間に口ずさんだ。こんな歌を。

♪ろっこうおろしにさっそうと
そうてんかけるにちりんの
せいしゅんのはきうるわしく
かがやくわがなぞはんしんタイガース
ウオウウオウウオウオウオウオウオウオオ、ウオウウオウウオウオウオウワーオッ♪

「昨夜の試合で十五連勝ですよ。しかもこのところ五連続完封なんですから」と、吉家は上機嫌で言った。そして、

「これで、十連覇は間違いなしですよ」

「日本では三月から開幕するのか？」私はびっくりして尋ねた。

「そう《イエス》。オープン戦にきまってるじゃないですか」

能登《のと》半島上空を横断し、ヘリコプタが軍の管制空域に入ると、さすがにパイロットは口数が少なくなった。地上と絶えず電波をやり取りしながら、彼は太陽に向かって、慎重に高度を保ち、飛び続けた。

眼下の海原では、大日本国防軍の警備艇が白波を蹴立《けた》て、何度となく北東へ行くのが見えた。遠い北の空は抜けるように青く、そこに一度、東側のジェット機の編隊が飛行機雲で爪あとをつけて行った。

陸は、どこもかしこも水田で覆われていた。まだ水は入っていなかった。それが海岸線ぎりぎりまでひろがって、大地を枡目《ますめ》で仕切っているのだった。

秋になると波打際までイナホがしげり、波頭と競いあうのだろうか。その景色に目を見はっている私に、山陰地方はもっと壮観だと吉家が言った。鳥取県でたったひとつの名物だった海辺の広大な砂漠も、今では大規模な土地改良ですべて田んぼになってしまったそうだ。

「何しろ一億人近くが米を食いますからね」と、吉家は言った。

われわれが降りたところは直江津ではなく、国境から四キロほど離れた国防軍の小さな通信基地だった。

正確にいえば、基地とは金網で背中合わせになった軍の運動場で、それが肝心な点なのだと吉家が言った。

「軍が農協から土地を借りてる関係で、村の盆踊りや農業用のヘリポートに使えるんです。何しろ、やたらと土地が狭いもんでね」

アシスタントの青年は、着陸前から運動場の隅に取材車を停めて待っていた。四時間で着いてしまったために、たっぷり眠ることが出来た、と彼は言った。

「渋滞がまったくなかったんです。ボスの言うとおり、何事も、やってみないと分かりませんよ」

一昨年《おととし》、岡山の大学を卒業したばかりの若者だった。私より頭ふたつたっぷり背が高く、足腰も頑丈そうで、イタリア製のマリオネットのような尖《とが》った鼻と真ん丸い目をしていた。髪の毛を長く伸ばし、頭の後ろで出世前の相撲取りのように束ねていた。

彼は昔の飛行服に似た作業衣を自慢そうに着て、一ダース近くあるそのポケットが、どれもがらくたではち切れそうだった。腰にはさらに、大小二つのウエストポーチを巻き付け、ベルトにはガムテープとビニールテープが吊《つ》りさげてあった。

支倉《はぜくら》というのが本名だが、キムと呼んでほしいと、彼は握手と同時に私に言った。

「それが本当の本名なんです」

取材車は、その年モデルチェンジしたばかりのマツダ・チンガー、ターボ・ブースターとリバース・センサーとコーヒー・ウォーマーと傘立てがついていた。

アテンション・プリーズ、チンガーとはモヒカン族最後の大酋長《しゅうちょう》の名前だ。しかしなぜかこの車は、ハンドルを左側につけ直して、北米大陸で《ムサシ》という名前で売られている。《ムサシ》には、そして、これもなぜなのか傘立てはついていない。

さて、キムの運転する車が走り出してすぐ、道路の左右から家が見えなくなった。耕作地もじきに途切れた。右手には小高い山、左手の断崖《だんがい》の下には波飛沫《しぶき》をあげる海が続いた。それ以外、目に留まるものは瘦《や》せた灌木《かんぼく》と交通標識しかなかった。

その灌木が束になって繁っている木陰に、汚れたマイクロバスが停まっているのが見えた。

窓はカーテンで閉ざされ、いやにひっそりとしていた。

前方から自転車で近づいてきた男が、さっと自転車にスタンドをかけると、バスに乗り込んだ。また一台やってきて、そそくさと乗り移った。見ると、バスの近くには、錆《さび》の浮いた自転車が何台も停まっていた。バスの横腹には小さくこう書いてあった。

《日本海開発事業ＫＫ》

「土建屋かな」

「原発の掃除ですよ」吉家が口の端を曲げ、顎《あご》を引いて言った。

「三Ａの仕事なんか西の日本人はまずやりたがらないから」

「三Ａ？」

「危ない、怪しい、荒っぽいの頭文字。——そんな仕事は、もう西日本の人間はしやしない。しかし、原発には法律でガイジン労働者を入れられない。そこで、ひねり出したのが通商協定の拡大解釈ですよ。こんなときだけ、東日本の市民を急に同じ日本人にしちゃうんだ」

その場を通り過ぎると、道路に人通りが戻ってきた。大きな籠《かご》を担ぎ、徒歩で来る女たち。二輪の荷車に野菜を満載し、それをバイクで引いてくる老人。そして自転車の男たち。みんな向こうからこっちへやって来る。

「《壁》が開く時間なんです」と、吉家が言った。

「開いたり閉じたりするのか」

「そう《イエス》。本当に開くわけじゃない。しかし、東側の市民はこっちに家族のある者に限って、昼の間、一時滞在が許されているんでね」

「原則として？」

「そう《イエス》。つまり本当は違法だってことです。本当は全部違法なら、親戚《しんせき》の庭で掃除をしても原発で掃除しても、結局は同じ違法行為でしょう」

「どこも、こんな調子ですか」

「さあ、こうなったのはごく最近のことですから。太平洋側の検問所では、今も以前と同様、事実上出入り禁止だって聞いてますが」

私はキムに声をかけて、車を路肩に止めさせた。

吉家は、最後尾の荷室に移動して、ギャジットバッグを開き、撮影の準備をはじめた。

「ルーフから撮りますか？」彼は手を動かしながら尋ねた。

ちょうどそのとき、サイレンの音がものすごい勢いで追い上げてきた。やがて赤と青の回転灯を明滅させた芥子《からし》色のパトカーが、通行人をひとり残らず路肩に押し退け、取材車の脇を通り過ぎていった。放水銃を突き立てた、富山県警察暴鎮隊の車だった。

キムが喉《のど》で大きな音をたて、唾《つば》を飲み込んだ。

「ぼくは、身体が丈夫じゃないんだが、――」私は言った。

「私もですよ。徹夜をすると、まったく頭がまわらなくて」

そこで、私は吉家に言おうとしていたことを、引っ込めた。アンナ・ハルゼイが言ったではないか。裏を取って、気に入らなかったら蹴ってもいいのよ。東側の謀略じゃないとは限らないから、と。私はまだ裏をとっていない。

引っ込めたのは、吉家の答えが判ったからだ。

そう。やってみなけりゃ始まらない、と。

神様、ルーズヴェルトをどうもありがとう。

しかし、いったい、どの神様に。

「行こうか」と、私は言った。

吉家は、背もたれを倒した助手席の上に足を踏ん張り、マイクロキャムを構えてサンルーフから頭を突き出した。

アテンション・プリーズ。マイクロキャムは、パナソニックが去年の秋に発表した業務用の小型デジタルVTRカメラだ。今のところ、スタジオ・サポートが整っていないのが難点だが、半インチの放送用VTRと比べて、色も音も解像度も何ひとつ遜色《そんしょく》がない。おかげで半年もしないうち、TV報道の現場では、半インチVTRをすっかり食ってしまった。

しかし、何にでも欠点はある。キムは、マッチ箱ほどの大きさのデジタル・テープの空き箱に、極細のペンでものすごい苦労をして備忘録をつけていた。

「向こう側へ入ったことは？」私は吉家に聞いた。

「ええ、何度か。――以前のように緊張感なんてありませんよ」吉家がカメラを担いだまま答えた。

「日本海側は殊にね。朝鮮半島のような軍事境界線じゃあないんだから」

吉家が声をかけ、キムがゆっくり車を出した。

国境に着くだいぶ前から、国境は見えはじめた。

それは、灰色ののっぺりした壁だった。野を越え山を越え、どこまでも続く長い長い壁。大阪の下町に立ち並ぶ雑居ビルほどの高さがあり、厚さも、ものの本によれば同じ程度ということだ。つまり、高さ五十フィート、厚みが十フィート。ビルも、壁も。いや、まったく。

長さはとても測れなかった。見渡すかぎり続いていた。前方の海から這《は》い上がり、尾根を巡って山の頂きに延びていたので、目測はきかなかった。別に測る必要もなかった。ものの本に、ちゃんと書いてある。

全長三十五万五千四百七十四メートルの鉄筋コンクリート製の要害。

だから、西日本のマスコミがしばしばこの壁を呼ぶときに使う表現は、まったくの針小棒大だった。（これも日本の言い回しだ）

彼らは、こう呼んでいる。

『千里の長城』

西側の国境検問所は、その『千里の長城』のだいぶ手前にあった。

詰所のちょうど真裏にある入国カウンターは賑《にぎ》わっている様子だったが、こちら側は、われわれの車と荷台を大きな生簀《いけす》に改造した鮮魚輸送車が一台だけで、係官も二人しかいなかった。

その二人が、先に鮮魚輸送車を送り出してしまうと、吉家はカメラを回しはじめた。

車内のチェックはまったく通りいっぺんのものだった。ドアとリアゲートを開け、体半分覗《のぞ》き込んで、持ち出し禁止品目を並べ立て、

「持ってへんやろな」と、訊《き》いただけだ。

「持ってまへんがな」

それで、おしまい。制服は濃いグレーで形も厳《いか》めしかったが、係官は警官でも軍人でもないようだった。

モルタル二階建ての小さな詰所から、芥子色のツナギを着た暴鎮隊員が二人、頭を手拭《てぬぐ》いで

覆った老婆の両腕を取って、引きずるようにして出てきた。

吉家が素早くカメラを向けた。

すると、後からもう一人、トラシュ缶ほどの大きさがある竹の背負い籠を抱えて出てきた暴鎮隊員が、こっちに気づき、

「あかん。映さんとき!」と叫んで、手をはらった。

籠の中から、その拍子に、タクワンが数本転げ落ちた。ティルトダウン。同時にズームアップ。

タクワンとは、すき焼きの後、白飯や味噌《みそ》汁と一緒に供される黄色い大根のピクルスのことだ。

暴鎮隊員は老婆と竹籠を特車に放り込み、サイレンを鳴らして道路を引き返していった。

私はミキサーのスイッチを入れ、マイクを持ってスライド・ドアから体を乗り出した。

「何があったんですか」と、日本語で尋ねた。

私の方に立っていた係官は、困ったように、同時にからかうように、曖昧《あいまい》に笑った。もうひとりは、目を丸くして私を見つめ、その場で動かなくなった。

「禁制品を持ち込んだんだよ」

笑った方が、戸惑いながら、東の言葉で答えた。だいぶイントネーションが違ったが、私にも充分理解できた。

「向こう側の親類から、味噌と漬物を仕入れて売ってたんやが」彼は口籠《くちご》もり、助けを求めるみたいにカメラのレンズとキムを交互に眺め、

「いくらタクワンでごまかしても、あの匂いじゃ気がつくわ」

「何を密輸したんですか」

「松茸《まつたけ》や」係官は同意を求めるように、キムに向かってくすくす笑った。

「傘の立派な松茸を十本ばかり」

　アテンション・プリーズ。松茸は、東洋のトリュフと言われる高価な茸《きのこ》だ。

「形がよければ、キロ当たり二十万はしますよ」と、後になってからキムが、口笛でも吹くみたいに楽しそうに言った。「傘が立派なら特にね」

「あの老人は、西側の市民なんですね」私は係官に訊《たず》ねた。

「ああ。悪い婆さんじゃないんだが。京都の私立大学に孫が受かってな、物入りだったんや。それで、魔がさしたんだろうな」

「知り合いの方ですか」

　相手が耳まで赤くして黙りこくってしまったので、私はマイクをもう一人の係官に向けた。向けた瞬間、彼の胸がそり返り、すばらしく正確な英語でこう叫んだ。

「西日本の赤松林が、宅地とゴルフ場開発で駄目になってしまったです。今では向こう側ののの方が高級品なんであります」

　もちろん、松茸の話。駄目になったのも、高級なのも。

12

私の父は、一九四六年の独立記念日三日前、カーチスC47に乗って芦屋《あしや》空港から日本に上陸し、一九五三年の独立記念日四日後、つまりベニスビーチ講和条約締結のまさにその日、神戸港から輸送船〝ギルフーリー〟でアメリカへの帰途についた。

だから、《壁》を実際には見てはいない。

アテンション・プリーズ。《壁》は、一九七〇年代半ば、大車輪政策をかかげて登場した第三代日本統一労働者党書記長、中曾根《なかそね》康弘《やすひろ》によって建設が開始され、つい一昨年《おととし》までかかって完成した。

私の父は、一九五三年、ニューメキシコで退役してからこっち、ボルティモア陸軍記念病院で、水膨れのサボテンと化して死ぬまで、ついに日本を再訪することはなかった。日本どころか、車で二時間と離れていないニューヨークへ出かけることさえなかった。彼は、戦後四半世紀、ついにニューヨーク州ハイドパークから一歩として外へ出ず、海兵隊のヘリコプタに吊《つ》り下げられ、郡境を越えてボルティモアに向かったときは、すでに人間よりずっとサボテンに近い存在となっていた。いや、まったく、ただのサボテンに。

今から二十二年前、東日本で始まった《大車輪》はいびつな形だが一応の成果を収めた。

どのくらいいびつかといえば、総量三千万トンのセメントと三百万トンの鉄筋、三百五十万トンの型枠、その他様々な建築資材と運搬用の道路、鉄道の建設、創出した雇用が延べ四十八億人。いや、まったく、そのすべてがただただ東と西を区分する《壁》を造るためにだけ使われたのだから。

アテンション・プリーズ。中曾根書記長は旧帝国陸軍士官学校の出身だ。彼がエリートとして巣立った帝国では、田舎で餓死者が出、娘が売られていたのに、海には戦艦大和が遊弋《ゆうよく》していた。都会には水洗便所が無く、自動車専用道路も無かったのに、空には零戦が飛んでいた。

しかし、それにしたって、——

戦艦大和とコンクリートの壁では比べようがない。

さて中曾根の登場と時を同じくして、西日本でも、吉本頴右《よしもとえいすけ》が首相の座につき、列島大改造政策をぶちあげた。その後の経過は、周知の事実、西日本経済は急速に膨張し、ホップ、ステップ、ジャンプと三段跳びで国力を伸ばした。

家電製品、自動車、そして半導体、——まあ、それがホップ、ステップ、ジャンプの正体だった。中には、磁石つきの絨毯《じゅうたん》とか、香炉つきのTV、バックミラーつき眼鏡などというものもあった。なんといっても、この国の現代は、製鉄からではなく〝二股《ふたまた》ソケット〟からはじまったのだから。

ところで、この吉本頴右は、今の首相吉本シヅ子の夫だ。戦後の名宰相、林正之助の姉の息子、つまり甥《おい》でもある。

彼は二期目の任期を満了することなく病死したが、一九七九年、選挙区を引き継ぎ、妻のシヅ子が大阪四区から出馬して記録的な票差で当選した。その十一年後、彼女はもう国会で首班指名を受けていた。

ライシャワー博士ではないが、たしかに、西日本の戦後は吉本一家とともにあったと言うことができる。

東日本のキャンペーンによれば、こんなふうに。

『大阪政府が民主主義だなどというのは噴飯ものである。大阪の権力は世襲制であり、吉本家の家業である。大日本国と自ら呼ぶ我が国西半部は彼ら一族の家督にすぎない。これこそ、前帝国主義的支配でなくて、他の何であろう』

ご説、ごもっとも。

西日本の国力と一緒に、彼ら一家も資力をぐっと伸ばした。吉本グループ傘下の優良企業は枚挙にいとまもない。

ハリウッドに君臨する映像音楽ソフトの大配給網〝CBSジェニー〟も。

昨年セブンイレヴンを買収した国際的外食チェーン〝づぼらや〟も。

トヨタ、ホンダとともにビッグ・スリーの一翼を担う自動車会社〝ダイハツ〟も。

そういえば、私の父が最初に買った新車は〝ダイハツ〟だった。

それまで、我が家には中古のピックアップトラックしかなかったので、荷台が私の指定席だった。だからその日本製の車が家にやって来た日のことは、今でもよく覚えている。

その日、父は朝からそわそわと落ち着かず、缶ビールを片手に、何度も何度も道路に出ては、地平線に目を細めていた。エンジン音が近づいてくるたび、ぱっと腰を上げ、窓から外を覗き込み、

『いやいや、おまえ、日本人の作った車が、あんなカバが漱《うがい》するみたいな音をたてるもんか』

と言っては、溜《た》め息をついたものだった。

『日本人ってえのはな、静かで控えめで小さなものの中にだけ、価値を見つけるんだ』

『ああ、どうせそうだろうよ』と、母は怒鳴った。母は身長が六フィートちょっと、胴周りは、いつも家の玄関ドアの幅と競い合っていて、父より、そしてもちろんこの私より大きく重かったのだ。

母は、あの車が嫌いだったに違いない。

父が最初に買った〝ダイハツ・サイデッカー〟は、わずか一・三リッターの四気筒エンジンで、マッチ箱のような車体をかたかた揺すりながら走り、母が脇に乗ろうものなら時速五十五マイルでも難渋したものだった。今ではBMWの八気筒と覇を競い、ヤングエグゼクティヴの三種の神器とまで呼ばれているあの〝サイデッカー〟が。いや、本当に、あの頃は、——だいたい『貧乏人のフォルクスワーゲン』などと呼ばれていたのだから。

そして、あれこそは、我が家が新車で買えた最初の自家用車だった。そして、私が座席に坐《すわ》った最初の自動車だった。

ところで、〝サイデッカー〟とは関西標準語の話し言葉、英語で言うとこんな感じ。

『ウフウム』

それはさておき、父がこの《壁》を見たら、何と言っただろう。たちどころに言い当てることが出来そうだったが、いざ想像してみると、これがなかなか思いつかない。

私は《壁》を目の前にして、それをずっと考えていた。

西日本側の検問を通り過ぎて、《壁》までの約三百ヤードが緩衝地帯になっていた。西と東の事実上の国境線の隙間に、幅三百ヤードののどかな野原が延々と続いている。あっちの地平線から、こっちの地平線まで、《壁》に寄り添って延々と。この土地は、本来東側のものだ。《壁》を建設する都合上、足場を組むのにそのくらいの余裕が必要だった。

「べつに、日照権の問題じゃないんですよ」と、言って吉家は、その解説を終えた。

彼は今、緩衝地帯のほぼ真ん中に止まった車のサンルーフから体半分を突き出し、手を替え品を替え、《壁》をマイクロキャムに収めていた。

私は後部ドアのステップに腰掛け、スクリプトワーカーを膝《ひざ》に乗せて、メモを取っていた。

《壁》は、すぐそこにあった。

高さ五十フィート、幅十フィート、所々にコンクリート製の監視塔をそなえた凶悪犯専門の刑務所の塀のような代物が、ここから遥《はる》か山々の裾野《すその》へ、景色を真っ二つにして延びている。

それは、やがて魚沼盆地の西端を掠《かす》め、三国峠を越え、榛名《はるな》山の東側裾野を迂回《うかい》し、挙げ句に秩父《ちちぶ》山塊をくねくねと南下して大菩薩《だいぼさつ》峠、ついには富士山東麓《とうろく》をぐるりと巡り、箱根《はこね》に登って芦《あし》ノ湖《こ》を縦に真っ二つ、そのまま十国《じゅっこく》峠を下って静岡県沼津市の南、狩野《かの》川河口付近で太平洋に到達するまで、——つまり、ほぼ東経一三九度線を目安にして、ものの見事、日本列島を左右に分けて延々続いているのだ。

このあたりは、比較的建設が早かったのだろう。コンクリートのあちこちに亀裂が入り、その隙間から雑草や木が葉を繁らせていた。そうした罅《ひび》からは、必ず鉄筋の赤錆《あかさび》が血のように染みだし垂れ落ちて、嫌らしいシミを広げている。

てっぺんまで、蔓草《つるくさ》に覆われている部分もあった。蔓草に隠れるようにして、城壁の銃眼のような穴が開いていた。穴のすぐ上にはサーチライトが一基、こっちに背を向けて据えつけられていた。

目の前のコンクリートの壁面にはペンキで直接こう書かれていた。

《ヤルタ・ハーメルン・ベニスビーチ体制粉砕！》

《壁》の反対端は海の波間に消えて終わっていた。

昔は、砂浜の際まで拓《ひら》かれていた水田が一面の菜の花畑に変わり、浜辺に打ち捨てられた鉄道線路の土手まで黄色い花が這《は》いあがり、埋めつくしていた。

廃屋となった木造の駅舎と、石積みのプラットホームも、その花に埋もれていた。すっかり朽ち果てたホームの日除《ひよ》けの骨組みに《くじらなみかいがん》という右から左へ横書きの看板がぶらさがっていた。これは、西東いずれの日本でも、第二次世界大戦以降、廃れてしまった表記法だ。

その駅は、《壁》にめり込むようにして建っていた。駅舎の板壁に、大きなペンキ絵が描かれているのが見えた。明治時代の将軍とおぼしき軍人が、大きな額を胸の前にかかげている絵だ。額には二文字、こう書いてあった。

《仁丹》

字面からすると、妙に儒教的ではないか。もしそうなら東日本の社会主義官僚が、――あの、スターリンをして『残忍なまでに完全』と言わしめた東京の官僚が、よくもまあ半世紀、見過ごしてきたものだ。

私は、スクリプトワーカーを後部シートに放り出し、マグネラマを手に歩きだした。

西側のゲートから東側のゲートまで、緩衝地帯を横断するアスファルト道路は、幅が約五十フィート、路肩は両方とも渦巻きにしたバラ線で仕切られていた。

「道の端には近寄らないで下さい」と、西側の係官は言った。

「どこに、地雷が仕掛けてあるか分からないんです」

それから、

「緩衝地帯では、勝手に車を停めないでください。あくまで、地権者は向こうさんなんですから」

地権！　居住面積も耕作面積も極端に狭いこの島国では、これは最も神聖な、何人たりとも侵せない価値の中心だ。我々だって、知らなかったわけではない。知っているのに知らんぷり、それがこの職業の鉄則だ。そびえ立つ《壁》がある。しかも順光。パンをするのにカメラを遮るものは何もない。これを撮らずにいられるだろうか。

私は車から十五フィートほど離れ、マグネラマで西側の景色を記録していた。そのとき、背後で足音が入り乱れた。いやはや。

ふり向いた時はもう、吉家とキムが東日本の兵士二人に突撃銃を突きつけられているところだった。三人目が、吉家からマイクロキャムを奪っていた。キムは、既にウエストポーチをいっぱいぶら下げたベルトを取り上げられていた。

三人とも、赤い肩章がある詰め襟の軍服を着ていた。すぐ近くに、三台の白塗りの自転車が、きちんとスタンドをたてて停まっていた。

三人目の兵士が、マイクロキャムをワゴン車の後部シートに放り込み、肩の銃を取って私に銃口を向けた。ボルトを引いて効果的な音をたてた。

私の顔を見ると、彼はぎょっとして叫んだ。

「なんてえこった?!」

こんな場合だというのに、私は一瞬、心が和んだ。多分、顔は微笑んでいただろう。

久しぶりに聞く、正確な日本語だったもので、つい、

「こんにちは」と、私は日本語で応じた。

「決して怪しいものではありません」

兵士の顔がますます強張《こわば》り、目が赤く、頰が真っ青になった。ハンディトーキーを取る手が、がたがた震えていた。声も震えていた。

その声で、彼は叫んだ。

「本部。本部。こちらは第四班。至急増援を願います。アメリカ軍です!」

13

《壁》にぽっかり開いた城門のようなゲートを潜ると、向こう側は土埃《つちぼこり》の立つ広場になっていた。高い板塀に四角く囲われ、騎兵隊の砦《とりで》といった按配《あんばい》だ。幾つかの低いビルと、幾つものカマボコ兵舎が並んでいた。運動場と朝礼台があり、さらに奥には何台かの戦車が一列に停まっていた。

国境というよりも軍事基地の中に迷い込んでしまったようだった。

私たちは、後から駆けつけたジープに手荒く押し込まれ、その中を走り、一番はずれにある木造の二階家に連れていかれた。外壁を迷彩色で塗り分けたこぢんまりした建物だった。

裏手の通用口から入ると、《詰所》という札のさがったがらり戸が開き、武装していない兵士が二人出てきて、我々を受け取った。彼らはがらり戸を後ろ手に閉めた。いかにも、中は秘密だ見せないぞ、という態度だった。

書類が三通、判子が六つ。そのやり取りに手間取った後、新手の兵士は廊下で我々をボディチェックして、時計とポケットの中身を洗いざらい奪い取った。私は、さらにネクタイまで取られた。

私たちの身分証明証を袖机《そでづくえ》の上に並べて、ずいぶん長い間、額をひっつけ、相談していた。

彼らの頭上には古ぼけて黄ばんだポスターが張られ、一九六〇年代、党青年同盟の社会主義建設の顔だった映画俳優、池端直亮（セルゲイ・ボンダルチュクの〝日本海会戦〟に主演したことで有名だ）が、みんなで統一労働者党中央機関紙を購読しようと呼びかけていた。ちなみにその新聞の名前はこんなもの。

《統労《トウロウ》の斧《おの》》

「キムっていうのはお前か？」と、兵士の一人がパスポートでキムを突っついた。

そのパスポートは色も形も吉家のものと違っていた。ちなみに、西日本のパスポートは真っ赤なクロス張り、菊の御紋の押し型が金色に塗られている。大きさ重さともに世界一のキングサイズだ。何しろ、ニューズウィークの約半分もあるのだから。

兵士はキムがうなずくやいなや、漆喰《しっくい》の壁に垂れ下がった紐《ひも》を引いた。

廊下の奥でかすかに呼び鈴が鳴り、どんづきのドアが開いた。

中から出てきたのは、ワイシャツに革のパンツを穿《は》いた大きな男だった。短く刈り込んだ頭にたけだけしい傷痕《きずあと》があった。ワイシャツの胸ははだけ、袖をたくし上げ、黒い使い込んだパンツはすごく太いサスペンダーで吊《つ》られていた。しかし、足許《あしもと》はビニールのサンダルだった。

男は黙ったままキムを引っ立て、廊下の奥のドアを開いた。

「待て！」私は叫んだ。

「先刻も言ったが、我々はCNNのニュースクルウだ。決してアメリカ軍ではない」

もうドアは閉まっていた。キムもサスペンダーの男もいなかった。二人の兵士が怖そうに私の顔を見ていた。外国人が日本語を話すのが、よほど恐ろしい様子だった。

二人は後ずさりして漆喰壁にへばりつき、例の紐を震える手で引き下ろした。

また、見えないところで呼び鈴が鳴った。

同じドアから今度出てきたのは、私よりはるかに背の高い、黒いトレンチコートを着た男だった。丈夫な布製のマスクをしていた。後ろに手を組み、三白眼でこっちを見下ろした。

男がうなずくと、二人の兵士は胸を撫《な》で下ろし、《詰所》の中に戻っていった。

「責任者は？」と、布マスクの男が日本語で尋ねた。この男も、ビニールのサンダルを履いていた。

「ぼくだ」と、手を挙げ、前に一歩出たのは私だった。

なのに、男は私の頭越しに吉家を見つめ、顎《あご》をしゃくった。

「ちょっと、来てくれ」

組んでいた手を前に回した。その手には、剣術の練習に使う竹で出来た刀が握られていた。

「プロデューサーは、ぼくだ」私は、さらに一歩踏み出した。

「われわれを拘引《こういん》した理由を聞きたい。我々は君達の国からの正式な取材許可を受けてるんだ。新潟県統一労働者党対外通信宣伝部の本間幸一さんが、われわれをここで待っているはずだ」

私はフーメイから聞かされてきた東側担当者の名を言った。もちろん正しい日本語で。

「とにかく、その人に会わせてくれ」

にもかかわらず。

「あんた。ちょっと、あんた。こっちに来てくれ」相手は私を完全に無視していた。視線が、私を素通りして吉家に向いていた。私は見えているのだろうか、いや、それどころか存在しているのだろうか。自分でも心底、不安になってくるほどに。

「この人に、ここで待つように言ってくれ」

マスクの男は竹刀で床を小突き、廊下の奥へ歩いて行った。

「この人っていうのは、ぼくのことだろう？」私は英語で吉家に尋ねた。

「ぼくは、そんなに小さいのかな」

「東京警視庁の奴ですよ」吉家は囁《ささや》いた。

「東京から出向してるのか？」

「そう《イエス》。国家治安警察のことですよ。いわゆる秘密警察。それをまとめて東京警視庁って言ってる。この国境検問所は、新潟県刑事警察地域統制部の管轄なんです。あいつらは、東京警視庁北部方面隊――多分その政治委員だろうと思います」

「なぜ、判るんだ？」

「竹刀を持ってたじゃありませんか。竹刀のグリップに赤い星がついてたでしょう」

言うと、吉家は私の手の甲を軽く叩《たた》いた。

「アメリカ人と余計な接触を持ちたくないんですよ。ただそれだけだ。大丈夫、あなたはそんなに小さくない」

私は何だか悲しくなった。

布マスクの男が、ポケットから出した鍵《かぎ》で別の新しいドアを開いた。吉家は、親指をぐいと突き立てて笑い、そのドアの向こうに胸を張って入っていった。

それきり半時間、廊下にはこそとも音は漏れてこなかった。がらり戸にも、全部で五つあるドアにも鍵がかかっていた。私は長さ四十フィートほどの板張りの廊下に閉じ込められた恰好《かっこう》だった。廊下には南京錠のかかった金属のアイスボックスとスプリングが飛び出たソファ、それに袖机が置いてあるだけ、他には小さな黒板がひとつ、そこには白墨で次のように書かれていた。

《努力邁進《まいしん》！　ノルマ達成！　検挙率倍増月間（十日町《とおかまち》検問所に負けるな！）》

半時間後、最初に開いたドアには何も書かれていなかった。それだけが頑丈な金属製で、幾つものリベットで留められ、框《かまち》も金属で補強してあった。

そのドアから出てきた男は、先刻の布マスクよりさらに大きかった。背は同じくらいだが、胸の厚さときたらメキシコのプロレスラー顔負けだった。治安出動用の制服の下半分をサスペンダーで吊っていた。上半身は洗い晒《ざら》しのTシャツ一枚きり、その襟首と脇の下は汗で、胸は血でべっとり汚れていた。彼もまた、履いているのはサンダルだった。

彼が出てきたドアの隙間からかすかな水音と、荒い息遣いが聞こえてきた。

それが合図ででもあったかのように、私を見た。少なくとも、この男にとって、私はそれなりの大きさと厚みと色彩を持っているようだった。彼は私を上から下までじろじろと眺め、ふうと息を吐いてみせたのだ。

この男も竹刀を持っていた。竹刀のグリップには赤い星の刻印が二つあり、それを握る手の指先は、赤黒く汚れていた。

男がいきなりスイッチを入れるまで、そこにテレビが置いてあることに、私はまったく気がつかなかった。あまりに、味も素っ気もない木の箱だったので、それまでアイスボックスの一部か飲み物のケースだと思っていたのだった。

男はチャンネルを何度か変え、音を少しずつ大きくした。やがてこっちにふり返り画面を指さすと、ニヤッと笑いかけた。

その画面では、背広姿のアナウンサーがどこかの山を背に、立ちレポをしていた。

「こちらは、長野県長野原《ながのはら》です、この周辺はスキーリゾートとして有名な場所ですが、先週から、ここには国防軍の天幕村が出現し、春の訪れとともに地肌を見せ始めたゲレンデに、新しいにぎわいをつくっているのです」

国防軍？　――私は頭をひねった。それは西日本の呼び名だ。アナウンサーは東洋人だが、よく考えてみると、アナウンスは英語ではないか。

「天皇陛下の逝去以来、私の背後に見えます日本アルプスを徒歩で越え、峻険《しゅんけん》な山岳地帯の手薄な警備をかい潜り、西側へ流入してくる東側市民が激増しているのです」

「それは、衛星放送ですか」私は、男の背中にまっとうな日本語で尋ねた。

巨《おお》きな背中がぴくんと震えた。しかし、口を開こうとはしなかった。今度はふり返ろうともしなかった。

「私はアメリカ人です。CNNの特派員です」

またしても私はここに居なくなったようだった。彼の背中は、まるで《壁》の一部になったみたいだった。

やがて、男の手がアイスボックスを開け、中からビー玉で栓をした緑色の瓶を取り出した。アイスボックスの脇に紐で吊り下がった木製のネジ回しのような器具を使い、栓を瓶の中に押し込んだ。

炭酸水が勢いよく吹きこぼれたが、意に介さず、男はその飲み物をほんの数回で飲み干した。

空き瓶を床に置くと、またアイスボックスの中に手を突っ込み、今度は赤いコカコーラの缶を取り出した。

ふいに、こっちに向き直った。

「失礼ですが、警察の方ですか？」

私は意地になって尋ねた。マイクを持ってきたらどうだろう。この男は、私にでなくマイクにならしゃべり出すだろうか。

男は私を見た。見つめたままちょっと怖そうに後ずさり、金属のドアの中にするりと滑り込んだ。

それだけのことだった。

板床に、コカコーラの缶から滴り落ちた水が、玉石のように膨れて残されていた。

私はテレビの前に行き、垂直同期を修正しようと、つまみを探した。しかし、そんなものは何ひとつついていなかった。タッチ式のチャンネル・スイッチと主電源、音量、あるのはそれだけなのだ。

「流入する東側市民からの情報では、宇都宮、仙台、札幌などの都市で千人規模の民主化要求デモが繰り返され、一部ではこぜりあいも起こっている模様です。これについて、東日本政府代表部は一切の論評を拒否しており、——」

今しゃべっているのはジェンキンス君だった。右上にCNNのロゴ、左下にはNFB——日本外国語放送サーヴィスの鶴のマーク、間違いない、西側の衛星波だ。

私はチャンネルを回した。映像が完全にドロップしているものまで含めれば、そのテレビは西側の放送を五局まで受信していた。

誰かが、私の腰のあたりを指で突っついた。

ふり向くと、目の前に血で汚れたTシャツが立ちふさがっていた。

「ヘイ」と、男は言って、コーラの缶を差し出した。

「ヘイ、ユウ」

私は二歩下がり、コーラを受け取った。

「ハロー」

男は言い、鼻を真っ赤にして、盛んに手真似でコーラを飲むように勧めた。

「有り難う。もらっていいのか？」

言うまでもなく、私は日本語でしゃべっている。以前も、今も、これからも。

「オーケー」と、男はかすれ声で言い、指を二本、V字に立ててみせた。黄色い汚らしい歯を剝《む》き出したが、決して笑ったわけではなかった。

「セイ。――セイ・コーク」彼は懸命に言った。口をもぐもぐと動かした。両手を尻《しり》でごしごしこすった。

しかし、握手をしようと私が手を差し出すと、ひょいと跳び退《すさ》ってしまった。

仕方なし、私はその手でポケットからキャメルを出し、男に勧めた。

「煙草を吸われますか？」

その途端、男の頬骨が真っ赤になった。代わりに鼻が青くなり、それでなくとも細い目がますます細く吊《つ》り上がった。

彼は憤然と私に背中を向けた。そのまま、大股《おおまた》に歩き、部屋に入ると音をたててドアを閉めた。あまり勢いよく閉めたので、ドアは再び、五インチほど隙間を開けた。

私は彼がすっかり気の毒になってしまい、ライシャワー博士が授業の端々で唱えていた日本人の特別な感情、あるいは父がお伽話《とぎばなし》のように繰り返し聞かせた日本人の不思議な性向について、あれやこれや思い出そうとした。

すると、ドアの奥で竹刀の音がパッシーン！　と響き渡った。悲鳴が、その後を追いかけてきて、廊下に谺《こだま》した。

何かが室内で甲高い音をたてて倒れた。

また悲鳴。水音。先刻の男の声が聞こえた。

「何だよ、あいつ」と、男は言った。

「ちょっと同情したら、いい気になりやがって」

声の方へ行きかけるより早く、別の人間の手が金属のドアを内側から閉じてしまった。音は、――たとえどんな音も、それでぴたりと熄《や》んだ。

廊下には私とジェンキンス君が残された。

「何かが起こっています」彼は、バトンルージュのスタジオに直に呼びかけていた。《実況生中継》の文字が読めた。腕時計を見ると、太平洋時間ではちょうど夜十時、ヘッドライン・ニュースのオンエア中だった。

「流入した東側市民の言葉をですね、頭から信じるわけにはいきませんが、ええ、何か重要な変化の兆しを感じるのは私だけではありません」

私は顔を歪《ゆが》めて、チャンネルを変えた。こういう煽《あお》り文句の連発は、私の好みではなかった。しかし、それにしても。

あの男は、何のどこに同情したのだろう。私は考えた。仮に、この私のどこかが何かの同情を誘ったとして、それを表現するのに、いったいどこの誰が、

『セイ・コーク！』などと節をつけて叫ぶだろう。

そのとき突然、とっつきのドアが開き、ピンク色の目をした小太りの男が飛び込んできた。それ自体、さしてびっくりするほどのことではない。のみならず、その男がこんなふうに独りごちるのを聞いたとしても、別にどうとも思わず見過ごせる。

「大変だ。大変だ。こりゃあ遅刻もいいところだ」

男は鳥打ち帽子をかぶり、よれよれのツウィードの背広を着ていた。上着の下には赤いチョッキを着ていた。ベストでもウエストコートでもない。日本語でチョッキと呼ぶのに最も相応《ふさわ》しいものを。

走りながら、そのポケットから懐中時計を取り出して、時刻を確かめた。

「うわっ、これはえらいことだ」

と、叫んで私の傍らを走り抜け、廊下の突き当たりのドアから向こうへ消えた。

しばらくすると奥の方で、大きな声がした。誰かが誰かを大声で非難し、その誰かが金切り声を上げて何かを罵《ののし》った。

まず吉家が、次にキムが廊下に出てくるまで五分とかからなかった。

二人とも血は流していなかったし、痣《あざ》もつくっていなかった。

キムは、右手を広げて肩のあたりに掲げ、平和的な一部ネイティヴ・アメリカンが友好の挨《あい》拶《さつ》を送るような恰好《かっこう》で近づいてきた。

「指紋をとりやがった」彼は、短く小さく、しかし力を込めて言った。

「五本とも、ぐるりと回転させてとりやがった」

「拭《ふ》くなよ」私は反射的に言った。

「すまないが、そのままにしてるんだ。カメラを取り返すまで、そのままにしててくれ」

「二人して、まったく同じことを言わないでください」

キムは手を上げたまま、半身を返して吉家と私を交互に睨《にら》んだ。

最後に出てきたのは、例の赤いチョッキの男だった。男は、マヨネーズの容《い》れ物みたいな身体つきで、頭のてっぺんは、すっかり禿《は》げて、てかてか光っていた。

ドアのところでくるりとふり向き、室内を睨んだ。ドアは内側から乱暴に閉まったが、革ズボンも布マスクも、ビニールのサンダルを履いた者は誰も、こちらへ出てこなかった。

「手違いだったんですよ。本当に、手続きのミスだけだったんです」

赤いチョッキの男が、吉家に日本語で言った。そのとたん、私は彼が好きになった。

「いやいや、しかし、間に合って良かった。間一髪。連中、あなたたちを東京へ送致しようとしてたんですよ。そうなったら、もう手の施しようがなかった」

「じょ、じょ、冗談やあらへんで」吉家が高い声を出した。

「いったい誰のミスやねん？」

「誰のでもありません。手続きのミスです」男は強調した。何の問題もなく、彼らはお互いの日本語で意思を通わせているようだった。

「理由は何なんですか？」私も日本語で訊《き》いた。

「わっ」と、声に出して、赤いチョッキが飛びのいた。それから私の顔をしげしげと見つめ、

「何ということ！　聞いてはいたが、これはたまげた。立派な日本語をお話しになりますなあ」

彼は、自己紹介するのも忘れて私を見つめつづけた。

キムが、間に割って入り、英語でこう囁《ささや》いた。

「俺の親父、向こうの国籍なんです。どうも、それが原因らしくて」

「高麗民国《サウスコーリア》か」

「いや、北の方ですよ。最近は、北の方が煩《うるさ》いんです」

「東とは友好国のはずだぜ」と、私。

「労働輸出で来た連中が不法に住み着いて、収拾がつかなくなってるんですよ」と、キムが言った。

「東日本は、何といっても社会主義最大の工業国ですからね。――知ってますか、西日本じゃこう呼んでるんです。世界最大の下請け国家、三ちゃん工業国って。下請けの仕事を奪うような孫請けがあったら、嫌われるに決まっている」

「そんなことよりカメラだ。早く、カメラを取り戻そう！」吉家がわめいた。

と、金属のドアの中からわめく声が聞こえた。こんな声が、かすかに。

「ちくしょう！　何を威張っていやがるんだ」

びゅっと竹刀が風を切り、甲高い悲鳴があたりを切り裂いた。
ご愁傷さま。どなたか知らないが。

14

「三ちゃん工業って何だ？」

外へ出たところで、私は訊いた。

「西日本の車が、まだ法円坂《ほうえんざか》も満足に登れなかった頃、三ちゃん農業って言葉があったんですよ」私の後ろで吉家が答えた。

アテンション・プリーズ、法円坂とは国会議事堂の近くにある緩やかなスロープのことだ。川と川の隙間にのっぺり広がった大阪の街では、ここを坂道と呼ばないかぎり坂道というものが無いことになってしまう。

「爺《じい》ちゃん、婆ちゃん、母ちゃんが野良仕事をする。父ちゃんはというと、これは、町の工場で働いて、家計の足しにする」吉家は言った。

「いやいや、足しじゃなく、その給与収入が家計の中心になる。農業が役人に徹底的にバカにされた結果、そんなふうになってしまった。それを、三ちゃん農業と言ったんです」

「で、三ちゃん工業は？」

「例の東西通商協定以来、衣類とか履物とか、軽工業を中心に委託加工の需要が爆発的に伸びましてね」吉家が言った。

「原料とノウハウを渡して加工させ、それを輸入する。まあ、国ぐるみ西側の下請けだ」

それは私も知っている。去年、東日本とのこうした内輪のやり取りによって、大阪政府は、この十余年来、ホワイトハウスにやいのやいの言われてきた貿易黒字を十四パーセントも減らしたと宣言した。

「で、その三ちゃん工業っていうのは」と、私は重ねて尋ねた。

吉家は肩をすくめた。代わりに、キムが答えた。

「爺ちゃん、婆ちゃん、母ちゃんが細腕で真っ黒になって工場で働き、父ちゃんが野良へ出る。集団農業だから、父ちゃんは結構楽ちんだってね」

「ものの譬《たと》えってやつだな」私は言った。

「この国で、ものの譬えが事実と同一でなかったことはないからなあ」

「どっちの国?」と、私。

「どっち?」キムはふふんと哄《わら》って、

「ぼくから見れば、どっちもどっち。同じコインの表と裏だ」

「じゃあ朝鮮半島の南と北、高麗民国と大韓社会主義共和国も同じなわけだ?」

「そんなことはない。あれは両方とも表なんです」

それはしたり。私は大きく頷《うなず》いた。

兵営と兵営をつないだ渡り廊下の前に、私たちの取材車が置いてあった。

その隣には、とてつもなくいかつい四輪駆動車が停まっていた。靴べらのような形の古めかしい左右のフェンダーが水道管みたいなバンパーで繋《つな》がっていて、その右端には日本人民民主主義共和国の国旗が立っていた。白地に赤い菊の花、その上にぶっちがいにした黄色い鎌とトンカチを染め抜いた、あの奇妙な日の丸が。

左端に立てられた青い小旗は見たことがなかった。私は、四輪駆動車の前まで行って、青い方の小旗の端をつまみ上げた。

それには、白抜きでこうあった。

《NHK》

「何の略称なんだ？」

「日本放送協同組合。——東側の国営放送ですよ」吉家が言った。

「ですからニッポン、ホウソウ、キョウドウクミアイ。——ローマ字、あかんのかいな？　けったいな異人はんや」こっそり、彼は日本語で呟《つぶや》いた。

「筆で憂鬱《ゆううつ》と書けない日本人もいるさ」と、私は言い返した。

「ご挨拶が遅れて申し訳ない。私は、こういうものです」

と、赤いチョッキの男が、深々と頭を下げ、両手で名刺を差し出した。西側で通常取り交わされるものより一回り大きく、紙も分厚かった。非礼にならないよう（こんな場合、日本では何が非礼になるか判らないので）それを両手で受け取ると、まるで表彰状を授与されているみたいだった。

「まことに失礼しました。急な用事でついつい遅刻を、——ご迷惑をおかけして、ほんとう、申し訳ない。私が党対外通信宣伝部上越地区代表世話人の本間です。NHKの魚沼支局長も兼務しております」

彼は、洗濯のしすぎでくたくたになったハンカチで額の汗を拭《ぬぐ》い、それを目の前で広げてじっと見下ろした。十秒間に失われた汗の多寡を正確に量ろうとしているみたいだった。

私も名刺を出し、日本語で自己紹介した。すると本間は兎のようにぴょんと後ずさりして、

「いや、本当にお達者な日本語ですな。しかし、なぜまた、他の皆さんとは英語でお話を？」

「西日本の言葉は、まったく駄目なんです」

「なるほど、なるほど」彼は、嬉《うれ》しそうにけらけら笑った。それから、重大な秘密を明かすみたいに、前のめりになって、

「ご安心ください。私はこれで、西日本の標準語も使えます。何なりとお役にたてます。案じられるな。何ひとつ、ご案じめさるな。あなたのことはオヤジから、よっく言いつかっていますから」

迂闊《うかつ》にも、私はそのとき〝オヤジ〟が誰なのか、何なのか、聞き漏らしてしまった。吉家とキムはすでに取材車のリアゲートを開け、あれは大丈夫だったとか、これも取られていなかったとか、ひとつひとつ声に出して確認していた。

アテンション・プリーズ。こういうのを、日本語で指差点検という。

その彼らのすぐ脇を、何人もの娘たちが一列になって通りすぎた。誰もがうつむき加減で、自分の足許《あしもと》をじっと見下ろしながら歩いていた。年齢は十代の終わりから二十代、若いというより幼く見えた。

東側の女たちは押しなべて若く見える。そのくせ、三十を超えると急に老い込む。まるでカモシカのような足をしていたロシアの娘が、結婚と同時にビヤ樽《だる》へと変身するように。これは、社会主義と何か因果関係があるのだろうか。

娘たちはさらに歩いていき、先刻、私たちが拘引《こういん》されていた建物の玄関先で立ち止まった。

全部で二十人以上、それが各々、手荷物から書類を取り出し、国境警備の兵隊に命じられるまま、静かに整然とした列をつくって並んだ。

彼女たちの荷物は、旅行にしては小さすぎ買い物にしては大きすぎた。みんな原色の、派手な服を着ていたが、生地は安手で造りは流行といっさい無縁だった。

「越境花嫁ですよ」

いつの間に来たのか、吉家が私の傍らで囁いた。マイクロキャムを腰溜《こしだ》めに構え、私の体でそれを本間の目から隠していた。VTRはかすかな音をたてて回っていた。

「西側に貰《もら》われて行くんですよ」本間が四輪駆動車のところから声をかけた。

「こそこそしないで、ご自由にお撮りなさいな。ただ、許可をとってもらわなくちゃ困る。私の許可を必ず取ってください。そうすれば、お約束どおりまったく自由な取材を保証します」

「旦《だん》はん、すんまへん」吉家が日本語で言った。

「ほな、甘えさせてもらいまっさ」

カメラを構え、数歩、娘たちのほうへ歩いた。

一人の娘がそれに気づいた。

一瞬にして動揺が広がった。娘たちは恥ずかしがり屋の犯罪者のように、顔を背け、両手で隠した。ひとりがそのまましゃがみこむと、全員がすぐさま後に続き、丸い輪になってカメラに尻《しり》を向けた。敵にあった駝鳥《だちょう》の群れみたいだった。駝鳥は、猛獣に襲われると、頭を地面のなかに埋め、丸くなる。

「お撮りなさい」本間の声は冷やかだった。

「金のために嫁いでいく娘たちより、そうしないと嫁ももらえない西側の社会の方が問題だ。ねえ、そうじゃありませんか」

農民と役人、――近頃の西日本では、まったく嫁の来手がない職業の男たちに、嫁を周旋する結婚相談所が大流行している。例の協定締結以来、最も急成長した産業のひとつだ。それまではフィリピンや台湾から嫁を輸入していた会社が、一斉に《壁》の東側に目を転じた。ことに最近では、悪質な周旋所が駆逐され、役所の総務部や農協の民生部が率先してそれを代行しはじめたのだ。一時、大阪で社会問題になったが、結局うやむやに終わった。何しろ、農協と官公労が相手だ。日本のジャーナリズムはすぐに腰が引けてしまった。

兵隊に促され、娘たちは立ち上がった。逃げるように小走りに、どやどやと建物のなかに消えていった。吉家が、さらに数歩、カメラでそれを追いかけた。

アテンション・プリーズ！　西日本のマスコミは彼女たちをこう呼んでいる。

ニシユキさん。

吉家がマイクロキャムを下ろし、本間が乱暴に車のドアを開けた。

「それは、マツダの新型ですな」

本間は四輪駆動車のステップに足をかけ、硬い笑顔でこっちの車を眺めた。

「そっちは軍用車ですか」私は日本語で尋ねた。

「いやあ、民生用です。トラックも含めて、自動車生産の四十一パーセントは民生用です。トラックも含めてですよ」

「そのうち乗用車は何ぼあるんや？」吉家が、こっちの運転席から日本語で尋ねた。

「戦車をいれたら何パーセントですか？」キムが英語で叫んだ。

ところで、あれ以来、我々の会話は西日本標準語と東京官話と英語が入り交じる複雑なものになっていた。以後、どうかご容赦を。

「これは、追浜《おっぱま》自動車公司の〝報国四型〟です」本間は平然とキムに答えた。

「一リットル足らずのエンジンで、八十馬力を発生させます。ガソリンも無駄にしません。一リットルで四キロも走るんです。よろしかったら、こっちに乗って行かれませんか」

「カメラで追いましょうか？」吉家が私に提案した。

「そうしてくれ」私は答えた。

国境監視所の鉄条網から出ると、道路は急にアップダウンがきつくなり、舗装もあって無きようなものだった。

コンクリートには亀裂が走り、砲撃を浴びたような穴がそこかしこに口を開けていた。無線のピンマイクとメモ代わりのスクリプトワーカーを持って乗ったのが馬鹿みたいだった。口を動かせば舌を噛《か》んだし、指を動かせばキーボードを壊したろう。おまけに、〝報国四型〟のエンジンは、わずか一リットルで八十頭の馬よりうるさくひっきりなしに嘶《いなな》くように出来ていた。

Aピラーには、紫色のカットグラスで出来た花瓶が吊《つ》るされ、ホンコンフラワーが生けられていて、それが絶えずかたかた音を立てていた。

ホンコンフラワーとはプラスチック製の造花の総称だ。そういえば、わが家に最初にやって来た西日本製のファミリーカーにも花瓶がついていて、そこに造花が生けられていた。営業マ

ンが会社からユーザーへのプレゼントだと言い、父をひどく感激させたものだった。日本風に腰を折り、

『詰まらないものですが、お納めください』と。

〝報国四型〟は、打ち捨てられた鉄道を跨《また》いで道路を離れ、鯨波《くじらなみ》海岸から緩いカーヴを描いて延びる砂浜へ出た。やがて、海沿いに葦簀《よしず》張りの家々が現れた。

「別荘ですか」と、私が聞くと、

「民宿ですよ」という返事だった。

「幹部用ですね」

「とんでもない」本間は、感情をあらわにして笑った。

「今時の党幹部にロシア語なんか判りません」

なるほど、民宿の屋根には、マクドナルドやウェンディーズも顔負けの看板が掲げられている。こんな具合に。

《НАШИ《ナーシ》 ТОВАРИЩИ《タワーリシチイ》（我らが仲間）》

《КРАСНАЯ《クラースナヤ》 ЗВЕЗДА《ズヴェズダー》（赤い星）》

《ЧЕСТЬ《チェスチ》 НАРОДА《ナローダ》（人民の純潔）》

「これじゃあ、沖縄と変わりない」と、私は叫んだ。

アテンション・プリーズ。西日本の南西の絶海に浮かぶ元日本領のその島では、海辺だけでは済まない、町にも警察にも役場にも、英語があふれかえっている。

「そりゃあロシア人向けですからね」本間は事も無げに答えた。

「西側ではお客様は神様だって言うでしょう。顧客サーヴィスは、あなた、何も資本主義の特権じゃない」

運転手は軍服によく似た制服を着ていた。本間はそれに気を遣ったのか、急に語調を荒くして、

「これのおかげで、わが国はこうまで旨《うま》くいってる。他の社会主義国がどんな状態か知らないわけじゃありません。余所《よそ》さまは余所さま。うちはうちですからね。この国はあなたたちの期待にはずれて画期的な成長を続けていますぞ。その点を、きちんと報道してもらいたいものですな。ま、サーヴィスこそ日本人の徳性とでも申し上げようか。それが秘訣《ひけつ》です」

「ここはロシア人の専用なんですか」

「そんなことはありませんがね。こんな海で泳ぐのは、奴らだけですよ。日本人民はみんな神奈川県へ行ってしまう。池端直亮はご存じですか？」

「ええ」

「同志池端は、人望が厚くてね。海水浴と言えば鎌倉、江ノ島です。だいたい、この季節、海水浴なんて日本人はしません」

「ロシア人は？　——彼らは泳ぐんですか」

それに対する本間の返事は次のとおり。もし、マイクが音を拾っていたら、ちょっとした政治問題になっていただろう。

「露助《ロスケ》は四月から泳ぎます。あいつらの海はよっぽど冷たいんでしょうね」

15

柏崎《かしわざき》の町に入ると、ロシア語はもっと目立った。

《極東の曙《ザリャー・ダーリニエヴォ・ヴォストーカ》》という名の食堂があり、《真実の瞬間《ミック・プラウドゥイ》》というネオンを瞬かせた土産物屋が店を開いていた。

本間は、港近くの土産物屋の前で車を止めた。建物を回り込んでいくと、裏手の丘に大仏殿と金閣寺、東寺の五重の塔が聳《そび》えていた。どれも本物の五分の一程の大きさだった。他にも奈良の大仏やら札幌の時計台やら、——しかし作りはヤワで縮尺もいい加減、全体に見すぼらしい印象だった。

入口に切符売り場があり、その屋根にはこんな看板が出ていた。

《ПАРК《パルク》 ВЕЛИКОЙ《ヴェリーコイ》 ЯПОНСКОЙ《ヤポンスコイ》 КУЛЬТУРЫ《クリトゥルイ》（大日本文化ランド）》

「ロシア人相手なのかな？」

「そう《イエス》」吉家は頷《うなず》いて、いかにもおざなりにマイクロキャムを向けた。

「日本海の向こう岸がこっちより豊かだったころ、きっと客寄せに造ったんでしょう。今じゃ、ロシア人は金なんか持っていないし、たまに持ってるロシア人がいれば、真っ直ぐ飛行機で大阪に行ってしまう」

本間は、土産物屋に入ると、二階の廊下の突き当たりまで、まるで自分のオフィスか何かのように先に立ってずんずん歩いていった。

そこは大きく殺風景な部屋で、普通なら掛け軸や屏風《びょうぶ》が置かれている壁際に、統労党の旗と中曾根書記長の、よく光る禿《は》げ頭に、一説によれば千島列島の形をした痣《あざ》を浮かせた顔写真が飾られていた。

片隅のTVモニターが、待ってましたとばかりに、同志書記長のプロパガンダ・ビデオを映しはじめた。

和服を着た女のアナウンサーが、同志書記長は戦争中、帝国陸軍士官学校在学中からの秘密党員だったと説明した。

しかし、一昨年《おととし》ニューヨークで出版されたハリソン・E・ソールズベリーの〝暁の選択／東京の白い雪〟によると、中曾根は、敗戦間際、北海道で捕虜となりシベリアへ送られたことになっている。

戦後、彼が東京に帰ってきたとき、戦前からの日本共産党はもう跡形もなくなっていた。幹部クラスで残っていたのは野坂参三ただひとり、他はスターリンの勲章に釣られてモスクワへ呼び寄せられ、そのまま帰らぬ人となったのだ。伝達式に正装で臨んだところ、ドアの向うは秘密査問会の会場だったというわけだ。彼らは一人残らず立派な罪を着せられ、ある者はルビアンカ監獄で、ある者はシベリアの労働キャンプで命を落とした。

彼らは、日本帝国の警察に不当に逮捕拘留され、戦争中を獄につながれて過ごした党員だった。ソ連軍の東京進駐を赤旗で迎え、日本臨時革命政府の中核となった同志だった。他の連合国からはスターリンの傀儡《かいらい》とよばれた連中だった。しかし、当のスターリンは、それをまったく信用しなかった。

何しろ、彼をあれほど驚嘆させた忠良な日本の国家官僚を、クソミソに言ったものだから。言うだけでなく、彼が世界でたった二つ信じていたもののひとつ、霞《かすみ》が関《せき》官僚の足を、ことあるごとに引っ張ったものだから。(もうひとつは、もちろん、ラヴレンティ・パヴロヴィッチ・ベリヤ氏の陰謀マシーンだが)

東日本では、スターリンによる日本共産党の大粛清と、それにつづく、シベリア帰りの元関東軍将校たちの統一労働者党旗揚げを日本革命と呼んでいる。その革命とやらは、駐日ソ連軍の統労党支持声明によって、たった三十分で終わったのだが。

では、なぜ、スターリンともあろうものが、旧敵国の職業軍人などを抜擢《ばってき》したのか。

ソールズベリー翁《おう》によれば次のとおり。

『帝国主義国家の監獄にいた人間より、自分の監獄にいた人間に、より親しみを感じたのであろう』

かくして、あの監獄の総大将は、日本の分からず屋の革命家たちを自前の監獄へ放り込み、代わりの人材を同じ監獄から日本に送り込んだ。

アテンション・プリーズ。その背景には、もちろん朝鮮戦争における旧軍将兵の大活躍がある。太平洋戦争が終わろうとしていたとき、大本営は、帝国陸軍の最も戦闘的な者、要するに本土決戦を主張しそうな連中を、ことごとく北海道の絶望的な前線に送り込んだ。そのために、いざ戦争が終わってみると、旧帝国陸軍軍人は皮肉にも日本の東側に大勢残されたのだった。

彼らのような者がなぜ、ソ連占領地でパルチザンをいっさい試みなかったのか、これは現代史の謎だ。京都御所のあの有名な開門が、そしてそれに続く天皇とマッカーサーの握手が東に伝えられ、彼らのやる気を徹底的にくじいたというのが通説だが。

さて、そうしたわけで、朝鮮戦争が勃発《ぼっぱつ》するやいなや、彼ら東側の虜囚となった旧帝国軍人は、一気に反米で結束し、義勇軍として最前線で大いに活躍した。

金日成《キム・イルソン》も毛沢東《もうたくとう》も、むろんスターリンも、その活躍に称賛を惜しまなかった。

たとえば、ソールズベリーは例の本で、こんなことを言っている。

『このため陸軍内務班のようなものさえ、システムとして共産日本に延命したのである』と。

ところが、中曾根はこの流れのどこにも属してはいない。彼はその時代、東日本にもいなかったし、朝鮮半島の最前線にもいなかった。彼は、まだ監獄にいた。

彼が東京に戻ったとき、すでに朝鮮戦争は終わり、旧日本共産党による東京政府は一掃されていた。統一労働者党が権力を握り、その主流はシベリアの思想キャンプを出た元関東軍の将校たちだった。中曾根は、そのグループとも一線を画していた。

彼が頭角を現したのは、ソールズベリーの本によると、こんな具合だ。

『一九六三年十一月二十二日、スターリンの死ぬ当日まで実に地味な存在だったことこそ、中曾根の成功の原因だった。そして、一九六五年第二十四回共産党大会におけるフルシチョフの秘密報告がまだ公開されていないうち、つまり、大会閉幕からわずか三日後、彼は東京の公の場所でスターリン批判を展開することができた。たぶん東側世界の政治家としては初めて。これこそが大いなる彼の才能だった』

ブラウン管では、東京の旧絵画館前の銀杏《いちょう》並木を、白馬に乗った同志書記長が騎馬連隊を引き連れ、粛々と行進していた。沿道を埋め尽くした群衆が、いっせいにあの赤い菊に鎌と槌《つち》の小旗を打ち振った。

「中曾根は、こんなに神格化されているのか？」と、私は尋ねた。

「そう《イエス》。そんなこと、ありませんよ」と、吉家が言った。

「最近になって、この手のプロパガンダを強化してる。本人が慌ててるんです。もう二十年以上トップに座ってるでしょう。後継者の問題で、政権内部ががたがたしはじめているって話を聞いてます」

本間はあえて聞こえないふりを決め込んでいた。

そこで、私はその背中に向かって日本語で、

「次の代議員大会で渡辺美智雄《わたなべみちお》さんに書記長の席が譲られるっていうのは本当ですか」と、尋ねた。

アテンション・プリーズ。渡辺美智雄は、一九八〇年代の初めから、中曾根の後継者として西側情報関係者のあいだで名を上げられていた党官僚出身の政治家だ。最近になって、西側のマスコミにもさかんにその名が登場するようになった。国務省に近い評論家連中は、なぜか渡辺が東日本統一労働者党きっての開明派だと口々に言う。

先々週、ニューヨーク・タイムズが彼に与えたカンムリ名は次のとおり。

『極東のゴルバチョフ。（そのフライングも含めて）』

しかし私に言わせれば、彼は、エリゼ宮に行く前に〝ティファニーのテーブルマナー〟を読んだゴルバチョフより、国連総会で靴を脱ぎ、デスクを引っぱたいたフルシチョフの方によほど近い。

ところで、私の質問に対する本間の返事ときたら、次のようなものだった。

「さあ、しかるべきときに、しかるべきところで、しかるべき決断が下されるでしょう。まあ、お食事でもどうぞ」

部屋の中央には大きな卓子《テーブル》が置かれ、その真ん中に四人分の食事が用意されていた。食事は、薄くよく撓《しな》う木で出来たまるい弁当箱に入っていた。中身は、スシに使う御飯に魚や卵や煮しめた野菜をまぶしたものだった。

食べているあいだに、この食事を提供した柏崎物産ソヴィエトの議長が（つまり、この土産物屋の親爺《おやじ》が）歓迎の挨拶《あいさつ》を述べた。食後のお茶を飲んでいるあいだには、和服を着てその裾《すそ》を尻捲《しりま》くりした小学生が踊りながら歌を歌った。

それはこんな歌だった。

♪米山《よねやま》さんから、雲が出た
今に、夕立が来るやら♪

歌が終わると、本間がステージの背後を覆っていたカーテンを開けた。効果を見計らっていたのに違いない。夕刻の太陽に照らされた海が、いきなり目の前に広がった。海には赤錆《さ》びたロシアの貨物船としけた漁船に取り囲まれ、まるでブルックリンのリバーサイドから望んだ摩天楼のように巨大な軍艦が浮かんでいた。

「ここからでしたらご自由に撮影してくださって構いませんよ」本間は、腰の上で手を組み、胸を張って言った。

「日本海護衛艦隊群の旗艦、護衛艦〝アブズル〟です」

キムが、私に体を寄せて小声でこう付け加えた。

「昔の戦艦〝長門〟ですよ。大砲をミサイルにすげ替えただけなんです」

アテンション・プリーズ。アブズルとは日本のヨット発祥の土地の名だ。神近市子《かみちかいちこ》に大杉栄《おおすぎさかえ》が刺された土地でもある。

本間は意気揚々、反対側のカーテンも開けた。そっち側は山だった。

「あれが越後富士です」彼は言った。

日本人は、山を見れば何でもフジヤマに見立ててしまう。これは町を見れば何でもギンザにみたてたり、美女を見ると誰でもオノノコマチに見立ててしまうのと同じ、彼らの特性なのだ。きっと、あらかじめ決めておいた言葉の雛型《ひながた》に何でもかんでも閉じ込めて、ぴったり寸を合わせないと、居心地悪くてたまらないのだろう。

どんな小さな山でも、ちょっとでもシンメトリーならあたりかまわず、蝦夷《えぞ》富士、南部富士、榛名富士、下呂《げろ》富士、生駒富士、そして千代の富士などなど。

かつては、ここよりもっと長野寄り、今の国境線から五十キロ以上西にそびえる妙高《みようこう》山が、越後富士と呼ばれていた。今では、米山サンが越後富士と呼ばれている。

日本の親たちは、砂浜で必ず砂の富士山を子供に造ってやる。色鉛筆を手にした子供は、必ず三角形を描き、その三分の二を薄青く塗って『フジサン』と言う。

これが極まると、とどのつまり盆栽だ。自然を皿のなかに閉じ込め、寸を合わせる。それもやはり、基本は富士山。三保の松原と富士山の関係性、それを所有したいという積極的な欲望、いやはや、どうして。

今の日本、――ことに西日本で盆栽がすっかり廃れてしまったのは、きっとこの辺に理由がある。なぜなら、その趣味の中心にでんと控えていたはずの富士山は、半世紀前に失われ、今や中心は空虚となったままなのだから。

ぽっかりと、カルデラ状に。

食事が終わると、友好百貨店で買い物を楽しむよう、本間が勧めた。

早く湯沢の宿舎に入り、飯沼からの連絡に備えたかったのだが、こうした場合、相手のペースに任せる方が得策だと、日本の古い諺《ことわざ》は教えている。こんなふうに。

慌てる乞食はものもらい。

友好百貨店は、一昔前、アンカレッジ空港の名物だった免税売店に瓜《うり》ふたつだった。アルマーニやヴェルサーチが、まるで古着屋の軒下のように吊《つ》るされていた。木製の縁台上には、シャネルの靴にヴィトンのバッグ、カルティエのライター、その他ありとあらゆるブランド商品が並んでいた。ポロとバーバリーは蜜柑《みかん》の段ボール箱につくねて、床に直接置いてあった。こんな札をつけて。

《РАСПРОДАЖА《ラスプロダージャ》 ЛЮБЫХ《リュブイフ》 ТОВАРОВ《トヴァーロフ》 ПО《ポ》 500《ピャチソート》 ИЕН《イエン》――В《ヴ》 ОПЛАТУ《アプラトゥ》 ПРИНИМАЮТСЯ《プリニマーユッツァ》 ТОЛЬКО《トーリコ》 ЗАПАДНОЯПОНСКИЕ《ザパドノヤポンスキエ》 ИЕНЫ《イエヌイ》（五百円均一・ただし西日本円に限る）》

「もちろん、全部偽物ですよ。すごいでしょう」と、なぜか自慢そうに本間が言った。

「最近、大阪に出回っている贋《にせ》ブランドの出所が判りましたよ。極東共和国や高麗では、あんなに精巧に造れるわけがない」と、吉家。こちらもなぜか自慢そうに。

「ああ、撮影はお断りします。ここだけは勘弁してください」

マイクロキャムを取り出した吉家を、本間は両手で制止した。

「それから、一言申し上げたい。リーボックとホーキンスは本物です。正式な契約のもと、先月から新潟で生産が始まったんです」

周りにいた店員と案内に出てきた店長が大きくうなずいた。

「これ、どない思います」

キムが、紙袋を売り場の奥から抱えてやってくると、吉家に言った。中から出てきたのは、ナイロン混紡のてかてか光る紫色のジャンパーだった。

「おもろい思うて買うてしもうた。フーメイ女史の土産にぴったりでっしゃろ」

「なんや、こら、昔の進駐軍相手の土産物やないか」と吉家が叫んだ。

ジャンパーの背中には派手な刺繍《ししゅう》があった。柳の下に日傘をさしてたたずむゲイシャガール、振り袖《そで》には桜の模様がびっしり描きこんである。その向こうに朱塗りの太鼓橋がかかり、さらに遠景には（それが図柄の半分以上を占めているのだが）富士山が雲をたなびかせ、でんとそびえていた。

そう、もちろん、かつてそう在った富士山が。

米山サンが越後富士なら、これこそ富士の中の富士。日本語では『フジフジ』とでも呼ぶのだろうか。

「ご存じないでしょうが、――」

吉家が言いかけたので、

「いや、知ってますよ。よく知ってる」私は言って笑った。

「中学のころ着ていたことだってある。親父のお下がりだったんだ。親父は、大戦直後、日本に駐留してたんでね。その土産だったんでしょう。黒地に竹藪《たけやぶ》と虎の刺繍があって、英語でちゃんとJAPANと入っていたのに、ぼくは長いこと中国製だと思っていた」

「そう《イエス》。こんなのは兵隊しか買って帰りませんからね」

呟《つぶや》いてから大慌てで、

「変な意味じゃありませんよ。兵隊だっていろんなのがいますからね。ほら、柄の悪い田舎者の、――」

「そう。ぼくの親父も柄の悪い田舎者だった。学歴もなかった」

「いやいや」汚れていない硝子《ガラス》窓を拭《ふ》くみたいに、吉家は大きく力なく手を動かした。

「とんでもない。嫌だなあ。そんな意味で言ったんじゃないんですよ。気を悪くなすったなら謝ります。私は決してそんなことを言ってませんよ。困ったなあ。誤解しないでください」

私は何も誤解していなかった。怒ってもいなかった。

それでも吉家は耳たぶまで真っ赤になって、何かを探すふりをしながら、ルイ・ヴィトンのスキー靴とエルメスの野球のグローヴの列の間に入っていってしまった。

私はキムからジャンパーを受け取り、自分の目の前で広げた。

父が私に下げ卸したジャンパーのほうが、ずっと上等だった。仕立ても刺繍も生地も、何もかも。

あのジャンパーは本物のシルクだった。ちりめんの裏地もついていた。しかもそれは上等な風呂敷のようなプリント柄だった。

富士山はそこに描かれていた。裏地に広重の版画が染め抜かれていたのだ。

それが、私が生まれて初めて見た富士山だった。

『きれいな山だね』と、私が言うと、

『もうないんだよ』父は、それはそれは情けないほどに顔を歪《ゆが》めて言った。

『吹っ飛んじまったんだ。俺たちが、ぶっ壊しちまったんだ』と。

16

アテンション・プリーズ。一九四五年八月十七日午前三時三十五分、エノラ・ゲイと仇名《あだな》されたアメリカ太平洋軍第三一三爆撃団第五〇九混成航空群所属の爆撃機、B29スーパーフォートレスが、テニアン島の北部航空基地から新潟を目指して発進した。前部爆弾倉には世界最初の実用原子爆弾が吊るされていた。

B29は全長九十九フィート、最大航続距離六千マイル、最大搭載量九トン。三万フィートの高空を時速三百マイルで作戦空域に侵入する。

この《超空の要塞《スーパーフォートレス》》を邪魔する砲も航空機も、当時日本は持つ術《すべ》がなかった。いや、持ってはいたようだ。しかし、動かす者も燃料も、すでに底を突いていた。いやはや、完全に。

残っていたのは、軍服を着ている着ていないにかかわらず、ただただ算盤《そろばん》を弾《はじ》き、書類を拵《こしら》え、ハンコを押すために生きてきたような連中だけだった。いや、それさえも。

さて、話変わって一九四五年八月十七日午前七時〇七分。わが《超空の要塞》エノラ・ゲイは、何ひとつ、誰ひとり邪魔するもののないまま、新潟上空三万フィートに到着した。

この爆弾は造られた当初から、京都、広島、小倉、長崎、そして新潟の、いずれかの町に落とされることになっていた。まったく新型の爆弾だったので、従来の武器に干渉されていない都会に落として、その効果をつぶさに研究したかったのだ。つまり、いままで一度も爆弾を落っことしたことのない日本の都会に。だから、その五都市への通常兵器による攻撃は凍結されてきた。

では、そのうちいったいどの都市へ？

まず、京都がリストから外された。ウォルト・ディズニーが、京都に一切の攻撃を加えないよう大統領に進言したのだ。国立公文書館の記録によれば、ＦＤＲの返事は以下のとおり。

『よしきた、ウォルト。おやすい御用だ！』

大戦前に訪日したチャップリンから聞かされ、歌舞伎に興味を募らせていたディズニーは、京都の旧市街を丸ごと買い上げ、そっくりそのまま中世東洋のテーマパークにしようと考えていたようだ。鞍馬《くらま》山を烏天狗《てんぐ》の背に乗って滑り降りるローラーコースターとか、高瀬《たかせ》川を下りながらロボットの舞子ショーを見物する三十人乗りの筏《いかだ》のスケッチが、今でも遺《のこ》されている。

いくつかの長い会議の末、ホワイトハウスで原爆の日本に対する使用が最終的に決定された直後、別の作業部会で、最初の一発は広島へ、と決定された。それが一九四五年五月十一日、金曜日のこと。

しかし、七月十八日、ソ連が日本に宣戦布告、いきなり満州に侵攻したことで、事情は変わった。

七月の終わりには、関東軍は総崩れ、八月四日にはもうソ連軍は北海道の稚内《わっかない》から留萌《るもい》にかけての長い長い海岸線に陸続と上陸を始めていた。

八月最初の週、ホワイトハウスはパニックだった。日本上陸はＦＤＲとスターリンの秘密の了解にもないことだったから。もしかすると、――いや、遅かれ早かれソ連は新潟にも強襲するのではあるまいか。

このとき、我がアメリカ太平洋軍は沖縄上陸がもたらした凄惨《せいさん》な結果を前に、日本本土上陸に二の足を踏んでいた。(二の足！　これぞ日本の言い回しだ)

沖縄の戦争では、戦死者が九万人、非戦闘員の死者十万余を数えたのだった。あの小さな島だけで二十万人。しかも、市民の大半は自決だった。

最初の原爆は新潟へ！　ＦＤＲは決断した。新潟へ、一刻も早く。

一九四五年八月十七日のその朝、しかし新潟市街は分厚い雲に覆われ、港湾施設も海も工業地帯も、まったく見渡すことができなかった。機長ポール・Ｗ・ティベッツ大佐が、第一目標への攻撃を諦《あきら》めかけたそのとき、目の前に雲の切れ目があった。グリーンに切られた十八番のカップのように、そこにだけ、ぽっかり下界への穴が。

午前七時十五分。上空三万フィート。エノラ・ゲイの爆撃手は爆弾倉のハッチを開いた。

投下！

事故がおこった。爆弾は懸架索にひっかかり、機体の中で宙吊《ちゅうづ》りになった。

こうした事故は一万回に一回しか起こらない。ことに世界最初の原子爆弾投下、国威をかけて準備されてきたとなれば、なおさらに。しかし、事故は起こり、新潟十八万市民は命を永らえた。その代わり、富士山が噴火し、山梨県と静岡県で八千人が命を失った。

こういう運命の皮肉を、日本では次のように言う。

『不幸中の幸い』

事故に気付いた機長は、もちろん、ギアを出し入れしたり、急転舵《てんだ》したり、あれこれ機体に負荷をかけて爆弾をふり落とそうとしたのだが、原子爆弾は金魚の糞《ふん》みたいにへばりついたまま、――そうこうするうち、日本軍の迎撃機が上がってくるのが見えた。

そのころ、日本にはもう碌《ろく》な迎撃機など残っていなかった。第一、B29ほど高い空に上って来られるような航空機は、技術的にも生産能力においても、空襲で痛めつけられた日本には存在しないことになっていた。しかし、なっていただけ。

ことこの日本では、技術も能力も、『根性』の前に顔色を失う。『天皇陛下万歳！』の一言で、科学的事実が覆る。

太平洋戦線を戦ったアメリカ軍人なら誰もが、そのことを骨身に染みて知っていた。

勤労奉仕の女学生が中学の体育館で組み立てたベニヤ板張りの機体に、廃品再生のエンジンを乗せた戦闘機が、《超空の要塞》B29に体当たりを敢行、撃墜したことだってあったのだ。いや、本当に。

東日本のスポーツ選手が、オリンピックの決勝で大きな叫び声を上げるのは、まさにその名残、――ちなみにあれは、こう叫んでいる。

『根性一発！』

社会主義国の人民が『天皇陛下万歳』と叫ぶわけにもいかないのだろう。

ともあれこうした事情から、わがエノラ・ゲイ号の機長は、敵機影を視認するやいなや、作戦中止を決意し、作戦空域から離脱した。

一九四五年八月十七日、午前七時二十九分。

世界で二発目の原子爆弾を金魚の糞のようにぶら下げたまま（一発目はニューメキシコでの実験に供され、七十五匹の牛と、百二羽の鶏、それに何匹かの野生の兎やスカンクや蛇や野ネズミやミミズやコオロギ、街道筋で強盗を働き砂漠に逃げ込んでいた失業者を一人殺した)、《超空の要塞》は南西へ転進、高度を上げ速度を上げ、世にも恐ろしいベニヤ板と根性でできた急上昇迎撃機をふり切った。

三国峠を越え、やがて富士山上空、駿河湾《するが》から太平洋を目指すべく、さらに大きく南へ機首を向けた。

機首機銃手のドナルド・ウイルソン軍曹は前方六時に富士山頂を見て、おもわずうっとりした。そのあたりまでくると、もう雲ひとつ無い快晴だった。

と、そのとき、――

ギアダウンのような衝撃が来た。油圧ベントの故障で爆弾倉が閉まったのだ。それが懸架索を嚙《か》み切った。つまり、たやすく言うなら、糞が切れた。

政府の公式記録には、こうある。『爆弾はそのとき意図せぬ目標《サーヴィス・ア・ターゲット》に奉仕した』と。

直径二十八インチ、長さ十フィート、重さ四トンの爆弾はもう誰にも邪魔されることなく、富士山噴火口を目指して真っ直ぐに落ちていき、そこで核爆発を起こした。つまり、目標に奉仕した。いやはや。

ところで、この爆弾にはこんな仇名がついていた。

《でぶのヂョン》

爆弾は仇名と同じくらい単純な作りで、臨界量にちょっとだけ足りないウラン235の固まりに、ウラン235のかけらを、ありていに言えば拳銃《けんじゅう》の弾丸のように火薬で打ち込んでやるという仕組みだった。その火薬には、新潟の上空千五百フィートで撃発するよう気圧信管が仕掛けられていた。しかし、火口は海抜一万フィートにある。だから、爆弾は、地上に衝突するまで爆発しなかったことになる。つまり、――お見事！　核爆発は毎秒三百五十メートルの衝撃波を火口の中枢に大反響させ、最も効果的に圧力を倍加し、マッハ波となり、目には見えないが巨大で荒々しい手となって、岩に爪をたて、マグマをほじり出した。ほんとう、不幸中の幸いに。

富士山は、《でぶのチョン》の爆発とそれに続く一回目の噴火で横っ腹に大きな穴を開け、大量の熱い土砂を南東斜面に吐き散らした。その火山礫《れき》で、箱根の乙女《おとめ》峠と富士山の須走《すばしり》の間はほぼ平坦《へいたん》になってしまった。もちろん、御殿場はポンペイのようにまるごと飲み込まれた。現在、大日本平と呼ばれている高原が、こうして出来あがった。

さらに二時間二十一分後、大噴火が起こった。

このとき、富士山は頂上部を失い、今のような醜いギザギザ頭になってしまった。

大噴火で吹き飛ばされた富士山のてっぺんは、土埃《つちぼこり》となって相模《さがみ》平野を覆い尽くし、東京は平均十インチの降灰に埋もれた。溶岩流は北西へ流れ出した。富士五湖は寸断され、富士吉田は完全に地上から姿を消した。時速百キロを超える猛スピードの火砕流が、やがて甲府市にまで及び、田畑が埋もれ山林が焦げ市街が焼け、多くの死者がでた。

関東一円は翌々日の朝まで暗闇に包まれ、異常気象は翌一九四六年いっぱい続いた。相模平野では、それから四、五年、稲の作付けが不可能だった。

噴火は七日七晩、繰り返し続いた。B29の爆撃手として何度か渡洋攻撃に参加したこともある軍事アナリスト、ロバート・A・ハインラインは、彼の代表作〝雨中の戦士〟に、その様子をこう書き留めている。

『あれは、地球がシャックリをしているみたいだった。飲んだくれの、断末魔のシャックリだ。胃の中身だけじゃおさまらず、内臓全部、口から吐きもどすほどのシャックリだ』

四日目、火山灰砂の泥流があちこちでダムを決壊させ、東京、神奈川、静岡の町村を洪水が襲った。

山梨は？——そのころになると、すでに山梨には町も村も無くなっていた。大月《おおつき》、塩山《えんざん》、甲府、韮崎《にらさき》、——甲府盆地のすべてが火山礫に飲み尽くされ、山梨という行政区域がほぼ完全に消え失せた。

噴火が小康を保ち始めると、天皇は極秘裡《ごくひり》に京都へ逃れた。長野県松代《まつしろ》に建設していた地下大本営は、富士山噴火による地震で使い物にならなくなっていた。

ところで、もうひとつの原子爆弾には《ちびのカワイコちゃん》という仇名《あだな》がつけられていた。《でぶのヂョン》に遅れること三日、九州北部の港湾都市、長崎に投下され、こちらはつつがなく目標に奉仕した。

さて、戦争が勝利に終わったあと、これらふたつの爆弾について、もちろんアメリカ軍は綿密な調査とデータ収集を行った。一万フィート以上ある休火山を粉々にしてしまった《でぶのヂョン》に関しては、ことに入念に。

調査団は都合、五つもあった。それも、まったく公式な奴だけで。

ひとつは、アメリカ太平洋軍総司令部付き軍医、のちにマッカーサーの顧問軍医となったアシュレイ・W・オーターソン大佐の発案で、つまり医者の助平根性がマッカーサーを動かして造らせた『原爆効果のもたらす諸障害に関する医学調査団』。

もうひとつ、似たような調子の、病理学者で海軍予備役将校シールズ・ワーレン軍医大尉が中心となった『アメリカ海軍日本派遣技術調査団』。

それから、こっちは少々生真面目に、学者の功名心が編成した『マンハッタン管区戦略部門、第一技術サーヴィス派遣団』——これは、原爆開発に直接当たったマンハッタン・ディストリクトが国務省のお墨付きで送り込んだものだった。

さらに、ルーズヴェルト大統領の肝煎《きもい》りで、ヨーロッパから呼ばれてきた『アメリカ空軍戦略爆撃調査団』。

そしてマッカーサー元帥直属の『アメリカ陸軍破壊効果資料団』。

最初の三つは後にオーターソンによって統合され、『日本における原爆の効果に関する合同調査団』となって長い長い報告書を残した。

残る二つは、何一つ残していない。

もっとも、『アメリカ陸軍破壊効果資料団』は、私の母に不幸な結婚を、私には父を、父には病気を残したけれど。

調査団が入り乱れた理由は単純。アメリカ中の誰も彼も、この最新最強最終兵器にわくわくドキドキ興奮していたのだ。マーベル・コミックの続きを待つ子供と同じに。

マッカーサー自身は、もちろんこうしたわくわくドキドキに苦虫を嚙みつぶしていた。なんとか全部を自分の配下に置きたいと画していた。しかし、『空軍戦略爆撃調査団』だけは筋金入りで、この日本の新エンペラーをもってしてもどうにもならなかった。

『空軍戦略爆撃調査団』は一九四四年十一月、ドイツ主要都市に対して行った空爆の効果を調査し、日本空襲の計画立案に役立たせようとルーズヴェルトが任命した組織だった。確かに彼らは東京、大阪空爆で大きな成果をしめした。政府専門職、大学、研究機関なども含めた千二百人からなるプロ集団だった。いや、これでは歯がたたない。

そこで、これに対抗してマッカーサーが任命した工兵特務軍曹、技術将校からなる組織が、『陸軍破壊効果資料団』だった。

私の父は、その組織に運転手として配属され、富士山でみっちり半年間、キャンプ生活を過ごした。放射能にまみれてサンプルの採集にあたったのだ。

そこで、父はあのサボテンの種子を手に入れた。

やがて私となる種子は？　それはまた別会計。

ところで、柏崎で、あの友好百貨店を去る間際、私はついふらふらと、例のジャンパーを買ってしまった。

父がくれたジャンパーは、父が私から再び取り上げ、ボルティモアの病院へ持っていってしまったのだ。

それは、結局返ってこなかった。返ってこなかったものは他にもある。一回も使っていない豚の毛の歯ブラシ、パナソニックの短波ラジオ、ブラウンの電気剃刀《かみそり》（私はこの三つを狙っていた）。それにもちろん、父自身。

その日、私が買ったジャンパーは、黒い本物のシルクサテンだった。背中の刺繍《ししゅう》も、キムのとは少し違っていた。富士山はもっと大きく、堂々と真ん中にあった。その前を、鷹《たか》が一羽飛んでいた。その鷹の足は、なぜか茄子《なす》をしっかり摑《つか》んでいた。
富士山の上には金色の糸で文字が刺繍してあった。こんな文字だ。
《ЯНКИ　УБИРАЙТЕСЬ　ДОМОЙ《ヤンキー・ゴー・ホーム》》

17

日本では、滅多なことで通りや広場に人名はつかない。聖徳太子《しょうとくたいし》や太閤《たいこう》秀吉ぐらいになってしまえば話は別だが、それにしても決して多くはない。アメリカ大陸の〝コロンブス通り〟や〝コロンブス広場〟に較べたら、もう皆無と言ってかまうまい。

これは西も東も、日本である以上、同じことだ。

しかし、いくら同じ日本だとはいえ、東日本はスターリンによって誕生したいっぱしの社会主義国家だ。遠い極東から、一九六八年にはプラハ近郊に戦車を送り込み、一九八〇年にはアフガニスタン沖に艦隊を送り込んで、ブレジネフを歓喜させた強面《こわもて》の共産国家なのだ。

その東日本に、レーニン通りやマルクス広場は言うまでもなく、幸徳《こうとく》通りだの荒畑《あらはた》広場などというものが、まったく見当たらない。

その代わり、と言っては何だが、東日本でも西日本でも、たいていの町には銀座がある。

柏崎の駅前、線路に平行したこの町一番の商店街は、こんな名前だった。

〝革命銀座〟

新潟の目抜き通りは、さすがに国際都市らしく〝プラウダ銀座〟という名前だが、本間によると、最近では円高ルーブル安のためロシア人観光客がすっかり減って、〝人民銀座〟と名を変えつつあるようだ。〝真実銀座《プラウダ》〟とそのまま改名したのでは、きっと居心地が悪いのだろう。

越後湯沢へ向かう途中、われわれが通った十日町《とおかまち》という国境の町には〝労農銀座〟というアーケード街があった。

目的地の湯沢が最も洗練されていた。そこではこう言うのだ。

〝湯の花銀座〟

翌日の朝早く、私と吉家は朝風呂《あさぶろ》からさっぱり出てこないキムを残して、二人でその〝湯の花銀座〟を歩いていた。

人民保養所が立ち並ぶ〝銀座〟はすぐに途絶え、道が狭くなった。にぎわいもなくなった。舗装もひどくなった。それでも何となく私たちは歩きつづけた。

前日は夜遅くまで、宿舎にあてがわれた人民保養所で待っていたのだが、結局誰も現れなかった。幹部用の豪華な施設だった。監視もなく、公衆電話もついていた。玄関のドアに鍵《かぎ》などなかった。にもかかわらず、飯沼勲からは、ついに連絡がなかった。

狭い真っ直ぐの道の両側に、背の高いマッチ箱のような木の家が、どこまでもどこまでも規則正しく並んでいた。本間に言わせれば新潟の工業化の証《あかし》、吉家の補足によれば、中曾根書記長が《壁》を造るために掻《か》き集めた労働力の吹き溜《だ》まり。どちらにしろ、ここそ、川端康成《やすなり》が『夜の底が白く光った』と描いた温泉町なのだ。

その町には新しい名前がついていた。道路標識によるとこんな名前が。

〝新百合《ゆり》ガ丘《おか》〟

日本人は、きっとものの名前を大して重要に考えていないのだ。町はもちろん、雑誌の（東には〝月刊舵取《かじと》り〟などというのがある）、車の（西では〝スズキさん〟なんて軽自動車が売れている）、生理用品の（西には〝オザブ〟というナプキンが、東には〝元気一本〟というタンポンがあるのだ！）――ありとあらゆる名前を。

何しろ、――東日本の軍隊は何と言うか。言うにことかいて、

《社会主義自衛隊》

アテンション・プリーズ。その軍隊は戦車を戦車とは呼ばない。特車と呼んでいる。そして、一九六八年のワルシャワ条約機構軍チェコスロバキア侵入の折、その特車を送り込んだのは、最新型キャタピラとアクティヴ・サスペンションの実走行テストのためだと主張している。実弾は積まず、おまけに乗っていたのは兵士ではなく、日野自動車公司の技術者だけだったと。

それもこれも、東日本があの有名な平和憲法で海外派兵を禁じているためだ。

一九八〇年、ソ連軍がアフガンに進駐したとき、米海軍第六、第七艦隊を牽制《けんせい》してアラビア海に展開した東日本の空母機動部隊は、彼らによれば空母ではなく機動部隊でもない。では何か？

〝航空支援型護衛艦〟と〝護衛艦群〟

一九八〇年は、ただ単にそれが、非同盟諸国軍のインド洋定例演習にオブザーヴァー参加しただけなのだそうだ。

彼らによれば、社会主義自衛隊は軍隊ではない。ただ自衛力。いやはや。

しかし、軍隊は相手に怖がってもらわなければ、半分がところ役に立たない。ナチス武装親衛隊髑髏部隊《トーテンコプーフ》とか大英陸軍竜騎兵連隊《ロイヤルドラグーン》とか、せめて名前だけでもと望むのが、軍隊というものだ。怖がって貰《もら》わないことには、それこそ、吉本首相が言ったとおり、

『屁《へ》のつっぱりにもならへんわ』

「羊の皮を被《かぶ》った狼ってのも、ひとつの戦略でしょう。強いものの驕《おご》りより、弱いものの知恵ってやつですよ。中曾根の得意技です」と、吉家が私の疑問に答えた。

そう、日本の諺《ことわざ》にはこんなのがある。

《能あるタカ派、爪を隠す》

「奇襲迎撃ってことだな」すっかり感心して、私は思わず独りごちた。

「そう。真珠湾《イエス》よりは上等でしょう」

吉家はマイクロキャムを構え、あたりを見回した。

建設労働者住宅は、途切れることなくどこまでも続いていた。まだてっぺんに雪をいただいている山々のふもとまで。

家並が終わった斜面のすぐ上には、山肌のうねりに沿ってくねくねと曲がりながら、《壁》がへばりついていた。世界一長い、巨大な雪止めのようにも見えた。

「そのとおりなんですよ。東の狙いもそのあたりなんだ」と、吉家は言った。

「専守防衛なんて、まったくそのための口実なんですよ。連中は、大日本国を国家と認めてませんからね。列島西半部と呼んでる。西の国防軍は侵略的な軍隊で、自分たちの社会主義自衛隊は軍隊じゃない、純粋な自衛力だって言ってるんだ。十年一日、憲法修正第九条を水戸黄門《みとこうもん》の印籠《いんろう》みたいに振りかざして、――馬鹿のひとつ覚えとはこのことですよ」

憲法修正第九条とは、一九四六年、モロトフの草案を基に徳田球一が起草した日本人民民主主義共和国憲法の、最も特筆されるべき修正条項だ。

一九六六年に党政治局長となった中曾根が、書記局の反対を押し切って、第十九回統労党大会でこれを通過させたとき、毛沢東は、持てるメディアをすべて使って罵《ののし》ったものだった。

『人民の武装解除を企てる修正主義者。走資派。革命の大義を小銭で売り飛ばす風見鶏』と。

なるほど、それは共産党の国際主義的実行力を放棄した条文だった。国際主義的実行力、つまり交戦権を。どんなふうに？

こんなふうに。

『我が国の社会主義的平和建設の正義の証として、国権の発動たる戦争と、武力による威嚇または武力の行使は（中略）永久にこれを放棄する』

では、特車や護衛艦は何のために持っているのか。答えは簡単、防戦権のため。

「彼らが西進を本気で狙ってると思ってるんじゃないだろうね」私は吉家に尋ねた。

「そう《イエス》！　思ってたんですよ。つい最近、少なくともベルリンの壁が崩壊するまでは。だってそうじゃありませんか。奴らの論理だと、大阪に攻め込んだって、治安法による国内の治安出動なんですよ。軍事行動ではないし、戦争行為ではない。何しろ、《壁》の西側は本来自分の国土だし、東日本は戦争を放棄して、軍隊ってものが存在しないことになってる。歩兵でなく普通科員。戦車でなく特車。ミサイル巡洋艦でなく特装護衛艦なんだから」

吉家はそこで立ち止まり、初めてカメラを構えた。焦点を無限大にしてレンズを山に向け、それを《壁》沿いに動かすと、目を離し、日本語で呟《つぶや》いた。

「あの電信柱、具合悪いなぁ。共産圏やったらもうちょっとキッチシ立てぇや」

「日本人にとって、ものの名前は、すべて何か別の行為や何か別の考えのための、純粋な方便にすぎないんだ。違うかい？」と、私。

吉家の返事は次のとおり。

「そう《イエス》。西も東も一緒にしないで欲しいですね」

彼は、そこで少し不服そうな苦笑を泛《う》かべ、

「東日本では、あなたのいうとおり。名前と中身はまったく別物。交戦権の放棄なんて、新型の本土決戦ですよ。本当、最終戦争論の裏返し。東日本は、そのために憲法修正第九条をごり押ししたんですよ。命懸けでね。事実、ブレジネフもコスイギンも怒り心頭に発して、――だってそうでしょう。そんなの認めたら、チェコにもワルシャワにもちょっかいが出せない。プロレタリア国際主義ってのは主権侵害の唯一の拠《よ》りどころだもの。中曾根がプラハに戦車を出したりアフガンに軍艦を出したのは、九条を通したことへのエクスキューズですよ。モスクワが東京に、あと五千キロ近かったら、ブレジネフはあのとき東京の首根っこを捕まえて奥歯をがたがたいわせてたに違いないですからね」

吉家は止まらずに続けた。「連中は、他の何のために、そこまでリスクを背負って九条を通したんですか？　日本の武力統一以外の何のために？　――まったく、社会主義自衛隊《ジャパニーズ・ソーシャリズム・ディフェンス・フォーシズ》だなんてよく言ったものだ」

そこで、口を歪《ゆが》め、

「J！　S！　D！　F！」と吐き捨てて、やっとこさ黙った。

ジャパニーズ・ソーシャリズム！――ジャパン・ソーシャリスト・リパブリックではなく。いや、まったく、〝日本人民民主主義共和国社会主義自衛隊〟という、長々、正確を期したつもりだが、結局は何を言ってるか判らない日本語の名称そのままに。

これが、西へ行くと、もっとややこしいことになる。誰も社会主義自衛隊などとは呼ばないし、そんな名前、ごく一部の人間しか知りもしない。

ちなみに西日本のマスコミは、その組織を普通こう呼んでいる。

『日本赤軍』

吉家は言うだけ言うと満足したのか、私に背を向け、マイクロキャムを回しはじめた。いわゆる資料映像。ただのありきたりの景色が、いざというときどれほど役に立つか、私も彼もいやというほど知っている。どんな絵でも無いよりまし、TVは所詮《しょせん》、時間稼ぎだ。

私たちは貧相な交差点まで来ていた。そこから延びる四本のアスファルト道は、どれも大型トラックの轍《わだち》で凸凹にされ、雪溶け水で泥溜まりが出来ていた。溶けきれずに固まった雪が、赤茶色の牛糞《ぎゅうふん》のようにあちこちに転がっていた。

床が高く（どの家も、玄関ステップが八段あった）床下の排水に格別気を使っている雪国の住宅でなかったら、洪水が去った町のように見えたろう。

私の生成りのチノパンツは、いつの間にか膝《ひざ》から下、キリンの首みたいに染みだらけになっていた。

染みだらけと言えば、地上すべてがそんな具合だった。少なくとも、山の裾野《すその》、《壁》のすぐ手前まで延々と、雪と泥とでまだらになっていた。

「二十年前に、冬季オリンピックの誘致に失敗したんですよ」と、吉家が言った。

ＣＮＮのロゴが大きく入ったジャンパーの裾をたくし上げ、彼はウエストバッグの中をかき回していた。

「目論見《もくろみ》が外れて、強制移住させた労働力がダブついた。もともと、ここらは冬の間、雪に屋根まで埋もれて、生産できるものといったら、あなた、荒縄と子供ぐらいのもんなんだ。男たちは、冬、東京へ働きに出るための就労移動許可証を得ようと、――」

そこで言い淀《よど》み、思いきり小声になって耳打ちした。

「東京の工場で働くために、地区警視庁の係官に娘を提供するなんて非道《ひど》い話もあったくらいでね。ま、《壁》なんて、半分は雇用の振興のために造ったんだ」

「いやに詳しいんだな」私は言った。

「私の母親は新潟の生まれなんです。従兄弟《いとこ》が、まだ何人かこっちにいるんですよ」

吉家はウエストバッグからマッチ箱ほどのデジタルテープを取り出し、カメラの裏蓋《うらぶた》を開けて交換した。それから、溜《た》め息でもつくみたいに、

「本間から聞いたんですがね。《壁》が出来上がるまでは、工事関係だけで一万人、それを支える飲食とか何とか、色々あるでしょう、それで三万人は、ここにいたそうです」と、彼は言った。

「工事が終わったら、山で発破をかけすぎたんですかね、温泉まで涸《か》れてしまって、――もう何もありゃあしないんですが、新潟まで高速道路と、高速鉄道を造るって、東京の政府が言い続けてるもんで、離れるに離れられない。我々の世界で言えば失業者ですよ。いや、こういう国だからただの失業者じゃない。職業的失業者だな」

「あっ！　シーエヌエヌだ」と、子供の叫び声。

私の背後で、十歳に満たない子供がこっちを見ていた。その手を、顔を煤《すす》で汚した母親が、

むんずとばかりにつかみ、引きずって行こうとしていた。

「かあちゃん。ほら、シーエヌエヌだ。ほら、ベルリンの壁、壊れたニュースの、――」

母親が、いきなり子供の頭を平手で殴った。

「だって」子供はなおも、吉家のジャンパーを指さして、

「TVでいつもやってるじゃん。母ちゃんだって、暇さえありゃあ、――」

また殴った。今度は拳固《げんこ》で、二発続けて。子供が大きな悲鳴を上げた。

「滅多なこと、口にするもんでねえ！　このバチアタリがッ」

一本の辻《つじ》へ足早に、母親は子供をどんどん引きずっていった。引きずられながら、子供は指でVサインを送ろうとした。私の顔を見ると、Vが急に拳固に変わった。

「あ」彼は息を飲んだ。

「あ、あ、あ。ク、ク、ク、クロン――」

言い終わる前に、また母親が頭を殴った。今までで一番大きな音がした。

「でも、クロ――」

子供もめげず、母親もまた手を緩めず、どつきあいながら路地の奥へ消えて行った。

吉家は何も言わなかった。私は何も言わなかった。私たちは交差点を突っ切り、ますます狭くなってゆく泥道を歩きつづけた。

両側の家はどれも同じ形、同じ大きさで、違いと言えば二種類しかなかった。要するに、人が住んでいる家か、住んでいない家かだ。中には商店も混ざっているようだったが、外からではっきりしなかった。人の出入りがあり、ドアが開けっ放しになっていて、外に空き箱が積

んであるのがどうもそうらしいというぐらいのことだった。もし、そこで何かが売り買いされているとしても、多分アヴェニュー・オブ・ジ・アメリカのペットショップより美味《うま》いものではなく、キャナル・ストリートの靴屋より粋なものではなかったろう。

しかし、豆腐だけは別だ。

後ろに大きな四角い木桶《きおけ》をつけた自転車が、私たちを追い越して行った。しばらく走り、前方のロータリーで停まった。そこは、真ん中が小さな広場になっていて、ペンキで塗ったベンチが掲示板の前に置かれていた。

自転車から降りた老人が、真鍮《しんちゅう》のラッパを吹きはじめた。老婆や子供たちが、手に手に凸凹に歪《ゆが》んだ鍋《なべ》を持って家々から湧きだしてきた。

ラッパで〝仕事の歌《ドゥビーヌシュカ》〟の一節をひとしきり切々と繰り返すと、老人は木の桶を開けた。その中で水につかった豆腐を、刃のない包丁を使って正確に、煉瓦《れんが》の真半分の大きさに切りわけ、目にも留まらぬ早業で客の鍋のなかに配りはじめた。

アテンション・プリーズ。豆腐とは、大豆からつくった甘くないプディングだ。ライシャワー教授は、これを自宅の台所で豆から造ることが出来た。

当時の私は、豆腐を世界一まずい食べ物と決めつけていた。湯豆腐を食べるというだけの理由で、漱石《そうせき》の登場人物を嫌ったほどだった。

ずっと後、ニューヨークの日本料理屋で試しに口に運んで以来、豆腐は私の大好物になった。なぜそんな気になったのか？　教授の豆腐は、どす黒く形を成していなかった。ニューヨークの豆腐は、白く角張っていた。

この町の豆腐は真珠色に輝き、しかも正確な立方体だった。話は別だが、私が豆腐の次に好きな日本料理はハンバーグステーキ。次がライスカレー。これには格別エピソードはない。

「あっ、蒸気機関車ちゃうか」と、吉家が叫んだ。

ロータリーから延びる一本の道は、すぐに途切れ、その先には田んぼが広がっていた。まだ雪の残る田んぼの向こうを、一条の白い煙が横切って行く。

「あら流線型のC55や。ホンマもんの特急亜細亜《アジア》号やで。こら、ごっついもんが走っとんなぁ」

どうしたら機種を判別できるのか、私には地平線を煙が横切っていくのしか見えなかった。しかしそのときはもう、吉家はマイクロキャムを構え、田んぼのほうへ走り出していた。私は、ロータリーをゆっくり横切り、吉家が行ったのとは別の露地へ入った。すぐとっつきの軒先にできた人だかりが、気にかかったのだ。

それはTVのモニターだった。玄関口を二重三重に取り囲み、奥で瞬くブラウン管を二十人以上の人々が覗《のぞ》き込んでいた。

彼らの背後に爪先立ちになり、私は目を凝らした。東日本の放送ではない。TVはABCニュースを受信していた。

ちょうどサム・ドナルドソンが、二元中継で、スタジオのピーター・ジェニングスと話しているところだった。音声は日本語のようだったが、よく聞こえなかった。

見ると屋根の上に、黒く塗ったフラットタイプの衛星受信アンテナが西の空を睨《にら》んで据えてある。いくら黒の艶消《つやけ》しに塗ったからといって、これほど堂々とアンテナをたてているのだ。なぜ治安当局が黙っているのだろう。私は首をひねった。

遠くで吉家の声がした。

「ちょっと、来てくれませんか」

ピーターとサムが、のっぺり気取った笑みを泛《う》かべ、虚栄の篝火《かがりび》を高々と掲げながら日本語で語り合う姿には正直、後ろから髪を引かれた。(これは日本語の言い回しだ) それは、なかなかの見もの、――サンダーバードの主人公が緊急救難通信網で連絡を取り合っているみたいだった。

『そうは言うけど、パパ。悪党どもはこの真下に潜んでいるに違いないんだ』

『サンダーバード2号。何より、人命を優先させるんだ』

『でも、パパ』

『命令だぞ。2号』

『了解!』といったふうに。

サム・ドナルドソンは、円天蓋《てんがい》のある煉瓦作りの古いビルを背にスタンドアップでレポートしていた。

《西日本大使館・ハバロフスク・極東シベリア共和国》というテロップが辛うじて読めた。

画面は昨日のVTRに変わった。東日本からの復員希望者が数十人、同じ建物を取り囲んでいた。大使館はぴったり鉄柵《てっさく》を閉ざし、中から館員が少し困惑した表情で外の混乱をうかがっている。極東共和国の警官は、群衆に押され、ただおたおたしているだけ。取締りの方法どころか、まだ制服さえ整っていないのだ。ロシア共和国時代の服を着ている者、――ソ連時代の政治警察の服を着ている者、――自前のジャンパーに記章だけつけている者もいた。

極東共和国は、権力闘争に敗れてモスクワから落ちのびてきたゴルバチョフが、シベリアで反モスクワ勢力を糾合したことに始まった。彼はやつぎばや、極東のロシア人とシベリア先住民、さらに東洋系住民の歴史的和解に成功した。それは、同志ミハイル・ゴルバチョフの最後の博奕《ばくち》だった。彼は博奕に勝ち、ロシアはエニセイ川で東西に割れた。あの有名なスローガンのもと、シベリアの分離独立を勝ち取ったのだ。

そのスローガンは今、横断幕になってサム・ドナルドソンの頭上にはためいていた。

《五族協和》と。

吉家が、また私を呼んだ。今度は、声が近かった。

そのとき、ブラウン管の上端に、いきなりこんなテロップが流れ出た。

《ニュース速報。吉本首相、突如北京訪問、今夕出発》むろん、日本語で。

これは、西日本のTV放送なのだ。

「はよ、来てえな。頼むわ。聞こえへんの?」吉家がついに日本語で叫んだ。

私のすぐ前に立っていた年を取った女が、こっちにふり返った。私と、たまたま目が合った。女は、ぎょっとして後じさった。肩が、もう一つ前の列にいた男たちに当たり、彼らが同時にふり向いた。片方の男が私に気がつき、もう片方を肘《ひじ》でつついた。

そこからは、ドミノ倒しのようだった。ふり向き、私に気づいた者から順にのけぞり、そそくさと散って行った。同じ調子でどよめきが広がっていった。こんなふうに。

「おお」「うわっ」「何だ、何だ」「嫌あっ」などなどなど。

家の中で、ガラス戸にカーテンが引かれた。わずか五秒で、誰もいなくなった。

吉家がひとり、すぐ目の前に立っていた。ぽかんと口を開けて私を見ると、彼は言った。

「大丈夫ですか」

大丈夫？　いったい何が。

18

あたりが静まり返ってしまうと、吉家は私を引っぱるようにして、また別の露地へ入っていった。

左手に長い板塀が続いていた。他のどこより大きな二階家が、塀の中に建っていて、そこには庭もあるようだった。しおたれた痩《や》せっぽちの松だったが、玄関先には木も植わっていた。表札には筆文字でこう書いてあった。

《越後湯沢人民センター》

「公民館みたいなものですよ」と、吉家が説明した。

「で、この建物がどうしたと言うんだ?」私の声は少し尖《とが》っていた。しかし、私が何に気を悪くしたか、吉家には判らなかったろう。

いったい、何に? 私にもよく判らない。

「あそこを見てください」

門から体半分乗り入れて、吉家は庭の奥の方を指さした。そこには、直径五フィート程のパラボラアンテナがコンクリートの台座の上にしっかり固定されていた。これだけのアンテナなら、香港のスターチャンネルはもちろん、アメリカ西海岸の衛星波だってキャッチできるはずだ。

「何でこんなものが」私は言葉につまって、首をひねった。

「こんなものを野放しにして、いったい警視庁は何をしてるんだ！」と、思わず呟《つぶや》いた。奇妙なことに、我ながら、つい。

「ここは公共の施設、この国では国家の施設なんですよ。て、ことは、当然党が管理しているんです」と、吉家。

私は、彼の言うことがピンと来ず、しばらく黙ってアンテナを見ていたが、

「じゃあ、これは幹部専用なんだ。赤色特権階級の密《ひそ》かな愉しみってことか」

吉家は、私の肘をとって、門のなかにずんずん入っていった。

塀と建物のあいだを少し歩くと、並んだガラス窓から室内が覗けた。

「あれが、ノーメンクラツーラに見えますか？」と、吉家が訊《き》いた。

そこから見えているのは古い小学校の教室のような部屋だった。しかし、床には畳が敷いてあった。その上には思い思いの恰好《かっこう》で、老人たちが座っていた。座椅子に背中を預けても、なお前のめりになってしまうような年寄りばかりだった。お茶を啜《すす》り、羊羹《ようかん》を食べながら、彼らは大型のプロジェクションTVを見ていた。

そのスクリーンには、キャラミ・サーキットの第一コーナーを通過していくF1マシーンが映し出されていた。5番のウィリアムズ・ダイハツが、コーナーで1番のコパスカ・ホンダを抜き去った。昨日開催された開幕戦の録画中継なら、それは去年のチャンピオン、ナイジェル・マンセルの車に違いなかった。

老婆がひとり、拍手しながら飛び上がった。

「マンちゃんッ、頑張って！」

拍子に、入れ歯が転げ出た。

「何で映さないんだ？」私は尋ねた。

「もう撮ってあります。アンテナも、ここも。先刻の方が絵になっていた。宝塚のレヴューを見て、爺《じい》さん婆さん、もう大フィーバーでしたから」

しかし、それにしても。

門を出て、ロータリーの方へ引き返しながら、私たちは腕を組み頭をひねり続けた。

豆腐屋のラッパが聞こえた。どこかで、豆腐屋を呼ぶ娘の声がした。自転車のブレーキが聞こえた。

「お豆腐屋さん」

また娘の声が呼んだ。よく通る、透明な声だった。

ロータリーへ出る角まで来ていたはずだ。私はひとり、思案にふけり、ぼんやり歩いていた。足音を耳にしたときには、だからもう体ごとぶつかっていた。

その娘は、日本人としても、ことに最近の標準からすれば小さな方だった。ぶつかったというより、私の胸の中にすっぽり飛び込んできたようなものだった。

これは、私にとってとても新鮮な体験だった。ことニューヨークの混んだエレヴェータで日頃、女性の胸を額で感じていた私にとって。

「いつまで抱いてるんですか」

吉家が私に非難がましく言ったにもかかわらず、

「ごめんなさい」

彼女は言って、私の目を真っ直ぐ見上げた。声をたてて笑った。歯がきらきら光った。他のすべての東日本人女性のように、口許《くちもと》を手のひらで隠したりしなかった。

私が体を離すまで、彼女は豆腐の入ったアルマイトの鍋《なべ》を抱えて、中国製の白磁の鈴みたいにころころと笑いつづけた。

「どうかしたんですか？」

「どうもしないわ。あなたが、じっと見つめてるから」

彼女はまた笑った。

「お豆腐、お好きなんですか」

事実、私はその瞬間まで、呆然《ぼうぜん》と鍋のなかの豆腐を見つめていた。出会い頭にぶつかったときから、休みなくぷるぷると震えつづけている豆腐を。

これほど、みごとに美しく旨《うま》そうな豆腐は見たことがなかった。

彼女は『これは豆腐という食べ物ですよ』などと教えもしなかったし、『豆腐が珍しいんですか』などと尋ねもしなかった。彼女は何の屈託もなく笑って、こうつづけたのだ。

「いいわ、ご馳走《ちそう》してあげる。私のお豆腐のおみおつけ、とっても美味《おい》しいんですよ」

日本人は見ず知らずの他人に、こんな態度はまずとらない。ことに、東の日本人とあれば間違いなく。相手が外国人ではなおさらに。

しかし、私が呆然としていたのは、彼女の態度にではなかった。

「あなたが、ハナコさんですか？」

私の知らないところで、私が尋ねた。

彼女こそ、バトンルージュのモニターで見た、あの娘だったのだ。

「廣子《ひろこ》よ。わたしは廣子です。あなたは？」

私はどぎまぎしながら名乗り、吉家を紹介した。ジャケットの内ポケットを掻《か》き回して名刺を出した。

「読めないわ、これ」

廣子は、名刺を何度も引っ繰り返し、困ったように私を見た。

手回しはよかったのだが、どこでどう間違ったのか、本来日本語であるべき裏面にはハングル文字で私の名前が印刷されていた。

「ごめんなさい。英語は全然駄目なんです。もちろん高麗の字も」

彼女はまた笑った。目のなかに、空が映っていた。「だから、あなたともお話しできないわ」

「ぼくたちは、さっきから日本語で話してるよ」

「あら、本当だわ。わたしったら、そそっかしいから」

ひとしきり笑うと、廣子は私たちを一軒の住宅に案内し、玄関先に座布団を並べ、台所で豆腐を切りはじめた。

台所は土間に簀《す》の子《こ》を敷いただけの質素なもので、玄関とはほとんどひとつになっていた。

おみおつけの匂いが、いくらもなく漂ってきた。

アテンション・プリーズ。おみおつけとはミソスープの丁寧語、ことに女性が使う言葉だ。漢字で書いたら御御御つけ、これほど丁寧な言葉は大阪では人気がない。標準語ではこう言うのだ。

『シル』

彼女のおみおつけは、たしかに旨かった。

「こら、本醸造やなあ」

吉家が息を弾ませて言った。「相当に寝かしてますわ」

私が、最後の豆腐を椀《わん》から口へ箸《はし》でかき寄せるのを、廣子はじっともの問いたげに見つめていた。

「旨い。ヘソまであったまる」と、私は言った。

彼女はうれしそうにくすくす笑って、もう一杯、勧めた。

「君達の分がなくなってしまうよ」

「かまわないわ。わたしは、明日《あした》も飲めるから」

「家族は？」

「いないの。——いるけど、ここにはいないのよ」

私はもう一杯飲んだ。吉家は、ふり切るように断った。日本人なら当然の、これが遠慮という奴だ。しかし、彼女は、心の底から残念そうに、彼を見つめた。

「おいやでなかったら、——」

「いや、いや、いや。こんなところにいたんですか」

開け放されていたがらり戸を、本間が潜って入ってきた。

今朝は分厚い兎の毛皮をインナーにしたナイロンのジャケットを着て、狩猟帽を被《かぶ》っていた。

「困りますな。私に相談なくホテルを出られては」

「駒子の置屋があった場所を探してたんですよ」

私はおみおつけを空にした。ふり向くと、しかし廣子はもうそこにいなかった。

たいして広い家ではなかったが、声をかけても、奥から返事は戻ってこなかった。人の気配すらしなかった。

上がってすぐの畳の部屋で、卓袱台《ちゃぶだい》に一人分の朝食が行儀よく用意されていなかったら、日本の民話を思い出していただろう。その物語の中では、娘に化けた狸が、旅人に馬糞《まぐそ》を食わせるのだ。

私は、椀の匂いを嗅《か》いだ。間違いない。味噌《みそ》の匂いがした。

ライシャワー教授は、一度だけ大豆から味噌を拵《こしら》えたことがあった。ニュージャージーにハナマルキが工場を進出させる遥《はる》か以前のことだ。私は、危うく味噌も嫌いになるところだった。教授もそうだったと思う。

居合わせた日本人留学生が全員、口を揃えて、これこそが『本物の味噌だ』と、褒めちぎったからだ。日本人なら当然の、それが遠慮という奴だと知るまでに少し時間がかかった。もし、あれが本物の味噌だったなら、馬糞を混ぜてもわからない。

椀を式台のへりに置き、私は礼を言った。

返事をする者はいなかった。本間がいなかったら、上がっていくところだった。

もう一度声をかけた。返事はもちろん、こそとも音はしなかった。

「狸にでもだまされたんじゃないんですか?」と、本間が言った。

19

ロータリーには〝報国四型〟が止まっていた。

本間は私たちを急《せ》かせて、後部シートに乗せ、自分は助手席に乗り込むと、車を出した。

運転手は作業衣とも制服ともつかない、カーキ色の上下を着た出っ歯の青年だった。共布でできた帽子に金色の槌《つち》と鎌の帽章がついていたが、この国ではこんなマーク、即席ラーメンにもパチンコの玉にもついている。

車は住宅地域を抜け、自動車道路に出た。踏切りを渡って左へ曲がると、そこは私たちが昨夜泊まった人民保養所だった。玄関先にキムが立っていた。彼の足許には取材車から降ろした荷物が山になっており、彼の背後には縦長の黒板が垂れ下がっていた。

それには水に溶かした石灰でこう書いてあった。

《歓迎、シーエヌエヌ様御一行》

「荷物をどないしたんや？」

ドアを開く前から、吉家が怒鳴った。

「あれ。あんさんの指図ちゃいまんのか？」

キムが首をひねった。

「こっちゃ乗せ換えるから用意せぇって、このオッサンが、――」

運転手が降り、ギャジットバッグと三脚のケースをリアゲートから積み込みはじめた。

「スケジュールですからね」

本間は悠然と応じた。「公式スケジュールでは今日は一日、温泉で休養を取っていただいて、夜は盆踊りに参加していただく」

「何言うてんの。盆踊りって、そら、季節外れや」吉家が髪をかきあげた。

「あなたたちのために、魚沼地区農業ソヴィエトが特別に催すんですよ。だいたい、盆踊りといっても、宗教行事として行ってるわけではありませんから」

荷物を積み終えた運転手が、後部シートのプラスチック窓にキャンバスの日除《ひよ》けを降ろした。これで、外の様子はまったく見えなくなった。

運転手に押されるようにして、キムが車に乗り込んできた。

運転手の手に、拳銃《けんじゅう》が握られているのを見て、吉家が冷たい音をたて息を呑《の》んだ。ナンブ六二年式。戦後型のワルサー軍用拳銃によく似ていた。残念ながら、私にはどのノッチが安全装置なのか、――つまり、撃発状態なのかどうか判らなかった。

しかし、銃口に睨《にら》まれただけで充分ではないか。

海外特派員は、こんなときには度胸たっぷりふるまうことになっている。どこでなっているって？　もちろんTVの中で。だが、同じTVの中でも、あれとこれとでは大違い。われわれ本物は、カメラとマイクを持っているために、ついそれをぼんやり眺めてしまうだけだ。そして、TVを通してみると、それが意外に勇敢に見えるという、ただそれだけなのだ。

しかし、このとき私はマイクを持っていなかった。傍らにカメラもなかった。そこで、あんな行動に出たのだろう。

私は咄嗟《とっさ》に手を伸ばし、銃身を握り、拳銃をねじり取ったのだ。たやすく、拳銃はこっちの手に移った。

「われわれをどこへ拉致《らち》する気だ」と、英語で怒鳴り、拳銃を吉家にぽんと手渡した。

私は何を考えていたのだろう。

「まったくだ。われわれは党の賓客だぞ。正式な取材許可も持っている」

吉家も英語で言った。そして、拳銃を、今度は呆気《あっけ》に取られている運転手に、またぽんと手渡してしまった。

運転手は、銃口を自分のほうに向けて握ったまま、それをしばらく見つめていた。

私も見つめていた。

吉家も見つめていた。

キムは、ふうと息を吐き、私の向かい側のベンチシートに深く坐《すわ》り直した。

助手席から身を乗り出し、今度は本間が運転手から拳銃を取り上げた。

「勘違いなさんないで下さいな。あなたたちは、ホテルに一日居る。この車には乗っていない。山奥へ取材になんか出かけていない。――私の言っていること、判りませんか」

「じゃあ、あなたが飯沼勲か」

「馬鹿は休み休み言ってください。軽はずみにこんなところで、――」

言うと運転手に合図して、前に向き直った。

運転手が乱暴に車を出した。保養所をぐるりと回り、自動車道路に戻って鉄道を渡った。線路は複線だったが、片方のレールは取り外され、雑草がバラストを覆い尽くしていた。

残された片側も大した通行量はないようだった。錆《さび》で真っ赤になっていた。

山に向かって一マイルも走ると、舗装が途切れた。正面の山が、白く光りはじめた。道端に何軒か、朽ち果てた農家の残骸《ざんがい》が見えた。飯場の跡もあった。解体されずに残ったプレハブ小屋は、出入口を板で塞《ふさ》がれていた。

《三国峠、七 粁《キロメートル》》という、おそろしく古ぼけたブリキの道標を見たのが最後だった。

そこで、運転席と後ろのキャビンとを、本間がビニールの簾《すだれ》で仕切った。これで、前方の景色も見ることも出来なくなってしまった。

すぐに、山道を登りはじめた。右へ左へ傾ぎながら、幾つものカーヴをかわし、轍《わだち》を飛び越え、ひたすら登りつづけた。エンジンはときおり喘《あえ》ぎ、呻《うめ》き、悲鳴をあげ、それでも何とか止まらずに回りつづけた。エンジンより、足回りのほうがずっと心細かった。

「知ってます？　板バネなんですよ。これ」

キャビンが大きく揺れて、私が天井に頭をぶつけたとき、キムが教えてくれた。

速度が目立って遅くなった。窓を目隠ししたキャンバスの隙間から覗《のぞ》ける路面に、シャーベット状の雪が目立つようになり、恐る恐る前進する車の下からは、ぴちゃぴちゃと水音が絶えなかった。

九十七分走って、車は止まった。ホテルを出たところから計っていたのだ。そのうち四分の三が上り道だった。

本間が、簾の仕切りをはね上げた。

「お疲れ様でした」

運転手が降り、リアゲートを開けて私たちの機材を降ろしはじめた。

そこは、林道の行き止まりだった。道は雪と泥でヌガーのようになっており、路肩の茂みが道幅を半分にしていた。

車の真ん前には、その道路を通せんぼしてこんな看板が立っていた。

《上杉謙信《うえすぎけんしん》、関東遠征、武運長久を祈願、毘沙門《びしゃもん》堂建立の地》

黒々した筆文字の脇に、甲冑《かっちゅう》に身を包み、組み立て椅子に腰掛けた武将の絵が描いてあった。なぜかその武将は兜《かぶと》を被《かぶ》らず、頭を風呂敷《ふろしき》のような布で包んでいた。

「親爺《おやじ》の唯一の趣味でね。別に狂信家とは思わんでください。ただの趣味。ただの趣味なんだから」本間は、酒好きの父親の弁解でもするみたいに、きまり悪そうに言った。

「でも、字は旨《うま》いでしょ。字は、旨いんです。絵をかかなきゃいいのにねえ」

本間は数歩、看板に近づいた。看板を眺めていた私に手招きして、裏側に回った。

そこから、山に分け入る登山道がはじまっていた。

「この先は、あなたたちだけで行ってもらいます。何、迷うことはない。この百メートルほど上に毘沙門堂が建ってるんです。そこまでは、迎えの者が来ている」

「あなたが連絡員だったんですね」私は尋ねた。

「そんなもんじゃありません」

本間は、口を尖《とが》らせ不服そうに答えた。

「私は立派な党員ですよ。党歴三十年、生粋の党員です。私は田舎者じゃない。こう見えても、会津《あいづ》労農大学の英文科を出てるんだ。——いいですか？　これは行きがかりです。ただの行きがかりに過ぎん。それを、どうぞ忘れんでくださいな」

「行きがかりって、ゲリラに脅されてたんですか」私は尋ねた。

「脅された？」本間が睨んだ。小馬鹿にしたように、口の端で笑った。

「そんな簡単なもんじゃない。都会の人には判りませんよ。田舎の人間関係ってのは大変なんです。本家がどうしたの、分家がどうしたのって、まったく、ほんとに、大変なんだから。――私はね、もちろん唯物論者ですよ。科学的弁証法を信じてます。でもね、年取った母親に先祖の墓に入りたいって泣かれたら、――」

「墓がゲリラの支配地域にあるんですね？」

本間は、すると憤然として怒鳴った。こんなふうに。

「墓は寺の支配地域にあるんです。まったく、日本もアメリカも、白も黒もありゃしない。都会の者はどこだって同じだ」

20

木々の合間に見え隠れしていた田中のアジトが、ついにその全貌《ぜんぼう》を現したとき、私は当然、撮影させてくれるよう、組織が迎えによこした青年に申し込んだ。彼の答えは、意外にも、

「どうぞ、どうぞ。あんなものでよかったら」

毘沙門堂から獣道を二時間、延々歩いてやっと辿《たど》り着いたそれは、しかし山岳ゲリラのアジトなどと呼べる代物ではなかった。お屋敷とか大邸宅の部類だった。飛び込み台つきのプールがあって、何の不思議もないような。

玄関だけで湯沢銀座の住宅四軒分はあった。ニューイングランド風の赤煉瓦《あかれんが》造りに、日本の寺院のような瓦葺《かわらぶ》きの切妻屋根が乗っていた。

巨《おお》きく重い板戸の奥はパテオになっていて、白い砕石を敷きつめ竹が植えられていた。空の光が笹の葉を透かして客を緑に照らし上げ、訪問者がまだ外にいるかそれとも中へ入ったのか、一瞬戸惑わせようという仕掛けだった。

外と内の区別がはっきりするのを、日本人はなぜだかとても恐れる。いや、外と内に限らず、白と黒、右と左、何によらずものごとの区別がはっきりすることすべてを。

私はそのときになってはじめて、このわけの判らない建物が、十六世紀日本の山城の伝統をちゃんと引き継いでいることに気がついた。

アテンション・プリーズ。十六世紀日本の山城とは、もちろん〝忍者屋敷〟、英語で俗に言

うNinja Mansionのことだ。

パテオの向こうには卓球台があった。そこから先は板床の広間で、真ん中に囲炉裏が切られていた。天井が高く、煤《すす》けた太い梁《はり》が剝《む》き出しになって、ますます忍者屋敷の観を呈してきた。本当の忍者屋敷なら、この囲炉裏の灰の中に発煙弾が、天井の梁には竹槍《たけやり》、そして板床にはどんでん返しの脱出口が隠してあるはずだ。私は、油断なく身構え、奥へ歩いた。つきあたりが檜《ひのき》の階段になっていた。能舞台のように立派な踊り場があり、そこから、巨大な富士山が私をじっと見下ろしていた。

それは屛風絵《びょうぶえ》や襖絵《ふすま》の類《たぐい》ではなく、日本画ですらなかった。ジャコビアン様式の英国の屋敷で、よく暖炉の上にかけられている絹のタペストリーだった。

私は階段の真下まで歩き、絵を見上げた。階段を上って行く気にはとてもなれなかった。万一ここが忍者屋敷なら、階段にこそもっとも邪悪な仕掛けが隠されているはずだから。

富士の裾《すそ》野は地にとどかず、霞《かすみ》に混じって終わっていた。その霞がたなびく空の下には波に洗われる断崖《だんがい》があり、断崖には、洞窟《どうくつ》の入り口が赤黒く口を開いて、飛沫《しぶき》にしとど濡《ぬ》れている。薄物を着た女が佇《たたず》んでいるのは、まさにその飛沫のただ中だ。泡立つ海の波の花から生まれた精のようだった。こちらに背を向け、表情は見えない。

よく目を凝らすと、足許《あしもと》の海草の間から歳を重ねた亀が首を伸ばし、女を見つめていた。何か話しかけているようにも見えた。女の背中は、すごく悲しそうだった。

神話を題材にした絵だ。女はきっと女神だろう。富士山の見える場所はどこも、平安時代の昔から高名な観光地で、温泉が湧き、同時に神々の聖地でもあった。

さてそれにしても、――この絵はどこかで見たことがあった。で、なかったら、どこかで聞いたお話を絵にしたものか。それなら、子供のころ父に聞かされた日本の昔話だ。

だがしかし、父が私に話して聞かせた物語は数百数千、釣りをしにボートでハドソン河に出た回数と同じだけあり、おまけに毎回少しずつ話が違うのだった。

私はマグネラマを取り出し、女や亀、洞窟などを詳しく記録した。さらに数歩後ろに下がり、全体を撮った。吉家はすでに、あらゆるものをVTRに収めていた。

「不用心ですね」と、吉家が言った。

「本当にここが、ゲリラ組織の本部なんでしょうか」

私が首を傾げると、タペストリーのすぐ脇で板戸が開いた。今の今まで壁と思っていた、踊り場の一角だった。

「たしかに」と、声がした。甲高いが、朗々とした大きな声だった。

紫紺の和服を着て同じ色の袴《はかま》を穿《は》いた男が、その板戸の中から姿を現した。彼は素足で、和服は剣道着のように見えたが、生地はもっとやわらかなもののようだった。

「西欧の抵抗組織と比べればそうとも言えるでしょうな」と、彼は言った。

背は私と同じくらい、これは今の日本人の水準からすると中くらいの下に属していた。足は短く、肩は広く、胸は厚く、どこかしら東洋の格闘技で鍛え上げた風情があった。そのくせ、また別のどこかでひどく不安定な印象を与えていた。柔道選手でないことだけは確かだった。剣道にしては二の腕と太腿《ふともも》が太すぎた。空手はどうだろう？

「平岡《ひらおか》と申します」

と、彼は自己紹介したが、どっこい彼こそ、例の飯沼勲君に他ならなかった。電話の声の印象そのまま、彼は剣豪小説の挿絵のように、絶えず意味もなく眦《まなじり》を決していたのだ。

三段を残して立ち止まり、男は私を見下ろしながら深々と礼をした。年齢は？　さあ、四十五から五十五の間か。細長い顔に目がギョロリと大きかった。髪は短く刈り込まれ、額は広く大きかった。薄い唇が思い切り左右に引き結ばれ、しゃべるたびにそれが鞭《むち》のように動いた。その口が、とてつもなく古風な英語をしゃべった。フーメイ女史が言うスコットランド訛《なま》りの英語を。

私は吉家とキムを紹介し、名刺を出して、

「いろいろ、仕掛けがあるんでしょう。日本の中世の山城のような」と、尋ねた。

「城ではない。親爺の家だ。親爺は建築士の免許も持っておる。ボスフォラス以東には唯一といわれた降矢木《ふりやぎ》の館もかくやという造りです。お判りかな」

「降矢木っていうのは誰ですか？」

「古い家系だ。神奈川に豪邸があったのだが、共産主義者に燃やされてしまった。それは凄《すご》い文化財だったんだが」

彼はそれ以上、降りてこようとしなかった。富士山を背にしてわれわれを見下ろし、そうしたことの言い訳のように、

「昔の富士山がお珍しいか」と、私に聞いた。

しまった！　どこかに監視カメラがあったのだ。

後悔、後にも先にも。これは日本の格言だ。

「昔も今も、本物の富士山を見たことがないんです」私は答えた。「富士を語るのは芸術家の特権です。今も昔も変わりありません」

小さな子供を叱るような口調で彼は言った。

「これは藤田《ふじた》嗣治《つぐはる》のタペストリーです。レオナルド・フジタをご存じか」

アテンション・プリーズ！　私は、その男を知らない。

「小川原《おがわら》脩《しゅう》なら知ってるんですが。彼が描いた〝疾風《はやて》〟の絵を、父が日本から持ち帰ったんです」

持ち帰っただけではない。それは、長い間、家の玄関にかかっていて、その後も私のアパートの玄関先の定番となっていた。忘れていなければ、大阪に送った引っ越し荷物のなかに入っているはずだった。しかし、この無慈悲な剣豪は、

「あんなものとは比べんでくれ」と、切って捨てた。

「シュルレアリストがリアリストになりそこなって、あげく、社会主義レアリズムに転びおった大たわけだ。フジタは君、一九二〇年代、パリで名を馳《は》せた世界の画家です。ピカソやマン・レイとも親交があった。アーネスト・ヘミングウェイとは、女を奪い合った仲ですよ。もちろん、日本画壇では英雄だが異端でね」

「英雄で異端だったんですか」

「いかにも、日本では今も昔も、東も西も、英雄は異端だ。海外で名を上げ、帰国した途端に大東亜戦争が始まってしまった。ヘミングウェイに女を奪われたせいで、傷心の帰国だったと聞く。藤田は軍部に言われるまま、戦争絵画を描いた。戦意高揚芸術というやつですな。諸説

紛々だが、わたしは自ら進んで軍部に協力したと思う。頼まれもしないのに、講演会まで開いておるんだ。本来、開明的でデカダンな画家です。天皇主義とはほど遠い、大東亜思想とも無縁だ。アメリカ憎し、アメリカ人憎しの一念でしょう。ノルマンディー上陸に参加したヘミングウェイへの敵愾心《てきがいしん》です」

「面白い話だ」

「戦後、戦争協力者としてロシア軍に捕まり、Б《ベー》級戦犯でスガモ・ラーゲリに二年。そのあと関東所払い。新潟県十日町の研修所で織物工として働いた」

アテンション・プリーズ。関東所払いとは、国内流刑のことだ。

では研修所は？

「思想キャンプのことだ」と、平岡が教えてくれた。

「ここでは名称が最も尊いのだ。名称さえ法に適《かな》っていれば、それでよしとする。悲しいことだよ」

「逆じゃないんですか。東京警視庁が新潟で思想犯を取り締まったり。国を守る軍が社会主義自衛隊だったり」と、私が言い返すと、

「だからです。名称だけが大切なのだ。それ以外はどうでもいい。判らんかな」彼は鞭を打ち鳴らすようにぴしゃりと言った。

「で、藤田画伯はそこで命を落とされたんですか？」

「いや、親爺《おやじ》に救出された。ああ見えても、親爺は彼のファンだったんです」

平岡が、やっと普通の顔で笑った。

「田中さんはいろいろなもののファンなんですね。シュルレアリスムにも明るいんですか」

「好きだったのは戦闘機の絵だ。《零戦撃墜王坂井三郎敵陣宙返り》《加藤隼《じゅん》戦闘隊暁の出撃》。原画は進駐軍に焼かれてしまったが、フジタ本人による複製がある。ご覧になられるかな」

「ええ、後で是非」

「新潟は、水がいい。織物産業は昔から盛んだった。京都の下請け工場みたいなものです。そこで、親爺が、藤田を説き伏せ、和風のタペストリーを織らせた。これが受けた。ニューヨーク、パリで大いに受けた」

「西側と通商があったんですか？」

「神戸の国際興産、ご存じかな？　あれは親爺のダミー会社だ」

「なるほど。いろいろなファンをお持ちのご様子だ」

それには応《こた》えず、平岡は階段をさらに一歩、二歩と上った。

「この天女は、誰かモデルがいるんですか？」

「さあ、どうなんだろうか」

はぐらかすように言って、画布に顔を近づけた。天女に彼の息がかかった。太く黒々した眉《まゆ》がぴくりと動いた。私は、意味もなく気分が悪くなった。

「藤田は京都へ行くのが夢でね。死ぬまでに一度、京都の町を見たいなどと言っていたが、何、目当てはある女性だと、それはここでも評判だった」

「あなたたちは、相当自由に行き来しているようですね」

すると、平岡はにやりと笑って、

「ヘミングウェイはまだ存命かな?」

「死んでいればニュースになるはずですよ」

彼はさっと顔を上げた。一瞬、とても困ったような顔をしたが、すぐさま唇を鞭のように使って笑い、階段から下りてきた。

「では、もしかするとその京都の女性というのは、パリで彼らが奪い合ったという、——」

聞きかけた私を、平岡は板壁をドンと叩《たた》いて遮った。

近くにいたキムが、息を呑《の》んだ。

板壁の一部が畳マット一枚分ほどのどんでん返しになっていたのだ。ぽっかり入り口が開くと、その中から、甘く酸っぱい匂いがドロリと押し寄せてきた。

「どうぞ、こちらへ」と、平岡が招いた。

「親爺が、すぐにもお会いしたいと申しているので」

吉家が、ちょっと待ってくれと言い残し、キムを連れて玄関のほうへ引き返した。そこに積み上げたわれわれのバッグを開き、彼は、アイランプから集音マイクまで一切合切を取り出し、キムに背負わせた。アナログの半インチVTRを使っていたころのことを思えば、それでもピクニックの弁当ほどの荷物でしかなかった。

二人が戻ってくると、平岡は無言で先に立ち、隠し戸を潜った。

入ってすぐから、石段がずっと下に伸びていた。屋敷の床のさらに下まで。

そこは暗闇だった。じっとりと隅々まで湿っていた。甘酸っぱい匂いが、躰《からだ》にまとわりついてきた。

先頭の平岡がどこかにぶつかり、音をたてた。あからさまに、頭が金属にぶつかった音だった。しかし、苦痛の声どころか、息づかいひとつ聞えなかった。

やっとスイッチが入った。高い高い天井に、明かりが三つか四つ、それがぼんやり巨大な木の樽《たる》を照らしだした。

「酒蔵です」と、平岡が言った。額が赤くなっていた。

「酒を醸造している」

そこで初めて、私は日本語で尋ねた。

「これはもろみの匂いですね?」

巨《おお》きな笑い声が轟《とどろ》いた。

私は、父に、実物のウシガエルを見せられた夜のことを思い出した。ウシガエルの声が怖くて怖くて、なかなか眠れなかった夜のことだ。父は外へ出ていき、それを一匹捕まえてきた。

『見ろ、ハンサムな兄さん』と、父は言った。

『こいつを見ても玉っころが縮むかね』

アテンション・プリーズ。ウシガエルは思ったよりずっと小さい。それが牛より大きな声で鳴く。〝幽霊を捉《とら》えてみればウシガエル《ボーダンク》〟という警句もある。

平岡の巨きな笑い声は、もろみの匂いも湿気も吹っ飛ばした。

「いや、お見事。これは、一本取られました」

まるで武芸に秀でた侍のような言いぐさだった。言葉と同じだけ、態度も胡散臭《うさんくさ》かった。

「見事な日本語ですな。日本人のあいだでは、浪速《なにわ》のヤサ言葉が幅を利かせておるというのに」

私はふいに気づいた。いったい、なぜだろう。彼はそれでも、ずっと英語をしゃべっていたのだ。

雪駄《せった》に履き替え、われわれは三和土《たたき》に下りた。

直径十フィートはあろうかという樽の向こうに、ずっと小ぶりの樽がさらに二つ、ステンレスのタンクがもう二つあった。その間を歩いていくと、突き当たりの土壁に木で出来た分厚いドアがあった。平岡がその前でわれわれを制し、閂《かんぬき》をはずした。

ドアが開き、隙間から光がほとばしり出た。

目が慣れると、そこは山の急斜面に囲まれた日本庭園だった。外に開いた一角は屋敷とそれに繋《つな》がった酒造りの土蔵にぴったり塞《ふさ》がれて、出入り口は、われわれが潜ってきた木のドアしかなかった。

まさに秘密の花園だった。もし花があればの話だが。しかしあるのは竹林とまだ雪吊《ゆきづ》りを解《ほど》いていない松、そして山肌の雑木、藤棚に消え残った雪。玉砂利の小径《こみち》の奥では、斜面から湧き落ちる伏流水が瓢箪《ひょうたん》形の池をつくっていた。池は瓢箪の口で溢《あふ》れ、小川になって土蔵の下に流れ込んでいた。その手前では水車も回っていた。その音が、のんびり聞こえた。

「あの水で造った酒は格別だよ」と、平岡が言った。

「この辺りの造り酒屋は、みんな農業ソヴィエトに吸収されてしまったからな。本当の越後の酒を造ってるのはもうここだけだ」

「造ってどうするんですか」

「むろん売るんだ。われわれだって活動資金が必要だ」

「売るって、どこに？」

彼の返事は、次の通り。

「京、大阪の料亭に決まってるではないか。越乃《こしの》寒梅《かんばい》と言えば、君、今では幻の銘酒だ」

21

池に向かって歩いていくと、茅葺《かやぶ》きの四阿《あずまや》から、首に手拭《てぬぐ》いを巻いた老人が出てきて、我々に大きくうなずいた。平岡が畏《かしこ》まって迎えなかったら、そして彼の顔をあらかじめVTRで見ていなかったら、庭師か賄い夫だと思ったろう。彼は上下揃いの作業衣を着て、黒いゴムの長靴を履いていた。

近くで見る田中角栄は、立派な体格をして、色つやのとてもいい男だった。顔には弛《たる》みがなく、皺《しわ》もまた老人のそれではなかった。笑いすぎた少年のような皺だった。額は産みたての卵みたいにつるりとしていて、意志の固そうな口許《くちもと》には、ゴマ塩のちょび髭《ひげ》が生えていた。

まったく鍛えた様子はないのだが、その体はエネルギーを放っていた。耳を寄せると中から十二気筒エンジンの回転音が聞こえてきそうな具合だった。

「よう来なすった。いやいや、よう来なすった」

まったく無頓着《むとんちゃく》に、私に日本語で話しかけ、こちらが日本語で返事をしても、それが当然と言うようにうなずいた。

「それだけ日本語をしゃべるんだ。あんたは、ま、半分がところ、日本人みたいなもんだわな」と言い、池の水面がざわめくほど、大きな笑い声をたてた。

鼻の穴が元気よく広がり、鼻毛がのぞけるほどに。

「箸《はし》も相当使えるんだろうね。——飯はいかがですか。日本の飯は」

「白い飯があれば、他には何もいらない」

田中は笑った。目の前の空気がぽんと威勢よく破裂したみたいだった。

「よう言った。あんた、よう言った。外人さんにしとくのはもったいねえ」

彼は手で自分の額をぴしゃりと叩いた。

私は後ろの二人にふり返った。キムは背負子《しょいこ》を降ろし、三脚の脚を伸ばしていた。その脇で、吉家がマイクロキャムを構えていた。

「どのくらい、お時間がいただけるんですか」と、私は向き直って尋ねた。

「こっちから、こんな場所まで呼び立てたんだ。そちらが必要なだけ、おつきあいしますよ」

「西側に伝わっている田中さんの資料はとても少ないんです。少ないばかりか未確認の風聞ばかりで、言ってることがそれぞれ違う。ぼくの質問を並べただけで二、三時間かかってしまう」

田中は、明るく乾いた声で笑った。また空気が破裂した。

「よっしゃ。あんたには今日明日いっぱい時間をあげよう。ここで、好きに取材をするとええ」

すると、少し離れたところで平岡が半歩踏み出し、何か言いたそうにこちらを睨《にら》んだ。

「平岡君よ。それでええな」と、田中が先に声をかけ、歩きだした。

藤棚の下まで行くと、そこに置かれた縁台に腰掛けた。お湯のポットとお茶のセットが、抜け目なく用意され、きちんと座布団も敷かれていた。

キムがピンマイクをもってやって来た。ひとつを私に手渡し、田中の作業衣のジッパーを開け、もうひとつのマイクを胸にクリップで留めた。

私は吉家に、カメラは手持ちで自由に動いてくれと頼んだ。すると、

「そう《イエス》。二台持ってきてるんです。何しろマイクロキャムですからね。一台は三脚に乗せますよ」

キムが、もうそれを用意しはじめていた。

私は田中の隣にもどり、注意深く位置を決めて座った。

「回りました」と、キムが声を上げ、カウントを数えた。

私は田中角栄をごくありきたりに紹介し、

「独立農民党の、いちばん最近の軍事的成果は、何といっても清水トンネルの爆破だと思うんですが」と、切り出した。

「いや、あれは自然崩落ですよ。私らは何もしちゃいない。東京政府が《壁》にばかりつぎ込んでインフラをまったく省みなかった、ありゃあ、まあ、その報いだ」

「自動車道路の方はなぜ通行できないんですか」

「兵糧攻めだよ。無法な規制が敷かれとるんだ。いや、あなた、あれは逆にわれわれをこの雪山に封じ込めておこうという、奴らの卑劣な陰謀だ。ええかね。奴らが怖がっているのは、われわれの暴力じゃない、成功なんだ」

「軍事的な？」

「いやいや、あんたらは何か勘違いしている。われわれは、金輪際、テロ組織なんかじゃありませんぞ。われわれは自由農民の互助組織、平たく言えば百姓の寄り合いみたいなもんです」

彼は、胸を張り、大きな声で断言した。

「よっしゃ、こうしよう。あんたが聞きたいことには、今夜ゆっくり答える。とりあえず、あんた、俺の話を聞いてくれ。どうだろうね、そういう具合で」

「いいですよ。ただ、この部分は後ですっかり編集してしまうかもしれません」

「つまり、それは？」と、彼は首を傾げてみせた。目が光った。

「放送に使うか使わないか選ぶのはわれわれだということです」

「ほう。TVっていうのはそういうもんかね。昔、西日本の首相がTVは新聞と違って嘘をつかないと言ってましたがね」

「嘘はつきません。しかし、正直者じゃない。世界一の嘘つきが、私は大嘘つきだと言ってるようなものなんです」

田中が笑い、白い息がぱっと散った。

「あんたは、西日本の食糧法ってのを知ってるかね」

「ええ、米を統制している法律でしょう」

「そうとも、それなんだ！」

バシッと膝《ひざ》を叩《たた》き、カメラをはたとみつめた。額に汗が浮き上がった。

「米の生産と流通を完全に国家の管理下に置いとる、まあこの、誰が見たって社会主義国と見紛《まが》うような法律だ。事実、東日本のあの悪名高い食管法と大差がない。奴らはその法律を楯《たて》にとって、外国の米は一粒たりとも国内に持ち込ませねえとほざいていやがる」

「それが、どうかしたんですか」

「新潟の米も外米だと言っとるんだよ。何が外国だ?! 昨日は国土の東半部と呼んで、今日は外国だ。いいかね、たとえば、電力供給法ってものがある。その法律で原発の掃除は日本人しかしちゃならねえと決められてる。かと言って今時の西側の人間は、あんた、3Aな仕事はしやしない。今じゃ、越前、越中の原発は東日本人がいなけりゃ動かない。その同じ日本人がだよ、米をつくったとたんにガイジンに化けちまう。こりゃ、たまりません。屁《へ》理屈も度が過ぎれば暴力だ」

言葉を止め、田中は目を剝《む》いた。頰の筋肉がぴくりと動いた。

「西の原発に《壁》を越えて働きに行く東日本市民は、ぼくも見かけました。西側は国防上、なぜ問題にしないんでしょう」

私は話題をそらそうとした。田中はそれをもうひとつ、別の方にそらした。

「原発清掃を本業にしている会社は西日本に七社、従業員は全部合わせて三百九人しかいませんよ。それが、月にして延べ一万七千人の人間を働かせとるんだ。計算が合わんじゃないか」と。

彼は腰を上げ、池の辺まで行って手を叩いた。水面がいきなりざわめいた。鯉ではなかった。ニジマスが何匹も山なりに集まって見えた。

「まあその、原発なんか序の口でね」と、田中は水面に目を細めて言った。

「福井、石川、長野三県じゃ、消防、郵便配達の七パーセントが、東側市民の臨時雇用によって賄われているなんて数字も出とるんだ」

「数字にお強いんですね。そうした数字はどこから入手するんですか」

「そりゃ、あんた、TVに決まってる」

田中は肩を揺すり、大きな声で笑った。ニジマスがさっと散ってさざ波がたった。

「昨日はCNNで富山の新聞配達のニュースをやっておったが、三割以上が東側の日本人だそうだ。新聞社が不法入国のガイジンさん、使うわけにゃいかんもんなあ」

「そうですね。日本のジャーナリズムは役所みたいなところがありますから」

「しかし、あんた、ありゃあ間違いですよ。ええかね、正確には約半数、多分五十一パーセント。と、いうことは、三十一万世帯に三十一万部の新聞が、東の日本人の手によって届けられてるってわけだ。ところが、新聞はよくても新潟の米は一粒も届けちゃならんと大阪城の忠臣どもは言っとる。なぜか？　外国人が外国で作った米だからだ！」

だみ声を張り上げると、田中角栄は口をへの字に曲げて、池を睨みつけた。水面の照り返しが、額でまだらに揺れていた。

それにしてもすごい情報量だった。こんなとき、日本人は舌を巻いてみせる。ライシャワー教授は、ときおりその真似をして教室をわかせたものだ。しかし、残念！　私の舌はそれほど長くない。

「それも、今までは黙認してきたんだ。大阪もわれわれには、そんな法律、決して振りかざさなかった。手のひら返すとはこのことだよ。同じ日本人に対する差別でなくて何ですか！　去年の刈り入れの後、そうだ、天皇陛下のご容体がうんぬんされはじめたころだった。大阪政府から人づてに連絡があった。米のことさ。いいかね。今後、われわれの米が《壁》を越えるのはまかりならんというのだ」

「どういうことですか」

「裏切りだよ。さっき、成功と申しましたでしょう。私らの成功ってえのは、あんた、われわれの米が大阪で取引されているってことなんだ。もし東京に売ってみなさい。東京じゃ北海道の米も関東ローム層の米もみな同じ、一律七十五円だ。一キロ七十五円だぞ。それも、現金なんぞ払やあしない。米をふんだくって、ミカンだのお茶だの石鹸《せっけん》だのって、子供の物々交換か、エロ雑誌の広告ページにしか載ってない通信販売みたいなものを送ってよこすんだ」

「大阪は、なぜそんなことを？」

「なぜだと思いなさる」彼はよく光る目を、こちらへぐるっと動かした。

「危機ですよ。食糧危機だ。東北じゃそのために暴動が起こりかけてる。祖国統一は望みだが、暴動は困るってんだよ、あの、腰抜けのゼイロクどもは」

アテンション・プリーズ。ゼイロクとは、大阪人に対するもっとも口汚い蔑称《べっしょう》だ。ここは、放送では使えない。

「ちょっと、待ってください」

私は思わず遮った。決して言葉を注意しようとしたわけではなかった。

「それは初耳だ。西側には、そんな情報はコソッとも入ってない。東日本に食糧危機だなんて。――米作の技術革新が西に比べてたいへん遅れてるのは聞いてます。そのため、ことにこの数年、米の生産がジリ貧だということもね。しかし、それは輸入で賄っているはずだ。東日本の貿易収支は黒字じゃないんですか」

「ああ、そうですよ。そのとおりだ。それでも、駄目なんだ。駄目なもんは駄目。中曾根は、どうしても西の米が要る」

「なぜですか。よく判らない。深刻な食糧不足が起こってるとは思えないんですが」

「いや。深刻です。深刻だが、飢饉《ききん》というのとはちょっと違う。ううん、——」田中は眉間《みけん》に皺《しわ》をよせ、腕組みして天をあおいだ。

「まあこの、おいおいね、ゆっくり説明しましょう。問題の根はそこにあるんだから」それから急に腕をほどき、私にぐいと身を乗り出して、

「しかし、理由はどうあれ、大阪がわれわれにしていること、これは理不尽だ。あまりに馬鹿げている。東日本の同胞を救おうってんなら、大阪城が、九州や四国の米を買い上げて、それを東に援助すりゃあいい。あの辺の米は不味《まず》くってね、大阪の市価でキロ四百円にもなりゃあしないんだ。だいたい西日本では、この六年続けて作況指数が百二十、大豊作で米が余ってる。民間倉庫まで借り上げて、まだ置いとく場所が足らないありさまだ」

田中角栄はだみ声をふりしぼり、私のほうにさらに顎《あご》を突き出した。

「舌の肥えた大阪の母ちゃんが、九州の米なんか、あんた、買やあしませんよ。——向こうにはキロ四百円でも売れずに、鶏の餌になっちまうような米がある。こっちには、大阪の板前が西の法律を犯し、東の地雷原を越えても手に入れようって米がある。それを、言うに事欠いて、東京のアカに、自分たちの敵にだよ、大阪の連中はキロあたり七十五円で売れってんだ」

田中の額から、たらたらと汗が滴り落ちた。興奮している様子はなかった。緊張しているのでもなかった。ただ、大汗かきなようだった。

吉家はそろそろと彼の正面に回り込んだ。ズームレンズがその表情ににじりよった。いっぱ

いに寄ると、カメラを構えたまま、彼は後じさりしていった。

「大阪では、いくらぐらいで売れていたんですか」私は訊《き》いた。

「作柄にもよるが、まっ、キロ二千円は下りません！　新米を京都の料亭に届ければ、あんた、何にも言わずにキロ四千円は包みますよ」

田中が大きく大きく息を吸い込んだ。その息を、まるで百歳のバースデイケーキの蠟燭《ろうそく》を吹き消そうとでもいうように、勢いよく吐きながら、

「あんたら自由主義の、いちばんええところは何だね。自由に金を稼げることだ。金さえ持ってりゃ何でも出来る。金が余暇を生み、余暇が知恵を生む。その知恵が生んだのが、自由、平等、博愛だ。金がひとところに必要以上に集まると、仏様にしかできないようなことを可能にすることもある。え、そうでしょうが、黒い兄さん」

私は深く頷《うなず》いた。ついつい つられるまま、ただ素直に。他でもない、この『黒い兄さん』はなぜだか自分の父親にそう言われたような気がしたのだ。

『おい、黒い兄さん。金を稼ぐんだ。金があれば、日本へ行ける。日本には未来が待ってるんだ』と。

ボルティモアへ海兵隊のヘリコプタで運ばれていく朝、父はサボテンのように青々と腫《は》れ上がった手を私に差し伸べ、かすれ声で囁《ささや》いたものだ。

あの父親に、私が、父さんそんなことはない、近頃の日本女性はアメリカ黒人に対してたいへん特殊な感情を持っている、だいたい古き佳《よ》き日も、彼女らが必要としてたのは、あんたの硬くてでっかいオーガスタスだけだったのさ、などとは口が裂けたって言えなかったように。

「ところがだ」

田中角栄が、我が意を得たりと振り返った。目がぎらっと光った。

「その総本山の大阪が、こと米に関しては、銭の前での自由と平等なんか存在しないと言いおるんだ。霞が関のアカ官僚も東京警視庁の吸血鬼も、こりゃあ同じ日本人同胞だが、《壁》のこっち側で真面目に米を作ってる百姓は、異国のガイジンだとぬかすんだ。まあ、この。市場経済なんてものはね、ここにはない。ファシズムですよ、これは」田中は叫んだ。目の縁が赤く滲《にじ》んだ。

吉家は、ぎりぎりまで彼に寄り、広角でその顔を煽《あお》った。

田中は懐から扇子を抜き取ると、それをカメラに振りかざした。中世のサムライが勝ち名乗りを上げるように、声を張り上げ、

「いいかね、この大阪の姿勢をば、西側の皆さんに、私ゃあ訴えたい。アメリカの皆さんに、自由と民主主義と市場経済を信ずるすべての皆さんに知ってもらおうとだ、まあ、そのう、——あんたたちに遠路ご足労願ったってなわけです!」

私は、勢いに呑《の》まれ、暫く言葉を失ってその場に佇《たたず》んでいた。

水面でニジマスがぽちゃんと音をたてた。田中の首筋を汗が伝って流れ落ちた。ふり上げた扇子にふと目をやり、それを開いて自分を扇ぎはじめた。

「一度カットします」吉家の声が飛んだ。

「ああそうしよう」

「カットしました」

はい、お疲れさま。

22

ずっと酒蔵寄りの縁台の上で、吉家とキムはテープ交換をはじめた。

田中角栄は私に背を向け、藤棚を抜けてゆっくり四阿《あずまや》の方へ歩きだした。

四阿に平岡の姿が見えた。目を真っ直ぐ前に向け、背筋は垂直、端正な居ずまいだった。田中が近づくと、素早く、そして正確な動作で平岡が立ち上がり、身構えた。

何やら声をかけられ、酒蔵の出入口へ小走りに消えた。

四阿の屋根にも、北斜面の木々にも、まだ雪が残っていた。一度溶けてまた凍らせたシャーベットみたいな、荒くだらしない雪景色だった。その向こう側、空の近くには、さすがに春の気配があった。

田中角栄は、池のちょうど対岸に植えられたシナマンサクの花を、腕組みしたまま凝《じ》っと見つめていた。冷たい風が素晴らしくふくよかな匂いを運んできた。花は満開で、ソバージュにした金髪娘の頭のように黄金色に輝いていた。

私は池の縁を歩いていった。田中が私に気づき、振り返って尋ねた。

「どこで、日本語を習いなさった?」

彼の胸には、まだピンマイクがついたままだった。発信器の電源はまだ切られていなかった。

私は腰に手を回し、自分の発信器のスイッチを入れた。目を向けると、吉家がそっとうなずいた。キムが三脚に乗せたカメラに取りつくのが見えた。レンズがこちらを向いた。

「父が好きだったんですよ」私は答えた。

「ほう、日本語を？」

「日本をです。軍隊で来ていたんです。戦争直後、特務軍曹として富士山の被爆破壊調査を担当しました。——日本語を習わないなら大学の学費を払わないって脅されたんですよ」

「いいお父さんだ」

「さあ」私は首をひねった。

「父は片言しかしゃべれなかったんです。書くことときたら、英語でさえ満足じゃなかった。ぼくを通訳にして日本へ行こうって魂胆だったんだ」

いや、これは嘘でなく、

『いいか、いいな、忘れるなよ。日本語が書けるようになったら、真っ先に手紙を書くんだ。ハナコさんに俺の手紙を書いて送るんだ』

父は何度も約束させた。もし、ボルティモアの病院に閉じ込められるようなことがなかったら、やがてそのとおり実行したに違いない。少なくとも一通は、手紙の下書きを渡されたこともある。

病床で、サボテンへと変わりつつあった手を必死に動かして書いたその走り書きは、今でも私が持っている。なぜ訳してやらなかったのかって？

あんまり、お下劣だったもので。

「で、親孝行はしましたか」田中が尋ねた。

「いや。まったく」私は答えた。

「ぼくが大学へ入る前から、もう彼は体が動かなくなっていました。富士山で残留放射能を浴びたようです」

「それは、それは。――ご存命ですか？」

「亡くなりました。二十年近くになります」

数えてみると近くではなく、それ以上になっていた。最期の数年は、ほとんど寝たきりだった。半分以上サボテンになっていた。病院に空輸されてからは、滅多に会うこともなかった。

「あの後、富士のお山に登った進駐軍の軍人さんは、たしか全部で千七百四十七人でしたか、――しかし、そんな話はとんと聞いておらんかった」

「発病したのはヴェトナム戦争の最盛期でしたから。死んだのは六年後、我が国がハノイを核攻撃した翌年です。国も軍も、あのころは機密保持にヒステリックになっていた。それに父本人が、富士山の呪いだと信じて疑わなかったんですよ。俺がサボテンになりかけてるのは、放射能のせいじゃない、富士山を壊した天罰だってね」

「ううん」と、低く唸《うな》り、田中が鋭く私を見つめた。その目が見る見るうちに潤んでいった。

「いやあ、いやいやいや！　この角栄にも母がいました。苦労に苦労をかけて、結局、何ひとつ恩を返さず亡くしてしまったが。それでも、あなた、――」

いきなり激して、声を詰まらせた。ぐっと顎を上げたが、大粒の涙が目からこぼれ出て頬を伝った。驚いたことに、彼は血がにじむほど唇を強くかみ、嗚咽《おえつ》を抑えていた。

「まあ、この、――富士山は日本のお母さんです！　かっとして怒ることはあっても、あんた、人を恨んだり呪ったりしやしない。断じてそんなことはない」

った。

「もちろんです。一昨年《おととし》、連邦裁判所が、軍の過失責任を認めたんです」

「それはよかった。いや、本当によかった」

角栄は俯《うつむ》き、足許《あしもと》に息を吐き出し、ポケットから大きなハンカチを出して顔をごしごしぬぐった。

平岡が、戻ってきたのはそのときだった。

諸国武者修行にでも出かけようとしているみたいな険しい、気合の入った表情を浮かべていたが、両手で捧《ささ》げ持《も》っているのは武具ではなかった。足のついた漆塗りの膳《ぜん》だった。

彼は真っ直ぐ私たちの前までやってきた。道端のお地蔵さんをみるような目で私を見つめ、膳を四阿の中の卓子《テーブル》に置き、気取った手つきでさっと布巾《ふきん》を取った。

そこにはアルマイトのヤカンと塗り物のお櫃《ひつ》、漬物が盛られた丼が載っていた。

さっき田中が、飯はいかがですかと訊いたのは、言葉どおり、

「あなたもいかがかな」という意味だったのだ。

田中は私に手招きして四阿のベンチに腰かけ、お櫃をあけ、二つの茶碗《ちゃわん》に自ら飯をよそった。

アテンション・プリーズ。お櫃とは、木と竹で出来た保温ポットだ。戦国時代から第二次世界大戦まで、兵器としても使用されたが、本来ご飯を保存するために使う。だから、ご飯はまだほくほくと湯気をたてていた。私は唾《つば》を飲み込んだ。

平岡がそれに眉《まゆ》をひそめ、立ったまま嫌そうにヤカンのお茶を注いだ。

ご飯をよそり終えると、田中は箸《はし》を親指に挟んだまま手を合わせ、瞑目《めいもく》して祈った。

「いただきます！」

漬物は野沢菜と葉唐辛子だった。それを交互に乗せ、私は飯を口に運んだ。三口食べてから、やっと声が出た。

「ビューティフル！」と。

「新潟のね、ことに魚沼盆地でとれる米は旨《うま》いんだ」田中角栄は、茶碗を空にして言った。

「四国や九州は一年に二回、米が収穫できる。しかし、あなた、魚沼は一回きり、冬は雪の下でじっと我慢の子だ。神様が雪で土地に蓋《ふた》をしちまうわけだな。ところが、春になるとこの雪解け水が、山々から栄養をたっぷり運んでくる。水は豊かです。天下に名高い箱根名物のニジマスも、あなた、ここの伏流水で育った養殖だ。東京のバカどもが、開発、開発、開発で、すっかり芦ノ湖を駄目にしてしまった。もう、箱根のニジマスなんぞ食えたもんじゃない」

「田中さんは、アイディアマンなんですね」

「私じゃない。これは百姓の知恵、越後の知恵です」

彼は勝ち誇るように言い、茶碗に一礼して、膳に戻した。

「この米にしたってね。品種改良は越後の百姓がした。最初は昭和十九年だ。あんたたちの年号で一九四四年、戦争のまっ最中だ。新潟の農業試験場で農林一号と農林二二号を交配して改良一号米が創られた。当時は、もちろん量ですよ。どれだけ沢山とれるか、冷害に強いか、もうそれしかない。味なんて言ってたら、外地で辛酸を舐《な》めてる兵隊さんに申し訳がたたん。――いや、日本は貧しかったんです。あんたらの国のように、ハンバーガーやコカコーラを戦争に持っていくなんて、夢のまた夢。しかし、ハンバーガーなんか米の飯に比べたら屁《へ》みたいなもんだ。――失礼、気を悪くされたかな」

「いいえ」私は首を振った。

『アメリカが日本より勝っているのは、たったふたつ』

と、父は何度も何度も、おりあるごと、私に言って聞かせたものだった。

『それは、おまえ、軍隊と野球チームだけさ。その二つだけさ。何しろあの国の軍隊は草鞋《わらじ》をはいてネズミを食って戦ってたんだ。野球チームは草鞋をはいて布のグラヴで野球をする。あれじゃ、どっちも碌《ろく》な働きはしやしない』

「米の話を聞かせてください」と、私は言った。

「関東と越後のあいだには、でっかい壁があるんだ。中曾根がこさえたちゃちな《壁》とは違う、本物の壁です。それが雲をくい止め、こっち側に雪をどかどか落とす。向こうには乾いた風が行くだけだ。関東は赤土ですよ。あんな我慢のない土が旨い米を恵んでくれるわけがない。しかし、量は取れる。戦後、東京をアカに盗《と》られて、アカの連中も大政翼賛会も同じ、口にするのは量、量、量、量。新潟の地区党が増産増産、躍進躍進って煽《あお》り立てていたころ、こっちでも二毛作が出来ないかなんて馬鹿な実験までしたもんだ。しかしね、農共が出来てから、風向きが変わった」

アテンション・プリーズ。農共とは、農業共同体。コムソモールみたいなものだ。

「農共なんかが旨く機能したんですか」私は尋ねた。

「私が連中に言ってやったんだ。量が駄目なら、質だよってね。——そのころ、私は、公の活動が出来なくなって、もう、同志と山に上がってたのかなあ。しかし、連中だってガキのころからの知り合いだ。地縁血縁と言うのかね。ま、遠い党より近い親戚《しんせき》ってところだな」

田中は扇子をふって大声で笑った。それから、お櫃の蓋をぽんと叩《たた》き、

「この米ですよ。これを作ってみろと。これは旨い。旨いが多収穫じゃないってんで、ずっと放り出されてきた例の改良一号米を福井の試験場でさらに改良したものだ」

「待ってください」私は割り込んで言った。「福井というと西日本の福井県ですか？」

「そう。こと越中越後では、まあその、漁業と農業は特にね、行き来があったんだ。あの《壁》が分かつまで、人の交流は続いていたんですよ。南北朝鮮のように新羅百済《しらぎくだら》の歴史的な対立があったわけじゃない。戦争でお互いの血を流したわけでもない。むしろ、元はと言やあ、謙信公の同じ領民だ。――あんた、《壁》のせいで富山の薬売りが来なくなって、どれほどの老人が命を落としたと思うかね。一万人を下らないといったら信じるかね」

「田中さんが口に出す数字だから、きっと根拠があるんでしょうね」と、私は言った。

「その直後、急増した病院のベッド数から算出したんだ。――ま、それはいい。問題は米だ。その改良米ね。これが新潟の土に合った。昭和三十一年だ。その年、躍進一七号が生まれた。これは父の農林一号から勘定してちょうど百代目に当たる。〝越乃山〟と名付けたのは私ですよ。躍進一七号じゃ、関西の人が食中《しょくあた》りしちまう」

田中は言って、扇子を閉じ、懐から煙草を出した。おどろいたことに、それはゴールデンバットだった。西日本では、パッケージだけで、アンティークとして十万円の値がつく。東日本で今も密造され、西の闇市場に時折出回ることがある。パッケージだけは、ライシャワー教授の写真アルバムに張りついているのを見たことがあった。

「煙草は、かまいませんかな」

日本人から、煙草を喫っていいかと聞かれたのは、これが初めてだった。ちょっと驚き、

「ぼくも喫うんです」

「そいつは結構」田中は、だみ声を張り上げて笑った。

「いや、アメリカさんは、ものごとすべて野球やフットボールのように決着をつけたがるんでね。禁酒だ禁煙だ、何だかんだって。ありゃあ、困ったもんだな」

「それは日本人も同じだ。相撲のように決着を付けたがる。違いは、待ったなしでも待ったがかけられる点だけでしょう」

田中はまた笑った。

「で、〝越乃山〟は増産に成功したんですか」と、私は尋ねた。

「増産なんて、初手《はな》から考えておらんよ。それどころか〝越乃山〟は風に弱くて、すぐにこけるんだ。〝コケの山〟て仇名《あだな》がついたくらいです」

「それを作れと農共に勧めたんですか」

田中は悪戯《いたずら》を発見された子供のようにニヤリと笑った。

「ねえ、こうして苦労に苦労を重ねて手に入れた米も、関東の赤土の田んぼでとれる米も、共産主義には米は米、同じ一粒だ。こりゃあ何かおかしい。心有る人は誰だってそう思う。あの関東ローム層で育った大馬鹿者が書記長になってから、ことにそうだ。米は米、糞《くそ》も味噌《みそ》も一緒、まあその、北関東の味噌汁を飲んでみればさもありなんてところだな」

扇子で私の膝《ひざ》を軽く叩いて、

「この米は旨い。《壁》の向こうに持っていけばとんでもない金額で売れる。それを私が証明した。その金で、四国の米を買えば、何と、一キロの代金で、五キロ買える。古米でよければ二十キロ買えるんだ。たとえばこれを十トン大阪に売って、売った金で西の古米を十トン買う。東京には、その十トンの古米を収めて、――どうですか、残った金で西から何でも買ってこれる」

「それが出来るのは、田中さん、あなただけなんでしょう」

「ま、そうでしょうな。おかげで新潟じゃ、あなた、地区党と産別ソヴィエトの権力が逆転してしまった。私がやったのは貿易だ。しかし、その貿易のおかげで、新潟は五か年計画で突出した成績を収めた。今じゃ村々に労働英雄、農業英雄がごろごろしておる。みんな、この角栄がやったことです！　だれも、政府だの党だの信じちゃおらん。金ですよ、結局は金です。数は力、力は人、人は金、金はイデオロギーです。マルクス君もね、もうちょっと考えておれば、立派な思想だったと思うんだ。しかし、ま、ちょっと考えが足りんかった。いや、お気の毒なことだ」

ううんと彼は唸《うな》り、自分に自分でうなずいてみせた。「その資金源が、事もあろうに西側によって閉ざされようとしているわけですね」

私は言って、腰を浮かせた。

吉家はすでに手持ちカメラを腰だめにしていた。立てたファインダーをこっそり見降ろし、田中角栄の横顔にズームした。

「資金源ねえ。まあ、その辺はちょっとね。農共とのつながりを、明らかにするわけにいかんからな。今、こんな情報が漏れてみたまえ。東京警視庁北部方面隊の上層部まで含めて、三千人からの幹部が網走番外地ですよ」

アテンション・プリーズ、網走番外地とは、北海道網走市の無番地、つまり地図上は存在していないことになっている政治犯収容所のことだ。私の耳がぴくぴく動いた。何しろ、国連人権委員会で問題になって十数年、そんなものが本当にあるのかただの風聞なのか、西側では何ひとつ知られていないのだ。

「三千人？」口が、スクープを追いかけて、勝手に動いた。

「三千人の幹部というと、新潟における党、ソヴィエトの主要人物ほとんどじゃないですか。それが網走の政治犯収容所に、――」

「いや、ほとんどじゃないよ」と、彼は遮った。

「全員です。正確には三千三百五十八人。それに地元の木っ端役人も入れたら、一万五千人は下らんな」

「親爺《おやじ》さん」

平岡が、はじめて口を挟んだ。測ったように正確に、カメラと田中の間に割って入った。驚いたことに、彼は日本語をしゃべっていた。

「一万五千人？」私は彼をふり切り、田中ににじり寄った。

「新潟の党も政府も、議長から門番まで誰もいなくなってしまう」

「カメラを止めんか」と、平岡が背後に英語で怒鳴った。

「何も言わずに映しはじめるなど、無礼であろう！」

カメラに向かって一歩踏み出すと、田中が座ったまま、扇子でそれを押し止《とど》めた。

「止めなさい」

平岡は立ち止まった。まるでゼンマイ仕掛けの玩具がことりと止まるみたいに。

「この黒い兄さんは、信用できる。俺らの努力を無にするような真似はしないさ。なあ、そうだろうが？」

「今のテープは、映像しか使いませんよ」

「いんや、放送しなさいな。ええじゃないの。お使いください。私は逃げも隠れもしない。答えられることには何でも答えますよ。米のこともあるし、この問題ではアメリカさんの協力が何とも必要なんだ」

「残念ながら、合衆国では議会も政治家も米にはとんと興味がないんです」私は極力冷静に言った。バトンルージュの誰かさんがここに居たなら、もっと煽りたてろと尻《しり》を叩いたろう。

「ジャポニカ種はキャリフォルニアでしか生産していないし、それもわずかなものだ。あなたたちが言う外米だって、それほど食べないんです」

「これは、しかし、人間の信義の問題だよ」

田中は目の縁を赤く染めて言った。

「あんた、アメリカは民主主義を守るためにヴェトナムまで出てきたんじゃなかったのかね。まあ、その、あそこで験《ため》された民主主義がオリンピックもんなら、ここで験される民主主義はノーベル賞もんだよ」

「アメリカ人は、オリンピックほどノーベル賞に興味を持たないんです。実は、そのオリンピックだって、ワールドシリーズほどの人気もない」

「そんな、馬鹿な」

田中の顔が悲痛なほど歪《ゆが》んだ。

「キャリフォルニア知事なら、興味を持つかもしれない」私は言った。

「レーガンかね」

と、すかさず田中が応じた。私は驚いて腰を浮かせた。

「ご存じなんですか？」

「〝ベン・ハー〟に主演した映画スターだろう。あの男は、ずっと前の大統領選挙で味噌をつけたんじゃなかったのか。確か、――」

「ええ、赤狩り時代に、友達を裏切ったんです。チャールトン・ヘストンという俳優をマッカーシー委員会に密告した。共産党員どころか、組合とも関係のない俳優を密告して、役を奪い取ったんです。彼を刑務所に送ったおかげで、あいつが、ベン・ハーの主役に抜擢《ばってき》されたんですよ。それが暴露されて、候補を下りたんです」

「じゃあ、しかたがない」

「しかし、彼はハリウッドの人間ですから、キャリフォルニアの政界ではまだ力がある。そして、わずかですが、あそこには米作農家があるんですよ」

「よっしゃ、よっしゃ」田中がにこにこ笑ってうなずいた。

「ハワイもだ。ハワイでの、一人当たりの米消費量は全米平均の一・八八倍だ。――いったい、アメリカさんはいつまで、あいつらに民主主義だの市場経済なんて言葉を、いいようにつまみ食いさせとく気なんだ」

「あいつらって言いますと？」と、私は改めて尋ねた。

「ゼイロクだよ。あの、船場の商人《あきんど》どもさ。太閤《たいこう》さんをたぶらかしてからこっち、あいつらがやってることは何にも変わっちゃいない。商品経済が誕生する前から、あんた、こりゃもう、封建主義も帝国主義も資本主義も無し！　全然関係なし！　奴らはただただ、浪速の銭儲《ぜにもう》けをしてるだけなんだ。あんたが自分で言ったとおりさ」

「何か言いましたか？」

「待ったなしでも待ったをかけられるってな。いやその、ご説ごもっとも！　連中は、ヤンキースタジアムで待ったをかけ続けとるんだ」

「そこなんですが」

　言って、体半分、田中に近寄り、私は吉家に正面に回るよう手で合図を送った。

「その、西側の無法の理由を、そろそろ教えてください。彼らがなぜ、田中さんの米を締めつけるのか。──東日本に、相当に深刻な問題があるんですね」

「うん。まあこの、問題と言やあ東だけじゃない。西にも大いに問題ありだ」

「食糧危機だが、飢饉《ききん》ではない？」

「そのとおり。別に、あんたらが考えてるような飢餓とか飢饉じゃないんだ。しかし、これは危機ですよ。これに比べたら、たとえ中曾根が失脚しようが、東京政府がひっくりかえろうが、大した危機じゃない」

「東北で何が起こってるんですか」

「東北じゃないんだ。農村ですよ。新潟以外の、農村全部」

そのとき、電話のベルがかすかに聞こえた。

平岡が、最初、田中が坐《すわ》っていた縁台のほうへ引き返していった。その下に、小さなズック鞄《かばん》が立てかけてあった。平岡は、その中から携帯電話を取り出した。

「親爺さん、電話です」

平岡がズック鞄を持ってやってくると、電話機を差し出した。その電話機はコードで鞄と繋《つな》がっていた。鞄の蓋《ふた》にフラットタイプの衛星アンテナが仕込まれているのが見えた。すると、これは去年、西日本でサーヴィスを始めたばかりの衛星電話ではあるまいか。衛星が日本列島全域をカヴァーしてしまうことで、大きな話題になった。端末さえあれば、東京の人民議会堂の真ん前から、ペンタゴンに電話をすることもできてしまうのだ。

田中は、電話に向かって、ただ「よし、よし」と、応じ、

「すまんが、続きは夕食の後にしましょう」と、私に言った。

「次は、あんたの質問に何でも答えるから」

言うが早いか、四阿《あずまや》のベンチで電話機のプッシュホンを押しはじめた。

中国の国番号を押すところまでは見えた。しかし、そこで平岡が割って入った。

「本館の方に昼食を用意させてある。少し遅くなったがね」と、彼は言い、私の肩を押すようにして土蔵へ歩きだした。

田中は、電話機に何やら話しはじめた。

私は遠くに向かってうなずいた。二台のカメラが回転を止めた。

23

吉家とキムが昼食を終えると（私も、賄いの女に勧められるまま、ついもう一膳《ぜん》ご相伴にあずかってしまったのだが）、平岡はわれわれをふたたび秘密の庭園に連れていった。

もちろん、田中の姿はもう見えなかった。

池のほとりでは、スキンヘッドの青年がひとり、藍染《あいぞめ》の上下を着て、下駄を履き、竹箒《たけぼうき》で庭掃除をしていた。

スキンヘッドといっても、変な連想をされては困る。かつてこの国では、スキンヘッドは大いに普通。若い男は残らずそうするのが習いだった。若者は学問をするのが当然で、学問は僧《そう》侶《りょ》によってもたらされる。頭を剃《そ》るのは、だから威嚇などではなく恭順の表れ、――これが日本の美風だった。そこで、こうしたヘアスタイルは坊主頭と呼ばれ、今の西日本にも、くりくり坊主とか、丸坊主、坊主になる、などという言葉が残っている。

「この方たちをご案内してくれ」と、平岡はくりくり坊主の青年に言った。

「通信施設以外は何も隠す必要はない。質問にも知るかぎり、すべて答えてあげたまえ。それが親爺からの伝言だ」と、言うと、私にはまたも英語で、

「申し訳ないが、中座させていただく。親爺は、本日の夕食のあと二時間、諸君らのために時間を取っている。それまで、何かあったら、この者にお言いつけ願いたい」

平岡はきちんとお辞儀をし、酒蔵の中に戻っていった。

「あの屋根裏が、今言ってた通信室なんですよ」と、くりくり坊主が言った。

彼は池を回りこみ、藪《やぶ》を割って小径《こみち》に入り、庭を取り囲む斜面を上っていった。裏山全体がひとつの要塞《ようさい》になっているようだった。山ひだを削り取り、造成した幾つもの凹地をトンネルと石段で繋ぎ、それぞれの凹地には貯水池があり、倉庫が建ち、精米工場が隠されていた。屋根に草を生やしてカムフラージュした兵舎があり、運動場があった。最初に通された忍者屋敷は、その入口にすぎなかったのだ。

半透明のビニールシートで蓋をした凹地ではトマトを水栽培していた。

「トマトは、東日本ではとても高価なものなんです。東京の原宿では若い娘さんたちが砂糖をかけて食べるそうです」と、それを撮影しているわれわれにくりくり坊主は自慢そうに説明した。

長い塹壕《ざんごう》のような石段を上って案内された次の凹地は、練兵場だった。（そう書いた板きれがとっつきに立てられていたのだ）

十人ほどの若者が、そこで突撃の訓練をしていた。号令は勇ましかったが、足取りは重く、口許《くちもと》はゆるかった。彼らが手にしているのはただの鉄パイプで、被《かぶ》っているのは工事現場のプラスチックの黄色い安全帽だった。標的も決して人形などではなく、棒杭《ぼうぐい》に藁束《わらたば》をしばりつけたものだった。腰高に走っていき、その手前で立ち止まり、鉄パイプで一発ぽかりとやる。後にも先にも、それが軍事訓練のすべてだった。

教官も訓練兵も、上下揃いのトレーニングウェアを着ていた。東日本ではどうか知らないが、西日本ではジャージーと呼ばれ、小学校の先生連中が背広の代わりに、はたまた失業者が風呂《ふろ》屋に通うのに、コンビニ強盗が自転車で逃げるのに、果ては気の利かないヤクザがベンツの六〇〇で家族サーヴィスをするのにまで、ともかく幅広く愛用されているごく一般的な普段着だ。

大きな木の枝に、日の丸がひるがえっていた。毘沙門天《びしゃもんてん》の『毘』を真ん中に黄色く染め抜いた日の丸だ。文字は筆書きで、その形と色合いが、皮肉なことに東日本の国旗を思わせた。

「あれが独立農民党の旗印なのか」

私は、くりくり坊主に尋ねた。もちろん日本語で。なぜかこの青年は、私が東京の日本語を話しても、びっくりしたり訝《いぶか》しんだりしなかった。

「いや、違いますよ」と、彼は答えた。

「党の旗は、謙信公の昇り竜。あれは、われわれ党の行動部隊の旗です」

「独立農民軍？」吉家が、カメラをくりくり坊主に向けるのを待って、私は尋ねた。

「いや、軍じゃなく。――独立農民党越山隊といいます。親爺《おやじ》が軍事とか軍隊を毛嫌いしてるんです。行動部隊も自給自足、簿記も必須《ひっす》科目だし、百姓仕事だって忙しい。親爺は、何かそういうとこだけ毛沢東してるんだなあ」

アテンション・プリーズ。これは比較的最近、西日本で流行のサ行変格活用だ。真面目に努力する、といった意味。たとえば、こんな具合に使う。

『姉ちゃん、わてと一緒に毛沢東せえへんか？』

「おおい。もう、ええかね？」

教官が、私たちに向かって叫んだ。

「あんたらが見たいだろうからってやってんだよ。そろそろ野良仕事に戻りてえんだ」

吉家は、教官のその顔から背後の山肌にカメラをパンさせた。そこに《壁》が蛇のようにうねうねと這《は》い上って行くのが見えた。

われわれは《練兵場》から別の小径を通って斜面を下った。防空壕《ぼうくうごう》の入口のようなドアから入り、トンネルを潜っていくと、コンクリートで塗り固めた地下駐車場に出た。

天井は低いが、広い駐車場だった。二十台はたっぷり停まれそうだった。そこに、東日本製の大型トラックに混ざって、トヨタのランドウォーカーやマツダのアントンやロールスロイスのピックアップが並んでいた。

ロールスロイスのピックアップ⁈　いかにも。本物のロールスロイス・シルヴァービーストの後ろ半分をトラックに仕立て直したもの。それもイギリスのコーチビルダーで。シートはコノリー・レザー、荷台には麻織りのマットが敷いてある。

「初荷に使うんです」くりくり坊主が、今度こそ本当に自慢して言った。

「六日町《むいかまち》や湯沢の村祭りに貸し出すこともあるんですよ」

「ちょっと待ってくれ」私は思わず叫び声を上げた。

「まさか、麓《ふもと》までいちいち空輸するわけじゃないんだろう」

「空輸？　――」

くりくり坊主は不思議そうに首をひねり、やがて合点がいったというようにうなずいて、

「ああ、もちろん麓まで道路はありますよ。三国峠は、我々が支配しているんだもの」

「しかし、ぼくたちはここまで二時間、道なんかない山の中をずっと歩いてきたんだぞ」

くりくり坊主はからからと笑い声をたてた。

「その方が、山岳ゲリラのアジトらしくていいでしょう。とくにTVの人には」

ご配慮かたじけない。

彼はロールスロイスのピックアップを回り込むと、奥のシャッターを開けた。

向うはトラックが出入りできるほどのトンネルで、出口の明かりが直接ここから見えていた。

案内されるまま、トンネルを出ると、その先は除雪スプリンクラーのついた立派な舗装道路だった。木立を縫ってそれがつづら折りに山を下っていた。

「君達がやるのは、テロ活動なんて滅多にしません」

「いいえ、テロ活動なんて滅多にしません」

「土木工事もするのかって訊《き》いたんだよ」

「この道路は僕たちが造ったんじゃありませんよ。大林組《おおばやし》に造らせたんです。十メートル当たり米一トンもかかったんですよ」

アテンション・プリーズ。大林組とは、西日本でもぴか一の土建会社ではないか。

そこで、私はくりくり坊主にロールスロイスをトンネルの出口まで出してもらい、それを背にして立ち、原稿にまとめた今日一日の雑感をカメラに向かって読み上げた。

最後にロールスロイスのドアを開け、カメラに手招きすると、勘どころを心得た吉家が、世界一豪華なトラックの車内にゆっくりズームさせた。

「米を運ぶため、彼らはこの車を使います。越後では、価値の中心は、金ではなく米なのです。越後は東日本ではない、と、彼らは言います。だから独立を勝ち取るのだ。すべての権力を水田に！　と。CNN、エチゴ、イーストジャパン」

「お疲れさま」吉家が、カメラを止めた。

「すいませんけど」と、ちょっと恥ずかしそうにくりくり坊主が尋ねてきた。

「ねえ、気になって仕方ないんだけど。なんで、顔を黒く塗ってるんですか。それ、大阪の流行ですか？」

いや、まったく、ほんとうに、お疲れさま。

24

夕食の後、玄関先の広間の囲炉裏端でのんびりしていると、平岡が音もなく入ってきた。どこの壁を押し開けて現れたのか、まったく判らなかった。そこら中の壁がドンデン返しの出入口になっているようだった。

私たちの近くに腰を下ろすと、彼は手にしていた鉄瓶を火にかけ、囲炉裏に薪《まき》をくべた。

それから、部屋の片隅に立って行き、板壁の一部を引っ繰り返した。そこには、出入口ではなく、四十インチの大きなTVが隠してあった。

平岡がスイッチを入れた。ブラウン管は瞬きもしなかった。何度も何度も、操作パネルに手こずった。そのうち耳たぶまで赤くなってきた。

キムが、座布団の上に放り出されていたリモコンを取り、平岡の背後からそっと電源を入れた。

「ううむ。手こずらせおって」

平岡が豪傑笑いして言った。なぜか変わらず英語で。

彼がこちらに向き直るより早く、キムはリモコンを放り出した。

「親爺に録画するよう頼まれてね」と、平岡が言った。

「へ。録画するんでっか」

キムが独りごち、平岡に気づかれぬよう手を動かし、リモコンを手繰り寄せた。

「新しいものは、用もないスイッチばかり多くて困ったものだ」

平岡がこっちに向き直って言った。その隙に、キムが録画スイッチを入れた。

ブラウン管では、東京警視庁機動隊の火炎放射器を積載した警備装甲車が、キャタピラを轟《とどろ》かせ、深夜の都会を疾走していた。

「すごい警備だ。あれを相手にするんじゃ大変でしょうね」私は、わざと薄笑いを泛《う》かべて言った。

「我々の実働部隊が、今日見せたものですべてと思うのかね」

「もしそうでないなら、なぜ隠す必要があるんですか？　ゲリラは戦力を誇大宣伝するものですよ。敵への威嚇、あるいは支援勢力に高く売り込むためにね」

「支援勢力じゃない、アメリカに、だろう？」

彼の唇が鞭《むち》になり、ビシッと音をたてて嗤《わら》った。

「言葉は正確をもって旨とする。それが私のモットーだ」

ロシア語のアナウンスが途中から絞られ、同時通訳の英語がそれに重なった。

「札幌に集まった農民、労働者、学生の群れは、何を要求するのでもなく、何か行動を起こすでもなく、大通公園一帯を、ただ歩き回っているだけでした」

ロシア語のアナウンスに英語の同時通訳？　私は首をひねった。

「昨夕、東京政府より解散命令が出されても収まらず、夜になるにしたがい、ますますその数は増える一方で、――」

「西の電波が入るんですか」と、私は尋ねた。

「このあたりは何とか。しかし、西と東では、ご承知のとおり放送方式が違うので、西側の報道はまず一般の目に触れない。衛星放送ならよかろうが、これはシステムが高価でなかなか手が出ない。その上、アンテナが警視庁の連中に見つかれば、その場で一家諸共《もろとも》、研修所送りだ。まあ、衛星放送を受信できるのは、この新潟の人間ぐらいだな」

「それも、みんな田中さんのお陰だ」

「そうは言わんよ。親爺《おやじ》も、我々も」

「民衆の力ですか」

「いや、米の恵みだ。天の恵みです」

私は息を吐き、機動隊の築いた人間バリケードの前に、ただぼんやり立ち尽くす札幌の群衆に目を細めた。彼らは、よく見ると、ただ立っているだけではなかった。じりじりと前進していた。叫ぶわけでもなく、拳《こぶし》を振り上げるわけでもなく、ただじりじりと前へ、そして機動隊は、その沈黙の密集に怯《おび》えるように楯《たて》を高く掲げ、わずかにわずかに後退《あとずさ》りしていた。

これはいったい何なんだろう。これが、この国のデモというものなのだろうか。私は首をひねった。

群衆に、はっきりした意思があるようには思えなかった。中には、後ろに向かって『押すな』と怒る者さえいた。だれも押してはいないにもかかわらずだ。

「平岡さんは、国としての西日本をどう思われているんですか」と、私は尋ねた。

「国ね。《壁》の西は、富を得て国家を失ったような場所だからな」

「これは意外だな。では、どんな国家がお望みなんですか」

「さあ」と、彼は言い、口の端に手榴弾《しゅりゅうだん》のピンのような笑いをそっと浮かべた。

「沈黙を破ったのは、機動隊が先でした」と、TVが言った。

顔を血で赤くした若い娘が、機動隊員に髪の毛を摑《つか》まれ路上を引きずられていた。彼女は、それでも無抵抗で、されるがままになっていた。

「いくらロシアのTVだからって、こんなにえげつないところをよく撮影させましたね」キムがわれわれに合わせて英語で呟《つぶや》いた。

「不思議なのはそんなことじゃない」と、私はつい聞き返した。

「反政府デモなんだぜ。なぜ声を上げないんだ。なんでシュプレヒコールひとつ叫ぼうとしないんだ」

どす黒く凍った残り雪で拵《こしら》えたバリケードが映された。今度は、アナウンスがなかった。ライヴの音は入っていた。にもかかわらず、ああ、とか、うう、という獣のような叫び声しか聞こえなかった。バカ野郎！　の一言さえ聞かれなかった。不思議な静けさのなかで、物事が粛々と進められていた。そこでは暴力も、手順のひとつに過ぎないのだ。

「馴《な》らされているんだ」平岡が言った。

「何にでも、素早く馴れてしまう。これが、諸君ら西欧人が言う『日本の美徳』を陰で支えているんだ」

私は返答に窮した。なぜ、言葉が出てこないのだろう。一、二、三を数えて、やっと訳が判った。日本人から、アメリカ人ではなく西欧人と呼ばれたことに、なぜか私は度胆を抜かれていた。

いつだったか、フィリピンで国際会議を取材中、デモ隊の学生から『ヤンキー・ゴー・ホーム！』と面と向かって叫ばれたことがある。私は、一瞬、『ヤンキー』を探してあたりを見回してしまった。いや、あのときの戸惑いとは較べものにはならないが。

「日本人には戦争のデザインがない。どうせ、また同じことだ」

平岡は構わず続けた。

「何と同じなんですか」

「たとえば、――」彼にしては珍しく、目を伏せて言い淀《よど》んだ。

「たとえば？」

「そう、ご存じかな。戦後、東でも民衆の蜂起は何度かあった。一九六〇年代の終わり、パリの五月でしたか、西側自由社会の学生が総叛乱《はんらん》を起こした。西日本では京大の西部講堂が炎上した。あのころにも」

「へえ、それは初耳だ」

「東京政府は当時、鎖国政策をとっておったからな」

「それで？　その蜂起《ほうき》はどうなったんですか」

「だから、馴れたんです。負けることに馴れるため、事を構えたようなものだ、ああした輩《やから》は、――」

「田中さんは、そんなふうには言わないでしょう」

「言うも何も、親爺は東京の連中に興味はない」

ピーンという電子音がして、画面の上端にテロップが流れた。

《ANNニュース速報／今夕、中曾根書記長が抜き打ちでハバロフスク訪問》

「ううむ、これだな」平岡が独りごちた。さすがにこればかりは日本語で。

吉家は抜け目なく、とっくにマイクロキャムでブラウン管を映していた。

なるほど、これだ。私は、今朝、越後湯沢の軒先で見かけたニュース速報を思い出した。大日本国首相、吉本シヅ子が突然、北京を訪れたという一報だ。まったく同じ日、偶然にも東西ふたつの日本の指導者が外遊するなどと、どこのどいつが信じるだろう。ハバロフスクと北京は千マイル近く離れているが、そんなもの、東京と大阪の五百キロに比べたら、自転車でも行き来できる距離ではないか。

私が口を開けようとすると、電話が鳴った。

平岡が電話機の前に行き、そこで正座した。躾《しつ》けのいい子供が玄関に客を迎えるような恰好《かっこう》で、彼は電話を取った。

何度か受話器にうなずき、懐から革表紙の手帳と金張りの万年筆を出した。キャップを開け、万年筆を握ったが、最後まで手帳には何も書き込まなかった。

話は短かった。平岡の声は、ここからでは聞き取れなかった。戻ってくると、万年筆を指揮棒のようにふりながら、しばらく何か考え事をしていた。それから私に向き直り、

「親爺は帰れなくなってしまった。実に申し訳ない。詫《わ》びていました。インタヴューは明日《あした》の午後に応じるとのことです」

言って、いきなりくるりと向きを変え、階段の方に歩きだした。

ニュースはすでに終わり、コマーシャルが始まっていた。

シルクハットを被《かぶ》り、水玉の蝶《ちょう》ネクタイをしたマイケル・ジャクソンが歌いだした。こんなふうに。

「初恋の味、春の夢。カルピス飲んでカンカン娘」

25

翌朝、私は鳥の声で目を覚ました。

声もメロディーもカルピスのコマーシャルソングによく似ていた。全世界でビリオンヒットになった〝ビート・アップ〟だ。

寝しな、賄いの女が運んできた越乃寒梅は、どんな酒より水に近かった。それも、世界一旨《うま》い水だ。そして、どんな水より酒に近かった。もちろん世界一旨い酒に。

違うが同じで、同じが違う。これは、父がいつも口ずさんでいた日本の民謡だ。しかし、その歌詞は英語で、メロディーは〝ロンドン橋落ちた〟だったので、原曲がどんなものなのか、私には判らない。いやはや。

越乃寒梅が、お腹の中で、その原曲を歌ったような気がした。

『違うが同じで、同じが違う。裏が表で外が内。私の背中は誰だ』

これほどよく眠れたことは、これまで一度もなかった。

目が覚めた瞬間から、私は起き上がり、普通の速度で動きだした。気がつくと、もう服を着て靴下を履いていた。

私たちにあてがわれたのは、違い棚と床の間がある大きな畳の部屋だった。あまり広いので、真ん中に敷いた三人分の布団が、食べ残しの焼き餅《もち》のように見えた。そこで、吉家とキムはまだ眠っていた。

私は、枕元に用意された洗面道具（航空会社がビジネスクラスの客に配るものよりよっぽど立派だった）を手に、二分の一拍子のリズムで、洗面所へ歩いた。

洗面台は竹でできていて、真正面全部が窓だった。鏡は、すぐ脇の壁に雑誌ほどの大きさのものがひとつ、日本では、こうした作りの洗面台が少なくない。鏡が無いことだってある。自分が誰なのか、ことあるごとに鏡に向かって確かめる必要がないのだろう。

そこで顔を洗い、歯を磨いていると、目の前の窓から、植え込みの向こうを歩いてくる廣子が見えた。

目覚めた瞬間から頭ははっきりしていたのだ。間違いない。たしかに廣子だった。

彼女はグレーのオーヴァーを着て、無地のスカーフで首から下を覆っていた。今日は、髪を巻いていた。歩くたび、ウエーヴが朝日に揺れた。

廣子はすぐに私に気づいた。はにかむように笑って、お辞儀をした。私が頭を下げると、またお辞儀を返し、お辞儀を仕掛けたままのポーズで歩きだした。決して無礼な様子でなく。これは昔の日本女性だけに可能な至芸だった。

彼女は木陰に消えた。風が匂った。海棠《カイドウ》の花が窓辺に揺れていた。

私は髭《ひげ》を剃り、顔を洗って、廊下に出た。囲炉裏とは違う方向から、いい匂いがしていた。葱《ねぎ》と味噌《みそ》と鰹節《かつおぶし》の匂い。田中の一党は世界一贅沢《ぜいたく》な山岳ゲリラだ。

廊下の突き当たりに広い土間の部屋があり、カマドでは鍋《なべ》がふつふつ煮立っていた。

土間の向こう側には、中央に卓袱台《ちゃぶだい》を置いた板敷きの部屋があり、私に背を向けて正座した平岡が盛んに手を動かしていた。

私がぼんやり立っていると、障子戸が開き、廣子が入ってきた。

「おはようございます」と、私に声をかけた。

その声に、さっと平岡がふり返った。

「君！　映しちゃいかん！　ま、まさか、映しちゃあいまいな」

日本語だった。言いながら立ち上がり、あたりを見回した。

箸《はし》と小鉢を左右の手に持っていた。納豆をかき回していた様子だった。

カメラがどこにもないことに気がつくと、じろりと私を睨《にら》み据え、座りなおした。

「食事中に失敬な真似をしちゃいかんよ」

気を取り直し、英語で言うと、口の端にねばねばした納豆の糸が光った。

さても面妖《めんよう》な。平岡は何にそれほど慌てたのか？

彼は、何事もなかったかのように膳《ぜん》につき、茶碗《ちゃわん》を手にしていた。しかし、耳たぶから頬骨にかけて真っ赤に火照っているのを私は見逃さなかった。

いつの間にか、納豆だけが卓袱台の下に隠されていた。

いやはや何とも面妖な。

廣子はくすくす笑いながら、私のすぐ近くまでやってきた。

「ええと、お名前は？」

私が口を開きかけると、彼女は笑ってスカートのポケットから私の名刺を取り出し、それに目を細めた。その目が丸くなった。ちょっと困って、また笑った。

「Pちゃんね」と、彼女は言った。

「何だって？」

「この字しか読めないのよ。プリンスのPでしょう？」

プールのPとかプアーのPとか言われたのなら、私も黙っていなかったろう。それも、彼女以外の誰かに。

「プレスのPだよ」私は負け惜しみに言った。

「本当は、ゲスの勘ぐり《フィリスチニズム》のPなのさ」

「お名前じゃないの？」彼女は心配そうに訊《たず》ねた。

「それが名前みたいなものさ。君もこの組織の連絡員だったんだね」

「連絡員？」彼女はまた笑い声をたてた。

「とんでもない。ただ、お手伝いをさせていただいているだけよ」

「君！」平岡が居丈高な英語で私を呼んだ。こっちには目もくれず。

「君、ちょっと来たまえ」

廣子は頭を下げ、お辞儀をしながらがらり戸の向こうへ歩いて行ってしまった。

私は、板の間に上がり、平岡のそばに座った。

今朝の彼は、黒いジーンズを穿《は》き、ぴったりした黒のポロシャツで鍛えあげた胸の筋肉を強調していた。

「連絡員だなんて失礼を言ってはいかんよ」

「それはすいません。昨日、麓《ふもと》の町で会ったものですから」

「縁は異なものというやつか」平岡は鼻で笑った。たとえ胃袋が七十もある牛だって頭にかちんと来るような笑い方だった。

「彼女は親爺《おやじ》の養女なんだ。――そんなことより、君たち、《壁》でトラブルがあったそうではないか」

廣子が塗りの膳を運んできた。私の前に置くと、伏せてあった茶碗を取り、お櫃《ひつ》からつやつやした飯をよそり始めた。

彼女はオーヴァーを脱ぎ、目が覚めるほど白い割烹着《かっぽうぎ》に着替えていた。

「お崩しになって」と、廣子が日本語で言った。

崩せと言われたのは正座した足のことだ。もちろん態度のことではない。

「いただきます」

私は鼻先に手を合わせ、両方の親指で箸を挟んで一礼した。

「どうぞ、召し上がれ」

私はたじろいだ。いやはや、日本語をしゃべるようになって二十年、沢山の日本人と会ったが、『いただきます』に『召し上がれ』で応じたのは、後にも先にも彼女ひとりだった。

「黙っていられたら、こちらとしても困惑するだけだ」と、平岡が重ねて言った。

「申し訳ない。隠していたわけじゃないんだが」

「まあいい。米一俵で、もうケリをつけた」と、牛をも怒らすあの笑顔で言った。

「警視庁の連中なんて、一俵もやれば何でもする。一俵あれば三人家族が半年食える。奴らだって東京の家族を食わさなきゃならん」

「東京警視庁の職員といったら特権階級でしょう。米に困るようなことがあるんですか」

「何も知らんのだな。東京の赤色官僚は北鮮のアパラーチキとは違う。食う米には不自由しておらん。しかし北関東の米なんて、君、人間様の食べ物じゃない。昨日、親爺が言ってたろう。大阪では家畜の飼料にもならん代物だ」

「おいしい？」

廣子が私を覗《のぞ》き込んだ。彼女は、膝頭《ひざがしら》がくっつくほど近くに座っていた。白い割烹着が、雪見障子からやってくる朝日にハレーションを起こした。

「とっても」と、私は慌てて言った。

「飯と味噌汁と納豆があれば言うことはない。これで、ご飯の上にベーコンエッグが乗っていたら、もう天国だ」

「ベーコンエッグ！」平岡が、また鼻で笑った。

「ご飯にベーコンエッグか。アメリカ人らしいご意見だ。朝鮮でもインドシナでも同じ。半可通を腕力でゴリ押しするのが貴公らの流儀だからな。そのうち、ベーコンエッグ丼なんてものが、蕎麦《そば》屋のメニューに加わるだろう」

実は、すでにこのころ、西日本では蕎麦屋のメニューに加わっていた。商品名は、

《ベー丼》

アテンション・プリーズ。無論、ベーは米国のベーだ。なぜ米丼と書かないのかって？　それでは言葉にならないから。（かように、日本語は難しい）

平岡はむっつりした顔で立ち上がると、懐から出した紙きれを手渡し、

「午前中のスケジュールだ」と言って、食堂から出ていってしまった。

紙きれの内容は次のとおり。
『食後三十分――米の貯蔵施設。(見たければ)
その後数時間――米の搬出路。(興味があれば)
問答は随意。
昼食後、党首会見。時間未定。
会見後、六日町に出立。
以上』

「あたしも行こうかしら」と、廣子が言った。

「願ってもない。彼は、ぼくを嫌っているらしいからね」

「何を言ったかわからないけど、怒らないでね」

「何も怒っちゃいないよ。今朝のぼくは、胃袋が千もある牛みたいに気が長いんだ」

そこへ、吉家とキムが入ってきた。

キムはもう仕事着に着替えていたが、吉家は丹前をだらしなく羽織り、廣子の姿に気づくとあわてて前を掻《か》き合わせた。それでも襟元から下着が見えていた。

丹前とは、綿の入った浴衣《ゆかた》のことだ。いわゆる東京官話では〝どてら〟という。

「嫌いな相手には、喧嘩《けんか》どころか洟《はな》もひっかけないような人よ」廣子が言った。

「なぜ、彼は日本語で話そうとしないんだろう」

「恥ずかしがっているだけなのよ。上手に恥ずかしがるのが苦手なの。風船みたいに複雑な人だから」

私は、ライシャワー博士の言葉を思い出した。それは、卒業式の後、恩師から贈られた最後の言葉だった。

『いいかね。英語が堪能《たんのう》で、ことにそれを自負しているような日本人の前で、決して日本語を使ってはいけないよ。不思議なことなんだが、彼らはそうすると、父親から、お前は俺の子ではないと宣告された子供のように萎縮《いしゆく》してしまうんだ』

いや、本当、それは私も何度か経験した。しかし、萎縮するどころか、ますます嵩《かさ》にかかって英語をしゃべりつづける日本人には、まだ会ったことがない。そう！　こうした人間心理の奇っ怪な奥深さを、日本の諺《ことわざ》は茶道に譬《たと》えて伝えている。こんなふうに。

《茶の道はヘヴィー》

吉家とキムに朝食を出し、ご飯をよそり終えると、廣子はまた私の横に座布団も敷かずに座った。

「ハナコさんという女性を知っていますか」と、私は尋ねた。

「いいえ」彼女は首を横に振った。なぜ？　と言うように真っ直ぐ私を大きな瞳《ひとみ》で見つめた。

「君にそっくりなんだ。生きていれば、もう七十歳にはなるんだろう。ぼくが見たのは二十代のころの写真だけなんでね。父が持っていた写真だ」

「お父さまも、日本にいらしたの？」

「戦争が終わってすぐ。七年間」

「まあ、ずいぶん長く」

「そう、例外的に長く。本人の希望で。――君は、お母さんによく似ているんじゃないか」

「残念ね。私の顔は祖母に瓜《うり》ふたつだって、田中の小父《おじ》さまがよくおっしゃるわ。母は祖父似だったんですって。それに母は、戦後の西日本には行ったことがないの。母は満州で生まれたのよ。子供のときに祖母から引き離されて、祖父と一緒に日本に引き揚げてきたの。祖母は、昔、あちらでは有名な女性だったようよ。それで、祖父とはついに結婚できなかったのね」

「お祖母《ばあ》さんは、まだ生きてらっしゃる？」

「いいえ。戦争が終わった直後、亡くなったわ。日本へは帰れぬまま。でも、詳しくは知らないのよ。誰も教えてくれないんですもの」

「お母さまは？」

「母も私がまだものごころつく前に、――」

彼女は言いよどみ、膝《ひざ》の上で両手を握りしめた。

「東京で活動中に父ともども、機動隊につかまって、――裁判も行われぬまま、二度ともどってこなかったそうよ」

私は腰にぶら下げたケースから、マグネラマを取り出した。

最近のマグネラマは、薄暗い場所なら投写モードでスクリーンや壁に映像を出すことができる。スクリプトワーカーの液晶ディスプレイに画像を立ち上げることもできる。

しかし、廣子は、《タイガーリリー》でフラメンコを踊っていた〃ハナコ〃さんも、もちろん春子も、知りはしなかった。

あいにく、父が大切にしていた世界でたった一枚のハナコさんの写真は、父と一緒に墓石の下で眠っている。

「あら、いやだわ。これ、ジーちゃんじゃない」

彼女は、マグネラマの記録ディスクを早送りしていた手を止め、歓声を上げた。

廣子は頭を前後にふって、おかしそうに笑った。彼女が笑うたび、私の胃袋は、百ずつ増えていくような気がした。いや、まったく、掛け値なし。

正面の襖《ふすま》には《タイガーリリー》で凄味《すごみ》をきかす、ペパー軍曹が映っていた。

廣子はまた笑った。

「ちょっとお待ちになってね」と言い、奥へ引っ込むと、名刺を一枚、持って出てきた。

こんな名刺だ。

《ゴルバチョフ極東シベリア共和国大統領私設顧問
同国貿易省特別利益代表団参事
オーリック・G・ペパー》

私はさっそく、それをマグネラマで記録した。

「小父さまのところへ、ときどき来るのよ。日本語がしゃべれないから、どこの国の人かも存じあげないけど」

「多分アメリカ人だ」

「なんて書いてあるの？」

「胡椒《こしょう》とガーリックをロシアから売りにきたオーリックさん」

「そんなもの、間に合っているのに」

そのとき、キムが悲鳴を上げた。

「ギャーッ」と、本物の悲鳴を。

平岡が卓袱台《ちゃぶだい》の下に隠していった納豆の小鉢に、足を突っ込んでしまったのだ。

納豆でべたべたになった靴下を脱ぎながら、キムは泣きだした。

「こら、もう、わやや。何もかも、わややねん。ナット踏むなんて！　同じ踏むなら地雷のほうが何ボもまっしや」

26

米の貯蔵施設は、日差しも届かないような谷底にあった。

「五月にならんと、雪も溶けない」と、平岡がコメントした。

米倉は谷底に折り重なるようにしてこしらえた幾つもの雪のドームだった。その中には建築用のビニールシートが敷きつめられ、俵で梱包《こんぽう》した米が山と積んであった。ドームはエスキモーの氷の家と同じ形をしていたが、大きさはその倍、突き当たりの壁には紙のお札が張ってあった。

《家内安全・毘沙門天《びしゃもんてん》》

アテンション・プリーズ。毘沙門天は、いわゆる日本の四文字言葉ではない。

吉家は、キムにバッテリーライトを持たせ、ドームの中を撮影していた。

私は、マグネラマのボイスリンクをメモ代わりにして、平岡に質問した。

「なぜこんな不便な場所に？」

「米は刈り入れしたばかり、新米と呼ばれる時期が一番旨《うま》い。しかし、十一月ともなれば雪で、この先は道が塞《ふさ》がってしまうんだ」

「すると、米はこの山を越えて運ばれているんですか」

彼は返事もせず、含み笑いをして鼻から息を吐いた。気分の悪い音がした。

飯を食べてからずいぶん経っていたが、私の胃袋はまだ百かそこらあるような具合だった。

何しろ平岡のすぐ後ろでは、廣子が、デビー・クロケットみたいな毛皮の帽子をかぶってにこにこ微笑んでいたのだから。

「雪が道を閉ざすまで、運べる量にはかぎりがあるわ」と、その廣子が代わりに答えた。

「でも、雪解けまで待って味が落ちてしまったんでは新米の名で売るわけにいかないでしょう。小父さまも、西側の冷蔵庫を色々と試したんだけど、こうして春まで寝かせておくのが、お米には一番だったの。これだと、春まで味が変わらないのよ」

「こんな場所に放っておいて大丈夫なんですか。国境はすぐそこなんでしょう」

雪と土で斑《まだら》になった渓谷に、平岡の豪傑笑いが谺した。

「いかにも。その崖《がけ》の向こうは、もう関東だ」と、彼は言った。

私はマグネラマの集音スイッチを切り、ちょっとの間、考え込んだ。私が国境というと、平岡は向こう側は関東だと答えた。もちろん越後と関東のあいだに『国境』など存在していない。ここで国境の向こうと言ったら大日本国の信州だ。

「《壁》は遠いんですか」と、私は言い直した。

「いや。《壁》は数キロ、警戒地域までなら一キロと離れておらん。しかし、奴らは絶対にこっちへはやってこない」

と、平岡が言った。やはり、『向こう側』も『奴ら』も《壁》の西側のことではない。すると彼の言う『こっち』は、いったいどっちなのだろう。

「東京警視庁の群馬機動隊は、何俵で買収したんです？」と、私は尋ねた。

「北関東の犬に、米などくれてやるか。——いいかね？　われわれは越後の人間だ。そして、東京と戦争をしている。止むに止まれぬ力の行使に、何のためらいがあるものか」

言って、彼は時代がかった仕種《しぐさ》でぱっと手を挙げた。

崖の反対側斜面で、そこここに待機していた越山隊の若者たちが、一斉にリュックを下ろし、中から銃身の短いマシンピストルを出すのが見えた。

一番近くにいた例のくりくり坊主が、錦織《にしごり》の袋包みを持って、小走りにやって来た。平岡はそれを受け取り、袋の紐《ひも》をほどいた。

中からは立派な日本刀が出てきた。

グリップには粒の大きな鮫皮《さめがわ》、鍔《つば》には亀に乗った漁師の透かしが彫ってあった。

「有名な刀ですか」

「美濃守《みののかみ》、関孫六《せきまごろく》」うめくような声で言った。さすがにそこだけは英語ではなかった。

「この先、《壁》までの搬出路は危険だ。貴公らには私の指示に従ってもらう。君のスタッフにもよく言い聞かせてくれたまえ」

それから、くりくり坊主に向き直り、

「塚崎。貴様は廣子さんを堅守するように」

くりくり坊主こと塚崎竜二青年は、スリングベルトで吊《つ》ったマシンピストルに手をあて、こくんとうなずいた。近くで見ると、それはイスラエル製のウジだった。

「あら、いやだ」彼女は大きな目をぱちくりさせた。

「この三国のお山は、隅から隅まで小父さまの庭よ。何の心配もいらないわ」

私はマグネラマで記録し、小声でボイス・メモを取った。

『彼女の脚は思ったよりずっと長い』と。

廣子はジーンズを穿《は》いていた。頭にはアライグマの尻尾《しっぽ》が生えた毛皮の帽子、靴はトレッキング・シューズだった。

私はまた記録した。

『ウラジオストック兵器廠《へいきしょう》製造のホーキンス』

それから、平岡のほうをじっと見つめると、彼は困ったような顔をして、

「たしかに、三国峠はわれわれが制圧している」と、言った。

それから号令をかけ、先頭に立って石炭殻を敷きつめた道を歩きだした。

私は彼に追いすがって尋ねた。

「清水トンネルの崩落は、やっぱり自然災害じゃなかったんですね？」

「そんなことはない。あれは、親爺《おやじ》の言うとおり自然崩落だよ。中曾根は国防と治安にばかり金を使って民生はなおざりだ。ことに地方は奪うばかりで何ひとつ与えようとせんのだ。あのまま放っておけば、清水トンネルは未曾有《みぞう》の大災害を起こしたろう」

「放っておけずに、どうしたんですか」

「真夜中、列車がまったく通っていない時間を見計らって、刺激を与えたのだ。昨日、親爺が言ったことに嘘はない。決して、われわれが爆破したわけではないんだ。すでにあのトンネルは、指で押してやれば、いつでも倒れる重病人だった。親爺が、オジヤの技師を呼んで、そのツボを指で押してやったのさ」

「オジヤ？」

アテンション・プリーズ。オジャとは、鍋《なべ》料理の残りの汁に、飯を入れてぐずぐずになるまで煮たものだ。

ボルティモアの病院に入院が決まったとき、父は私の手をぎゅっと握り、言ったものだった。『何てえ不幸だ。アメリカの病院で死ぬなんて。死ぬなら、おまえ、日本の病院に限るぞ。なにしろあっちじゃオジャが病人食なんだからな』と。

そのとき、父は首から下、ほとんどがサボテンになっていた。もちろん、手も。柩《ひつぎ》に入って帰ってきたときは、顔までサボテンになっていた。しかしまだ当時は、私も母も、富士山の残留放射能とかいうものが、いったいどんな代物か正確には知らなかった。だから、母が柩を見下ろしこう叫んだからといって、誰が彼女を責められるだろう。

『オジャなんか食べたからだよ。あんた。ニッポンで納豆だの豆腐だのオジャだの、碌《ろく》でもないもんばっか食べたから！』

しかし、その点を問いただすと、平岡は鼻を鳴らして冷笑した。

廣子がすぐ近くで微笑んでいなかったら、胃が三十ほど減っているところだった。

「小千谷《おぢや》は町の名だ。江戸時代から花火の製造で有名だった町だ。ひところは君、小千谷の花火師なしでは、クレムリンは革命記念日も祝えなかったものさ」

なるほど、さもありなん。日本の花火はつとに名高い。自動車産業がそうする遥《はる》か以前、日本の花火産業は世界中の花火工場を倒産閉鎖に追い込んだ。花火によってだけ得られる宗教的な一体感を、日本ではこう呼んで他と区別している。

スターマインシャフト。

「なるほど、日本の花火があれば、トンネルのひとつやふたつ、通れなくするのはたやすいだろうな」と、私は言った。

吉家は、もうずいぶん前から、こちらにレンズを向けていた。

「トンネルと言えば、弾丸列車はどうなったんですか。西日本の新幹線にそっくりな高速列車を新潟まで走らせると、たしかもう十年も前に発表しましたよね」

「あんなもの、走るものか」平岡の唇が、重ね合わせた安全カミソリのようにくねっと動いた。「東京＝仙台の弾丸列車だって、年中故障して止まってるんだ。中曾根とその一党は、越後へ来ては手当たり次第、そこらの山を指さして『あそこにトンネルを掘ります』『ここにトンネルを掘ります』『弾丸列車の駅をつくります』『高速道路で東京とつなげます』などと、爺婆《じじばば》相手に空念仏を唱えているが、なあに、東京の犬どもが三国峠を越えられるものか。——いいかね、君、われわれの秘密兵器はオジヤだけじゃないんだぜ」

私は記録を取る手を止めた。

さてはて、今度はどっちのオジヤだろう？

道が急になり、私はすぐに息を切らした。聞きたくても、もう何も聞けなかった。廣子が見ていなかったら、しゃがみこんでいたかもしれない。

そうこうするうち、西側の尾根のずっと上に《壁》が姿を現した。その側面には大きな字でこう書かれていた。

《思いだせ。逃げだす前に親兄弟》

吉家は、すぐさま立ち止まり、それをパンで捉《とら》えた。

もう少し行くと、また別の文字が書いてあった。こんな奴が。

《安・全・第・一》

一時間ほど歩いたあと、平岡は全員に停止を命じ、くりくり坊主を呼び寄せ、斥候に出した。

「十分休憩する」

昨日とは打って変わった規則正しさで、全部で七人の若者たちはきびきびと軍装（と、それが呼べるなら）を解いた。つまり、銃とずだ袋と安全ヘルメットとゲートルを。

廣子は古新聞を出し、雪をよけて地面に広げた。魔法瓶のミルクティーをカップに注いで、私に手招きをした。

「クッキーはいかが？」

「何だか楽しんでいるみたいですね」

「そう？」黒目をくるりと回し、くすくす笑った。

「不謹慎かしら」

「あなたがじゃない。平岡さんがこの行軍を」

「東京ナロードニキ大学を首席で出たのよ」と、彼女は秘密めかして言った。

「モスクワのジュノヴィェフ経済大学に留学して、そこでもトップだったの。正式には二番だけど、トップがスターリンの娘だったんだから、実質、彼が一番に違いないわ」

「それが、なぜ？」

「ある映画を観て、考えが変わったらしいわ」

「何ていう映画ですか」

「アメリカの映画よ。名前は忘れちゃったわ」

彼女は、少し後になってその題名を思い出した。つまり、あの有名な、

〝スパルタカス〟

「それでね」

と、まだ題名を思い出す前、廣子は言った。体をずっと近づけてきた。

「そのことを、皆に忘れていてほしいのよ。ここの人達は、たいてい百姓や猟師や花火師の子でしょう。若い根っこの会どころか、労農少年団にも入れなかったような子たちばかりなんですもの」

アテンション・プリーズ！　若い根っこの会とは、東日本版の共産青年同盟、――統一労働者党の幹部候補生を育てるための組織《日本レーニン主義振興会》の地方細胞のことだ。幼年部はボーイスカウトみたいなことをしている。消防訓練をしたり道路の掃除をしたり朝の通学路で交通整理をしたり、――ときには主婦の不倫を摘発することもある。

「だから、こうして体を使うことにはことに一生懸命なの、平岡さんは」

廣子は言って、クッキーを差し出した。クッキーは蕎麦《そば》粉の味がした。

「あなたは、何でこのお仕事をなさってるの？」

「父が日本を好きだったんだ。子供のころ、その話ばかり聞かされて育った。大学で日本語を学んでね、取りあえず、日本に行かせてくれるというので、この仕事についた。それからずっと、似たような仕事を転々としている」

「楽しいお仕事なんでしょうね。――日本だけじゃなく、世界中に行けるんですもの」

「ただがっかりするために、混雑したバカンス期のオートキャンプに出掛けるのと同じさ」

廣子はおかしそうに喉《のど》で鈴を鳴らした。

「あなたの言うこと、よく判らないわ」

「聖書を読んだことがある？」

彼女は、目を丸くして頷《うなず》いた。

「キリストという事件に関して、マタイは腕のたつ新聞記者だった」と、私は言った。

「キリストって事件だったの」

「もちろん。他の何ものでもない。——その事件に関して、マルコは一流の文明批評家だ。ルカはなかなかの戯作者だった。ヨハネは社説に腕をふるった。そしてユダこそＴＶジャーナリストなんだ。ありのままを伝える義務に責め苛《さいな》まれるあまり、ありのままの現実にいつも我慢できない」

「どういうことか、よく判らないわ」

どういうことか、判るだろうか。

こういうことだ。

ちょうどこの時、私はすっかり退屈していて、心の奥底では平岡の刀がばっさり敵を斬るとか、いきなり機銃弾が二、三人撃ち倒すとか、まあともかく何か事が起こるのを、今や遅しと待ちわびていた。下手をしたら、つい自分からそのきっかけをつくってしまいそうなほど。

「きょうけーん！」

と、全員を呼び集め、平岡が行軍再開を告げた。場所をわきまえぬ大声で。いや、まったく、機動隊やら地域統制部やら、その他の官憲がうろうろしているこんな場所で。

「困りましたね」

早足で私に並び、吉家が囁《ささや》いた。

「子供会のピクニックみたいな絵しか撮れてないんですよ」

そこで私はキムに言ってピンマイクを用意させた。

それを自分のウインドブレイカーの喉元にクリップで留め、発信器を尻《しり》のポケットにねじ込んだ。

道が平坦《へいたん》になったところで、平岡を呼び止め、彼にもピンマイクを仕掛けた。

「歩きながら、二、三質問したいんです」

吉家とキムが前に出て、カメラをこちらに向けたまま、後退《あとずさ》りで私たちを映し始めた。

「顔は後でモザイク処理しますから」と、私は言った。

「いや。顔を消すなど猥褻《わいせつ》だよ、君。顔を隠すような発言など、私はしないぞ。男の顔は履歴書だからな」

平岡は山の空気がじんと痺《しび》れるほどの大声で笑った。

くりくり坊主だけは苦笑を返したが、あとの若者は終始無言で前を睨《にら》んでいた。うまい具合に、雪をかぶった木々の陰から再び《壁》が姿を現した。それはもう、手を伸ばせば届きそうな所に迫っていた。

キムが、カウントを数えた。4、3、2、……キュー！

「先程、危険地帯だと言われていましたが、現実に、どのようなことがあったんですか」

私は尋ねた。もちろん英語で。すると、

「数年前、東京警視庁北部方面機動隊とのあいだで、戦闘が行われたこともあります」

彼は折り目正しい日本語で応《こた》えたのだ。

吉家の背後で、彼に手を添え、よろけないよう支えていたキムが、目を丸くしてこっちを見た。その拍子に歩調が乱れ、吉家はカメラをガタッと揺すってしまった。

「しかし、米の搬出による利益は、この地域のすべての人々の生活を支え、社会秩序をさえ支えています」平岡は構わず、言葉を慎重に選びながら続けた。

「だから、決して本格的な戦闘ではなかった。つまり、彼らもまた同じ利益に拠《よ》って立っているのです」

「そこに、変化が起きたんですね」私は、少々どぎまぎしながら日本語で訊《き》いた。

「そう。《壁》の手前より、今では《壁》の向こう側、西日本側がより危険なのです」

「西日本政府が、あなたたちに攻撃を加えたんですか」

「いかにも」平岡はカメラに頷いた。ここに至ってやっと気づいたのだが、彼はすっかり上がっていた。いや、まったく、コチコチに。

「西日本政府は、不当なことにわれわれの米を外国産米だとし、食糧法違反だと主張しているのです。東側政府との間に何らかの秘密取引が行われたのか、あるいは西側農業団体との選挙目当ての政治取引か、そこは判りませんが、いずれにしろ彼らは、困難な状況のなかで自由と民主主義のために戦っているわれわれ東側の稲作農民を裏切り、犠牲として差し出した。すでにわれわれは、軍事圧力を受けています」

「実際、どのような？」

「昨年十月、我々の同志が、この《壁》を出てすぐの大阪政府支配地域で殺されました。彼らは警官だけではなく、軍隊まで動員して我々の殲滅《せんめつ》を企てているのです」

「銃撃を受けたんですか」私は、彼の方に身を乗り出した。

「ご案内のように、《壁》は東西軍事境界線から、多いところでは三百メートルほど東側に奥まって建設されました。つまり、《壁》の西側には所有者不明の土地が太平洋から日本海まで延々と残されたのです。西側の法律の規制を受けず、東側も手出ししない、言わば幽霊国土です。それをもっけの幸い、西側業者の手によって次々とゴルフ場が造られたのです」

「それがどうしたんですか？」

「逃げまどった同志が、そこへ迷い込み、ゴルフボールの直撃を受けて死亡、そのとき搬送中だった米は、当のゴルファーに持ち去られたと聞いています」

吉家が、ファインダーに当てていない方の目を、ぱちりと開いた。

「どうもありがとうございました」私は言った。

吉家がマイクロキャムを止めた。

キムが、ピンマイクを受け取ろうとこっちに一歩。また、一歩。

ヘリコプタの爆音が聞こえたのはこのときだった。

それは、西の空から木立の上に、いきなり姿を現した。

今、《壁》は視界になかった。両側を木立に覆われたゆるやかなスロープに、私たちは扇形に広がり、西を目指していた。

雪を被《かぶ》った針葉樹、裸に剝《む》けた落葉樹、スロープのずっと上を覆った灌木《かんぼく》、——木々のせいで空はわずかしか見えなかった。

そのわずかの光を、機影が黒々と覆った。

同時に、遠くで何かが破裂する音が聞こえた。小さいの、大きいの、重いの軽いの乾いたの、それが折り重なり、ごちゃ混ぜに続いた。あたりがまた薄明るくなった。

「走れ」と、平岡が言うより早く、みんなスロープを駆け上がっていた。

雪を蹴《け》散《ち》らし、灌木を抜けると、真正面にコンクリートの《壁》が立ちはだかった。

勝手を知っている若者たちは、《壁》沿いに左へ走った。吉家が遅れていた。

報道カメラマンに、カメラを棄てろと言うのも無理な話だ。それどころか、

「映せ。ヘリを映せ」と、私は叫んでいた。もちろん左に走りながら。

吉家はぴたりと立ち止まった。しかし彼は、ヘリとは別の、とんでもない方向にカメラを向けていた。

走りながら二度、三度とふり返り、何を映しているのか判った。判ったと同時に、私も立ち止まっていた。

山の遥《はる》か足許《あしもと》から、真っ黒な煙が立ちのぼり、しんとした空気に荒々しく踊っていた。その根元で、ぱっとオレンジ色の火の手が上がり、光が爆《は》ぜた。ちいさな破裂音が、遅れてやってきた。

「家よ。家が燃えてる！」

ずいぶん遠くで、廣子の悲鳴が聞こえた。

物凄《ものすご》い勢いで雪の斜面を駆け下っていく彼女の後ろ姿が、梢《こずえ》の向こうに見え隠れした。

「廣子さんを確保しろ」と、平岡が叫んだ。

「村上。秋田。鈴木。貴様ら三人は廣子さんを守れ」

言い終わるより早く、若者たちが走りだした。

それを追いかけるようにして、大地が弾《はじ》け、雪煙がもうもうと舞い上がった。もう、彼らの姿はどこにも見えない。

ヘリの轟音《ごうおん》が通りすぎ、再び近づいて来た。ローターが前後にふたつある葉巻型のヘリコプタだった。

吉家は、拓《ひら》けた雪原の真ん中でカメラを構え続けている。他の人間は、視界になかった。

私は、まだピンマイクが生きていることに気がついた。

そこで、しゃべりながら吉家のほうへ駆けだした。何を？　取りあえず、何かをしゃべりながら。

ヘリはどんどんこちらに近づいてくる。真正面から、私を睨みつけるようにして。

私は、突然、大学の学園祭で見た〝ゴジラ〟の一シーンを思い出した。その映画は実に、私の人生に決定的な影響を与えたのだった。あれを観なかったら、こんな仕事につくこともなかったろう。こんなところに今いることもなかったろう。いや、父にいくら言われても、日本語など進んで学びはしなかったろう。

それは、燃えさかる梅田の炎を背に、いよいよゴジラが大阪城に近づくクライマックスだった。大手前《おおてまえ》のテレビ塔の上で、短波放送の記者が必死の実況中継を続けている。

と、ゴジラがカメラのフラッシュに怒り、方向を変えて、テレビ塔に襲いかかる。塔が倒れるその刹那《せつな》、記者の最期のアナウンスはこんな具合、

『右手を塔に上げました。物凄い力です。いよいよ最期。さようなら、皆さん。さようなら』

そのときだった。誰かが、私の腰に背後からタックルした。私は、勢い余って前のめりに飛んだ。そのまま、斜面を雪煙を蹴たてて転げて行った。

雪の中に跪《ひざまず》き、起き上がろうとしている平岡がちらりと見えた。私にタックルして、斜面に転がしたのは彼だった。

そして、今こうして転げている私を、大きなタンデム・ローターのヘリコプタが追いかけてきた。平岡の頭上をやり過ごして。

私は何かをしゃべっていた。取りあえず何かを。後でリプレイしたところ、それはこんな言葉だった。

『ワオワオワオワオワオワオ』

いきなり、機銃弾が唸《うな》りを上げて私を追い抜いた。私は轟音と衝撃に巻き込まれた。地面が無くなり、空が落っこちてきたみたいだった。

「さようなら、皆さん。さようなら」

地面が無くなったのは、事実だった。しかし、まだ地球の上にいた。私は段差を飛び越え、新雪の吹き溜《だ》まりの中に頭から落ちたのだった。雪の中でのコメントは次のとおり。

「まだ、生きています。どうも、ありがとう」

しばらくして、雪から這《は》い出ると、遠い空で旋回し、機首をこちらに向けようとするヘリコ

プタが見えた。

《壁》が思ったよりずっと近くにあった。《壁》は私のすぐ脇で、斜面を幾重にも折れ曲がりながら下っていた。

ヘリコプタが近づいてきた。しっかり私だけを睨みつけていた。

そこで私は勢いをつけ《壁》の方に転げた。誰かが、上に覆いかぶさった。その誰かと折り重なったまま、もう《壁》に激突するというあたりまで転がっていった。急に地面の手応えを失くした。

機銃の音が響いた。本当に空が降ってきた。

これでおしまい。サンドストーム。はい、お疲れさま。

27

私は真っ暗な洞穴の中に横たわっていた。目の前に、くりくり坊主の顔があった。

「ここはどこだ」私は叫んだ。

「《壁》の中です。《壁》に開いた穴の中ですよ」彼が叫び返した。

「コンクリに海砂を使ったんです。鉄筋が塩にやられてぼろぼろに錆《さ》びる。錆びて腐って滲《にじ》み出た後が空洞になる」

まさに、日本の古い言い回しそのままに。つまり、
実から出た錆。

「で、その空洞に浸《し》み込んだ雪解け水が、夏になると膨張して罅《ひび》を入れ、そこにまた水が溜まって、次の夏、罅が穴になってしまう。あとはその繰り返し。ちょっと手を加えればこのとおりです」

「とんでもない手抜き工事だ。統制経済が聞いて呆《あき》れる」

「もともと、そうなるように手抜き工事をしたんですよ。その分、地元にたっぷりお金を落として。だって、この辺の土建屋はみんな親爺《おやじ》の息がかかってますから」

くりくり坊主はそう言って、抵抗運動の戦果にうっとり微笑んだ。

私は体を起こし、外の明かりの方に這って行った。

ちょうど、吉家とキムが平岡を両脇から抱え、こっちへ駆け込んでくるところだった。

ヘリコプタの黒く塗られた機体が、目の前の地面すれすれを横切っていった。大きな日の丸が墨色の塗料で消してあるのが判った。さらに、何かの文字が消されていた。もともと、機体の色は黒ではなさそうだった。

ヘリが急に上昇した。残り雪がちぎれ飛び、目が見えなくなった。風がどかんとやってきて、私を後ろに押しやった。

騒ぎが収まると、今度は雨が降ってきた。

雨ではなかった。ガソリンだ。見上げた空に、ヘリコプタは停止していた。葉巻型のボディの前後で二つのローターがゆるゆる回っていた。尻《しり》を少し上げ、そこからワイヤーで牛乳缶のような容器を吊《つ》り下げていた。それがくるくる回転して、あたりにガソリンをまき散らしているのだ。

「違う！」突然、平岡が呻《うめ》き声を上げた。

目をかっと見開き、急に起き上がり、ヘリコプタを睨《にら》んだ。

「そんなはずはない。それだけは駄目だ」

ガソリンはピンク色の霧になって降り注ぎ、万遍なく雪を汚していた。

空気には気化したガソリンが、息苦しいほど充満していた。指をぱちんと鳴らしただけで、火が点《つ》きそうだった。

「違う。違う」と、平岡は呻き、口から泡を吹き上げて、吉家の腕を振り払った。

「なぜこんなことをする！　なぜだ！　もうやめてくれ」

いきなり体を動かした。彼は外へ出ていこうとした。その背中にくりくり坊主が飛びついた。

私も脚に組みついた。吉家とキムがそれにならった。今、出ていくなど、呼ばれもしないバーベキューにのこのこ出かけていく仔牛《こうし》のようなものではないか。

平岡は、われわれをふり払おうともがいた。ものすごい力だった。それでも、私はパーカーの裾《すそ》をつかんで離さなかった。もう一方をくりくり坊主がつかんでいた。

私たちは同時に後ろに転げた。平岡がパーカーを脱ぎ捨てたのだ。

いや、こいつは癪《しゃく》だった。

もう、平岡はいなかった。外をうかがおうとすると、機銃の音がして穴の外が真っ白に煙った。私はまたまた後ろにひっくり返った。

雪煙が収まるより早く、くりくり坊主が平岡の名を呼びながら外へ飛び出していった。引き止める暇もなかった。

雪の水分のためか、それとも気温が低すぎるからか、ともかく機銃掃射ではガソリンに引火しなかった。しかし、次もそうだとは限らない。

吉家がキムを従え、窖《あなぐら》から体半分、乗り出して、撮影を始めようと身構えた。

「そんな所にいると焼かれるぞ!」と、私は叫んだ。

「中からやと逆光やさかい、ええ絵が撮られへんのや!」

キムが叫び返した。吉家は、知らんぷりでVTRを回しつづけた。

私は、彼らの背後まで行って、外をうかがった。

もう、誰の姿も見えなかった。雪の上に沢山の足跡が乱れに乱れ、気化したガソリンのせいで外は陽炎《かげろう》のように揺らいでいた。

《壁》にできた手抜き工事の窖は、ここひとつきりではないのだ。

吉家がヘリコプタを見失い、私たちは上空に首を伸ばした。

ローター音が甲高く聞こえ、空気がざわめいた。そっちの方で何かが赤くきらりと光った。

どすん！　空が落ちてきて、私たちを叩《たた》きのめした。私は後ろに吹き飛びながら、眉毛《まゆげ》と鼻毛が焦げる音を頭の中心で聞いた。熱風が全身を炙《あぶ》った。

「わやや。こら、わややで」

キムの叫び声が聞こえた。

「キューシートを書かないと」私は呻いた。

同時に体を反転させ、なぜだか知らないが外の光のほうへ這いだした。そこは薄墨を流したように煙っていた。

顔中がひりひりした。耳ががんがん鳴った。嫌な臭いが立ち込めていた。どこもかしこもカラーバーのように虹《にじ》を引いて見えた。

「何、書かはりますの?!」背中でキムが叫んだ。

「キューシートだ。人生が終わったんだからな」

「コマーシャルのタイミング合わせもせなあきまへんわ」

「しっかりしいや！」

吉家が怒鳴ったので、私はやっと我に返った。

「カメラは大丈夫か？」

「テープが！」キムが叫んだ。

「昨日撮ったテープがバッグの中ですわ」

「バッグはどこだ？」私は尋ねた。

「田中の家や」

私は《壁》の割れ目から顔を覗《のぞ》かせた。

雪がごっそり抉《えぐ》り取られ、その中央では地面が見えていた。幾つかの木立は、まだぱちぱち音をたてて燃えていた。上空には、真っ黒い烟《けむり》が雲のようになって浮かんでいた。

ヘリコプタは見えなかった。しかし、かすかに爆音は聞こえた。

私は大きな声をふりしぼって、廣子の名を呼んだ。

谺《こだま》が、あっちの谷こっちの山に行き来するだけで、どこからも返事はなかった。

私は割れ目の側壁にもたれかかった。

くりくり坊主がふいに姿を現し、私の向かいに同じように体を預けた。顔が真っ黒だった。

「どこに行ってたんだ」

「どこって、ここで転んじゃったんです。雪にズッポリ埋もれて。——でなかったら、いまごろバーベキューですよ」

キムがバッテリーライトをこっちに翳《かざ》した。吉家はマイクロキャムを構えていた。彼らの目論見《もくろみ》に気づいて、私は腰につるしたピンマイクの発信器をオンにした。マイクを指で叩くと、キムとおぼしき人影が手で輪っかをつくって見せた。まだ壊れていない様子だ。

「で、今、われわれを焼き殺そうとしたヘリコプタだが、何者か心当たりがあるかい？」

私はピンマイクをジャンパーの胸から外し、指で抓《つま》んでくりくり坊主の口許《くちもと》へ向けた。

「さあ、今まで一度だって、この山で敵にであったことなんてなかったからなあ」と、彼は言って首をひねった。

「東京警視庁の機動隊か、あるいはもっと違う別の治安部隊とか、——」

「あんなヘリ、連中は持ってませんよ。西日本のパナアームスがライセンス生産してるシコルスキーでしょう、今の。CH74の民間用だと思いますよ」

「機銃がついていた」

「ええ、ブラウニングのM33ね。あれは、窓を外して手作りのガンポットを溶接で付けただけですよ。ブラウニングも西側の兵器だ。パナアームスで造ってる」

「なるほど」

「タミヤのプラモデルだって、後部舷窓《げんそう》のパーツを取り替えるだけで、軍用、民間用、どっちにでもなるようにできてる」

「ボディに書かれていた文字は？」

「さあ、ぼくにはよく読めなかった。タミヤのキットを買えば判るかもしれません。デカールは全種類ついてきますから」くりくり坊主は、突然私に同意を求めて、大きく頷《うなず》いた。

「じゃ、君はあれは西側の跳ね上がり分子の仕業だというのか。——なぜ、西側が、君たちを襲撃したんだ？」

「さっぱり判りませんよ。判ってるのは、われわれは何も西日本のために戦っているわけではないということです。大阪政府と政策的な一致をみているわけですらない。われわれは、われわれの土地を不法に支配している東京と戦ってるんです。われわれは越後の人間だ」

「それは、田中角栄も同じ考えなんだね」

「ええ、上杉謙信公以来変わらぬ、われわれの考えです」

彼は言葉を切り、私に向き直った。

「そろそろいいですか？　仲間を探さないと。怪我人が出てなけりゃいいんだけど」

そのとき、外で機銃掃射の音がした。人の悲鳴も聞こえた。ヘリコプタのローター音が、いきなり近く、高鳴った。

反射的に飛び出そうとした私を、くりくり坊主が、はがい締めにした。

「駄目です。出ちゃ駄目だ」

後方に、私を突き飛ばした。キムが、私の背を受け止め、二人してさらに転がるほど強い力で。

「すんまへん！」吉家が叫んだ。

「堪忍やで、テープ交換や。ちっと待ってえな」

くりくり坊主こと塚崎青年はいずまいを正し、小銃を構え、雪が照り返す外光を七三に受けて、凝《じ》っと待った。

「はい。回します」キムが言い、カウントを出した。

「3、2、……」1を言わずに手を差し伸べた。

「ここはわれわれに任せろ」くりくり坊主はすかさず叫んだ。

「あんたたちはわれわれの言葉を自由社会の人々に伝えてくれ」

旨《うま》い具合に、ヘリコプタから撃ち出された弾幕が、割れ目のすぐ外を横ざまに走った。雪が舞い上がり、何も見えなくなった。コンクリが抉られ、ばちばちと音をたてた。くりくり坊主は、雪と埃《ほこり》を吸い込んで激しく咳《せ》き込んだ。

「早く行け。奥へ奥へ進めば、向こう側に出る。そこから真南に十キロも歩けば、四万《しま》温泉だ」

彼の腰で、ハンディトーキーが悲鳴を上げた。

くりくり坊主が呼びかけると、

「廣子さんを確保しました。もう平静です」と、男の声がした。

「聞こえますか。応答願います。どうぞ」

廣子と話をさせてくれるよう、私はくりくり坊主に頼んだ。

彼は相手に、こっちにはもう戻らず、屋敷の状態を偵察して報告するよう伝えると、ハンディトーキーを私に手渡した。

私はなぜだか感極まって、彼女の名を何度も呼んだ。すると、

「廣子は私よ」と、彼女は答えた。

「大丈夫ですか」

「ええ、つい取り乱してしまって。あなたこそ、お怪我はなくって？」

雑音が彼女の声を遮った。私はまた何度も彼女を呼んだ。

すると男の声が出て、

「坂を下ってるんだ。雪が深い。ちょっと待ってくれ」

また彼女の声に代わった。それがか弱く私を呼んだ。

「今、行きます。どのへんにいるんですか？」私は尋ねた。

ヘリコプタの爆音が戻ってきた。こっちへか、それとも彼女の方へか。どちらにもそれが聞こえ、ハウリングのように響いた。

「駄目よ」と、廣子が言った。

「《壁》からなら、すぐ向こうに行けるわ。向こうへ行って伝えてちょうだい」

「何を？」

「いまこのとき、越後の多くの村々で廣子が泣いていることを」

声が途絶えた。空電すら聞こえなくなった。ヘリの音だけが大きくなってきた。

くりくり坊主が私の手からハンディトーキーをひったくった。

「行ってください。ぼくは平岡さんを探さないと」

言うが早いか、銃を腰だめに構え、彼は外へ飛び出していった。

カメラを担いだ吉家が、中腰のままその後を追った。入口でレンズを外に向け、しばらくVTRを回しつづけた。

爆発音が聞こえたが、音も振動も、すぐ雪に吸い込まれてしまった。何も見えない、と、吉家がぼやき、さらに外へ出ようとした。

その鼻先を流れ弾が掠《かす》めなかったら、われわれは雪の斜面に飛び出しているところだった。

弾丸は錆《さ》びた鉄筋に当たり、火花を散らした。ヘリコプタの轟音《ごうおん》が近づいてきた。

私と吉家は、顔を見合わせた。

「角栄のテープがないんだ」と、私は言った。

「取りあえず、今あるテープだけでも向こう側に持って出た方がいいんじゃないですか?」と、吉家は言った。「はい。一度、カメラ止めます」キムが言い、マイクロキャムの赤ランプが消えた。

「止まりました」

しかたなし、われわれは窖《あなぐら》の奥へ歩きだした。

28

窖は低くなったり狭くなったりしながら、しばらく壁の内を横へ続いていた。じきに外の光が差してきた。

《壁》のこちら側は、向こう側と少しも変わりがないように見えた。雪が白くした斜面の向こうには、遠い山々が鉛色に煙っていた。

少し歩くと、違いに気づいた。木々が規則正しく植わり、ぴんと真っ直ぐで、どれも同じような太さ、高さだったのだ。そのすべてが杉林だった。鉛の兵隊のように、杉が山肌に整列していた。一本の幹に営林署の鑑札が打ち込まれていた。

《好っきゃねん、日本の森。森をモリモリ。農林省》

十分も歩かずに、私たちは林道に出た。ちゃんとした舗装道路だった。

そこを下りつづけると、すぐに雪が消えた。

丸木橋を渡り、茂みを抜けると、あたりが拓《ひら》けた。

目の下に、赤茶けた草地が広がっていた。バンカーや池が雪で白くなっていたので、すぐにはゴルフ場だと気がつかなかった。

私たちは、雪が消えてからこっち、林道ではなく、ゴルフコースのサーヴィス・ロードを歩いていたのだった。

吉家が大きく息を吐き出し、カメラを持つ手を下に降ろした。

キムが、ギャジットバッグの上に座り込んだ。

「やれやれ、やっと文明社会に帰ったってわけだ」吉家が、英語で言った。

「ところで、さっきから何をひきずってるんですか」

見ると、私の左手は汚れたパーカーを握りしめていた。

両手に持ち替えて広げ、ポケットを探るまで、それが平岡からはぎ取ったものだということに、とんと気がつかなかった。

ポケットには、紙屑《かみくず》しか入っていなかった。以下がその紙屑の内訳。

大きくてやたらと立派な手漉《てす》きの和紙。しかし、これは請求書だった。

《京都市東山区切通し白河上ル、辻留《つじとめ》》額面は壱拾八萬参阡七百四拾壱圓也。たった二人で！

くしゃくしゃになったメモ用紙、几帳面《きちょうめん》な右肩上がりの文字で、
《812・2111　内8940》これはきっと電話番号だ。

そして、最後の一枚は私の名刺だった。昨日彼に渡したものなら、わずか一晩でずいぶん汚したものだった。丸い輪っかの汚れが黒く押し型のように残っていた。縁も擦り切れ、一度折り畳んだ跡があった。まるで、私のことを嫌っているみたいに。

「えっ、何ですって？」と、吉家が尋ねた。

「平岡を怒らすようなことをしたかなと言ったんだよ」

「さあ、どうでしょう。一筋縄でいくような男ではなかったですから」吉家は首をひねった。

「しかし、どっちかと言えばあなたに興味津々という感じでしたよ」

それは、私もご同様だ。

インタヴューに怒ったくらいで、相手をヘリコプタの餌食にするような男とは思えなかった。私を突き転ばしたのはただの偶然に違いない。しかし、そうだとしても、空から降ってきたガソリンにあの怯《おび》えよう。あれは、いったい何だったのだろう。

そのとき、ゴルフ場のカートが、反対方向からやって来るのが見えた。カートには赤白ストライプのキャンバス屋根がついていて、その上に雪が積もっていた。

「よかった。いや、いや、本当によかった」

急ブレーキをかけると、カートから本間が飛び下り、私に駆け寄ってきた。あたかも抱きつかんばかりに。

「焦りましたよ。無線で、あなたたちをこっちへ出しちゃったって聞かされたときは、もう。――さあ、行きましょう。今なら何とかなる」

唾《つば》を飛ばしたが、その唾も、満面をてかてか光らせている汗の一部みたいに見えた。

「行くって、どこへ行くんだ」

「湯沢へ戻るんですよ。何があったか知りませんが、こりゃ、あんた、密出国ですぞ。西側にしたって密入国だ。このまま検問を通らず帰られたら、私の立場はどうなるんですか。私だけじゃない、新潟のＮＨＫも、農業ソヴィエトも直江津の西側機関だって、ともかく皆が顔を潰《つぶ》してしまう」

「顔ぐらい潰しとけ。ぼくらは心臓が潰れるところだったんだ」私は怒鳴った。

「ヘリコプタから機銃掃射されたり、ガソリンで焼き殺されたりするような場所に、どうして戻る義理がある」

「殺されかけたのは、ゲリラの支配地域でしょう。それは、当方の関知しないところです。ともかく、戻ってくださいな」

「どないして、戻るんでっか」

キムが、にやにや笑いながら尋ねた。

「戻るに戻られへんのちゃいまっか？」

「なあに、《壁》の穴は幾らでもあるんですよ。町までの近道もある。穴のなかで蕎麦《そば》屋だのおでん屋をやってる人民公社まである」

「あのヘリコプタは、どこのものだ」私は大声を出した。

「調べてます。今、自衛隊の防空管制部が必死になって調べてます。ともかく、東側のものではない。私だって、いきなり頭からガソリンをかけられた口ですもの」

「あそこにいたのか？」

「いいえ、お屋敷の方に。ヘリコプタがうるさいなと思ったら蔵から火が出て、後は大騒ぎ」

「何をしに行ってたんですか」

「言ったでしょう。同じ檀家《だんか》なんですよ。祭りの相談です」

「田中と？　――田中さんは大丈夫ですか」

本間が眉《まゆ》をひそめた。小首を傾げて、

「田中の親爺《おやじ》さんはいませんよ。昨日出ていって、そのまま四、五日帰れなくなってしまったという話だ。あなただってご存知でしょう？　聞いてなかったんですか」

「いったい、どういうことなんだ」私は思わず大きな声を出した。

「そのこと、平岡さんも知っているんですか」

「平岡?」と言って、すこし考えた。

「ああ、あの人ね。さあ、どうでしょうね。あれは土地の人間じゃないんで、私にはよく判りません。親爺のために東京で働いていると聞いてます。普段は、あまり顔を出さないんだ。しかし、知らないはずはないでしょう。私が今朝にはもう聞かされてたんだから」

私は言葉もなく、しばらくぼんやりしていた。

木立の向こう側から笑い声が聞こえてきた。それが、しんと静まり、やがて女の声がこう叫んだ。

「ナーイスショーット!」

「家は丸焼けでっか?」吉家が本間に聞いた。

「いえ、ちょっとだけ。ダミーの蔵がいくつもあるんです。それが燃えただけですよ」

「ほな、怪我人は?」

「地下壕《ちかごう》がありますからね。皆さんの荷物は、すべて無事でしたよ」本間は口の端で笑い、両手を揉《も》み合わせた。

「荷物?」

「ええ。VTRテープも何もかも」

吉家が、私の顔を覗《のぞ》き込んだ。
4、3、2、……。
「戻ろう」私は言った。

はい、オッケーです。お疲れさま。
サンドストーム。

第二部

1

その年のCNNの国際版カレンダーには、印刷のよくない山下清《やましたきよし》の自画像が使われていた。それは彼が生涯にたった一度、描いた油絵だった。これを世話になった大阪萩《はぎ》ノ茶屋《ちゃや》の宿の女将《おかみ》に残して、彼はニューヨークへ旅立った。あのグランドセントラル駅の巨大なタイル絵を描くために。

その後の名声は、ご存じのとおり。

さてこの絵は、リュックサックひとつを背に裸足《はだし》で日本中を歩き回った（そのころはまだ《壁》はなかった）彼の、素朴な切り絵とは、手法、おもむき、色使い、すべてがまるで違っていた。

キャンバスに向かう半裸の画家に、背後からよりかかった河童《かっぱ》が、こんな仕事を続けたところでいったいどうなるんだ？　と、囁《ささや》いているところだ。画家は素知らぬ顔で絵筆をかざし、宙を睨《にら》んでいる。

河童は青と黒だけでリアリスティックに描かれ、手には鋭い鎌を持っていた。それは姿を変えた自分自身の死だというのが、批評家の定説だった。実際、彼はその三年ほど後、ラシュモア山をスケッチしている最中、脚立から落っこちて死んだのだ。ちなみにラシュモア山の標高は五千六百三十フィート、脚立の高さは五十インチだった。

私は、死がうるさく囁きかけているというのに、まったく無頓着《むとんちゃく》に自分の仕事を進める画家の、にわか聾《つんぼ》を決め込んだ小役人みたいな表情が気に入っていた。

朝の十時半だった。近づく死にシカトし続けている山下画伯を徹夜明けの目でぼんやり見つめていると、頭のなかで火花が散った。

電話のベルが鳴ったのだ。

「難しい話はせんといてえや。わてはただの丁稚《でっち》ですねんやから」

私はうんとへたくそな標準語で言った。

「どあほ！」と、電話が怒鳴った。

「すかたん！　売国奴！　おまえらど毛唐に日本人が判ってたまるかい！　今度あないなこと言うたら、どたまかち割って脳味噌《のうみそ》ちゅーちゅー吸うたるど！」

今朝の七時、私の新潟潜入レポートがアサヒ放送のニュース枠で流されてから、これで十七本目、どれも似たような内容だった。もっとも、『毛唐』に向かって『売国奴』と言うのもどないなもんでっしゃろ？

しかし、いったい何がそんなに彼らの琴線を掻《か》きむしったのか？

吉家に言わせると、次の部分。

『ご覧ください。本当に巨大かつ遠大な《壁》です。高さ大きさを寸分違《たが》えることなく、日本海から太平洋まで総延長二百二十マイルにわたってこれは延びているのです。万里の長城と並んで、人工衛星から肉眼で見える数少ない建造物。さすがは日本人、勤勉さと組織力、管理能力に関しては東も西も差はないようです。いや、他のあらゆる点でも。これ程頑丈な壁で峻厳《しゅんげん》に区別しないと、どちらが社会主義国でどちらが資本主義国か、本人たちにもよく判らなくなってしまうほどに』

これがどうして？　――吉家の説明は、

『《壁》の絵だけにしとけばいいものを、トヨタの朝礼やパナソニックのラジオ体操なんかインサートさせるからですよ』

アテンション・プリーズ。トヨタの朝礼やパナソニックのラジオ体操は、北朝鮮＝大韓社会主義共和国の名高いマスゲームと、見た目、私には全然区別がつかない。

またまた電話が鳴った。私は自動的に全身で身構えた。

しかし、電話はフーメイ女史から。彼女はこんなふうに怒鳴った。

「ボスの謁見があるさかい、さっさ来《こ》んかい」

外廊下の一番奥の会議室では大きな丸卓子《テーブル》にビッグ・ヒリアーとチュオン・フーメイ、デスクのレノックス、特派員のロス、アンガス、メンティース、それにバトンルージュから急遽《きゆうきよ》派遣されてきたベテランの特派員ケイスネスが座っていた。

ケイスネスには、以前から向こう傷のような仇名《あだな》があった。それがこの業界ではしばしば独り歩きしていたが、いやまったく、目の当たりにする彼は、姿形とも仇名どおりに、《戦争屋》だった。

そこへ行くと、ビッグ・ヒリアーは《ビッグ》なわりに穏やかなものだ。瘦《や》せぎすの小男で、私と較べてもまだ小さい部類。そのくせ、顔形だけはごつごつとした赤毛の強面《こわもて》で、そこだけが生まれ故郷の町の名と、どこか釣り合っていた。

アテンション・プリーズ。彼はミシガン州キャディラックで生まれたのだ。

ケイスネスが立ち上がり、自己紹介した。私たちは、この時が初対面だった。そこで握手をしたのだが、彼の握手は単純に握力を自慢しているだけだった。

私は痺《しび》れた手をふるいながら、隣の席のフーメイに囁いた。

「日本語が旨《うま》いんですね」

「あんたほどじゃないわ」

「ぼくのは、標準語じゃない」

「宝塚歌劇のファンなのよ。あんたも観るといいわ。あそこの標準語は文部省指定の教材だよ、とっても正確なんだから」

たしかに。あの少女歌劇団のトラピスト修道会ばりの鉄の規律と地獄のトレーニングはつとに名高い。そこには、半世紀前に死に絶えてしまった正調標準語、いわゆる河内地方の日本語がほぼ完全な形で残されている。

ビッグ・ヒリアーが私にねぎらいの言葉をかけ、それを枕にこう言った。

「しかし、残念ながら、あれじゃ何も聞いてこなかったのと同じだ」

「だから、言ったじゃない。本番直前にアクシデントが起こったって」

フーメイがヒリアーをたしなめ、白い歯を剝《む》いて笑った。

「それにしてもだ、――君、ABCのサム・ドナルドソンがあのレポートをなんと言ってるか知っとるか」

もちろん、知らいでか。あの恥知らずのサンダーバード2号は、自分の番組で私を名指しした上、こう言って罵《ののし》ったのだ。

『米問屋の提灯持《ちょうちん》ち』

「しかし、チャンスはまだあります」私は言った。「二週間以内に必ずもう一回スケジュールをくれると言ってる」

「越境許可が、そうそう何度もおりると思うのか」

「田中自身がこっち側へ出てくることも考えてるそうよ」と、フーメイ。

「そんなこと、まだ聞いてないぞ」

「まだ言ってないからよ」フーメイが苛々《いらいら》した調子で言った。

「あんたは今朝戻ってきたばかりじゃないの。ニュースをオンエアで見ただけでしょう。素材はあれで全部ってわけじゃないのよ」

いかにも。われわれは、次のチャンスを逃さないように、あの山でのできごとを放送に使わなかった。ヘリコプタによる襲撃はもちろん、雪のなかの米蔵のことも、《壁》に開けられた秘密の通路のことも、つまり裏山に上ってから湯沢の町へ戻ってくるまでのことは何から何まで。

本間は、ゴルフ場の玄関先に自分の車を乗り捨てていた。ゴルフ場とは行き来があるらしく、クラブハウスの従業員は、出入口を塞《ふさ》いだ車の主を咎《とが》めるどころか、最敬礼で見送った。ゴルフ場を出ると、《壁》のこちら側をしばらく走り、林道に入って数マイル山へ上った。

《壁》の手前に駐車場が出来ていた。そこの裂け目は、もう裂け目と呼べるようなものではなかった。出入口のアーチはコンクリートで補強され、照明もあり、向こう側にも駐車場があった。もっと驚いたことには、そこから越後湯沢の駅前まで朝夕には十五分に一本の割でバスが出ていたのだ。

駐車場を見下ろす場所に監視塔が立っていたが、歩哨《ほしょう》は見当たらず銃架には機銃も座っていなかった。それどころか、ここ数年、人のいた気配すらなかった。

本間の説明によれば、こんなわけ。

『キャディが不足しててそれどころじゃないんですよ』

ゴルフ場は、もちろん《壁》のこっち側にある。

私たちは、その後、誰とも顔を合わせぬまま直接、湯沢まで連れ戻され、地区党幹部やら地方ソヴィエトの民謡英雄、温泉英雄、田植え英雄、雪かき英雄だのにそれはもうにぎにぎしく見送られ、国境へと向かった。

本間は別れ際に、風呂敷《ふろしき》で器用に包んだ二本の越乃寒梅を手渡した。

『何かあったらこれをお使いなさい。プレスカードなんかよりずっと役立つはずですよ』

その一本は、帰り道の《壁》際ですぐに役立った。我々は、おかげでトランクのロックに指をかける暇《いとま》もあらばこそ、早々とこっち側へ抜け出ることができた。

そしてもう一本は、今こうして役立っている。チュオン・フーメイ女史は日本酒に目がなかったのだ。

「田中サイドとの信頼関係は万全だよ。つい昨日、もう一度必ず取材をアレンジするって連絡があったんだもの」

彼女は、力こぶを入れて私を援護した。

「ここに？」と、半信半疑でビッグ・ヒリアーが訊《き》いた。

「そのようです」と、私も少々おっかなびっくり。

なぜかと言えば、その電話を取ったのが例のジャン＝ジャック・ルーイン。カイロ行きの飛行機に家族と乗り込む四時間前、たまたま挨拶《あいさつ》に来たどさくさに、電話に出てしまったのだ。相手が、飯沼勲君でなかったことだけは確かな事実。相手は英語をしゃべれず、標準語も満足に使えなかった。それどころか、男でもなかった。

ジャン＝ジャックが書き留め、フーメイに回されたスクリプトワーカー上のメモは、だから次のようなものに過ぎなかった。

『新潟の田中さん（女性）から。

また会いたい。☎、するか？　してくれか？（多分。訛《なま》りがきつくて）』

しかし、それでもチュオン・フーメイは拳《こぶし》を振り回し、

「大丈夫、彼ならやりおおすから。魚は食いたい、でも足は濡《ぬ》らしたくないなんてえ人間とは違うわよ。ともかく、お小言は、彼が持ってきた素材を見てからにしてちょうだい」

言うだけ言うとヒリアーに、両手の指鉄砲を突きつけてフルオートで銃弾を浴びせかけた。

「ババババン、バババン、バンッ！」

「その素材のことなんだが」と、《戦争屋》ケイスネスが火線を口で遮った。

彼は樫《かし》の木でできているような体つきの、背の高い男だった。右の耳がないのを昔のヒッピーみたいな長髪で隠していた。耳は、中央アフリカで、四十一秒のVTRテープと引換えに失ったのだった。

「あのヘリはなかなかの代物だ。ちょっと、これを見てくれないか」と、彼は言い、卓子の下

からゼロ・ハリバートンのブリーフケースを取り上げた。

「何だ、いったい何があったんだ」と、ヒリアーが大きな声で言った。

「あんたは、ちょっと黙ってて！」とフーメイ。

「せめて梟《ふくろう》が鳴くまで、待っててちょうだい。その後、このお姉さんが、耳からたっぷり栄養を吹き込んであげるから」

ケイスネスと私を除いた全員がにやにやしはじめた。驚いたことに、ビッグ・ヒリアー本人も。すると、フーメイが彼を指で突っつき、二人は声をたてて笑いだした。

ケイスネスはマイクロメモリを一枚、ブリーフケースから捜し出した。

「ちょっと気になったんでね。コンピュータに呼び込んでいじってみたんだ」と言って、本がだらしなくぎゅう詰めになった本棚の所に行き、中からパイナップル・コンピュータのマック・カラークラシックⅣを掘り出した。ひと時代前の、あの懐かしい一体型パソコンだ。一口かじった跡のある、おなじみの虹色《にじいろ》のハンバーガーが九インチディスプレイのすぐ下に描かれていた。

ケイスネスはそれを机の真ん中に運び、電源を入れて起動させた。

小さなディスプレイにヘリコプタの静止画像が映し出された。新潟の山奥で私たちを襲ったあのヘリコプタだった。しかし、ボディは紫色、空は妙に赤っぽかった。機体の横腹に日の丸とピンク色の文字がかすかに浮き上がっていた。

「塗装の下に何か字が書いてあるみたいだったんで、炙《あぶ》り出したんだ」と、ケイスネスは言い、マウスで画面の隅をクリックした。これもまた古き佳《よ》きマックとは切っても切り離せない大きなマウスだった。(当時のマックは、ラージとスモール、二種類のマウスを選べたものだ) 文字の部分が拡大されるまで数秒かかった。

「なんて書いてあるか判るかい?」

もちろん。そこには日本語でこう書いてあった。

《東×の領××る×、×和×日/国××共××》

アテンション・プリーズ。くりくり坊主が言ったとおり、このCH74の模型のためにタミヤは三十三種類のデカールを用意していたが、残念! こんなのは無い。

「これは何かの標語だな」と、私は言った。

「後ろの六文字が、多分組織の名前でしょう」

「日本人に見せてみるんだ」と、ヒリアーが命令口調で言った。

「知っている奴がきっといる」

私はスクリプトワーカーを出してその文字を入力した。

「東側のものじゃないことは確実だ」と、ケイスネスは言って、またマウスを操作した。

次の画面は、ヘリコプタに吊《つ》るされ、ガソリンをばらまいているタンクだった。ステンレスの円筒で、尻《しり》に散水バルブがついていた。バルブに貼られた商標が見えた。

私はそれを読んだ。

「東淀川《ひがしよどがわ》製作所」

「こっち側の消防が使う散水装置だそうだ」と、ケイスネス。

「ああ」と、それまで押し黙っていたロスが補った。

「このあいだ、四国の山火事を取材したときに見かけたんだ」

「ヘリを塗りつぶしてるのは、たぶん、大日本国防軍が使う夜間用カムフラージュ塗料だ」と、ケイスネスがここに居合わせていない誰かを挑発するみたいに言った。

「すると、こっち側の軍が関係してるっていうことか」と、ビッグ・ヒリアー。

「そんなもの松屋町《まっちゃまち》筋の問屋街で安く売ってますよ。軍用品なら何でも揃ってる。プルトニウム以外はほとんど」と、若いアンガスが笑い声で言った。

「ぼくの彼女の弟が、いわゆる軍事オタクでね。日本では中学生のホビーなんです」

彼は、曾根崎新地で風俗嬢をしているまだ十七歳の日本娘を一番の情報源としていて、それをいくぶん自慢に思っているようだった。

「この国で無登録のヘリコプタを運用するなんて、絶対不可能だよ」と、フーメイ女史が腕組みをして言った。

「あれは、大日本国防軍がガンシップに使ってる軍用ヘリのコマーシャル・バージョンなのよ。パナアームスが《スーパー渦潮》って商品名で出してて、今までに新聞社なんかに二十七機、売ったんだって」

「二十七機か」と、ビッグ・ヒリアーが呟《つぶや》いた。

「手頃な数だ。まず、その洗い出しからやろう」

「ぼくがやりましょう」と、私が手を挙げたので、この話題はそれでおしまいになった。

ケイスネスが来月、ここから放送される日本週間の特番について、バトンルージュが送ってよこしたオーダーを説明しはじめた。

「本当に大丈夫なのかい？」と、隙を見計らって私はフーメイ女史の耳許《みみもと》にささやいた。

「何が？」

「田中からの招待」

「やりおおすことが肝心よ。何事もやってみなけりゃはじまらない」彼女は言った。

「男の子ばかり生むんだぜ。きみのその性格だ。男の子しか生まないと思うけど」

「あ、性差別！」

いやまったく、ごもっとも。

2

会議が終わると、私はスクリプトワーカーを抱えて、まっすぐ階下のカタコンベへ向かった。

そこに先客がいた。

「誰だ」と、男の声が強い口調で奥の暗がりから尋ねてきた。

「味方だよ」私は答えた。

「そっちこそ、こんな時間に何だい？」

「そう《イエス》。ちょっと、不安があったもんで、チェックしてたんですよ」

奥の編集ブースから吉家が立ち上がり、こっちに向き直った。何台ものモニターの光が、彼をちかちか照らし上げた。

「もし、ノイズが出ていたら私の責任だから、——とりあえずは、ディレクターに知られたくなかったんでね」

何かひっかかる言い方だった。聞きもしないうちから、こんなに説明するような人間だったろうか。私は首をひねり、モニターに歩み寄った。黒い髪の女がひとり映っているのは判った。映像は静止していた。

もう一歩近寄ろうとすると、吉家が、モニターの灯を落とした。彼の手許でデッキがマイクロキャムのデジタルテープを吐き出した。

もう一度パネルのスイッチに触れると、別のスロットからウルトラ6のテープが出てきた。

吉家はその二つのテープを大判の封筒に入れると、上着を取った。

「で、テープはきれいだったのか？」私は尋ねた。

「そう《イエス》。ＯＫですよ。きれいは汚い、汚いはきれい。それがＴＶのニュースだ」

彼が出ていったので、私は一人になった。

ブースのひとつに陣取り、モニターを点《つ》け、アサヒ放送にチャンネルを合わせて、私はスクリプトワーカーを電話回線につないだ。四秒でダイエーネットに入り、数分のあいだに五十以上のデータバンクを次々と開き、政治結社や官庁、企業が、ここ半年ほどのあいだに使ったスローガン、標語のたぐいと、ヘリの横腹に書かれていた虫食い文字を自動的に照合していった。

アテンション・プリーズ。私のスクリプトワーカーのＣＰＵは上新インテルのクロック２２０メガヘルツ、クモン式９・５を走らせることが出来る。このコンビネーションは今のところ天下無敵だ。クモン式９・５は昨年末、バージョン３・１に代わって登場した、簡便で何でもござれ、まるでパナソニックの電気炊飯器のように賢い最新のＯＳだった。

９・５の出現で西日本生まれのクモン式は、パイナップル・コンピュータとＩＢＭのＯＳ連合軍を完全に打ち負かしたと言われている。

〝アップサイド〟誌のヘッドラインによれば、こんな具合に。

『真珠湾を忘れたな？』

さて、一向に成果が上がらぬうち、モニターでは六時のニュースが始まった。

トップニュースは、高麗民国へ行く大型フェリーと在日米軍の潜水艦が衝突した事故だった。

私は回線を切り、ＴＶモニターの音を出した。

母港の呉に入ろうと航路を横切っていた原潜カメハメハが、釜山行きの客を満載したフェリーと瀬戸内海でまともにぶつかったのだ。フェリーは船首のゲートが壊れて浸水、一時間で沈没した。衝突したときの衝撃で怪我人は出たが、さいわい全員が救命ボートに乗り移るまでフェリーは海上に浮かんでいた。

アナウンサーは、潜水艦がまったく救助活動をせず、何の通信もしないままその場を離れ、基地に帰ってしまったことを暗に非難しているようだった。詳しいところは、どうも今ひとつ。何しろ、アナウンサーが完璧《かんぺき》な標準語をしゃべるものだから。

「瀬戸内は近頃ものごっつうややこしいさかい、アメリカの海軍はんもあんじょうせなあきまへんなあ」といった具合に。

私はそこで音声を英語放送にした。

広島地方は快晴、事故が起こったのは午後三時すぎ、まだ十分に明るかった。それなのに、なぜ？　救助されたフェリーの船員は、口々に、潜水艦が突然、右舷《うげん》前方に急浮上したと主張していた。乗組員はほとんど高麗人で、事情聴取はあまり進んでいない。フェリーは高麗民国の船会社のものだった。怪我人の半数は高麗人だった。

私はソースをケーブルＴＶに替えた。案の定、香港のアジア・スターチャンネルが、釜山からのニュースを流していた。しかし、高麗では瀬戸内海の海難事件は決してトップではなかった。扱いもとおりいっぺんだった。救難ボートの人々や病院に収容された怪我人の映像は一切オンエアしなかった。

「アメリカに対する配慮かな」と、後ろで声がした。

振り向くと、ケイスネスがそこに立って、モニターを見下ろしていた。

私が返事をする前に、コリアTVのキャスターが、いつもながらに日本政府をひとくさりこきおろした。そもそも、この海域の航路の安全性はまったく無視されてきたのだ、潜水艦も我々のフェリーボートも、すべてこの劣悪な管理体制の犠牲者なのである、といったふうに。

「で、しょうね」と、私は《戦争屋》に答えた。

「高麗民国は、日本の九州より狭いんですよ。北の四分の一もない。そのさらに向こうには中国がいる。日常感じてるプレッシャーは大変なもんですよ。米軍のプレゼンスが目に見えるところにないと、たちどころに狭心症になってしまう」

ケイスネスはそのとおりとばかりにうなずき、近くの机のへりに腰を降ろし、

「君は日本の専門家なんだろう」と、尋ねた。

「あの相互訪問をどう思う？」

「あれを相互訪問とは言わないでしょう。吉本は北京を訪ね、中曾根はハバロフスクを訪ねたんだから」

「しかし、まったく同じ日にだ」

「ええ。もちろん偶然じゃない。これで、ゴルバチョフと胡耀邦《こようほう》が会えば大変なことだけど、今のところ両国ともまったく動いていない」私は言って、ケイスネスを見上げた。

「東日本に食糧危機が広がっているという話を耳にしましたか」

「いや、別に」彼は不思議そうに私を見返した。

「農業生産が落ちているのは事実だが、それでどうという問題じゃあるまい。東日本は、金が

あるからな。外貨準備高は、極東共和国の実に百八十倍だぜ。たとえ不作でも凶作でも、一年や二年、乗りきれないわけがない」

いやまったく、ごもっとも。私は頷《うなず》いた。大阪に戻ったあと、西側で手に入るデータはあらかた漁《あさ》ったのだが、田中角栄が言ったことを裏づけるような数字は出てこなかった。

「なあ」と、ケイスネスが突然、大きな声を上げた。

「ひとつ教えてくれ。今まであちこちで質問したんだが、満足な答えが返ってきたためしがないんだ。いいかい。答えは、当てずっぽうでいい。簡潔に頼む」そこで口を止め、一度息を吸い込んで、

「何だって、昭和天皇が死んだ途端、東の人間がこっちへどっと出てきたんだ?」

私の返事は簡潔そのもの、こんな具合に。

「えっ。そうだったんですか?」

「寝ぼけたことを言うなよ」彼はいささか鼻白んで言った。

「大喪の礼の翌日、二月の二十七日だよ。あれが東日本でTV放送された直後からだった。奴らは、あの葬式の映像を、ロシアの代理店を通して買ったんだ。正式にだぜ。オンエアしただけでも異例なのに、金を出して映像を買うなんて、――」

「シグナルでしょう、東から西への。今までの経緯は、あの柩《ひつぎ》とともに葬ろうじゃないかっていう」

「それはそうだ。しかし、すべてあれからだぞ。まず、二十七日、葬儀のニュースが東で全国放送されると、その夜、東日本の駐ロシア大使が一家総出で、モスクワの西日本大使館に飛び

込んだ。東京政府は、各地の代表部や大使館員の家族に帰国命令を出して締めつけたが、もう遅い。各地で文化人や技術者の亡命があいついだ。三月も半ばになると、こんどは国内の一般市民が、海を越え《壁》を潜り、わっと逃げはじめた。そのあまりの勢いに、大阪城の《復員政策》も、ぐっと腰が引けたんだ」

「そうかもしれない。今まで考えてもみなかった」

「天皇の葬式以外、きっかけと言えそうなものは何もない。東北の冷害で農業は先行き暗いが、それは今に始まったことじゃない。むしろ、いくらか持ち直している。貿易収支も上向いている。——それなのに、いきなりだ」

「長いものには巻きつけ」と、私は言った。まったく無意識のうちに。

「え、何だって?」と、ケイスネス。

「長いものには巻きつけ。そればかりは、日本人である以上きっと変わらないんだ。西も東も」

「それとこれとどういう関係があるんだ」

彼は少々気分を害していた。私のほうは、これ以上、返事のしようがなかった。何しろ言われたとおり、返事をしただけなのだ。当てずっぽうに、簡潔に、おまけに無意識のうちに。

香港のニュースキャスターが私を窮地から救った。

彼女がTVでこう言ったのだ。

「先月末、昭和天皇の葬儀のために大阪を訪れていたアメリカ大統領ロバート・ヴォーンが、葬儀当日の深夜、吉本シヅ子日本国首相と長時間、会談していたことが明らかになり、話題を呼んでいます」

アテンション・プリーズ。中国人は（たとえどこの中国人だろうと）大日本国に決して大をつけて呼ばない。

「これが事実だとすれば、吉本首相は、アメリカ大統領との会談直後に、あの唐突な中国訪問を発表した事になるわけで、関連が注目されるところです」

「ちきしょう！」ケイスネスの右手のなかで、ボキッという音がした。握りしめたボールペンが二つに折れた音だった。彼は大粒の歯を剥《む》き出しにして言った。

「こんな情報を何だって香港に抜かれなけりゃならないんだ」

「ロバート・ヴォーンは去年、鄧小平《とうしょうへい》の気功師にポリープを取ってもらった。その後、彼の周りには、いつも気功師がうろちょろしている」と、私は言った。

アテンション・プリーズ。日本には、こんな諺《ことわざ》もある。

遠い親戚《しんせき》より近くの中国人。

その中国人が、TVのなかでさらに言った。

「ヴォーン大統領と吉本首相の会見がセットされたのは、京都の料亭《辻留》といわれ、世にも名高い高価な夜食をとりながら、通訳二名を交えただけの会談が五時間にも及んだとのことです」

「辻留だって！」私は、その名をしゃっくりのように繰り返した。

「辻留だって！」

3

次の三つのものが、私のスクリプトワーカーに記録されていた。

メモ用紙に手書きの電話番号《812・2111　内8940》。

丸い染みのある私の名刺。

それに辻留の請求書《一金、壱拾八萬参阡七百四拾壱圓也》。（たった二人で！）

大阪へ帰ると、着いたその日から、編集やら音入れやら清算やら、それはもうテンヤワンヤ、これについて考える暇さえなかった。そこで、《戦争屋》がカタコンベから出ていってしまうのを待ち、私はネットを通して電話番号をチェックした。

——812・2111／大日本国内／局番三桁《けた》地域／無差別。

該当例は四百十一あった。

うち、それが代表番号になっているのは百八十八。ほとんどはダイアルインで、交換式の内線番号、それも四桁の内線番号を持つものは、鹿児島と佐賀、鳥取に、それぞれ一件あるだけだった。私はスクリプトワーカーにヘッドセットを繋《つな》いで、その三か所に次々、電話をかけた。

しかし、どこにも8940という内線番号はなかった。

《辻留》はどうだろう。結果は次のとおり。

『ツジトメ——日本料理の大御所、辻静雄が経営する日本料理レストラン。

京都と大阪と広島に金閣寺のように立派な店があり、人々から影の立法府と呼ばれ、畏《おそ》れられている。

大日本国の政治家は議会での討論や審議を挨拶《あいさつ》程度にしか考えていない。

もうかりまっか？　ぼちぼちでんなあ、というふうに。

本当の政治は国民の目を逃れ、辻留のような料理屋で会席料理を食べながら行われる』

アテンション・プリーズ。会席料理のことなら、私にも少し知識がある。

元来それは懐石料理と書き、読んで字の如く、懐に石を飲んで食べるものだった。

第二次大戦直後、日本の食糧事情が大変悪かった時代、京都南禅寺の宿坊で供された野草料理がはじまりだと聞いたことがある。誰に？　もちろんライシャワー教授に。

当時、天下の名刹《めいさつ》といえど、なかなか食料が手に入らなかった。そこで、厨房《ちゅうぼう》をあずかる坊主たちは一計を案じた。懐にあたためた石を入れ、その熱と重さで満腹を味わった気にさせるのだ。

いやいや、させるのではない。客は自らすすんで満腹になってみせなければならない。これこそが、日本の礼であり、仏の道。——ここはただ食べるだけの場ではないのだと、食事前に本院の高僧が講釈した。あにはからんや、宿は大繁盛、懐石料理は一気に関西一円に広まったというわけだ。

今でも、その『礼』と『道』のストーリーは日本の政治家の大のお気に入り、質問も答弁も、予算の修正も法案を巡る攻防も、ほぼここで先付けと小鉢の合間にシナリオが作られてしまう。そのために、内閣安全保障室のコンピュータには、与野党全議員の食事の好みが事細かにファイルされていて、（ここから先は噂にすぎないが）名高い会席料理屋の厨房の端末機から即座に呼び出すことができるのだそうだ。

料亭を舞台にした、こうした談合を、国民は『食い倒れ政治』と呼んでいる。

新聞の大見出しでは、たとえばこんなふうに。

《野党、まったけを食う！》

あるいは。

《またも食い倒れ！　松葉《まつば》蟹《がに》、野党を寸断！》

はたまた。

《与党、テッポウで威嚇》などなどなど。

アテンション・プリーズ。テッポウとは標準語でフグのことだ。

そういえば、田中角栄の話にも、京都の料亭に新潟の米をとどければ一キロ四千円にはなるという件《くだり》があった。大阪の板前が、地雷原を越えても買いつけにくる米だとも言った。大阪城で《食い倒れ政治》が続くかぎり、新潟の米は強力な戦略物資だ。太平洋戦争の石油にも匹敵する。そして独立農民党が恐れていたように、もしあのヘリコプタが西側のもので、米の搬出ルートの破壊をもくろんだのだとしたら、大阪城は、その重要な兵站《へいたん》線を自分の手で絶とうとしていることになる。

そうまでして東京の顔をたて、いったい何を得ようというのだろう。

私は思わず指を鳴らした。すぐさま電話を取り、チュオン・フーメイに尋ねた。

「来月の日本週間で食い倒れ政治を特集したいんだけど、取材費が出るかな」と。

彼女の返事は、簡潔そのもの。

「辻留で食べないなら、A・OK」

私が溜《た》め息をついて電話を切ろうとすると、彼女は声を張り上げて、

「ちょっと待って。カタコンベで名もなき神に祈りをささげてる暇があるなら、頼まれてほしいことがあるんだ。今から首相官邸で記者会見があるんだけど、手が足らないの。あんた、猫の手になってくれない？」

「じきに昼飯だよ。日本では朝飯前でないと仕事をしないんだ」

「首相自ら、緊急記者会見なんですってよ。この間の北京訪問、やっぱり裏があったらしいの」

「しかし、官邸記者クラブとの取り決めで、ぼくたちは、——」

「そう！　外国テレビ局は一社しか出られないんだよ」

「今月の外国幹事社はCBSだったはずだ」

「原則としてね。上納金さえ払えば、どこでも月に二度までは出られるんだよ」

「上納金って、いったいどこに？」

「大日本ジャーナリスト互助会」

彼女は、取るものも取りあえず行ってちょうだいとつけ加え、一方的に受話器を置いた。

言われたとおり取るものも取らずに駆けつけたのだが、私たちが着いたとき、なぜか会見はもう始まっていた。廊下まで、カメラマンが溢《あふ》れていた。

吉家が取るものを全部、取ってから出たせいだろうか。

いや、そんなことはない。会見はフーメイ女史から聞いた時間より三十分も早く始まっていたのだ。

これは西日本では異例のこと。こと、この大阪では。つけ加えるなら、消防車の到着平均時間はニューデリー以下、パトカーのそれは昨今のモスクワ以下、官公庁で定刻より早く始まるのは昼食時間だけと言われているこの大阪では、大いに。

人垣越しに見ると、演壇の吉本首相は、心なし頬がこけ、青ざめているようにも見えた。いつも笑っているような大きな唇に、珍しく紅がひかれていなかった。もはや世界的に知られている彼女のトレードマーク、ジャン・ポール＝ゴルチエのスーツも、今日はどこかなよっと着崩れている。しかしそれでも、縁日の綿菓子のような銀髪をのぞけば、もうすぐ八十歳とはとても思えないしっかりした身振り、はっきりした口ぶりで、受け答えを続けていた。

吉家が、さっそく脚立とカメラを担ぎあげ、人ごみのなかに突進していった。

私は入口で手渡された同時通訳の受信機を耳にねじ込みながら、記者席のいちばん後ろまで割り込んでいき、立ったまま（椅子はもういっぱいだったので）他人の手もとを覗《のぞ》き込んだ。

そのディスプレイの一行目にはこうあった。

『先週北京で、中国から打診、中曾根が頂上会談を希望――は、ほんまかいな？　ぼけかまして否定しいひん』

そこで、新聞の連中が一様に手書き入力のスクリプトワーカーを持ち込んでいることに気がついた。通信機能のついた大型のもので、ポケットの携帯電話とケーブルでつながれている。いよいよとなればこの場から、直接、原稿をデスクに送ろうという構えだ。

後になって聞いたところ、それはこうした事情だった。

先週、北京滞在中の吉本首相を、長い間公式の場所に姿を現さなかった胡耀邦総書記が宿舎に訪問したというニュースが転げ出たのだ。どこから？　大韓社会主義共和国の外交筋から。その朝早く、おおっぴらに。

先週の急な訪中では、むろん中国政府から、東側の何らかのシグナルが手渡されるのではないかという臆測が飛び交った。それが蓋《ふた》を開けたら、パンダの人工授精で研究データの交換に合意しただの、鄧小平が新天皇の継承式典に出席するだのしないだの、——すっかりしらけかかっていたところに、このニュースはちょっとした仕掛け花火だった。

そんなわけで、官邸は先手を打って首相本人の緊急記者会見を午後一番に用意したのだが、今度は新聞各社が色めき立った。それでは、夕刊に記事が間に合わない。三十分開始を早めるよう突き上げた。

三十分ぐらい、技術的になんとかならないのかって？　それはどうにでもなる。どうにもならないのが、新聞社が独自に結んでいる協定だ。その協定では、午後正一時以降に手に入れたニュースはお互い絶対、夕刊に載せないことと決めている。

タイムリミットまであとちょっと、というところで、結局、官邸は音を上げた。会見を三十分ずりあげて始めてしまったのだ。

もちろん、外国人記者クラブは後になってこれに文書で抗議した。

官邸からの返事は、〝あみだ池大黒〟の粟《あわ》おこしがひと折と書面が一通。

『あいすまんこっちゃ。かんにんやで』

「中国人が、それも料理人の専属があるような老人が」と、そのとき恐ろしく奇妙な英語が、耳の中でしゃべりだした。

「年下の者を訪れるというは、自分の方から、大変なことではありませんか、もうそれだけでも?」

見ると、ずっと前の方で夕刊オオサカの記者が立ち上がり、質問していた。

「私は決して言ってはいないんですよ、会っていないとは」同じ声が、今度は首相の言葉を翻訳した。

「会って、どんなお話をなさったんですか、きっと大変な」

「それは事実です、東京が提案してきたのは、相互訪問を。しかし、具体的な、何のやりとりも、中国が持った印象をそのまま受け取るのは、ありはしなかったんです」

私は思わず、受信機を耳からもぎとった。

「向こうはんは、国の頭領やし書記長やから首相とでは格が違う言いまんのんや。天皇はんと直接交渉やないと、あかんてな。もう、よう言わんわ」

「東京はその席で何を話し合いたい言うてますねん?」

「国連の同時加盟問題」

ほんのひと呼吸、シンと冷やかな沈黙があって、直後、どよめきが沸き上がった。

記者連中は、いっせいに手を動かしはじめた。私もメモ帳を出した。あいにく、私のスクリプトワーカーには手書き入力のパッドがついていなかったのだ。

東京政府を牽制《けんせい》する言葉がいくつか続いた。私には、半分も判らなかった。しかたない、再び受信機を耳に押し込んだが、いや、そうすると四分の三が理解できなかった。

新聞記者たちは、ここらで第一報を送っておいたほうがよかろうと考えたのか、みんな手許《てもと》のディスプレイに額をひっつけ、黙りこんで電子ペンを動かしはじめた。

私はペンを持った手をふりあげて立ち上がり、不要な混乱を避けるため英語で名乗った。

首相は、私を見つめて目を丸くした。それからすぐ、にっこり微笑んだ。

「何や、サミーかと思うたわ。またデュエットでもしまひょか？」

「ＯＫ、マム」私は言ってやった。

彼女は、演台の上で二本の指に一節タップを踏ませ、にやりと笑った。

「先々月、大喪の礼の後、夜更けから明け方まで長時間、我が国の大統領と懇談されたそうですが、いったいどのようなお話を？」

「いややな、うちかて女やで。聞かんとき、そないえげつない」と言って、彼女は笑った。

「会われたことは認められるんですね」

「あほ言うとき」

通訳は、それをこう訳した。

「ノーコメント」

「大統領は事前に、北京でおこるであろう出来事を知っていたんじゃありませんか」

「アカチパラチやな」

通訳は、それもこう訳した。

「ノーコメント」

言って彼女は肩をすくめた。昨今の若い日本人のように板についた仕種《しぐさ》ではなかった。しかし、まったく浮いた仕種でもなかった。仕種だけではなく、化粧もファッションも、日本の老人とは思えないところがあった。

首相は、若いころ少女歌劇団の一員だった。吉本潁右と結婚する少し前に独立し、レコードデビューもしたことがあった。鳴かず飛ばずで終わったものの、そのたった一枚のレコードは、日本の歌謡史に名を残した。それは、史上初めて関西標準語で歌われた現代歌曲だったのだ。それまで、日本の歌謡は今で言う東京官話に限られていた。

戦争のあと、潁右が公職追放になっていた数年間、彼女はジャズシンガーとして働き、一家を支えた。当時、日本人ジャズシンガーがみんなそうしていたように、彼女もまた米軍キャンプを回り、グリーンバック・ダラーを稼いだ。それ以外、生きる道はなかった。だいたいジャズなんて、日本にはそれまで数年間、無いも同然のものだったのだ。

連合軍総司令部の参謀二部、対敵情報部隊隊長だったソープ准将と大変に親しくなったのは、ちょうどそのころのこと。大変というのが、どのくらいの大変か、私には判らない。しかし、それをきっかけに彼女の対米人脈がつくられていったのは間違いない事実だ。その筋にいわせると、それは今もワシントンに根深く張り巡らされている。

だから、ロバート・ヴォーンのような議会経験の浅い大統領を手玉に取るぐらい、彼女にとっては、それこそ朝飯前のおちゃのこさいさい。まして、TV記者風情においておやおや。

私は、手を替え品を替え、同じ質問を繰り返した。アメリカと中国は、この件に関して共同歩調をとっているのではないか。シナリオはワシントンと北京で書かれているのではないか。

だとしたら、そのクライマックスは、国連同時加盟などで収まりがつかないのではないか。などなどなど。

しかし、答えは『おとつい来《き》いや』『ボケかまさんといてや』『ぼちぼちでんな』、——いずれにしろ、同時通訳氏によれば『ノーコメント』。

私が諦《あきら》めて腰を下ろすと、神経質そうな新聞記者がディスプレイから顔を上げ、立ち上がった。

「朝日新聞の岡田言いまっさ。話はちゃいまっけど」と、彼は言った。

どよめきが巻き起こった。先刻のとはまったく質の違うどよめき。さすがは朝日新聞、みんなの悪い予感にみごと応《こた》えて、話はがらりと変わった。

「首相は今年の敗戦記念日、豊國《ほうこく》神社へお参りに行かはりまっか」

「終戦記念日やね」と、彼女は言いなおした。

「来年のこと話すと鬼が笑う言いまっせ。来年ほど先のことやあらへんけど、夏の話したらあてが笑いまんがな」と言って、本当に大声で笑った。

アテンション・プリーズ。豊國神社は、太閤《たいこう》秀吉を祀《まつ》った神社だ。しかし、第二次大戦の直後から、そこには近代日本が戦ったすべての戦争の戦死者全員が秀吉親子と一緒に祀られている。そのため、報国神社などと表記されることもある。神社自ら、語呂《ごろ》あわせでときどき。

歴代の首相は、八月三十日、日本がハーメルン宣言を受け入れたその日に限らず、在職中はそこに近寄ろうともしない。左派や民主派、市民団体は憲法違反だとしているが、国家主義の流れを汲《く》む保守党議員は、毎年、その日に参拝し、玉串《たまぐし》をささげている。しかし、たとえその手の議員でも、いったん閣僚になると、まず豊國神社に近寄らない。別に憲法を侵すからではない。大阪市民の反発が怖いからだ。

一九四七年、東京の靖国《やすくに》神社の神主が、明治維新以来、延々と奉納されてきた戦死者名簿を行李《こうり》に詰めて大阪に脱出してきたとき、どうしたわけか、占領軍民生局長のホイットニー少将が、それを豊國神社に祀ることに同意した。いったい誰がどう提案したのか、なぜ少将が後先も考えずOKしたのか、今となっては永遠の謎だ。

反応は素早かった。太閤はんと戦犯を一緒に祀るなんてもってのほかだという声が巻き起こり、反対運動は津波のように広がって、大阪の通りという通りは千成り瓢簞《ひょうたん》と赤旗に埋め尽くされた。

その点、マッカーサー元帥には見る目があった。占領当初こそ占領軍総司令部を大阪城に置いたが、第一回目のGHQ指令、――『民権自由に関する指令』を実行不能だとして足利輔《すけ》氏ひきいる戦争処理内閣が総辞職すると、それを継いで組閣した平民出の山口登に、あっさり大阪城を明け渡してしまった。

GHQの執務開始から、たったの三週間、このニュースを、当時の新聞は口を揃えてこう伝えた。

『無血開城！』

マッカーサーは、その回顧録に書いている。

『大阪の市民はこの国で唯一、ヒロヒトとはまた別の権力機構のなかに身を置いている。その頂点に君臨するのがタイコーハンである』と。

「先月の遺族会全国会議で、たしか首相は、現職首相の豊國神社参拝は決して違憲やあらへんと発言してはりますな」と、岡田君が食い下がった。

アテンション・プリーズ。吉本シヅ子は、義理の叔父《おじ》にあたる林正之助の代から、汎《はん》日本戦没者遺族会をもっとも大きな後援組織にしている。生前、吉本潁右は三期にわたってその理事長を務めていた。

そして、朝日新聞は太閤秀吉と戦没者の合祀《ごうし》に、戦後半世紀近く、一貫して反対してきたのだ。

「ああ。言いましたがな。それがどないしたん」首相は言葉と裏腹に笑顔で応じた。「浪速の女がちょっと偉うなったちゅうて、太閤はん拝んだらあかんの？　あかん言うたら、それこそあんた、憲法違反とちゃいまっか？　え、どないや？」と。

岡田君は音もなし、そのまま椅子に腰を降ろした。

次に、ワシントン・ポストのトム・リードが立ち上がった。

「先日、首相の訪中と奇《く》しくも同時に、中曾根書記長が極東共和国を訪問したわけですが、会談後の記者会見で、ゴルバチョフ大統領がこんな発言をしています。ご存じでしょうか。〝私は分離主義者と非難されているが、もしそうなら、世界中の国民国家の指導者がそう非難されるのではあるまいか。たとえ間取りは違っても、われわれは同じ大家の家に住んでいるのだ〟と。いかがでしょう。これを、日本再統一を促す隣国からのメッセージと読む向きが大勢いるのですが、首相の見解をお聞かせ願えませんか」

その見解は、短く明瞭《めいりょう》。こんなものだった。

「だったら、おっさん、管理費くらい払いなはれ言うたったれや」

会場が笑い声で揺れ、首相は笑顔で手を高々と振って、それに応えた。

むろん同時通訳氏の見解は別。こんなものだった。

「私は立場にない、その他国の指導者の心中を仄聞《そくぶん》するような」

トム・リードは眉《まゆ》をぴくりと動かし、いよいよ枕から本題にうつった。

「われわれは、首相が東側の提案を前向きに検討していると考えていいんですね」

「検討するも何も、東京は今んとこなんも言うとらんやないの。貰《もら》っとらん土産に、はあ、おおきに言うアホはおりまへんで」と、首相。

「検討する前に、それはまだ提案ではない。知らなければならない、東京の意図を」と、通訳。

トム・リードは先を続けた。

「西日本は富を得て国家を失ったと、先日、ハバロフスクで中曾根書記長が言ったそうですが」

私はちょっと驚いて、彼の方を見た。意外や意外、それはあの夜、田中のアジトで平岡の口をついて出た台詞《せりふ》とまったく同じではないか。

「首相は当然、お聞き及びでしょうが。それについて、――」

「ええやんけ。上等やないけ」

首相がいきなり遮った。通訳は間に合わなかった。頬が真っ赤にほてっていた。

その勢いに、トム・リードは口を閉めるのも忘れて立っていた。

「国家と富とどっちが大事や？　そないなこと、道頓堀のぼてぢゅで洟すすってるガキでも知っとるわ。フェニキア、ローマの昔から、二兎《にと》を追う者一兎も得ず、奢《おご》る平家は久しからずや！」

翌日になって、二兎を追ったと評したのは、断固として東日本であって、決してアメリカ合衆国のことではないと、彼女はわざわざ弁明しなければならなかった。

首相がマイクを外してそっと独りごちるのを、その場にいあわせたCNNの大変有能な特派員が聞き逃さなかったからだ。こんなふうに。

「懲りんやっちゃな。ヴェトナムで何勉強してきたんや」

どちらにしろ、その日の記者会見は、これでおしまい。首相は、トム・リードの質問を一方的に打ち切って、会見場を出ていってしまったのだ。

翌日そのことについても、彼女はカメラに深々と頭を下げ、記者クラブに謝った。

『会見や言われて、何も聞かずに飛んで来たけど、何を言うやら何処で言うやら、それがごっちゃになりまして、わてホンマによう言わんわ』と。

4

会見がはねた後、私は吉家を社の車で先に帰し、ひとり、テラスから庭へ出た。

二十数年前、パンナムの懸賞論文に入選して訪れたとき、大阪城はただ濠《ほり》の外から見上げただけ、通りすぎたも同然だった。首相官邸は、むろん観光客立入禁止、中まで入るなんて思ってもみなかった。

その官邸は公邸と棟続きの建物で、かつて大阪城西の丸と呼ばれた場所に建っていた。すぐ裏がフランス風の庭園になっていて、そこからは内濠越しに、小高い本丸の石垣と松の木立に守られた天守を見ることができた。今でこそ国会議事堂として使われているが、元をただせば、それは昭和の初めに復元された鉄筋コンクリート製、エレヴェータつき、屋根は五層なのに中は八階建てという観光用の楼閣だった。

天守台の足許《あしもと》には、檜《ひのき》の皮だけで葺《ふ》いた屋根がのぞけていた。こっちは和歌山城から移築した平屋の御殿、屋根だけだとアンクル・トムの小屋と区別がつかないが、まぎれもない本物、国宝級の文化財だ。天皇の国会開会宣言は、衆参両院の全議員をここに集めて行われる。

私は、庭から濠ぞいの小径《こみち》を通って官邸の正面に回った。

それは、十九世紀アメリカの新ギリシャ様式をとことん夢想して造られたもので、真正面から見るとワシントンDC北西区ペンシルヴェニア通り一六〇〇にある建物とそっくりだった。いや、そっくりなどというより、精巧な模型と呼ぶべき代物だ。縮尺二分の一きっかりに造られた、木造モルタルのホワイトハウスと。

私がパンナムの懸賞旅行で訪れたときは、ただ白っぽい漆喰《しっくい》塗りに過ぎなかったのだが、今では外壁全体、隅から隅まで本物の大理石でびっしり覆われていた。調度品も格段、上等なものに変わっていた。犬飼恭平《いぬかいきょうへい》が描いたマッカーサーの肖像はとり外され、山下清の花火の絵がかけられていた。クリスティーズで四百万ドルの値がついたシリーズの一点だった。何から何まで、ほぼ本物になっていた。

しかし、それでもサイズと構造だけは別だ。二分の一のサイズと、宮大工を動員してこしらえたといわれる檜の骨組みだけは。

千貫櫓《やぐら》の手前から先、三の丸、二の丸は一般に開放されていた。芝の代わりに、一面、玉砂利が敷かれ、枝ぶりのいい木が行儀よく並んでいた。ケヤキ、サンゴジュ、クロマツ。ことに見栄えのいい木には名がつけられていた。なかには、こんなのもあった。

《ジャックの松／1966》《ジャッキーの楓《かえで》／1966》

少し行くと、木立の向こうに実物の四分の一ほどの大きさのウェストミンスター寺院が見えた。ビッグベンの方はもっと小さい。十分の一もないだろう。それが、総務庁、内閣官房などが入っている建物だ。

桜橋の前には警察の装甲車が止まり、武装した暴鎮隊が何人も警護していた。国会会期中は、本丸は一般に公開していないのだ。

修学旅行の一団が桜門を背に記念撮影をしていた。広場をはさんで向かい側の木立の下は、屋台ののぼりがあふれていた。たこ焼き、イカヤキ、焼きダイフクにソース焼きそば、お好み焼き、あたりには醤油《しょうゆ》の焦げた匂いが漂っていた。屋台は大阪の名物だ。昼飯時にはOGPの高層省庁街を埋めつくす。予算審議中には国会の足許、本丸に夜中まで屋台の灯がともる。ラーメン、関東煮《かんとうだき》はもちろんのこと、ホルモン、てんぷら、うどんすきの屋台まで、ないものはない。今年はついにパチンコ屋の屋台まで出現して話題を呼んだ。

その屋台のほとんどは、大阪城近辺の省庁がやっている。本丸に出ているのは残らず、警察庁が取り仕切っている。で、なかったら、会期中の国会の中で営業できるはずがない。それも、夜っぴて。

吉本頴右は、かねての公約どおり公共事業を片っ端から民営化していった。公立学校は公文《くもん》（例のOS、クモン式を開発したソフト・メーカーの親会社だ）に、ゴミ収集と道路清掃はダスキンに、郵便はアートとサカイ（アートは《DHL》の親会社だし、サカイはご存じ《フライング・タイガー》をつい先日買収して、世間をあっと言わせた運送会社だ）に。

さて、二期目に入ると、彼はさらに官公庁の『営業化』を推しすすめた。それ以前はさすがの大阪といえど、国会がこうまでにぎわっているなどということはなかった。

（私が、パンナムの招待で来たとき、事実、桜門前の屋台はまだ二十かそこら、あとはメリーゴーラウンドがひとつあるだけだった）

私は、その騒ぎと食べ物の匂いをかきわけかきわけ、広場を通り抜けた。

一番櫓の手前まで行って遊歩道沿いに左へ曲がると緑が濃くなった。晴れてもいないし、かといって別に曇ってもいない、大阪らしい、ぼちぼちな空模様だった。こんもり繁った木々の上では、OGPの高層ビルがいくつもその空を貫いていた。

割烹着《かっぽうぎ》を着た老婦人が道を竹箒《たけぼうき》で掃いていた。ちりとりを持った男が空き缶や吸殻を拾っては、リアカーの荷台に乗せたゴミ箱に集めていた。リアカーはあちこちに四台いて、それを中心に四つのグループができていた。年齢も服装もまちまちだったが、誰も押し黙り、口許を引き締めて、掃除にいそしんでいた。しかし、決して熱心にそうしているようには見えなかった。かといって、さぼったり、ぼんやりしている者はいなかった。

見ると、全員の腕に同じ腕章が巻かれている。腕章には、黄色い瓢箪《ひょうたん》に《奉》の一文字。ちょうどそのとき、木立の向こうから二人連れの制服警官が歩いてきた。

私は記者証を出し、英語がしゃべれますかと尋ねた。若い方の警官が、胸のワッペンを指さして笑った。そこには刺繍《ししゅう》でこうあった。

《お困りでっか。英語でお世話しまっせ》

と、なぜか漢字とひら仮名で。

そこで私は、あの掃除夫はボランティアなのかと尋ねた。なぜなら、西日本ではボランティアというものがまず存在せず、言葉でさえ一般的に知られてはいなかったから。

「公益還元ですよ」と、警官は応えた。

「刑事罰の代償として？　日本の法律にそんなのありましたか」

「いやいや、あれは国民住宅公庫から金借りてた連中ですよ」警官はこともなげに言った。

「焦げついた借金の質《かた》に体出せっていうところですわ。ローン代わりの年季奉公です。わが国には一石二鳥っていう言葉があるんですよ」

一石二鳥。

この四文字標語を避けて日本の近代化は語れない。たとえ《和魂洋才》をさし置いても。何しろこの国の現代は鉄でもない、石油でもない、(何度でも言おう!)松下幸之助《まつしたこうのすけ》の〝二股《ふたまた》ソケット〟から始まったのだから。

私は礼を言って、また歩きだした。残念無念。私は、マグネラマを持ってきていなかった。あたりが拓《ひら》けた。芝生の庭があり、奇妙な建物が建っていた。私はその周りを回っていった。何に使う建物かは判らないが、何の建物かは半周もしないうちに判った。五角形のビルなど、アメリカ国防総省以外あり得ない。

二階建て、一辺五十メートルのペンタゴンは、正面玄関にこんな看板を出していた。

《憲法記念会館》

玄関脇にカルピスの自動販売機があった。

アテンション・プリーズ。日本の自動販売機は、道路に放り出してある。にもかかわらず、壊されることはまずない。中の金が盗まれることは、もっと希有《けう》だ。十万円かそこらの小銭のために鉄の扉を壊してもしかたないということなのだろう。日本人はコストパフォーマンスに絶えず重きをおく。

ずっと歩いてきたので、喉《のど》が渇いていた。本当は、すっかり腹がへっていたのだが、そのせいで余計、喉が渇いているような気がした。

私は機械に小銭を入れ、ボタンを押した。そして、次の瞬間、いっぺんに四歩、後ろに跳ね飛んだ。

いきなり四角い機械がしゃべったからだ。

「毎度おおきに。またおいでやす」と。

自分の心臓の音を聞きながら機械の前まで引き返し、私はおそるおそるカルピス・トニックの缶を取り出した。栓を開けた。

笑い声が聞こえたのはそのときだった。

私はふり返った。手から缶が滑り落ち、足許に白いソーダ水が飛び散った。片方のくるぶしがびしょびしょになったが、私は気にも止めなかった。

廣子が、スズカケの木の下でにっこり微笑んでいたのだ。

5

「ご無事で何より。お会いできて本当に嬉《うれ》しいわ」

彼女は、顔全体に微笑をひろげた。

「どうしてここに？」私の声は、悲鳴に近かった。

廣子は、真珠色の綸子《りんず》の着物を着ていた。内側の襟には細かく美しい刺繡がほどこされ、その刺繡と同じ模様がある布製のバッグを手にしていた。突然、とても楽しそうに笑うと、私のほうに真っ直ぐ走り出した。

私はもちろん全身を緊張させて待った。両手を前に、控えめに開いて。

しかし、彼女は目の前を通りすぎ、私が落としたカルピスの缶をさっと拾ってごみ箱に入れた。

「秘密よ。それより、お時間はおあり？」

「もちろん」と、私は言った。

「無ければ、すぐにつくります」

私は携帯電話を出して、たちまちそれを実行した。もっけのさいわい、フーメイ女史は外に出ていた。電話を取ったのは若いアンガスだった。私はすかさず言った。

「緊急事態なんだ。吉家が持ってったニュース素材をぼくの代わりにつないでおいてくれないか。音を活かして十五秒、あとは適当な絵を五十秒。――簡単だろう？」

アンガスが、いかにも簡単だ、だから相合橋東詰〝出雲屋〟のまむしでどうだろうと持ちかけ、私はそれで手を打った。

「食事はどうですか。実は昼飯前なんです」私は、思いたって廣子に言った。

「ちょうどいいわ。京阪《けいはん》ガッレリア・スーペルジガンテを通るから、美味《おい》しいお弁当を買っていきましょう」

「ずいぶん長い名前だ」

「でも、〝たこ竹〟のバッテラを売っているのよ」

それは駅ビルの名前だった。〝たこ竹〟のことではない。〝たこ竹〟は寿司屋だ。

なぜたこが鯖《さば》を売るのか私が尋ねると、廣子は喉で鈴のような笑い声を鳴らし、木立のさらに奥へ歩きだした。

外堀の手前に、通勤用モノレールの高架駅があった。彼女は何も言わずに二人分の切符を買い、自動改札に私を押し込んだ。

モノレールはリニアモーターだった。平均台のようなレールを跨《また》ぎ、音もなく走った。議員会館の上を通りすぎ、OGPの高層ビルを縫って行き、私が泊まっているホテルのすぐ足許《あしもと》から寝屋川《ねやがわ》を渡ると、向こう岸に巨大な衝立《ついたて》のようにそびえるガラス張りのビルに吸い込まれた。それが、京阪ガッレリア・スーペルジガンテだった。間違えようがない。ガラスの外壁の真ん中にそう書いてあったのだ。むろん片仮名で。

東西に長いビルだった。モノレールの駅が、中に三つもあった。彼女は、二つ目の《味のガッレリア》で降り、私を〝たこ竹〟に連れていった。

「君は、西側の生まれなのか」と、私は尋ねた。

「そんなことはないわ。新潟の人間よ。なぜ、そうお思い？」

「バッテラと言ったからさ」私は買ったばかりの昼食を差し上げてみせた。

「東日本では、鯖棒って言うだろう」

「京都に五年、お行儀見習いに出されていたんです。きっと、そのせいね」

「君は、田中角栄の何に当たるんだ？」

彼女は笑って応《こた》えず、動く歩道の上をどんどん歩きだした。

エスカレータに二度乗り換えると、京阪京橋駅のコンコースに出た。大きな案内図で見ると、このビルにはモノレールと地下鉄、それに三種類の鉄道が乗り入れていた。

彼女は音声入力の自動券売機に、こう呼びかけた。

「京阪三条経由、蹴上《けあげ》」

「三条って京都の三条かい」と、私は尋ねた。

「静かになすって」彼女は、唇に人差指をあてて囁《ささや》いた。

「よけいなことを言うと、機械が勘違いしちゃうでしょう。それでなくともイントネーションが難しいのに」

券売機の前に人影はまばらだった。コンコースには、手拭《てぬぐ》いで頰かむりした年寄りの女が、何人もうろうろしていて、ほとんどの乗客は彼女たちから切符を買っていた。

回数券を買い、それをばらして一枚ずつ売っているのだと、廣子が言った。十一枚つづりを全部売って、一枚分の儲《もう》けになる。

驚くにはあたらない。大阪ではおおよそ何でも売っている。雑誌の付録を専門に売っている店もある。そこでは雑誌のクイズの応募葉書や懸賞の応募シールまで売っている。デパートの駐車券やサーヴィス・スタンプの台紙を売っている文具店がある。全集本の月報を専門に扱っている本屋もある。しかし、この場合、

「客は何の得にもならないじゃないか」

「機械と違って、おおきにって言ってもらえるでしょう」と、彼女。

「さっき、ぼくは機械に礼を言われたよ」

「駅の券売機はしゃべらないのよ。どうしてかしらね」

どうしてかって？　——後になって判った。

四年も前、梅田の駅に初めてしゃべる券売機が登場したとき、切符売りの女たちがピケを張り、駅を封鎖した。なぜか市民がそれを支持し、駅周辺は三昼夜にわたって大混乱、ついに駅側が券売機の口を塞《ふさ》いでしまったのだ。

ではなぜ、廣子は機械から切符を買うのだろう。答えは簡単、

「標準語が下手で、恥ずかしいからよ」

私達は、地下五階の駅から京阪三条行きの急行に乗った。

京阪電車には、一両につき十台の二十インチ・モニターが置かれている。一両ごとに別々のスポンサーがついて、それぞれが独自の番組を上映している。レコード会社が共同提供している車両は、一日中新譜のビデオクリップを流して、結構な人気だ。地上波のテレビ局が前日のスポーツと人気ドラマのさわりを繰り返しやっている車両は、出勤時、外泊朝帰り組のＯＬで

いっぱいになる。

私達がまず乗り込んだのは、通信カラオケのメーカー、コベルコが提供している車両だった。もちろん、隣の車両に移った。さいわい、そこは静かだった。ほんのわずかしかいない乗客はみんな寝ていた。座ってから判ったのだが、そこでは日本映画振興会が映画を見せていたのだ。しかも新作を。

「どこまで行くのか、教えてくれないかな」と、私は尋ねた。

「とにかく、パスポートを持ってきていないんだ」

「あら、いやだ、私ったら何も言わずに。――ごめんなさい、本当にそそっかしくて」

彼女はくすくす笑った。真っ白い歯が唇のあいだに覗《のぞ》けた。

「京都にご一緒していただきたかったの。そう、もう、ご一緒してるわけだけれど」

「田中さんの言いつけで？」

「いいえ。今日はそうではないの。小父《おじ》さまとは、あれから、まだ私も会えずにいるんです」

「じゃあ、平岡の？」

「あの方は、療養されているわ」

「どこか、怪我でも？」

「いいえ、気がふさいで山の隠し湯へ湯治に出ているの」

「あれだけの撃ち合いで？　それは幸運だ」

「そう、毘沙門《びしゃもん》様のご加護だわ。平岡さんだけじゃなくってよ。怪我らしい怪我をした人は、ただのひとりもいなかったの」

私の口が急に重くなった。しばらく黙った。鯖の寿司を残らず食べ、紙タオルで手をふいた。彼女は、自分の袋からお茶を出し、栓を開けて私の前にそっと置いた。

「どうぞ、お飲みになって。――小父さまには、今日のこと内緒なんです。本当は昨日、新潟に帰らなければならなかったの。小父さまは、私がこちらにいると、とても心配するのよ。でも、ある方があなたにとても会いたいっておっしゃるものだから」

「君は、こっちで何をしているんだ」

「小父さまのお仕事のお手伝い。京都のお得意様を回って、注文をとったり、納品を確かめたり」

「君が?」私はびっくりして、声をあげた。

「ええ」彼女は、ちょっと顎《あご》をしゃくり、にっこり笑った。

「京都の人との商売は、ただ算盤《そろばん》が使えればいいってものじゃないわ。ご挨拶《あいさつ》とか、お付き合いとか、私でないと務まらないことがいっぱいあるのよ」

それはたしかに。京都には、宮内省だけでなく科学省と総合文化省も置かれている。パチンコ屋と麻雀《マージャン》パーラーは一軒もない。売春婦を買ってベッドまで連れていくにも、セブンイレヴンでおにぎりを買って鴨の川原で食べるにも、数種類の厳格な手続きと作法を踏まなければならない。まあ、茶の湯や切腹ほどのことはないけれど。

私はお茶を飲んだ。すると、廣子が、布のバッグから薄い半透明の和紙で包んだ小さなお菓子を出して、私の席のテーブルに置いた。

「よろしければ、召し上がれ。とっても、美味しいのよ」

私は礼を言って、和紙をはがした。中はウグイス色の饅頭《まんじゆう》、何と私の足の親指ほどの大きさしかなかった。

「いかが。辻留のお口直し」

「辻留だって！」私は叫んだ。近くで寝ていた客が、二人、目を覚ました。

「それ、京都の料亭の辻留かい」

「そうよ。私は、その持ち主の家にお行儀見習いに出されていたの。魚沼のお米の、とてもいいお客さまなのよ」

「何ていうことだ」私は唸《うな》った。

「まさか、ぼくに会いたがっているのも、実はその持ち主だなんて言うんじゃないだろうね」

「そのとおり。さすがに特派員ね」彼女は嬉《うれ》しそうに言った。

また、私の口が重くなった。しばらく言葉がなかった。しかし、今度はそれがなぜなのか判っていた。これではあまりに都合がいい。そして、経験が私に教えていた。偶然がおこるのは、結局たしかな理由があるからだ。まったく理由なしにおこる偶然は、偶然ではない。ただの奇跡だ、と。

「君は、なぜあそこにいたんだ」と、私は尋ねた。

「あなたを探しに」彼女は言った。

「毎日お電話さしあげていたのに、いつもいらっしゃらないんですもの。日本語が判る人がいらしても、私の標準語がうまく通じないみたいだし」

「じゃあ、あのメッセージは君だったのか」私の声が思わず裏返った。

「女の声で、田中と名乗って、またお会いしましょうって？」

「ええ、私よ。それがどうかなすって」

「いや。どうもしない。しかし、うちのプロデューサーが聞いたらひどくがっかりするだろうな」

私は言って溜《た》め息をついた。額を掌《てのひら》でぱちんと叩《たた》き、

「それにしても、何だって、あそこが判ったんだ？」

「さっき、また電話をしたら、やっとキムさんが出られて、携帯電話の番号を教えていただいたのよ。それに電話したら、誰かが、あなたは西の丸を散歩されてるって。それで、すぐさまタクシーに飛び乗ったの。そのとき、私はちょうど天満橋《てんまばし》にいたものだから、――本当に運がよかったわ」

私は、上着の内ポケットから携帯電話を取り出した。液晶ディスプレイに番号を呼び出してみると、支局から私に貸し出されているものではなかった。車のなかで、吉家の電話と取り違えてしまったのだ。

私は、自分の番号に電話をかけた。私の電話は、

「電波が届かへんところにおるんか、電源を入れておられんよって、つながらしまへん。堪忍やで」

吉家から、なにか伝言が残されているかもしれない。私は、留守番電話センターを呼び出した。新しいメッセージがひとつあった。

「千趣会《せんしゅかい》テレビショッピングです。毎度、有り難うございます」

と、これはアメリカ人、それもばりばりの東海岸大学人の英語だった。

「ご注文の品物はただいま品切れになっています。本国より入荷されしだいご連絡いたしますので、ご容赦ください」

アテンション・プリーズ。千趣会はテレビの通信販売で業績を伸ばし、今のような国際企業になった。しかしネットワークの発達で、そのテレビショッピング自体、すっかり廃れてもう五年。千趣会も、今では世界有数のデジタルショップだ。それが、どうして？

とりあえず、私はメッセージを消さないように注意して電話を切った。それから、廣子に向き直り、

「しかし、あんな広い場所でよく見つかったな。ぼくは六文銭の旗でも立てて歩いてたんだろうか」

「あなた、真っ直ぐ、ものすごくゆっくり歩いていたわ。大手門を入ったら、もう一目であなたと気づいたわ」

言って彼女は微笑んだ。「大阪では見間違えようがありませんわ」

「なぜすぐに声をかけてくれなかったんだ」

「何となく。びっくりさせたくって」

彼女が、また微笑んだ。喉《のど》で鈴を鳴らした。

そこで私は、自分の職業意識をぽんと放り出してしまった。そして、こう尋ねた。

「辻留のオーナーは、辻静雄じゃなかった？　あの有名な元復員者の」

「いいえ、あの方は経営者よ。オーナーは、佐藤さんって方。女の方なのに、昭和と書いてア

キヲとお読みするの。ソールズベリーさんって評論家が、ご本のなかで男と勘違いして書かれてたって、うかがったことがあるわ。よく、間違われるのよ。――佐藤昭和《あきを》さん、お名前はご存じでしょう?」

「いいや、残念ながら。――その人は何でぼくに会いたがっているんだろう」

彼女はまた笑った。私の手許《てもと》から寿司が入っていた竹皮や割り箸《ばし》をとりあげ、ひとまとめにしてビニール袋に入れ、座席の下にそっと置いた。

「私があなたのことを、お話ししたから」と、彼女は言った。

「ハナコさんのことやら、何やかや。そうしたら、とっても興味をお持ちになったの、ぜひ一目お会いしたいって」

何と返事をしたものか、しばらく思いあぐねていると、彼女はなぜか少しあわてて、こんなふうにつけ加えた。

「簡単に会える方ではないのよ。外国の新聞社がいくつもインタヴューを申し込んでいるけれど、頑としてお会いにならないのよ。そういう方なの。あなたにも、喜んでいただけると思ったんだけれど」

「しかし、何だって、こんなに急に。君は、彼女にぼくを何といって売り込んだんだ」

「とても、美しい日本語を話される方だって。急いでいたのは、あの方じゃないわ」

言って、焦《じ》れったそうに肩を揺すり、ふっと視線を窓の外に飛ばした。電車は音をたて、長い長い鉄橋を渡っているところだった。すぐそこで、三つの川が一つに合流していた。私の勘があたっているなら、その向こうに見えている山が天王山《てんのう》のはずだ。四百年の昔、そこで天下が分かれた。今では、そこで大阪と京都が分かれているだけだ。

午後の日は、もう初夏のものだった。緑はますます濃かった。それが、廣子の瞳《ひとみ》のなかで瞬いていた。彼女は、顔を窓の外に向けたまま、こう呟《つぶや》いた。

「鈍感な方ね。急いでたのは私よ」

そうして目を伏せた。長い睫毛《まつげ》が静かに落ちた。

「だって、すぐ向こう側へ戻らなければならないんですもの」

私は、黙って彼女の横顔を見つめ続けた。

廣子も黙っていた。頬が赤かった。しかし、すぐに翳《かげ》った。電車が鉄橋を渡り切ったのだ。言われたとおり鈍感かどうか確かめるため、頬をつねるべきだろうか。

その前に彼女が口を開いた。

「お得意様の頼みを聞くのはお仕事のうちでしょう。それなら、もし知られても小父《おじ》さまに叱られないわ」

いったい、何を知られても？　私は、そっと自分の頬をつねった。もちろん、これは日本の風習だ。

6

そこは都に近く、都の気配が感じられたが、山しか見えなかった。

三条通はその手前で急なカーヴをつくっており、都の方角は大きな衝立《ついたて》のようなホテルに完全に目隠しされていた。反対側の山並みはどこまでも青く深く、その山裾《やますそ》には、大邸宅の荘厳な瓦《かわら》屋根がちらりほらりとのぞけていた。そこでは、湧き水が小さな宇宙の命の循環を演じ、山からの風に木々が得体の知れない祈禱《きとう》を唱え、その手続きと作法に残らず通じている者なら誰でも、間違いない、京都にしかない特別の空気を味わうことができるはずだった。

蹴上の地下駅から外へ出ると、真正面に日本初の水力発電所が建っていた。これはトーマス・エジソンの生まれ故郷で育った者には、珍しくも何ともない代物だ。私の家の近くには、これにそっくりな赤煉瓦《れんが》の建物が嫌というほど転がっていて、観光客相手に年金暮らしの年寄りがひとりやっと食っていけるような金を稼いでいたものだった。

廣子は、三条通を東へ、どんどん上っていった。これは矛盾だ。今、天皇は京に住まわれている。都が京なら、東は下りだ。今でこそ、静岡県三島市の向こう側で《壁》に途切れてはいるものの、三条通はかつての東海道、その先には江戸があるのだから。

しかし、現に通りはその江戸の方角へ、ゆるい上り坂になっていた。

われわれは街道を下り、坂を上り続けた。

すこし行くと、左手の石垣に小さなトンネルが口を開けていた。そこをくぐり抜けると、向こう側は小さな公園で、石垣と思われていたのは時代物の水道橋だった。頭上に水音がはじけていた。

それに沿って右に折れ、だらだらと果てしなく続く石段を上った。てっぺんは貯水池になっていて、白い後ろ髪のある鷺《さぎ》が翼を休めていた。そのすぐ近くで、スパッツをはいた色の浅黒い女が、缶ビールを手に煙草を喫《の》みながら、ぼんやり眼下を眺めていた。彼女の連れとおぼしきフォックステリアが、水門の鉄柵《てっさく》を電柱代わりに使っていた。廣子が脇を通りすぎると、女が空《うつ》ろな声で犬を叱った。

私は、鋳物のベンチにへたりこみ、息切れがおさまるのを待った。

廣子は立ち止まり、私を見下ろして不思議そうに微笑んだ。

「健康に日灼《ひや》けしているわけじゃないんだよ。内臓が悪くて黒いんだ」と、切れ切れに言ったが、その冗談で笑ったのは、ことを終えて満足した犬だけだった。

私は果てしなく広がる景色に向かって溜め息を吐いた。甍《いらか》の波は昼の陽に光りかがやき、千年前に計画された道筋がそれを格子に刻んでいた。すぐ目の下を、脚に傷をうけた千鳥が、風にさからって飛んでいた。

やがて、甘やかでひんやりした山の空気を感じた。私はやっと腰を上げた。

水門の向こうは鬱蒼《うっそう》とした森だった。そこに、またひとつ別の腎臓《じんぞう》型の人工池があり、いったい何が釣れるものか、銀色のアルミ箔《はく》で覆われた笠《かさ》を被《かぶ》った男が釣り糸を垂れていた。折り畳みの椅子に座り、テーブルにはガスコンロ、焼き網、ヤカンにアイスボックス、液晶テレビまで、やたらと用意のいい男だった。笠からはケーブルが伸びていた。きっと、太陽電池の集光器とアンテナを兼ねているのだ。

またひとつ厳《いか》めしい水門があった。その先から、明治時代につくられた水路が、山肌をかき分けるようにして木立の奥へ続いていた。

水路のへりは、ずっと石畳の小径《こみち》になっていた。右に琵琶湖からやってきた水音を聞きながら、われわれは歩いた。左は切り立った崖《がけ》で、年輪を重ねた松の木立に、墓が見え隠れした。しかし、それもすぐに見えなくなった。

あたりが急に拓《ひら》けた。気がつくと、われわれは煉瓦のアーチに支えられた水道橋の上を歩いていた。下には、古びたお堂の屋根が見えた。木々に埋もれるようにして、立派な寺が建っているのも見えた。

水道は橋の向こう側でトンネルになり、山に飲み込まれていた。道はそこで途切れ、われわれは険しい石段を下らなければならなかった。

「まだ遠いのか」私は肩で息をしながら尋ねた。

「もうお屋敷の中」と、廣子は言って、くすくす笑った。

「抜け道を使ったのよ」

玉石を敷いた道の片側は、桂垣になっていた。生えてきた竹を、歯の矯正器みたいな仕掛けで、無理やり真下に折り曲げてこしらえた生け垣だ。そこをすこし行くと、しかし門があった。茅葺《かやぶ》きの屋根に透かし戸の質素な門だった。山のずっと下には、電子ロックのついた頑丈な門があるのだそうだ。

「そっちは、まるで動物園の門みたいなのよ」と、言うくらいの。

家は、それほどのものではなかった。二条城よりは小さく、京都にしては明るい色合いで、窓の数もそごう本店より少なかった。

門から玄関までは真っ白な砂利が敷きつめられ、竹藪《たけやぶ》で全体が見渡せないようになっていた。そこに飛び石が点々と続き、最後の沓脱《くつぬ》ぎ石は平たい雲のようだった。建物を庭の一部として、木や石や水と徹底的に混ぜてしまおうという強い意志が感じられた。

黒光りする式台の向こうの障子は開け放されていた。衝立などはなく、正面のコーヒー色の土壁に扇子がひとつ飾られていた。扇子には、実に下手くそな筆文字があった。《ウエルカム》と。そう、もちろん片仮名で。

「ごめんください！」廣子が、思いもかけない大声、それも明るく元気な大声をあげた。

「あたくしです。廣子です」

オールドイングランドの白いポロシャツの上に刺し子の半纏《はんてん》をはおった老人が、音もなく現れ、われわれを〝取り次ぎ〟と呼ばれる部屋へ案内した。彼は、ちょっと待つよう、言葉とも仕種《しぐさ》ともつかないひとつの雰囲気で伝え、また音もなく奥へ引っ込んだ。

その部屋は玄関と対になっているはずなのに、うってかわって、立派な屏風《びょうぶ》が置かれていた。見た瞬間は、とても信じられなかった。思わず目をこすり、顔を近づけた。

本物ならえらいことだ。それは狩野長信《かのうながのぶ》の花下遊楽図、それも三枚続きの真ん中の部分だったのだ。いつだったたか、私は大阪政府の流出国宝リストを、メトロポリタン美術館の依頼で翻訳したことがあった。そのリストによれば、真ん中は戦火で失われ、右と左の部分だけが今も東京に現存していることになっていた。

驚いたのはそればかりではなかった。足許《あしもと》の畳はライオンの敷き皮で覆われていたのだ。むろん、恨めしそうな表情の、頭つきの。

老人がもどってきて、例の雰囲気で、主人がお待ちかねだと伝え、先に立った。

檜《ひのき》の網代《あじろ》戸を開けると、そこから続く廊下にも畳が敷かれていた。天井は男竹と女竹を交互に組んで、木の皮を張ったものだった。

しんと張り詰めた空気を吸って廊下を奥まで歩き、通された先は、畳六枚の部屋だった。こぢんまりとしていたが、欄間は龍《りゅう》の透かし彫りになっていた。今にも火を吐き、天に駆け上がりそうな代物だった。

座布団を勧め、老人はまた音もなく引っ込んだ。

いやがおうでも、そのタペストリーが目に留まった。縁側から障子を入って正面は襖《ふすま》、右は違い棚、そして左の壁のほとんどを、それが占領しているのだから。

間違いない、田中のアジトにあったものとは、一対の片割れだった。同じ縦長の構図に富士山が描かれ、天女も描かれていた。着ているものも髪形も違っていたが、同じ女をモデルにしたのに違いなかった。

富士山には同じように霞《かすみ》がかかり、裾野も地にとどいていなかったが、こちらの海岸は平和な白砂で、真昼の海は鏡のよう、姿のよい松が心地よい日陰をつくっている。

これは、私にも判った。三保の松原と、その松にまつわる天女の物語。

空飛ぶマントを失い、天へ帰れず困っていた天上の姫が、窮地を救ってくれた漁師の若者に一曲、舞って礼をするという、美しい民話を絵にしたものだ。

少年時代、その物語を、私は父から何度も聞かされた。河へ釣りに出るたび、父はボートの上に寝そべり、目に留まる山という山をことごとく罵《ののし》り、富士山の姿形とそれにまつわる神話、民話の美しさをほめたたえた。

父は、富士山について、実によく知っていた。中でもお気に入りは、この天女の物語で、彼女の名前は、『花は夜開く』という意味の日本の古語だった。

正確には木花開夜姫《コノハナノサクヤヒメ》と言う。

彼女は天帝の次女で、また別の天帝、ニニギが地上に降り立ち、この島国に祝福を与え天皇として統治しようと考えたとき、望まれて彼に嫁いだのだ。

天帝が何人もいるって？

アテンション・プリーズ。天帝が何人いようが不思議はない。日本の神話世界には、神様が八百万もいるのだ。八百ではない、八百万！　――地に河に石に竹藪に台所に囲炉裏に、そして便所から痔《じ》にいたるまで、中には、鰯《いわし》の頭だけを司《つかさど》る神様まで。驚かないでいただきたい。あまりに沢山の神々が存在するので、お互いまったく神とは気づかない場合がある。中には、別の天上界から来た、いわばボートピープルのような神様もいるほどだ。

いや、まったく本当に。

その中心は太陽の女神、アマテラス。しかし、日本の天皇は彼女の嫡男ではない。

自分を天帝の中の天帝、アマテラスの嫡男と決めこまないところが、日本人の、いわゆる謙譲の美徳という奴なのだ。もし、一部の学者が唱えるように天皇家が大陸から進出した騎馬民族の末裔《まつえい》だったら、これはまったく盾と矛、騎馬民族が農耕民を支配するのに、謙譲の美徳をもってするとはとても思えない。

なかんずく、祝福だけをもって統治を行うなどとは、とてもとても。

祝福とは、もちろん米のこと。いや、まったく、たまげたことに。

科学的な歴史は教えている。天皇の遠い先祖は、まだ山の幸、海の幸に頼って拾い食い経済を生きていた列島の諸部族を諭し、ときには脅し、稲作を無理強いして米を作らせた、と。彼らは、ひたすらそれを繰り返すことで支配地を拡大していった。旗をたて、王家の紋章をひるがえし、敵の族長の首をはねる代わりに、彼らは籾《もみ》をやり、水田を地面に広げていった。生活が米を中心に回ることで、すべてよし。ひとびとが米食の喜びの虜《とりこ》になるだけで、もう充分。

数千年前、西洋の神は言った。

『産めよ増やせよ地に満てよ』

同じ頃、日本の神は言った。

『植えよ殖やせよ地に満てよ』

数千年後のある日、ライシャワー教授はこれを私に教えたあと、つけ加えて言った。

『これが、日本の古代史にみられる所謂《いわゆる》コアラ型支配だ。諸君もご承知のとおり、そもそもコアラは雑食性の獣だった。ところが、流刑囚の英国人がオーストラリア大陸にユーカリを持ち込んだ瞬間から、コアラはその葉以外の一切を口にしなくなった。最近では、ユーカリの葉にコアラにだけ作用する中毒性の高い麻薬物質が含まれていることが、あまねく知られている。いずれにしろ、今や、彼らはユーカリなしで生きていけない。もはや野生のコアラなどあり得ない。彼らはユーカリによって、生まれながら、その存在を動物園に囚《とら》われているのだ。——

その事実を謙虚に想起してくれたまえ』

私はすぐさま、ユーカリの葉でトリップし、月夜の木陰、ワッセワッセと腰をふり永遠に交尾しつづける、あわれなジャンキーの動物を空想した。ただただワッセワッセと。

ちょうど、その前の週、私はそれをTVの《ミッキーマウス・クラブ・ショー》で見たのだった。

先生は静かに、なぜか気落ちしたように続けた。

『日本人の米は、このようにただの食ではない。権力関係の決定的要因であり、宗教的陶酔なのだ』と。

さて、この米の稲穂を手に、日本の支配者のずっと祖先に当たる天帝が、雲を伝って地上に降りてきたとき、天と地の境目、つまり富士山の山頂で、ひとりの神が彼ら一行を待ち受け、道を閉ざしていた。

天帝ニニギは、同行の女神アメノウズメに命じる。

『おまえの瞳《ひとみ》は百万馬力。行って、その目であの者に問え』

アテンション・プリーズ！

アメノウズメはストリップの神である。（何しろ八百万種類の神様がいるのだ）

太陽神アマテラスが、夜の神スサノヲの仕打ちに怒り、洞窟《どうくつ》の奥に姿を隠し、世界が闇に包まれたとき、彼女は洞窟の岩戸の前で胸を鳴らしヴァギナで歌い、満面笑顔を振りまいて三日三晩踊りつづける。八百万の神々の宴《うたげ》のどよめきに、アマテラスが岩戸から顔をのぞけ、訝《いぶか》しむと、彼女はすかさず『あなたより高貴な神がまいられたので、祝宴を催しているのです』と、応《こた》える。

アマテラスはたまらず、岩戸の封を解き、すかさず相撲の神と引っ越し屋の神（何しろ八百万！）がそれを押し開いてしまう。こうして、世界は再び光を取り戻す。

アメノウズメは神話の端々に登場し、大活躍する。その働き、〝史上最大の作戦〟のマリリン・モンローもかくやといった具合。あのオールスター映画で、われらがマリリン（引退した彼女は、その名で呼ばれるのを非道《ひど》く嫌がっているそうだが）は、わずか四十四秒登場し、ウクレレ片手に二センテンスの台詞《せりふ》をしゃべっただけで、オスカーを獲得した。

こんな台詞。

『ヤッホー、いい子たち！』

いい子たちとは、もちろんドワイト・デーヴィッド・アイゼンハウアー、それを演じたクラーク・ゲーブル以下、その場に居合わせた無数の連合軍将兵のことだ。

さて、アメノウズメは、富士山頂でも恐れることなく衣服を脱ぎ、笑い歌い踊ってサルタヒコを和ませ、地上への道を切り拓《ひら》こうとする。

ヤッホー、いい子たち！

その踊りの最中、彼女はそのいい子の子を宿し二人の姫を産む。いっぺんに二人、それも踊りながら？　いかにも。（何しろ、八百万！）十人十色も八十万倍。そんな芸当ができる女神がいて何の不思議があるだろう。

彼女の長女は『石の巌《いわお》となりて』姫、次女が『花は夜開く』姫、二人のうちいずれかを妻にと、サルタヒコに献ぜられたニニギは、醜いが永遠の生命を約束された『石』を捨て、美しいがやがては散る『花』を取る。

こうして、ニニギの子孫、日本の神は神でありながらヒトと同じ限りある人生を生きることとなる。

ここが肝心だ。

つまり、美しいから儚《はかな》いのか。儚いから美しいのか、――まあ、彼らにもその感情をどう取り扱っていいか判らなくなってしまったという点において。

タペストリーに描かれているのは、この後日談。富士を遠望する松原で、漁師のために一曲舞った『花は夜開く』姫は、ニニギの許に帰った後、子を孕《はら》んでいたことに気づく。やがて、浜辺での一件が家臣に伝わり、不義密通の風聞がたつ。無責任な噂に心を痛めた彼女は、ニニギに向かって、

『芥子《けし》は赤く花開く、百合《ゆり》は白く花開く、妾《わらわ》は如何《いか》に花開かん』と謡い、主《あるじ》から、『夜に開けや』との詔《みことのり》を得る。

すると、彼女は富士山の火口に身を投じ、母と同じように笑い歌い踊りながら火のなかで子を産み、息絶える。

ヤッホー、いい子たち！

なぜ夜と言われ、火に飛び込むのか？

『それは、日本の母神の昔からの特性なんだ』と、ライシャワー教授は言った。

『自分を焼いて火を人にもたらした女神がいる。別のある女神は、口と鼻と尻《しり》と陰部、つまり体の穴という穴から食べ物を出すことができた。彼女がそうしてスサノヲをもてなしたところ、

スサノヲは下品だと怒って彼女を殺してしまった。すると、その死体の陰部から稲が生えたんだ。日本は女神が自分を火で焼き、産み落としたもので満ち満ちている。そう、米までも』

ヤッホー、いい子たち！

私の目はタペストリーの女神を見つめたまま、手は無意識のうちにマグネラマを探していた。それには、田中の家のタペストリーが記録されてあった。しかし、残念。フーメイ女史のおおせのとおり、私は取るものも取りあえず来ていた。

マグネラマを諦《あきら》めた瞬間、私は平岡の言っていたことを思い出した。例のタペストリーを描いたレオナルド・フジタのこと、彼が愛した女のこと、その女を奪いあった著名なアメリカ人のことを。

とっくに思い出して、しかるべきだった。今日の私は、いや、どこかおかしい。

私たちが入ってきたのとは反対側の障子が音もなく開いたのは、ちょうどそんなときだった。

7

廣子が言った以上に、佐藤昭和はごたいそうな人物だった。

何しろ、後になって彼女の名を口にすると、私の有能な上司は声を荒らげマイクロキャムを持って出なかったことをなじって、こう叫んだのだから。

『絵がありゃ、あんた、辻留の領収書だって目じゃなかったのに！』

だから、はじめの私の無関心に廣子がどれほど落胆したか、――いや、穴があったら入りたい。

電車が京阪三条に到着するちょっと前、スクリプトワーカーの内蔵モデムと携帯電話をつなぎ、ダイエーネットに入ってあちこちのデータバンクを覗《のぞ》いておかなかったら、ご本人を前にして、きっと私はとんでもない恥をかいていただろう。くわばらくわばら。

データバンクはどこもかしこも、佐藤昭和について百項目以上の資料を用意していた。にもかかわらず、それぞれどれも薄っぺら、項目は百もあるのにページ数は二十いくつ、タイトルだけで本文はたったの一行、《未確認》などというものまであった。

読みでがあったのは、一九七三年の大阪日日の連載記事、ただひとつだった。その記事は、彼女のことをこう仇名《あだな》していた。

《昭和の北の政所《まんどころ》》

なるほど、初手《はな》からそう言ってもらえれば私だって気がついた。いや、決して負け惜しみでなく。

なぜなら、それは後になって一冊の本にまとめられ、当時、西海岸で流行の兆しを見せていた日本学の研究者のあいだで話題を呼んだからだ。当然、はるか大西洋の彼方《かなた》、ナンタケット島で日本語を学ぶ者のあいだでも。

それは、日米安保条約改定の裏舞台を描いた絶好の実録読み物だった。と、同時に、大日本国の戦後民主主義の謎と象徴天皇制の謎々を読み解くまたとないテキストでもあった。そして、その物語の主人公こそ、《昭和の北の政所》と呼ばれ、林正之助からもアイゼンハウアーからも一目置かれた日本人女性、つまり彼女自身だったのだ。

アテンション・プリーズ。一九六〇年、日米関係は戦後最大の危機を迎えていた。

一九五三年に日米二国間で結ばれた安保条約がその年で期限切れになるのを機会に、アメリカは日本を環太平洋安保条約へ加盟させようとしていた。はじめはオーストラリア、ニュージーランドがかたくなに反対の姿勢を示した。しかし、それも、ソ連の長距離核ミサイルの択捉《エトロフ》島配備が国務省筋からリークされるや、あっさりひっくり返った。

大阪政府与党は猪突猛進（そうそう、これこそ日本の四文字標語だ）、野党の激しい反対に耳も貸さず、国会論議も早々に、大阪城内に警官を導入し、新しい条約を強行採決してしまった。

いかにも！　二つに割れた日本の片割れは、この一時期、さらにもう二つに割れたのだ。

五月末、大阪城は、四十万の人波と赤旗に取り囲まれ、彼らに賛同する清掃労働者たちが市中から持ち寄ったありとあらゆるゴミで、濠《ほり》が埋められた。

恐れをなした治安担当者は、右翼、暴力団に大同団結を呼びかけ、大がかりな自警団を結成させた。ゴミに埋まった濠の上で、両者が乱闘を繰り返し、おびただしい血が流された。

明けて六月十五日、アイゼンハウアーをはじめとする条約加盟各国首脳は、これは恰好《かっこう》のソ連へのデモンストレーションと、大阪で一堂に会することにしていた。

しかし、その直前、混乱は全国に飛び火し、ことに長崎の爆心地には、日本中の平和団体が続々と結集した。彼らは、そこから大阪へ百万人の反安保大行進を呼びかけていた。その中には、中国、ソ連の意を受けた破壊工作員が何人も紛れ込んでいるという噂だった。

大阪は大阪で、まさに一触即発、暴力革命前夜といった雰囲気に包まれていた。

六月十五日、京都では丸太町通を埋め尽くした五万のデモ隊と府警察暴鎮隊が衝突し、怒号と石と火炎瓶が飛び交い、ついに警官が市民に向かって発砲した。逃げまどうデモ隊が皇居の塀を乗り越えて乱入、この騒ぎで蛤御門から火が出て御所の一部を焼いた。

それでも、林とアイクは大阪訪問を強行しようとした。西側自由社会としては、これ以上、赤旗の前で後じさりするわけにはいかなかったのだ。何しろ当時、西側は、ひどい劣勢に立たされていたから。宇宙ロケット、核戦略、オリンピックから妊娠中絶にいたるまで。

天皇はこれに心を痛めた。このままでは、流血の大惨事は免れない。しかし、戦後、新しい憲法によって天皇は政治から切り離されている。内閣にアドバイスするどころか、首相に個人的な意見を語って聞かせるだけで違憲行為なのだ。

天皇は、そのとき一首の歌を詠み、アイクに送り届けた。

それを託されたのが佐藤昭和だった。なぜ、彼女が選ばれたのかは明らかではない。彼女が、宮内省と、はたまたホワイトハウスと、なぜ、どのようなつながりがあったのかも。いや、それどころか、いったいどのような和歌だったのかも。

本の中で、彼女は、京都の料亭にあって、戦後の大阪城をとりしきった影の女帝として紹介されているだけ、――評判のわりには奥歯にものが挟まったような、どうにも感傷的な本だった。タイトルからしてそうだ。日本語の原題はこんなふう。

〝人しれず微笑まん〟

ところで、実物の佐藤昭和はとても小柄だった。そして若かった。肌はどこもすべすべとして、顔には皺《しわ》ひとつなかった。手は家事を一切したことのないピアニストの手だった。一九六〇年に三十代半ば、どんなに若くとも六十前ということはない。にもかかわらず、目の前の女性はまだ三十五、六といっても通用した。

若いだけではない。とても艶《あで》やかだった。彼女の着ているのは黒地に桜を散らした和服で、桜のピンクに加え金と銀がふんだんに使われていたが、きりりとした顔だちは少しも見劣りしていなかった。

そして、彼女は何よりタペストリーの天女に似ていた。新潟と、ここと、両方の。

私は、挨拶《あいさつ》の言葉も忘れて、つい不遠慮に見とれていた。

「恥ずかしおすえ。ほんまは、まだ早いんやけど」

私の視線をねじ返すように、彼女は笑みを投げ、きちんとした声で言った。

いったい何が早いのか。彼女の和服は輪島塗の、それも正月にしか使わない豪華な漆器としか思えないような布地で、今日のような日には、逆に暑そうなぐらいだった。

「花見が近うなると、つい浮かれてしもうて。やっぱり血のせいやろか」

言われてはじめて、彼女が桜の柄のことを言っているのだと気がついた。

私は失礼を詫《わ》び、畳に手をついて名乗った。

「わあ」と、彼女は少女のような歓声を上げた。

「いやあ、本まもんやわあ。ちゃきちゃきの東京言葉や。廣子はん、この方の日本語、あんさんより真っ当ですえ」

「えろ、すんまへんな」廣子がわざと標準語で言い返した。

「これによく似たタペストリーを見たことがある」と、私は言った。

「これは、あれですか？」

「へえ、あれどす。レオナルド・フジタどすえ」

「田中さんの家のと一対ですね」

私は言った。廣子が身じろぎする音を、背中でかすかに聞いた。佐藤昭和は空の一角に目を細めた。私の質問には応《こた》えず、

「お好きどすか？」と、涼しげな声で尋ねた。

「いいえ」と、私はきっぱり頭を横に振った。

「ぼくは小川原脩のほうが好きだ。彼の絵なら持っています。夕日を背にして飛ぶ〝疾風〟の絵なんです」

「そら、よろしおすなあ。あの飛行機、うちの好みどすえ。娘時代の憧《あこが》れどしたわ。ほんま、見せていただきとおすわあ」

「いつか、必ず」

「指切りげんまんどすえ」

アテンション・プリーズ。指切りは、広くそう信じられているように、本当に指を切ったりはしない。指を絡ませ誓いをたてる行為だ。昭和は小指で私の小指をからめとり、強くふった。げんまんの方は省略して、すっと立ち上がった。

障子が音もなく開いた。へりに手を添え、例の老執事が板廊下にかしこまっていた。

8

廊下の向こうには、戸もなく窓もなかった。濡《ぬ》れ縁というには広すぎた。庇《ひさし》が大きく張り出して、簾《すだれ》が吊られていたが、そこはすでに庭先だった。私のいる場所からは、部屋も廊下も庭も、さらにはるかに連なる東山も、ひとつの広がりとなって見えた。

日本では、内と外、つまり家と庭との境目は、窓でも戸でも壁でもなく、軒先ですらない。砂利や石、ときには瀬戸物のかけらなどを敷いて造った一本の幅広の線によって決められている。線の内側は、たとえ雨ざらしの露地でも家の内、この線が、有名な犬走りだ。

アテンション・プリーズ。犬走りは見た目、通路のようだが、指切りが指を切らないのと同じように、そこを犬が走ることはない。

しかし、この日、この家の犬走りでは、一匹の大きな犬が歩いていた。斑点《はんてん》の茶色っぽいダルメシアンだった。それが、洒落《しゃれ》た形の車椅子を引っぱっていた。

足全体を包むようにデザインされたステップには逆三角の切れ込みがあり、そこにアルファロミオのエンブレムがついていた。電動モーターを補助動力にしているようだった。犬の方が補助動力なのかもしれない。いずれにしろ、その車椅子に乗っている男は、まるで帝国ローマの戦車兵のように舵《かじ》と引き綱を操り、こっちへ近づいてきた。

彼がレオナルド・フジタと一人の女を奪い合った男、——つまりアーネスト・ヘミングウェイだと気がつくのに時間はいらなかった。

アテンション・プリーズ。アーネスト・ヘミングウェイと日本との結びつきは意外なほど古い。

一九四九年の都踊りにマッカーサーの来賓として招待された彼は、天皇と同席して、すっかりその人柄にうたれ、日本に感じ入ったのだそうだ。日本語では、それをこんなふうに言う。味を占めた。

その後も、この巨《おお》きなパパはたびたび日本を訪れ、一九五六年からしばらく、まだ米軍施政下にあった小笠原《おがさわら》に住み、ヨットと大物漁に興じた。

京都オリンピックの少し前には、京都山科に移り住んだ。観光が自動車よりずっと多くの外貨を稼いでいた時代の話だ。天王寺に象のハルコさん。東山には象とアーネストと、当時の観光マップでは謳《うた》われた。

リリアン・ロスは、日本の新聞記者にマイクを向けられたとき、それをこんなふうに言った。『パパはこれまでも生きるために次々と新手を編み出した。狩猟、戦争、釣り、闘牛、そして今度は究極の闘争相手、ゲイシャガールってわけ』と。

今では？　あちこちに残る米軍基地と同じだと日本人は思っている。つまり、あえて思い出さないかぎり、空気のようにあたりまえ、と。

「こちらが、うちの人です」

昭和は、急に英語で言うと、まるで廊下から部屋に入るみたいに気安く庭に降り、ずんずん歩きだした。

「あなた、お茶をたててくださらない？」

見ると、沓脱《くつぬ》ぎ石の上に草履がいくつか並んでいた。私たちはそれを履き、庭に出た。私はヘミングウェイと握手を交わした。分厚く冷え冷えした手で、少し湿っていた。目が寂しそうだった。その目は、私を見ていなかった。

廣子が、まるでそれが当たり前といったふうに、車椅子を押した。すっかり楽になった犬は、嬉《うれ》しそうに鼻を鳴らし、その脇に従った。

昭和は立ち止まらなかった。その場でひと呼吸おこうともせず、飛び石を伝っていった。枝の張った松の向こうに大きな亀の形をした石が置かれ、その周りをせせらぎが巡っていた。それが妙に気にかかった。亀は、何か言いたそうに首をぐっともたげていた。

やがて苔《こけ》むしたスロープにさしかかると、私たちはつがいの孔雀《くじやく》とすれ違った。なるほど、これで判った。孔雀は鳳凰《ほうおう》の代用、つまり中国の占術に従って、東に龍《りゆう》、西に獅子《しし》、南に鳳凰、北に亀と、家の四方に守り神を置いているのだ。

スロープの上はゆるやかに拓《ひら》けた庭園だった。その真ん中に、大きな紙製のパラソルが日陰をつくり、緋毛氈《ひもうせん》が敷かれ、手回しよく茶釜《ちやがま》で湯が沸かされていた。

そこまで行くと、ヘミングウェイは犬を放し、よろよろと立ち上がった。誰もまったく手を貸そうとしなかった。これもまた、当たり前という顔つきで。

彼は、緋毛氈の上でいちど痛そうに唸《うな》って正座した。茶道具を収めた手提げ箱を開けると、まるで釣りの仕掛けをつくるような慎重さで茶をたてはじめた。

「ぜひ、お会いしたかったのよ」

夫を気づかったのか、佐藤昭和が英語で言った。

「廣子さんからお噂はうかがったわ。お願いしたいことがあったんですよ」

「ぼくにですか？」

「ええ、是非」と、彼女は、まるで三十年も前から知り合いだとでもいうような微笑を見せた。

「ぼくはＴＶの人間です。新聞記者じゃない。情報を情報で買い取るようなまねはしない。多分、お役にたてないと思います」と、私は言った。

ヘミングウェイの方を見たが、彼はこれ以上がないというほど丁寧に茶筅《ちゃせん》を回していた。目を細め、眠っているような顔つきだった。喉《のど》に深い皺《しわ》があった。頬はこけ、顎《あご》は垂れていた。しかし、手に震えはなかった。それどころか、まだどこかに力が漲《みなぎ》っていて、うっかりすると手にしているものすべてを粉々に握りつぶしてしまいそうだった。

お茶ができ、私たちは正座してそれを飲んだ。美しく渋い緑色の液体は、色にまったくふさわしい味がした。

お茶について褒めたが、この巨きなパパはにこりともしなかった。

「私がはじめて読んだあなたの本は、ルーズヴェルト大統領のものだったんです」と、私は言った。少しは気をひいたようだった。彼が、はじめて私を見たのだ。

「ルーズヴェルト夫人から直にいただいたんです。おかしなことに、ジャック・ケネディのサインがあった」

ヘミングウェイの唇が歪《ゆが》んだ。まるで、ひまし油を飲まされたハックルベリー・フィンのように激しく。

私はびっくりして黙った。しばらく沈黙があった。

「まあ、それはいったいどういうわけなんですの？」昭和が、その沈黙から私を救いだした。

「ぼくはスプリングウッドのすぐ近くで生まれたんです」私は言った。柄にもなく、声が震えていた。

「ある夜、学校の仲間と一緒に屋敷に呼ばれ、大人たちの前で歌を歌わされました。七歳かそこらだった。そこにジャック・ケネディが来ていた。彼のために開かれたパーティーだったんです」

ヘミングウェイが正座したまままくるりと体を回し、私を見つめた。私がまた黙ると、今度は顎鬚《あごひげ》に手をあて、顔全体で話の先を促した。

「彼は大統領候補の指名選挙で、夫人の支持を得るために来ていたんです。ずっと後で本を読んで知ったのですが、その夜も相当な確執があったようだ。ルーズヴェルトとジャック・ケネディの父親は犬猿の仲でしたから」

コモドア・ジョン・E・ルーズヴェルトのアイスヨットの舵棒が飾られた部屋に私たち合唱団を集め、歌のご褒美に何をあげましょうかと夫人が尋ねたとき、私はたまたま本棚の前に立ち、その本の背表紙をぼんやり見ていたのだ。きっと、タイトルが気に入ったのだろう。次の瞬間、私は思わず本を手に取り、これをいただけませんかと口走っていた。

夫人は、こう応じた。

『まあ、感心。よくお勉強をするんですよ』

夫人がお菓子の袋をみんなに配り終え、スモーキング・ルームの方へ行ってしまうと、ジャック・ケネディが近づいてきて、私の本を取り上げ、

『婆さんから、いいものを助け出してやったな』と、言った。

『君はいったい何者だ？』

『ぼく？　ぼくはルーズヴェルト奥様の店子《たなこ》です』

するとJFKは、口の中で風船ガムみたいに笑いをふくらませ、こう言った。

『君はアメリカ人だ。だから、われわれみんなの店子なんだよ』

彼は酔っていた。有無を言わせず本にサインして、私と握手をした。

「それで、そのご本の題名は？」

昭和がしまいに尋ねた。

そこで初めて、ヘミングウェイが口を開いた。しゃがれた、しかしよく通る張りのある声で、

「決まっとるさ。〝勝者には何もやるな〟――違うかね？」

「そのとおりです」

巨きなパパは、短く、しかし高らかに笑った。

佐藤昭和は、首を回して廣子を見た。

言葉がわからず、話からひとり離れてぼんやりしていた廣子は、ただにっこりそれを見返した。

「さっきのお話どすけどなあ」昭和が、日本語で私に話しかけた。

「なんや知らん、あんさんはジャーナリストの倫理のこと、言うてはりましたなあ」

「いや、そんなことはない。ぼくはステーションワゴンより広いものと人間より曖昧《あいまい》なものは信じないことにしてるんです」

「あんさん間違《まちご》うたはりますえ」

彼女は、今度はわざわざ首を回して廣子を見た。廣子は、その意図が判らず、曖昧に微笑んだだけだった。すると、昭和はヘミングウェイに向き直り、いずまいをただしてこう言った。

「けっこうな、お手前でおしたえ。あんさん、ぶぶ漬けでもあがらはったら？」

驚いたことに、彼にはこの意味が判った。

「思し召しのままに《ア・ススオルデネス》」と、妻に囁《ささや》いて、彼はよろりと立ち上がった。

廣子もそれを追って立ち上がり、ちょっと外させていただきますと断り、車椅子の後ろに回って、ヘミングウェイが乗り込むのをじっと待った。

「なあ、君、そうは思わんか？」

動きだそうとした車輪を、自分の手で押し止め、ヘミングウェイは私に訊《たず》ねた。

「いつまでたってもジェームズ・ディーンの気持ちが判らない田舎の成功者の父親、それがわれわれアメリカ人の役割だってな。頼りになる長男は死んでしまった、彼の許嫁《いいなずけ》は次男に犯された。やれやれ」

私は耳を疑い、その場に畏《かしこ》まって、遠ざかっていく二人の背をぼんやり見送った。あの巨きなパパが、私に向かって『われわれアメリカ人』と言う日が来ようとは思っていなかったのだ。『同志』とか『兄弟』となら、それはいくらでも呼びかけるだろうが。

車椅子がスロープの途中まで行くと、犬がどこからか現れ、廣子のすぐ脇に寄り添った。彼らはすぐに見えなくなった。

「英語でしゃべらせていただくわ」と、昭和が言った。

「あなたの日本語を聞いていると、変になりそうなの。もう何十年も、こちらの言葉で生きてきたものだから」

「ぼくも、その方が助かります」

彼女は煙草を出し、吸ってもいいかと訊ね、返事をする前に、木箱に入った小さな七輪に顔を近づけて火をつけた。

「ざっくばらんにいきましょう。世間が私のことをどう言っているか知っているし、あなたが何を警戒しているかも知っているわ。でも、そんなにご自分のことを卑下されることはなくってよ。そんなに若くて、ハンサムで、――」

「色は浅黒いが背は高くない」と、私は言った。

彼女は口に手の甲を添えて笑った。

「卑下なんかしていませんよ。何事にも巻き込まれないのが、ぼくのやり方なんです。そのために、この商売を選んだ。あらゆる出来事に巻き込まれずやっていくためにね」

「あなたご自身は？　あなたという出来事にはいかが」と、彼女は言って、冷やかに微笑んだ。

それから、七輪で煙草を消した。

私は返事をせずに、次の言葉を待った。

「廣子さんから聞きましたわ。お母さまを探されているんでしょう」

「正確には、そうじゃない」私は言った。

「もしそれが母だとしたら、長谷川伸《はせがわしん》の戯曲に出てくる母みたいなものなんです」

「その人が、彼女にそっくりなんですってね。古臭い手口じゃなくって？」

「反論の余地はありませんね。その女性のたった一枚の写真は、父があの世へ持っていってしまったんですから」と、私は言った。

「ハナコさんとは大阪のあるクラブに行けば会えるはずだと、父は死ぬまでうわ言のように繰り返していました。ところが、その店で見つけたハナコさんの写真には、父のとはまったく違う女が写っていた。もっとも、ハナコという源氏名の女は何人もいたんだそうです。事実、写真はそれだけでしたが、ぼくはハナコ宛の葉書をみつけました。写真の女性が店に入った時より、六年も前の消印でした」

彼女は首をかしげ、ふっくらした笑顔で頷《うなず》きながら私の話を聞いていた。北の政所《まんどころ》と呼ばれたわけが、どこか判った。決して淀君《よどぎみ》ではないわけが。

まったく気がつかないうち、彼女の膝《ひざ》は、私の膝に触れるほど近づいていた。その手が、そっと私の手の上に乗せられた。それが、スイッチであったかのように、私はふたたびしゃべりだした。

「一九五〇年、まだ占領が解除される前の消印だった。不幸の手紙ですよ。戦前は幸福の手紙と言っていたようですから、あれは多分、日本最古の不幸の手紙と言えるでしょうね」

「女学生のころ、流行《はや》ったわ」と、彼女は言った。同時に、手に少し力がこもった。

「ペパーさんとかおっしゃる元アメリカ兵をご存じね？」

私はちょっと驚いて、思わず体を離した。彼女の体が追ってきた。

「田中さんのお知り合いだとか」と、私は言った。

「ぼくは、まったく偶然、《タイガーリリー》で会ったんですが」

「《タイガーリリー》?」

佐藤昭和の手が、私の手をぎゅっと握りしめた。その手は白く若かった。

「どうかしましたか」

「いいえ、変わったお名前の店ね。お写真はそこで撮られたんですの?」

私はうなずいた。すると、彼女の息を喉《のど》で感じた。

「お願いというのは、そのことなのよ」

彼女の手が、私の手を離れ、心臓の上に置かれた。目がすっかり潤んで、光り輝いて見えた。

「昔、中之島にまだ星条旗が立っていた時代に、仕事の上でひとかたならぬご親切をうけた兵隊さんがいらっしゃるの。ところが、私、お礼ひとつ言えず、それどころかお名前も満足に知らぬまま、今に至ってしまったんです」彼女は言った。声も潤んでいた。言いながらゆっくり、私の心臓の上に置いた自分の手に頬を寄せていった。

「先日、廣子さんのお話をうかがっていたら、どうもペパー軍曹という方と、その方の面影が重なって、——もう、気になりだしたらきりがなくって」

彼女は、私の胸に腰から上をすべてあずけていた。手が挟まっていなかったら、心臓の鼓動が鼓笛隊のように聞こえていたはずだ。

「ねえ、お判りでしょう。写真を見ればはっきりすることなんだけれど、田中さんには、こんなことお願いしづらいし、公威《きみたけ》さんもあんな状態」

「公威って、——」私は首を傾げた。

「ああ、平岡さんのことか。お親しいんですね」

彼女は応《こた》えなかった。私の胸に熱い息がかかった。

「廣子さんから、あなたはお写真をお持ちだとうかがったわ。一目拝見させていただけないものかしら」

「わかりました。マグネラマはぼくの個人的な記録だ。お見せするくらい、――」

彼女は自分の頰と私の胸のあいだに挟まっている手を、ゆっくり下へずらした。濡《ぬ》れそぼった目線をあげ、息を弾ませ、腰を浮かせ、私の中へ全身を投げ出した。

私は体を折って顔を近づけた。泣いているように見えた。睫毛《まつげ》がはげしく震えた。真っ赤な舌が歯の隙で炎のように揺れていた。上等な千代紙の匂いがした。

そのとき、私の真後ろを獰猛《どうもう》な息づかいが横切った。私は彼女を抱いたまま、首をねじった。犬はスロープの下を横切って生け垣の向こうへ、ちょうど姿を消すところだった。車椅子に乗った大きな人影が、私の不自由な視野を横切っていった。

彼女を押し退け、向き直ったとき、そこにはもう誰もいなかった。

「どうかなすって？」

「今、車椅子が通りかかった」

「お気になさることはないわ」

私は彼女から離れ、草履を引き寄せた。

佐藤昭和は座りなおし、きりっと背筋を伸ばした。

「一世紀も生きてきたんですもの、あらゆることに慣れているの」

「たとえ千年生きても所詮《しょせん》は人間だ。そんなことができるとは思えませんね」

彼女は長々と息を吐きだした。それが合図の汽笛だったかのように、私は素早く立ち上がった。

「お写真は今お持ちなの」と、彼女は訊《き》いた。声はもとにもどっていたが、息は荒かった。

「廣子さんにうかがったわ。とても便利な機械をお持ちなんでしょう」

「今日は持っていないんです。良かったら、プリントして送ります」

「できたら、お持ちになってくださいな。辻留にお招きしますわ」

　彼女が言い、私はうしろをふり返らずにスロープを下った。

　どこから紛れ込んだのか、白い山桜の花びらが、せせらぎを流れていた。それを追って私は歩いた。亀の形をした石を回り、さきほど庭に降りた軒先まで戻ると、ヘミングウェイが清潔でとても明るい縁側に腰掛け、ビールを飲んでいた。

　放り出された車椅子の上では、あの犬がくつろいでいた。

「そこを潜っていくと、玄関に出る」と、彼は、袖垣《そでがき》の向こうの庭門を指さして言った。

　見ると、沓脱《くつぬ》ぎ石の上に私の靴がきちんと並べられていた。

　そのとき、廊下の奥の板戸から例の執事が顔をのぞかせ、廣子が呼ばせたタクシーがいま着いたと、私にではなくパパに知らせた。

　私はいちばん短い言葉で礼を言い、ハンカチを靴べらがわりにして靴を履いた。

「わしは、ルーズヴェルトが日本人をどう思ってたか知ってるよ」と、突然ヘミングウェイが言った。車椅子の上の愛犬に話して聞かせるみたいな按配《あんばい》だった。

「あるくそったれなパーティーの席で直接聞いたんだ。こんなふうにな。『役者の心を虎の皮で包んだ成り上がりもののキツネども』ってさ」

彼は力なく笑い、私を見た。

「しかし、わしは、そうは思わない。日本人の悪いところは、老いを美徳だと人に信じさせることだ。自分はまったくそうは思っとらんくせに」

「奥様のことをおっしゃってるんですね」

彼はそれに応えず、逆に訊《たず》ねた。

「姿勢のいい女だろう？」と。

そして返事を待たず、言った。

「三十年以上前、あれにそっくりな猟銃を一丁持ってたんだ」

私は靴を履き終えていた。

巨きなパパはもう目を閉じていた。手のなかのグラスに、ビールは一滴も残っていなかった。

犬が大きな欠伸《あくび》をもらした。

私は、その場に背を向けて歩きだした。

9

玄関先のタクシーには、すでに廣子が乗っていた。彼女は微笑していた。しかし、ドアが開いても私に目をくれようとせず、静かに運転手に頷いただけだった。

タクシーは、私達がくぐってきた茅葺《かやぶ》きの門を素通りして、砂利を敷きつめたつづら折りの坂道を下っていった。最後のカーヴを曲がったところに、ちょうどクロサワ映画に出てきた安宅《あたか》の関のような門があり、近づいていくと、饅頭《まんじゆう》金具を打った厚い板戸がひとりでに音もなく開いた。門は比較的新しいもので、監視カメラと電子ロックがついていた。

その向こうは短い石橋で、渡った先が哲学の道だった。片側に築地塀《ついじべい》がどこまでも続き、もう片側は下水と小川のちょうど中間のような溝になっていた。

さらにいくつか角を曲がり、大通りに出る手前で、赤信号に停まった。

廣子の手が私の手の上にそっと置かれた。

「待っていたなんてお思いにならないでね。ただ、うかがいたいことがあったのよ。おばさまのこと、どうお思い?」

「すぐに帯を解《ほど》く女だな」

「まあ、失礼な!」彼女は私の手の甲をぴしゃりと叩《たた》いた。

「それともテレビの人ってみんなこうなのかしら」

「男がこうなんだ。しかし、ぼくは帯の解き方を知らないんでね」

「こんどお教えするわ」

彼女は私を試すように、静かに微笑んだ。

そのとき背後から、すさまじいエンジン音が近づいてきた。雨の日、ヤツデの葉の上でみつけた青蛙みたいな色の車だった。形にも、どこかその印象があった。あの安宅の関を出てすぐの路肩にひっそり停められていた車だ。車内に人の気配はなかった。それが、気づいてみると真後ろにいる。

私は座席の上で背伸びして、バックミラーで青蛙の運転席を覗《のぞ》こうとした。すると、廣子の手が、真四角に折り畳んだハンカチを、私にそっと握らせた。

「シャツの白粉《おしろい》は早くとっておかないと」

タクシーが動きだした。信号を右に曲がると、そこは三条街道だった。

青蛙は、ゆるい下り坂をずっと追いかけてきた。エンジン音が下腹に響き、もし尾行しているなら、これほど不向きな車は他になかった。京阪三条駅のバス・ターミナルまでくると、案の定われわれを追い抜き、轟音《ごうおん》を残して川沿いに北へ曲がっていった。

タクシーは交差点を真っ直ぐ渡り、三条大橋の渋滞の尻《しり》についた。

川の対岸に、先斗町《ぽんとちょう》歌舞練場ビルが衝立《ついたて》のように立ちふさがった。上階に併設された林正之助劇場には、ロイヤル・シェークスピア・カンパニーの〝ヴォーティガン〟がかかっていた。

下流のこちら岸では、とろんとした空の下、祇園の町並みが霞《かす》んで見えた。日本でもとりたてて細いそのペンシルビルの群れは、ただのペンシルではなく、百二十色の、しかも使いかけの色鉛筆の束だった。夜ともなれば、それが百二十歳のバースディケーキに変わって、百二十本の蠟燭《ろうそく》に灯をともす。吉本シヅ子が公約にかかげた規制緩和の、これが目に見える一番の成果だ。

タクシーがやっと動きだした。河原町通りに出ると、北へ上がりはじめた。

「どこへ行くんだ？」と、私は訊ねた。

「私がごやっかいになっている宿があるの。変なお店より美味《おい》しいし、わがままも聞いてもらえるわ」

大きな交差点の角に、巨大な鳥居の形をしたビルが建っていた。ノーマン・フォスターがデザインしたことで一躍有名になった真新しい京都市役所だ。

半透過ガラスで覆い尽くしたその壁面には無数ののぼりが垂れ下がり、それこそ落城寸前のカードの城といった印象だった。おまけに、そこにでかでかと書かれたメッセージというのが、たとえばこんなもの。

《人権の、話だけでも家庭から》

「しかし、まだ四時前だよ」

「お酒をいただいていれば、じきにお夕食よ」と、彼女は笑顔で答えた。

「お酒も、ご飯も、うちのものを出してくださるの」

私はふいに思いたって、彼女に向き直り、顔を見ながらこう尋ねた。

「東北じゃ、その米を食べられない人がいるんだって？　あれは本当かい」

「いやあね。それは昭和の初めのころのお話よ」

「今年、食糧不足の噂は聞いていていない？」

彼女は笑いだした。「ついこのあいだ角館《かくのだて》でお餅《もち》の早食い競争をしているの、ニュースで見たわ。優勝した人は百八個も食べたのよ。――もしそんなことが起こってたら、小父《おじ》さまが黙っておられるわけがないわ」

運転手が咳払《せきばら》いをした。見ると、センターミラーの中で、ふたつの目が無遠慮にこちらをうかがっていた。私が見返すと、あわてて目線を外した。私も彼女も、東京官話で話しているということをいつの間にか忘れていたのだった。しかも、京都で。

「たしかに、馴染《なじ》みの旅館でくつろいだほうがよさそうだ」と、私は小声で言った。

いつの間にか、通りから車も人も減っていた。そこここに警官が目立った。組み立て式の簡易交番も辻ごとに見かけた。

皇居のすぐ近くまできていた。その手前で、タクシーは丸太町通を鴨川の方へ折れた。じきにまた北へ曲がり、板塀の続く狭い路地へとまぎれ込んだ。

軒を並べた家々の格子戸の奥には、手入れの行き届いた鰻《うなぎ》の寝床のような庭があった。袋小路のように見えたが、そんなことはなかった。同じ所をぐるぐるまわっているように感じたが、ただ感じただけだった。花街のようでもあり、屋敷町のようでもあった。京都の町家は、どれもトースターから飛び出た食パンのように薄くぴったり寄り添って建っているのだが、この短い露地は、軒の高さもまちまち、家の幅もまちまちだった。

タクシーは、通りうちでは大きな家の前で止まった。戸もなく露地もなく塀もなく、石畳のアプローチがちょっとあるきりですぐに玄関だった。スライスして磨き込んだ朽木の看板には《旅館竜田《たつた》川《がわ》》と書かれていた。

「昔は桂小五郎《かつらこごろう》と幾松《いくまつ》が逢瀬《おうせ》を重ねた料亭だったのよ」と、廣子が言った。

通りは百メートルほど先で直角に曲がっていた。反対端も同じように曲がっていた。通りが妙に秘密めいて見えるのはそのせいだった。

少なくとも電信柱の陰に、黒いレインコートを着て黒い革の三角マスクをした図体の大きな男が、じっとたたずんでいたせいではない。身形《みなり》こそ怪しかったが、その態度はあまりに堂々としていて、少しも秘密めかしたところなどなかった。

「先に行っていてくれないか」と、私は廣子に言った。

「ちょっと、用を思い出したんだ」

彼女は何も尋ねなかった。怪訝《けげん》な顔ひとつしなかった。自分の方からスクリプトワーカーが入った私の鞄《かばん》を受け取り、ただ、こう言っただけだった。

「道に迷わないでね。迷って、京都の人に道を聞いても無駄だから」

私は彼女が旅館の玄関の中に消えてしまうまで、ぐずぐずしていた。それから、男の方へ歩いた。

歩きだす前から、それはにおった。この世のものとは思えない異様な油のにおいだった。プレスリーよりてらてらと固まった男の髪を見て、それが何か思い出した。丹頂ポマードという日本古来の整髪料のにおいだ。ライシャワー教授は、日本で仕入れた買い置きが底をつくまで、長いことこれを愛用していた。

私はすぐ目の前まで無遠慮に歩いていった。やっと、男がこっちを向いた。顔色がひどく悪く、無数のふきでものとその跡が刻みつけられていた。コートのポケットは両方ともぱんぱんに膨れ上がっていた。

「失礼ですが」と、私はとりあえず、日本語で尋ねた。

「警察の人ですか？　それとも組関係？」

男は、ぎょっとして後じさった。頭ひとつ、わたしより背が高かった。黒革の三角マスクには空気穴がいくつかあいていた。そこから息がもれる厭《いや》な音が聞こえた。マスクのせいで、男は鞍馬の山にいるという伝説の大鴉《からす》を思わせた。

「おまはんはどっちや思うねんな」

もちろん、最近では誰も、大阪で警官が制服を着ているのは他でもない、そうしないとヤクザと区別がつかなくなるからだということを知っている。

そこで、私はこう言った。

「それを区別できるほど日本に通じていないんだ」

「判りやすうゆうてえな。おっさん。訛《なま》りがつおうてようわからんわ」

「たしかに、君の標準語は完璧《かんぺき》だ。河内の生まれか？」

「生まれも育ちも東淀川や。親の代から宝塚のファンなんや。――こら、話が早いわ。ちょっとつきおうてえな」

男はポケットの中をがさごそかき回し、手帳を出した。これも黒革の表紙で、《警察手帳》という金色の押し判があった。

私が手を伸ばすと、さっと手帳を引っ込め、ポケットのがらくたの中にまた混ぜてしまった。

「中身も見たいもんだな」と、私は言った。

「そないな必要、あらへんわ。ま、ついてき」

「お断りするよ」

「そう言わんと。パスポート持ってへんのやろ」

確かに、私はパスポートを持ち歩いてはいなかった。しかし、

「それがどうしたんだ」

「アメちゃんは日本の法律なめとんのんちゃう？　パスポート持たんと出歩いとるガイジンはブタバコ行きや、法律にはそない書いてあるんやで。ま、そないな法律、色の黄色いガイジンにしか滅多使われへんけどな」

言うと、いきなり私の肘《ひじ》を取り、歩きだそうとした。

私はその手をふり払った。握り拳《こぶし》をこしらえて三秒間考え、結局、並んで歩きだした。

つきあたりの角を曲がると、こっちに尻を向けて例の青蛙が停まっていた。

「なんだ、君だったのか、フーバー」と、私は短く笑って、男に言った。

「けったいな奴っちゃなあ。何、ごちゃごちゃ言うとんのんや」

彼は車のキーを出して、コードレスでドアロックを外した。助手席のドアを開けて、私に手招きした。

「ま、乗ってえな」

「どこへ行くんだ。警察署か」

彼は、黙って私を車に押し込んだ。ものすごい力だった。

「判ったよ、フーバー」私は言って、中からドアを閉めた。

「ほんま、けったいな奴っちゃでえ」と、言って、彼は運転席に座った。キーをひねると、ほんの一瞬、ラジオがタクシー無線の声を拾った。なるほど、これであのタクシーの行き先を盗み聞きしていたのだ。

彼は手を伸ばして無線を切り、もったいつけてもう一度キーをひねった。エンジンに火が入った。台風の雨がいきなりどっと降り注いだみたいだった。それが野太い獣の唸《うな》り声に変わり、空高く吠《ほ》えたてた。

どかんと下腹が爆発して、私は座席に叩《たた》きつけられた。景色が後ろにバターのように流れだした。気がつくと、青蛙は河原町通に躍りだし、北に向かって疾走していた。

「どないや。目ん玉ひんむいてよう見ときいや。これが、401Rの走りやで」

「それが、この車の名前か？」と私は訊《き》いた。

「アホ言わんとき。型式ナンバーやんけ。ダイハツ・ミゼットGTRを知らんのんかいな。ガタイは小んまいけどな、エンジンはV8、六十四バルヴやでえ」

彼は思い切り怒鳴った。それでもエンジン音の方が大きかった。風の音も半端ではなかった。大砲の弾に跨《また》がっているようなものだった。

「名前を聞いて思い出した。ル・マンで去年、ワンツー・フィニッシュしたGTだな」私も怒鳴った。

「いったいどうやって手に入れたんだ。君の年収の倍はするはずだぜ、フーバー」

彼は速度を緩めた。やっと、自動車に乗っている気分にひたることができた。

「そのフーバーっちゅうの、やめんかい！」

「じゃあ、いいかげん名乗ったらどうだ」

彼はそれには応《こた》えず、

「何でわいのことフーバーなんて呼びさらすねんな?」

「エドガー・フーバー。ヘミングウェイを見張るのが好きなおまわりのことさ」

「ヘミングウェイってのはいったい誰や」

「君が張り込んでいたあの屋敷の主人、ぼくの先輩だ。古今を通じて二番目に偉大な戦争レポーターだ」

「ほな、一番目ってのは誰やねん」

「太平記の作者だよ。——これは、君の車か」

フーバーはしばらく考えていた。それから、こう言った。

「ノーコメント」

言うなり、また速度を上げた。あっという間に鴨川を渡った。そこらで、河原町通は何度かくねくねと曲がっていたが、地面に張りつくように走っていたので、道ではなく、世の中が曲がりくねっているように見えた。

北大路を越え、北山通を越えた。道が狭くなった。いつの間にやら、青蛙は、日本のどこにでもあるちまちまとした住宅地の中を走っていた。自転車が露地から飛び出してくるような道路だ。それでも速度は落とさなかった。辻《つじ》ごとにクラクションを浴びせ、走りつづけた。どこかの家のポストから風圧で新聞が飛び出すのを、私は見た。

やがて正面に小山が迫った。

その直前で減速した。みごとなヒール・アンド・トゥだった。子供の三輪車が曲がりっぱなに放り出されていたが、彼は眉《まゆ》一つ動かさずに、時速百六十キロから幅員八メートルの道路を直角に曲がった。

すぐに山道に入った。速度を落とすと、どこかですぐきを漬ける匂いがした。道路両側から竹藪《たけやぶ》がしなだれ、そのせいでトンネルのようになったカーヴの路肩に、フーバーは青蛙を停めた。手を伸ばし、こちら側のドアを開けた。

「おっさん、ここが終点や」と言って、顎《あご》で竹藪の中を指し示した。

私は片足を外へ出し、竹藪に目を細めた。

フーバーが、さっと体を動かしたのは感じた。それに驚き、私は振り向いたはずだ。彼の手が懐から出てくるのを見たのだから。

しかし、それで終わりだった。目の前に真っ黒い穴があいた。足許《あしもと》に地面がなくなった。私は額からその穴に飛び込んだ。もう、何も見えなかった。

10

部屋にはニュースが満ちていた。

ニュースには形があった。雲のように定まらない形が。

それが、雲そのままに、ふわふわと飛び回っていた。

『中国へ、さらに一万人』と、最初の雲は囁《ささや》いた。

「本番だ！」誰かが叫んだ。間違いない。その誰かは、この私だった。

部屋の隅で、ラリー・キングがブランコに乗っていた。ブランコではなかった。サスペンダーで鴨居に吊《つ》るされているのだ。

次の雲が割れ鐘のような声で言った。

『東日本政府の強い要請を受けた中国が、中国経由の復員に関して今後、何らかの規制を加えるのではないかという観測が広まっています。このため、逆に中国へ渡航する東日本市民が急増し、上海のフェリー埠頭《ふとう》は連日の大混雑です』

キング氏がサスペンダーのブランコを揺すった。彼は笑いながらこう怒鳴った。

『中国に復員産業！』

雲に、福建省の貧しい漁港が浮き上がった。《資料映像》のテロップも一緒に。

『さて、この大量の復員を生み出している背景に、どうやら中国国内のお家の事情があるようです。友田記者が中国福建省からお伝えします』

雲は漁師の家々が建ち並ぶ露地へ入っていった。友田記者の声がそれにかぶった。

『ここは福建省の道安《どうあん》という漁港です。昨年末、アメリカが移民法を改正するまで、この町は、密出国者へ船を提供することで多額の収入を得てきました。万元戸など珍しくなかったのです。アメリカの移民法改正につづき、今年、人手不足に悩んだ西日本政府が中国からの就労者の受け入れを容認するに至って、ついにこの村の密航船事業も壊滅かと思われました。しかし、捨てる神あれば拾う神あり。そこに登場したのが、東日本の復員市民です。今では、福建省沿岸の漁港はどこも、この復員景気に沸き返っているのです』

いやに目をぱちくりさせる男だった。それが、ラリー・キングのすぐ背後から現れ、汚らしい石造りの旅館の前で立ち止まった。旅館の入口には、こんな看板がかかっていた。

《復員者大歓迎。日本語通弁ＯＫ。相談無料秘密厳守。送金手配万事上々。自力更生》

『これは多分、日本語のつもりで書かれたものです』と、友田記者は言った。

『ここにある《送金手配》とは、西日本の近親者からの約束手形を引き受けるという意味です。西日本政府が復員者に一律支給している生活一時金、五十万西日本円を当て込み、後払いにも応じるなどという船主もいます。中には、先週神戸港に緊急集団復員した宇都宮農業ソヴィエト代表団のように、定期船で堂々と出国した人たちもいます。この人たちの旅費は、一説によると関西の広域暴力団幹部によって保証され、現地の秘密組織が立て替えたとも言われています。この例に限らず、復員産業には香港、台湾の犯罪結社や日本の暴力団の姿がちらついているのですが、国内に著しい経済格差を抱える中国政府の思惑もあって、今のところ黙認されているのが現状です。中国福建省から、友田進がお伝えしました』

彼は目をぱちくりさせながら、闇に消えた。

『中国、福建省からのレポートでした』

別の雲が、別の場所で深々と頭を下げた。雲はラリー・キングの肩に乗り、サスペンダーのブランコをゆっくり揺すった。

『さて、今も友田記者のレポートにもありました宇都宮農業ソヴィエトの緊急復員者ですが、その手荷物から、土産の干瓢《かんぴょう》に混じって覚醒剤《かくせいざい》一キログラムが見つかったという事件で、兵庫県警は、岡山県長島の入国管理事務所復員者救援センターへ、今日、捜査員を派遣し、手荷物の持ち主から詳しい事情を聞いています』

そこで雲がはじけた。シャボン玉のように、水滴をまき散らした。

ラリー・キングはもういなかった。闇が晴れ、目の前に光り輝くブラウン管が現れた。MHKの年取った女のアナウンサーが映っていた。

私の手が、それに伸びた。手はすぐに彼女に届いたが、その手自体が百億光年も彼方《かなた》にあるようだった。おまけに指先はガラスのストローでできていた。

彼女の声は、空から降り注ぎ、あたりを洪水のように満たした。

声とは別の音が、後ろを横切った。私の背中が弓なりにたわみ、首が何度もかたかた鳴った。すると目線が半周して、後ろのドアが見えた。葉書ほどの大きさの覗《のぞ》き窓がついた鉄のドアだった。そこからラリー・キングが出ていくところだった。いや、キング氏とはサイズが違う。セル縁の眼鏡、若き日のお茶の水博士といった髪形、そして真っ赤なサスペンダー、同じなのはそれだけだ。

男は外からドアを閉め、鍵《かぎ》をかけた。硬い足音が遠ざかっていった。

一服盛られたのだ。いや、——私のどこかでパチンとスイッチが入り、また別のどこかでディスプレイに灯がともった。『Welcome to Yourself』コレハ・マリファナ・ダ。

だとしたら、この回りかたは一服、二服ではきかない。酒に漬けこんだものを飲まされたか、主成分を抽出したオイルを飲まされたのだ。

私は体を起こした。背中で何千もの蝶番《ちょうつがい》が軋《きし》んだ。頭が支えを失い、中心も失い、ジャイロのように回転した。手を口にあてて息を吸いこむと、饐《す》えたアルコールのにおいがした。首筋が二か所、激しく痛んだ。そこに手をやると火脹《ひぶく》れの跡があった。私はうめき声を上げた。シャツのカラーが触るだけで、飛びあがるほど痛かった。

スタンガンでやられたのだ。それもフルパワーで。並の電気ショックでは、これほどの火脹れはできない。

私は芋虫のように、後ろに這《は》いずって行った。背中がすぐに壁にあたった。

縦長の部屋だった。広さは五畳だが、畳は四枚で、奥の一畳分が板敷きになっていた。ひとすみに座布団が数枚、重ねられてあった。

窓はなく、ドアから入って突き当たりの壁に、テレビが、ちょうど窓のように埋め込まれていた。その上に仏と菩薩《ぼさつ》を描いた曼陀羅《まんだら》とマリアと幼子を描いたイコン、たなごころの真中で目玉がジロリと見開いた手のレリーフが、それぞれ黄金の額縁に入れられて並んでいた。

さらに上には、白いターバンをした老人の写真があった。ターバンの額に黄金の月が輝き、皺《しわ》だらけの顔では細い目がらんらんと光っていた。

テレビの真下には板敷きの床に四角い瀬戸物の香炉が置いてあった。真上の天井には不釣り合いに高性能なボーズのスピーカーが吊るされていた。

コンクリート打ちっぱなしの部屋のなかで、その壁だけが鮮やかなオレンジ色に塗りたくられて、そこ一面が、大きな祭壇のようにも見えた。

壁のテレビは、地方ニュースに変わっていた。滋賀県のちいさな町で、ターキー風呂《ぶろ》の建設を進める業者の事務所が何者かによって放火されたと、若いアナウンサーががなりたてた。ターキー風呂とは、昔、トルコ風呂と呼ばれていた日本独自のマッサージ・パーラーのことだ。十年ほど前、トルコ大使館からの抗議をうけて、ターキー風呂と名前を変えた。それでまた抗議がきた。今、トルコ大使館と国語審議会の間で激しい応酬が続いている。暴力団がやっているやらずぼったくりの店を《ワイルドターキー》と言うのだが、不思議なことに、こっちに関してはまだ抗議がきていない。

そのとき、ドアが開いた。

「やあ、目がさめたね」と、声が聞こえた。日本語だった。それも、東京訛《なま》りの。

男は私より少し年上で、ラリー・キングよりずっと禿《は》げていた。髪形もはるかにお茶の水博士に近かった。両手に盆を二つ持っていて、一つを私の前に、もう一つを少し離れたところに置き、そこに座布団を敷いた。

「ちょっと待って。お茶、取ってくるから」と言って、ドアの外に出ていった。鍵がかかる音がした。

瞬間、立ち上がろうとして、私はみごとに倒れた。したたか顎《あご》を打った。足が両方とも、インド人の笛に誘われて直立した蛇で出来ているみたいだった。

しばらくそのまま、畳に頬ずりしていた。すると、あの匂いがした。

私はわずかに顔を上げ、盆の上に並べられたものを眺めた。どんぶりに盛られた飯、豆腐と油揚の味噌汁《みそしる》、しおたれた海苔《のり》、豚肉がほんの少し入った野菜炒《いた》め、それにお新香と納豆。そう！　納豆の匂いが、私の体の隅々に滲《し》みていったのだ。そして、どこからか力が湧き上がってくるのを感じた。

しかし、他にも何か、気にかかる匂いがあった。野菜炒めから、それはにおっていた。

今度こそちゃんと起き上がり、私はもうひとつの盆にのった野菜炒めに鼻を近づけた。明らかに匂いが違った。私の野菜炒めからは特殊なスパイスが香っていた。顔をもっと近づけると、キャベツのひと切れの上にそれらしきものが見つかった。チョコレートのかけらのような黒い粒。口に含むと、何かすぐに判った。インド人がガンジャと呼ぶ、プレート状に精製したマリファナだ。

ドアから甲高い音がした。鍵を開ける音だ。

私は、咄嗟《とっさ》に盆をすり替えた。

ドアが開き、サスペンダーの男が電気ポットと茶碗《ちゃわん》を持って入ってきた。

男は、自分で敷いていった座布団に、よいしょっと声を出して腰を降ろし、

「さあ、食べなさいな」と、言った。

「何の心配もない。取って食おうとは言っちゃいないんだ。二、三日ここにいてもらうだけさ」

彼は箸《はし》を取り、いきなり味噌汁を飲んだ。喉《のど》のあたりで嫌な音をたてて、

「ほら、毒なんかはいっちゃいないだろう」

「あんたは、東日本の人か？」私は尋ねた。

彼は箸を宙で止め、じっとこっちを見つめた。男にしては妙に潤んだ目をしていた。鼻が高く、赤かった。そこがますます赤くなった。

「いやあ、驚いたな。聞いてはいたが、本当に日本語が旨《うま》い。こいつはいいや」

言って、ものすごい勢いで飯を口に放り込み、

「退屈しないですみそうだ。いや、実はね、あんたがここにいるあいだずっと一緒にいろって命令されていたもので、まあ、むろん私も英語には堪能《たんのう》なんだが」

「誰に命令されたんだ」

「大守様じきじきにだぞ。こんなのは、滅多にあることじゃない」

彼は言って箸を休め、自慢そうに笑って私を見た。

「なるほど、それはすごい」私は調子を合わせた。

納豆をとって、それをかき回した。妙なる匂いが立ちのぼり、私の体に、そして頭に、真新しい真っ赤な血が巡ってくるのを感じた。

「京都で納豆が食えるとは思わなかった」と、私は言った。

「東から来ている者が大勢いるからね。近頃は何でも手に入るんだよ。大阪じゃあニョックマムより、ずっと簡単に手に入る」

「ここにも、東の人間は大勢いるんだな」

「そう。ほら、大守様が、お心広く皆を受け入れて下さるから」と、彼は言った。「実のところ復員者優遇策なんてすっかり形骸《けいがい》化しているんだ。われわれは、西側社会で不当な扱いに甘んじているからな。ここより他に救いはない」

「あんたは、東では相当な地位にいたんだろうね」

「判るかね。これでも大学教授だったんだ。それが、こっちへ来て二年近く、仕事といえば工事現場の交通整理しかしたことがない」

「それは変だな。西日本は教員不足のはずだ」

彼は口をへの字に曲げ、ますます潤む目でじっとどんぶりの飯を見つめた。それからぽつりとこう言った。

「経済学だったんだよ」

私は黙って、ご飯に納豆をかけた。それをひと箸、口へ運んだ。私は、私自身に満たされた。その瞬間、マリファナの効果など、どこかへ吹き飛んでいた。

私は、そこに味噌汁をかけた。サスペンダーの男を目でうかがったが、彼はこちらを毛ほども気にしていなかった。野菜炒めの皿を口に近づけ、がつがつとかきこむことに熱中していた。その熱中たるや、尋常な様子ではなかった。

私は、味噌汁とご飯と納豆を静かにやさしくかき回し、そっと食べた。

こうしたことは、これが初めてではなかった。

あれは、エリノア・ヒルの共同住宅が取り壊され、ハイドパークの日々のいっさいが失われてから、十年以上が優に過ぎたある冬の夜だった。飲んだ帰りに立ち寄った寿司屋の板前が、ひどく寒がっている私を見て、普段は寿司屋で頼むことのない味噌汁を、ひと椀《わん》どうかと勧めた。二十八丁目とパーク・アヴェニューの角にあった〝江戸っ子〟という、当時のニューヨークでは珍しい、江戸前の店だった。驚いたことに、納豆巻きがあった。私がそれを注文すると、板前は、賄いに言って豆腐の味噌椀を持ってこさせた。私は酔っていたのだ。手が滑って、まだほとんど食べていない納豆の手巻き寿司を、椀のなかに落としてしまった。東京湾の漁師町から亡命してきたことを売りにしていたその板前は、少しも慌てず、食べてごらん、ひとはネコメシなどと嘲《あざけ》るが私の故郷の千葉では祭礼用の供物なのだとうながした。私はどこか物悲しい予想に気を滅入《めい》らせながら、それをひと箸、口に持っていった。ところがそのひと箸が口の内側に触れたとたん、私は自分の裡《うち》にとんでもない異変がおこりつつあることに気づいて、びっくりした。得体の知れない幸福感が私をすっかり飲み込んでいた。いや、私自身が当の幸福感そのものだった。もし、その状態がずっとつづくなら、たとえ父のようにこの身がサボテンと化しても厭《いと》わなかった。これはどこから降って湧いた感覚か、これにどんな意味があるのか、何がどうなっているのか。私はさっそく二口目を食べる。最初のとき以上のものは何もない。三口目は？　二口目よりもっと劣る。求めていたものは、ネコメシの中にあるのではない。私の中にあった何かを、それがおびき出したのだ。これは何なのだろう。

そのとき、宿酔《ふつかよ》いの嘔吐《おうと》のように、想い出が体の奥からどっと溢《あふ》れ出た。

それは、父とふたりで食べた、あの午後の甘納豆の味だった。（そう。ひとしきり嘆いたあと、父はあのニセ納豆を口にしたのだ）同時に、それは、父と私がついに食べることのなかった本物の水戸の納豆の味だったのだ。

そして、そのことにいったん気がついてみると、私の前には、スプリングウッドの庭園に生えていた巨大な木々や、行儀のいい薔薇《ばら》、埃《ほこり》の舞いたつパークレーン、母が椅子から立ち上がっただけでがたぴしと音がするエリノア・ヒルの共同住宅が立ち現れ、くっきりとした像を結んだ。

そこからは芋ヅルだった。（これは、日本の言い回しだが）

国道九号線と州道三〇八の交差点にあった〝ビークマン・アームス・イン〟で父があのハナコさんの写真を見せ、オーガスタスとそれにひっついてきた卵の与太話を聞かせながらご馳走《ちそう》してくれたウサギのパイの味が湧き上がり、それが、国道をさらに北へ数マイルいったところにある大陸間弾道ミサイルの組み立て工場と、逆に南へ下ったポーキプシー郊外にあるＩＢＭの本社工場の間を、真夜中さかんに行き来していた大型トラックの轟音《ごうおん》と排気臭を、目の前に再現した。

暑い夏の夕べ、だれもいないコネチカット鉄道の停車場のベンチで、床屋のスーターのひとり娘と交わした最初のキスの感触も、よみがえってきた。そこはフランクリン・デラノ・ルーズヴェルトのために造られた本当に小さな、しかし趣のある駅だった。ローズウッドのすぐ下、ハドソン河の水がかかるくらいのほとりにぽつんと建っていて、一九四九年のはじめ、彼の柩《ひつぎ》を積んで各地をめぐってきた特別列車が停まってからは滅多に使われたこともなく、恋する少年少女にとってはプチ・トリアノンの四阿《あずまや》といった按配《あんばい》だった。

冬のよく晴れた日、ハドソン河にかかったラインクリフ大橋の上を、音をたて人を打ちのめして吹き抜けていった風の匂いと肌触りも、再び味わうことが出来た。橋は全長一マイルもある有料道路で、冬の川風にさらされて路面が凍結すると自動車は通行止めになった。すると、そこは子供の王国だった。わざと革靴を履いてでかけ、その上をスケートのように滑るのが流行していた。勢い余った子供が欄干を飛び越えて墜落死したこともあるという、それはそれは、大変な度胸を要する肝試しだったが、私は一度も試したことはなかった。そんなに臆病《おくびょう》者だったのかって？　いやいや、さにあらず。理由は簡単。革靴を持っていなかったのだ。

再現されたものの中には、そんな細かなことがらまで含まれていた。

私は、父が死んでからずっと、父のことを忘れていた。それが、ちょうど日本のカップ麵《めん》が、お湯を注ぐだけで、それまで取るに足らない屑《くず》でしかなかったものが、みるみる膨らみ、広がり、ねじれ、色づいて、ネギや玉子焼きやチャーシューやナルトになっていくように、その夜、ニューヨークの寿司屋の一杯のネコメシから飛び出してきたのだった。

私の父は、いっときヒガサアリという蟻にたいへん熱中していた。それも、寿司屋のカウンターに飛び出してきたもののひとつだった。

ヒガサアリは、ラテンアメリカに幅広く生息し、その生息の北限は北緯三十二度、つまりあの《ルート66》の通っているあたりまでだとされてきた。

もちろん、ニューヨーク州ハイドパークはそれよりずっと北にある。

父は、共同住宅の裏手、八家族分の洗濯物が日がな、時として夜っぴてへんぽんとひるがえっている空き地の奥、大きな楓《かえで》の木の下で、かれらヒガサアリの蟻道を見つけた。強力な蟻酸《ぎさん》をばらまきばらまき猟場に通うので、その通り道が溶けて、平たく真っ直ぐなハイウェイとなっているのだ。その道を逆にたどり、父は巣穴を見つけた。見つけたことは、当座、内緒だった。

この蟻は、その名の示すとおり、柔らかい植物の葉を食いちぎって、日傘のように前足で掲げ、巣穴にせっせと運び込む。無数のヒガサアリが、葉のかけらをかかげ、一列に行進していく姿は、間違いない、日本人だったら大名行列か花魁《おいらん》道中を思い浮かべるだろう。

彼らの口は、どんな葉でも立ちどころに切り裂けるよう、裁ち鋏《ばさみ》の形をしている。当然、農園にとっては大敵だ。まして、白人の旦那《だんな》衆の大事なお庭を管理する、園丁頭においてをや。

彼らは、そうして切り裂き切り裂き運び込んだ木の葉を、巣穴の奥深くで細かく咬《か》み砕き、どろどろに溶かして、その溶液で茸《きのこ》を育てる。ちょうどイタリア人がポルチーニ茸《たけ》を育てるのと同じように。(もっとも、父が掘り返して見せてくれた茸は、小さな白い玉ころに過ぎなかったが)

それが菌胞だ、と父は言った。

『これから茸が生えるんだ。茸の卵みたいなもんさ』

父は何でも知っていた。私は父から何でも教わった。

父はその知識を分厚い観察記録にして〝ナショナル・ジオグラフィック〟誌に送った。

同誌の返事は次のとおり。

『郵送料不足のため、当方としてはお引き取りしかねます。悪しからず』

で、学説を覆すほど北方で発見されたそのヒガサアリはどうなったか。

共同住宅に住む奥方たちによって、巣穴にガソリンを流し込まれ、茸と一緒に丸焼けになった。

なぜかといえば、この蟻は、屋内に洗濯室など決して持っていない奥方、つまり庭先で洗濯をする黒人の奥方たちの大敵なのだ。洗濯籠《かご》の中に大挙して入り込み、シーツや下着にしっかり食いついた挙句、洗濯機でばらばらにされ、頭だけが黒々、点々と水玉模様に残っては、奥方の悲鳴を誘う。連中は木の葉と洗濯物の区別がまったくつかないのだ。

毛抜きでひとつひとつ、その頭をシーツから、下着から、引きむしりつつ、母がわめく声は、今も耳に残っている。

『碌《ろく》でなしだとは思ってたけど、あんたは、本当、ただもんじゃないよ！』

そうやって頭をもぎ取ったシーツは、下着は、ワイシャツは、蟻の歯が開けた細かい穴と、繊維のこじれのせいで、ぶよぶよになり、いくらアイロンをかけても元へは戻らなかった。

ところで、私が子供のころ、ハドソン渓谷にはわずかだがネイティヴ・アメリカンが住んでいた。そのころ、彼らはインディアンと呼ばれていた。今ではもちろん誰もそんなふうに呼ばない。一九八九年にインド人の留学生が、自分たちインド人をネイティヴ・インディアンと呼ばないのは差別だとコネチカット州で訴え、その訴訟に勝利して以来、そんな無謀なことは誰もしない。あのイーゴリー翁《おう》の遺産が施行されてからはなおさらに。

そのネイティヴ・アメリカンも、あの夜、寿司屋のカウンターに飛び出してきたもののひとつだった。

彼らは自分たちをグリグリの民と呼んでいた。ごく小さな、しかし伝統的な部族だった。アーヴィングがこのあたりをスケッチして歩いたころ、ずっと北西の居留地に追いやられたはずだったが、一部は（ほんとうに一部だが）森の奥にひっそりと暮らしていた。見かけはありきたり、ジーンズを穿《は》きハンテンのシャツを着てフォードのピックアップに乗っていたが、彼らは、お茶の葉を土のなかで発酵させて飲むというような千年来の風習を決して捨てていなかった。ヒガサアリがそこにいることにも、むろん千年も前から気づき、それとともに生きていた。

グリグリ族は、大人になった証拠に、右の二の腕にヒガサアリの鋭い歯を使って刺青《いれずみ》を入れる。傷跡にしみこんだヒガサアリの特殊な蟻酸が、青い筋彫りになって残るのだ。しかし、彼らにとってヒガサアリはただそれだけのものではない。彼らの神話のなかで、すべての生命の始祖なのだ。

人類は地の奥底にある大地の子宮で生まれたと、それは説き起こしている。生まれ落ちたものは当初、人間の形をしていなかった。白いべとべとの卵のようなもので、たまたまその卵のひとつが、大地の子宮のなかで黒くてつやつやした蟻にそっくりな生き物になった。それは、あらゆる苦難を乗り越え、長い長い産道を通って地上に這《は》い出ると、父なる太陽にこう頼んだ。

『地中に残された兄弟の卵を、何とかお救いください』

太陽がそれに光線をそそいで、ある卵からはワニが生まれ、ある卵からは馬が生まれた。そして、ある卵からは赤銅色に輝くグリグリの民も生まれた。母なる大地は彼らを祝福して、子宮から地上までのいくつもの部屋で、火のおこし方と布の織り方、そして言葉の使い方を教えた。しかし最初の黒いやつは、太陽の光線にあまりに近かったために目がつぶれ，アリになってしまった。

神話はまだまだ続くのだが、さわりはこんな具合。ようするに、グリグリ族は大昔、人間の内側と外側にひろがる二つの世界の関係を、ヒガサアリとその巣穴を通して理解したのだった。

さて、ハドソン渓谷は見てのとおり静かで豊かだが、血塗られた土地でもあった。オランダ人とまず戦端を開いたエソプス族をはじめとして、ワッピング族、ハッケンサック族、そしてモヒカン族にいたるまで、数多くのネイティヴ・アメリカンがそこで絶滅した。彼らがいなくなってしまうと、今度は内輪の血が流された。事実、アメリカ独立戦争の戦闘の三分の一はニューヨーク州を舞台に戦われ、戦死者総数の半数近くがここで死んだのだった。

十九世紀に入ってからも、ハドソン渓谷では、小作人たちが地主に対して、こんな無茶な地代は二度と払わないと宣言して闘争を挑み、それはゲリラ戦の様相を呈して二十年以上続いた。ヘンリー・クリストマンの〝ラッパと木綿服〟によれば、そのころは『血縁でつながれた少数の者が、三十万人の人民と二百万エーカーの土地を、王侯貴族のように支配していた』のだった。彼らは、叛乱《はんらん》を起こした小作人をこう呼んで弾圧した。

『インディアンども』

その後も血は流されつづけた。南北戦争の期間、戦費捻出《ねんしゅつ》のため企業に有利な、そして労働者に圧倒的に不利な法律が次々と議会を通過し、生活に困窮した人々は飢えと発疹《はっしん》チフス、結核、火事、強奪などにより命を落としていった。戦後の不況では、ストと暴動が頻発し、武装警官隊との血なまぐさい抗争があちこちでおこった。歴史家はそれを『もうひとつの内戦』と呼び、新聞は『ニューヨークに革命！』と報じた。企業家の意見は少し違っていた。こんな具合に。

『インディアン再襲撃』

そうした労働者たちの組合からも加盟を拒否されていた黒人たちが、ついにストに打って出たときは、当時のグラント大統領が彼らをこう罵《ののし》った。

『黒いインディアンども』

そして、言葉通りに彼らを扱った。

こうしたハドソン渓谷の二百年を、グリグリ族はしぶとく生き抜いた。

二十世紀の初頭、大統領に就任したウイリアム・ハワード・タフトが、ある日ここにやってきて、グリグリ族の大酋長《しゅうちょう》に会見を求めた。場所はハイドパークのわずか北。マデロのメキシコ民主革命を暴力で葬り去ったタフトが、なぜかこのときだけは殊勝にもこう尋ねた。

『私が、この国の首長としてもっとも大切にしなければならない知恵があれば、お教え願えませんか』

それに対して、大酋長の返事は次のとおり。

『移民に気をつけなされ』

ところで、ご存じだろうか、アメリカ共産党本部は今でもマンハッタンにあることを。

さて、私の父は書類上、一九七四年の十二月二十五日にボルティモアの病院で死んだ。多分、彼の本当の雇い主の中に皮肉の好きな者がいたのだろう。

それから、わずか一年と八か月後、母はエリノア・ヒルの共同住宅で一人寂しく死んでいった。ドーント神父の連絡で、大学から呼び戻された私は、母の寝室のあちこちで、父の遺品をつぎつぎと見つけ出し、何より驚いたものだった。トランク一杯の衣類、腕時計、ライター、結婚指輪、鼻毛切りの鋏、剃刀《かみそり》の刃、黄楊《つげ》の爪楊枝《つまようじ》、何と、甘納豆の滓《かす》までも。いやいや、それればかりか、ハナコさんと父が写っているあの写真さえ。

それらもまた、あの寒い夜、私から飛び出してきたもののひとつだった。

「あ、あ、あ」と、大きな声。

赤いサスペンダーの男の悲鳴が、ニューヨークの寿司屋のカウンターから、京都の窓のない畳の部屋へ、私を連れ戻した。

気がつくと、私の左手のどんぶりは空になっていた。右手はぼんやり箸《はし》を握りつづけていた。首に痛みが、部屋にテレビの音が、いきなり戻ってきて私を打ちのめした。

サスペンダーの男はテレビ画面を指さし、まだ声を上げていた。口の端によだれが一筋、流れ落ちた。目が真っ赤に濁り、焦点が合っていなかった。

「マンモスの牙《きば》を掘っていた業者が、永久凍土の中でみつけたものです」と、アナウンサーが言った。

ブラウン管には雪の荒野が映っていた。そこにぽっかりあいた穴から、男たちが毛布でくるんだ遺骸《いがい》を運び出しているところだった。

「近年、商取引が禁止された象牙《ぞうげ》の代替品として、マンモスの牙の需要が高まりました。それが、ここ極東共和国に大きな外貨収入をもたらしているのですが、その発掘にともない、いろいろなものが永久凍土から出土されています。しかし、昨日、ジガンスク郊外で発見されたのは特別、——氷漬けになった東洋人女性の亡骸《なきがら》だったのです」

画面がかわった。山小屋のような室内だった。テーブルの上にシートが敷かれ、そこに遺骸が安置されていた。ライトに浮かび上がったその女は、顔色が真っ白な他はまだ生きているように美しかった。

「あ、岡田嘉子《おかだよしこ》だ！」と、サスペンダーの男が言った。

アテンション・プリーズ。岡田嘉子は、戦争前、日本で一世を風靡《ふうび》したアイドル女優だった。彼女は、日本を覆う軍靴の足音に追い立てられ、国際共産主義に一縷《いちる》の望みを託して、恋人とともに満州から徒歩でソ連に逃亡した。一九三八年の初春のことだった。以来、杳《よう》として行方は知れない。

「もしこれが岡田嘉子本人なら、昭和史の空白が埋まるのではないかと、注目を集めているのです」

アナウンサーが言った。

サスペンダーの男が、大きな音をたてた。彼は、仰向《あおむ》けに寝ころび、けらけら笑いながら足をばたつかせていた。

私は手の甲で口に残った納豆のねばりをぬぐい、立ち上がった。首の火傷《やけど》がまた痛んだ。カラーがその痛みにべたついた。火脹《ひぶく》れが破れたのだ。見下ろすと、胸からネクタイがなくなっていた。ジャケットは着たままだったが、ポケットは空だった。もとから大したものは入っていない。クレジットカードが五枚と二種類のＩＤカード、どちらもすぐに再発行がきく。現金は二万円ほど、後は領収証が少々、ハンカチだけはなぜか残っていた。

サスペンダーの男はこちらに背を向け、ぼんやりテレビを見ていた。

私は空のどんぶりを握りしめ、そっと忍び寄った。

後頭部を狙いさだめ、どんぶりを振り上げると、寝息が聞こえた。男は眠っていた。足で肩を突いたが、目を開けようともしなかった。ただ口だけが、ウフフと嬉《うれ》しそうに笑った。よほど高価な麻薬をおごったのだろう。

私は周囲を見回した。

誰も見ていなかった。誰も聞いていなかった。テレビだけがしゃべりつづけていた。

こういう状態を西日本のTV業界では次のように言う。

『こら米やで』

アテンション・プリーズ。視聴率が一パーセントに満たないとき、調査会社が数値代わりに出す＊が、米という字に似ているために。

私はどんぶりを構えたまま、男の尻《しり》ポケットから鍵《かぎ》を引きずり出した。何の雑作もなかった。鍵につけられた《修行室H》と書かれた木札が、そこから垂れ下がっていたのだ。

ドアの鍵を開け、足音を忍ばせて外へ出た。サスペンダーの男は、身じろぎひとつせず、横たわっていた。寝息はいびきに変わっていた。

そこは長さ十メートルほどの廊下で、覗《のぞ》き窓があるドアが両側に四つずつ並んでいた。ドアはどれもぴったり閉じられ、AからJまでのプレートが張ってあった。Iが抜けているのは1と見間違うからだが、Dがないのは、西日本人にはDが格別、言いづらいためだ。どこでもたいてい欠番にする。

ドアのすぐ外にビニールのサンダルが置いてあった。私はそれを履いて、今出てきたHのドアを閉めた。ドアノブはオートロックだったが、室内に鍵穴が、廊下側に開閉のノッチがついていた。私は、ノッチを押して外から錠をかけた。

隣の覗き窓の蓋《ふた》を上げてみた。中は、まったく同じ造りだった。しかし、そこには誰もいなかった。

CとEのドアの前に履物が並んでいた。失敬しようかと、手近なEのドアに近づいたが、靴は赤茶と白のコンビで、しかも大きすぎた。並たいていの大きさではなかった。誰だって、こんな靴を見せられたら、持ち主を見てみようとする。

Eのドアの覗き窓からは、ちらかった雑誌が見えた。どれも英字の雑誌だった。新聞もあった。〝ヘラルド・トリビューン〟だ。

その向こうに大きな男がいた。彼の部屋のテレビにはMTVが流れていた。ボン・ジョヴィのビデオクリップだった。その光で、もとからつるつるした顔がにぎやかに瞬いて見えた。髭《ひげ》をそる必要のない顔だった。いつでも、どこでも、そうなのだ。便器のように頑丈な顎《あご》と子犬《こいぬ》の目。私は、かつて鶴橋の《タイガーリリー》でこの男に会ったことがある。そのときは、古ぼけた麻のスーツを着て尖《とが》った蛇皮の靴を履いていた。スーツの下はアンティークのアロハシャツだった。今は肩からすっぽり体を毛布でくるんで、大きなソファに横たわっていた。

ソファだけではない、この部屋にはサイドテーブルと電気スタンドがあった。テーブルの上にはウィスキーとアイスペールが置かれていた。灰皿まであった。

顔とは好対照の毛むくじゃらな腕が、火のついた煙草を持っていた。その腕は私の足より太く、煙草が爪楊枝のように見えた。

私は覗き窓をそっと閉じた。オーリック・G・ペパー軍曹は、Eの部屋でA・OKな扱いを受けている様子だ。叡智《えいち》も思惟《しい》も無縁だが、いい気持ちで瞑想《めいそう》にふけっているようには見えた。たぶん、麻薬をやっているのだろう。ドアには鍵などかかっていなかった。

Cの部屋の前にきちんと揃えておかれた靴は、女物の小さなパンプスだった。

しかたない。私はビニールのサンダルのまま、廊下の端にある大きな防火ドアから外へ出た。すぐ右手が階段だった。その手前の壁には、《三階、修行室》と書かれた矢印が、今出てきた防火ドアを指して、張ってあった。同じ壁に、大きなポスターが張り出され、そこでは、あの白いターバンを巻いた老人が、真っ白いマントを着て、両手をたかだかと差し上げていた。

『原理の夕べ』という文字が読めた。

『宗教法人《国士計画》御大守、祝十郎』

『特別法話、エズラ・ボーゲル導師』

『四月一日から、西部道場にて』

私は足音を忍ばせて階段を下りていった。

11

四角四面の殺風景なビルだった。一階の出入口は日本の中学校のエントランスのようで、下駄箱ともロッカーともつかない鉄の箱がびっしり並び、無数のスリッパが散らかっていた。

建て付けの悪いアルミサッシのがらり戸からサンダルのまま外へ出ると、空はすでに暗くなっていた。高いところに月があり、あたりは白々と光り輝いていた。コンクリートの通路が雑木林の中に延びていた。私は歩き出した。

地に足がついていなかった。膝《ひざ》ががくがくして、目に見えない階段を一歩ずつ上がっていっているみたいだった。目が熱く、ひどく乾いていた。水銀灯の光が綿菓子のように滲《にじ》んで見えた。ネコメシの効果が消えかけているようだった。

《国士計画》の名を知らないわけではなかった。西日本では二番目か三番目に大きな新興宗教だ。教義は神道系だが、教祖はムハメッドの生まれ変わりを標榜《ひょうぼう》していた。月の裏側に常世があり、そこから人類救済の計画が発せられているのだそうだ。彼らに言わせれば、仏陀《ぶっだ》もキリストも教祖の親戚《しんせき》だか兄弟だった。

アメリカの主な都市には必ず支部があり、TV説法が全米ネットでオンエアされていた。フランスでは、首相が多額の政治献金を受けていたことが発覚し、集中砲火を浴びた。モスクワではここ数年、驚異的な成長をしめして、ロシア正教と悶着《もんちゃく》を起こしている。

しかし、決して暴力的なカルトではなかった。金集めも、詐欺かもしれないが強盗ということはなかった。その詐欺も、TVショッピングに登場する痩身《そうしん》器具ほどのものでしかないという風評だった。

だいいち、私はそれを取材したことさえなかった。これまで関わりなど一切なかった。頭をどんなに揺すっても、彼らが私を捕らえた理由は思いつかなかった。ただ、首筋の火傷が痛むばかりだった。ネコメシをもっと食べてくるべきだったのかもしれない。

木立はすぐに途切れ、大きな池のほとりに出た。

池は三方を低い山に取り囲まれ、こちら側の岸に沿って四棟のビルが建っていた。ふたつはどうということのないオフィスビルだった。ひとつは屋根つき球場に似た円形の建物で、それが他を圧してでんと控えていた。宝石のようなステンドグラス、よく光る金属で縁取りされた壁、紫色に塗られた開閉式のドーム屋根、そのてっぺんにライトアップされた桜とも日輪ともつかない五弁のオブジェ、——野球場というよりは巨大な王冠だった。高さ三百フィート直径五百フィートのイギリスの帝国王冠だ。

すると、その後ろに建っている細い円筒形の高層ビルは、カンタベリー大司教の牧杖《ぼくじょう》というところだ。それはガラス張りで、部屋という部屋はどれも、まだ照明が入っていた。そのくせ、忙しく立ち働く者の姿はなかった。まばらな人影は皆ぼんやり窓辺に佇《たたず》んでいた。

私はそれに背を向けて、化粧タイルを張り詰めた遊歩道を歩きだした。

池の端をめぐっていくと、大柄な女が三人、やって来るのと行き合った。

二人は温泉宿の泊まり客のような様子だった。しかし、浴衣《ゆかた》も帯もどてらも真っ白、手にしているのは手拭《てぬぐ》いや手桶《ておけ》ではなく、数珠《じゅず》と本だった。本の表紙には、例の白いターバンを頭に巻いた老人が描かれていた。

ひとりはカーディガンを着て、スカートに突っ掛けを履いていた。彼女も同じ数珠と本を持っていたが、あきらかに日本人ではなかった。

「ハーイ。神のお膝にようこそ」と、カーディガンの女が訛《なま》りの強い英語で言った。

「アメリカからいらっしゃったの？」

「そう。今日ついたばかりで道に迷ったらしい」私は言った。

「お力になるわ、どちらへ行くの」

「町にいちばん近い門はどこかな。そこで車が待っているはずなんだ」

「それなら、あっちよ」と、日本人の女が言って、私の背後を指さした。同じような訛りの英語だった。

「でも、アメリカ支部のご奉仕団の人達なら、〝光の園〟のほうにいたわ」

「ありがとう。君達は、どこの支部の人なんだ？」

「ブラジルよ」カーディガンの女が言った。

「でも、支部からご奉仕に来てるんじゃないの。十三《じゅうそう》のクラブで働いてるのよ」

三人で声をそろえて言い、胸をゆすり腰をふり、ひとふしサンバを踊ってみせた。

「時間があったら遊びにきてよ」

「今日は？　教祖様のお話を聞きにきたのか」と、当てずっぽうに尋ねた。英語では〝御大守様〟を何というのか判らなかったのだ。

「それに、寄進も」

「これから大阪に帰るところなら、一緒にどうだい？」

三人はお互いの目を覗きあい、一瞬で頷《うなず》きあった。

「あなたがお店に寄ってくれれば、遅刻あつかいされずに済むわ」カーディガンが笑った。

「十時から、ショーがあるのよ」と、浴衣にどてらのショーガールが言い足した。

私は彼女たちと並んで遊歩道を引き返した。池のほとりにずっと藤棚が続き、ベンチが並んでいた。いくつかのベンチには座って談笑している者がいた。ほとんどは、例の真っ白な温泉宿のお仕着せを着ていた。談笑というには誰も目が笑っていなかった。声も押し殺していた。どこかで空気がぴんと張り詰めていた。

池の真ん中から、噴水の水とスポットライトの光が、いっせいに空へ湧き上がっているところまできた。そこで藤棚の列が終わり、幅広の階段が、巨大な帝国王冠の正面入口にむかって延びていた。彼女たちの話によれば王冠は〝西部道場〟という名の大ホールだった。去年、そこで行われた運動会に参加したことを、ひとりの女が、まるでオリンピックの代表に選ばれたかのように自慢した。

階段の上には、あのターバンをした老人の大きな銅像が立っていた。いや、銅像かどうかは判らない。隅から隅まで真っ白に塗られていたのだ。

階段を上ると、その台座がぐるりと一周、ガラス仕切りで扇状に分けられ、数十基の電話ボックスになっているのが見えた。一台ずつに、あの五弁のオブジェをマークにしたものが描かれていた。

浴衣姿の女がひとり、何かポルトガル語で言い残し、その一台のなかに入っていった。

彼女は、帯のあいだにしまってあった財布からクレジットカードを取り出し、機械のスロットに滑らせた。電話機ではなかった。数字といくつかの記号が記されたプッシュボタンが並んでいたが、それに受話器はついていなかった。

スロットの脇に赤ランプが灯《とも》ると、彼女はプッシュスイッチを押した。液晶ディスプレイに二万円と表示された。またスイッチを押した。

「神のご加護を」と、機械が低い男の声で言った。

「あれは何だ？」私は思わず尋ね、

「アメリカでは見たことがないな」と、あわててつけ加えた。

「あらいやだ。あれだとカードでオハツホができるのよ」と、カーディガンの女が言った。

機械のすぐ上に、言われてみればこんな札が張ってあった。

《お初穂自動振込機14号》

アテンション・プリーズ。〝お初穂〟とはそもそも、その年、最初に収穫された稲の穂のことだ。それをまず神様に献じたので、古い日本語では、神仏朝廷への貢ぎ物すべて、つまり玉《たま》串《ぐし》、ご寄進、お賽銭《さいせん》のことをひっくるめてそう呼ぶ。

私たちは、〝西部道場〟の足許《あしもと》を半周して、水銀灯に白々と光る広場に向かってまた階段を下った。

門はとてつもなく大きく立派だった。黒い鋳鉄で出来ていて、あちこちが金色に塗られ、沢山のレリーフや金具で飾りたてられていた。何かによく似ていた。リュクサンブール公園の門だ。だとしたら、元祖の二倍は優にある。

門を出入りする者は誰も、内側に向かって深々と一礼していた。連れの女たちも、後ろを振り返り、頭を下げた。その方向には、しかし何もなかった。あるのはまばらな立ち木、駐車場に停まっている車、そして缶ジュースの自動販売機、それに看板。《缶はごみ箱へ。マナーを守って明るい世界》

私が彼女たちの真似をしようと振り返ったとき、守衛所の窓が開き、制服姿の男が手招きした。

三人の女はいっぺんに緊張した。カーディガンの女の後ろに、二人が隠れるように身を寄せた。守衛は、窓から半分、体を乗り出して叫んだ。

「えろう、すんまへん。ちょいと、来とくれはらんか」

私に言っているのではなかった。手は、女たちを呼んでいた。しかし、目は油断なく私のほうに向けられていた。

女たちがおそるおそる歩きだすのと同時に、私は門の外へ出た。

「待っとくれやす。あんさんもや」

その声を首筋で聞いた。火傷《やけど》の痛みがさっと失《う》せた。むろん私は待たなかった。足音は追ってこなかった。私は足を速めた。

四車線の自動車道路が右へゆるゆると下っていた。門の中で、大きな声がした。どこかで、電話が鳴った。遠くから、全力で走るいくつかの足音が聞こえてきた。

私は思わず駆けだした。サンダルがすぐにすっぽ抜けた。かまわず走りつづけた。

坂の下までもつだろうか。いや、坂の下まで行っても、すぐに人気のある大通りに出るとはかぎらない。

背後で足音が乱れた。声が飛んだ。私は目についた露地に飛び込んだ。

露地はすぐ、門と同じ造りの黒い鋳鉄の柵《さく》に行き止まっていた。作業用の通路が、柵に沿って左右に延びている。私は左に走った。

やがて資材置き場に出た。石材や鉄骨がシートをかぶって積み上げられている。その向こう側は小高い崖《がけ》、どう見ても行き止まりだ。

私は石材の山に駆け上がった。

そこに立って見回すと、すぐ目の前の崖に、岩肌を削り取ってこしらえた階段が見えた。階段といっても、足半分がやっと入るほどの穴が、点々と上まで続いているだけ。それに手と足をかけ、崖を斜めによじ登った。

やっとのことで上までたどりつき、藪《やぶ》のなかへ転がり込んだとき、真下に声が弾《はじ》けた。明らかに、私を探していた。表通りにも何人かいるようだった。ひとりがこっちへ来たように見えたと言い、もうひとりが駅へ先回りするんだと叫んだ。

腹這《はらば》いになって息を殺し、私は、彼らが資材置き場から出ていくのをじっと待った。

それから、頭を低くして藪の奥に進んだ。いくらもなく拓《ひら》けたところに出た。イヌノフグリがびっしり花をつけ、地面を覆っていた。

その先に踏み分け道があった。国土計画がここを開発する以前から、地元の人が利用していた抜け道だったのだろう。道端に、ベニヤに手書きで《駅、一キロ》という標識が立っていた。私はその指示に従った。

道は闇のなかをどこまでも下っていた。十分も歩いたろうか、左手の視界が急に開けた。

山陰が近くまで迫り、自動車道路が明々と横たわっていた。町の灯が、すぐ近くに見えた。

私は目を疑って、数歩、そちらへ歩いた。もう少しで崖から転げ落ちるところだった。

すぐ足許の闇に、ローマ闘技場のような屋根のない円形の建物が、水銀灯に冷え冷えと照らされてうずくまっていた。階段状の客席に囲まれたグラウンドは薄闇に閉ざされ、あのヘリコプタが、そこにひっそりと停まっているではないか。

間違いはなかった。シコルスキーCH74のライセンス生産機、〝スーパー渦潮〟だ。

崖は絶壁というほどのものではなかった。高さは十五メートルほど、雑草の生えた急なスロープで根の強い低木がまばらに繋っていた。

私は、這うように伸びたツツジのひと枝を命綱代わりに、崖を下った。草がふわふわとして、ときおり足をすくわれそうになった。適当な高さまで下りると、ヘリコプタがちょうど目の高さに見えた。艶《つや》のあるブルーに塗られていたが、窓のフレームやボルトの窪《くぼ》み、あちこちの隙間に汚れが目立った。ただの汚れではない、消し炭のように黒い塗料の跡だった。

ボディには日の丸が描かれていた。その脇に、白い文字でこう書いてあるのもはっきり読めた。

《東方の領土返る日、平和の日/国際厭共《えんきょう》連合》

知らないうちに右手がマグネラマを探していた。舌打ちが口から転げでた。もちろん、そんなものはここになかった。ペンと紙きれを身体中に探した。それもなかった。持ってきていたか、財布と一緒に奪われたのか、それも判らなかった。私にとって、ペンと紙きれが必携品だった時代は、とうの昔に終わっていた。

私は、そこから崖《いや》の下まで、思い切って駆け降りた。そのまま、下のアスファルトにたたらを踏んだ。足首で厭な音がした。さいわい怪我はなかった。しかし、靴下は穴だらけ、足は傷だらけになっていた。

痛む足を引きずって、私は円形の建物に近寄っていった。それは、閉鎖された競輪場だった。アテンション・プリーズ。ケイリンはオリンピック競技だが、競輪場は日本固有の賭博《とばく》場だ。車券売り場のガラスはことごとく割られていた。中はからっぽで、ゴミを入れた段ボール箱がうずたかく積まれていた。オッズや順位を伝える電光表示板は撤去され、軒からは電線がぶら下がって、駐車場の水銀灯がまだついていることが不思議なくらいだった。

そこには濃いブルーに塗られたマイクロバスが四台、止まっていた。高性能スピーカーを前後に鈴なりにして、ボディには日の丸とスローガン、右翼の宣伝カーそっくりのつくりだ。その、スローガンは当然、こういうやつ。

《東方の領土返る日、平和の日／国際厭共連合》

それ以上は近寄れなかった。競輪場の廃墟《はいきょ》は鉄条網に取り囲まれていたのだ。立入禁止の看板には、こう書かれてあった。

《ここは府有地どす。みだりに立ち入らはると、刑法で罰せられまっせ／京都府》

私は鉄条網を避けて、表通りへ歩いた。

幅十メートルほどの川にコンクリートの橋がかかっていた。その向こう側に自動車道路があった。〝づぼらや〟の巨大なフグが飛行船のように夜空に明々と浮かんでいた。他にもいくつか、コンビニやファストフードのレストランが立ち並び、ネオンや窓明かりで道路を染めあげていた。

私は橋を渡ろうとし、そこで、あわてて引き返した。競輪場の門に姿を隠した。通りから車が一台、音をたてて曲がってきたのだ。

車は、タクシーだった。青い車体に白いライオンの形をした安全灯が乗っていた。ボディには、〝プリンス・タクシー〟と書かれ、こんなステッカーがでかでかと張り出されていた。

《料金改正でよりよいマナー／一部低料金の同業他社にご注意ください》

タクシーは橋の真上で止まった。ドアが開き、帽子を被《かぶ》った運転手が下りてくると、そこで川に向かって、何のためらいもなく小用を足しはじめた。

私は待つことにした。驚かせるのは得策ではない。彼の用が終わったあとで声をかけよう。道はうろ覚えだが、旅館の名は覚えている。皇居を目指して河原町通を走っていけば、捜し出せるだろう。どちらにしろこのままでは、鉄道にもバスにも乗れないのだ。

「各車、各車」タクシーの無線から声が聞こえてきた。

「聖域を荒らした神敵は、アメリカ黒人や。みんな、気張って捜しや。御大守様の思《おぼ》し召しや。ご恩に報いるに、こんなチャンスはあらへんで」

運転手はジッパーを上げ、車に戻った。

「本社、本社。こっちゃ十四号車や。宝ヶ池《たからがいけ》駅にはそないなもん、まだ来とらへん」と、彼はマイクに言った。

「八幡《やわた》前も岩倉も、駅にはみな張り込んどる。橋も交差点もや。心配しいひんと、構えとってや」

彼は無線を切り、音をたてて車をバックさせた。車道に出ると、川に沿って右へ折れていった。

私は川のほとりまで出ていき、その先をうかがった。道路はあまりに明るかった。ほぼ全員が黄色い肌、黒い髪をしているこの世界で、私は金色の羽飾りをつけたネイティヴ・アメリカンより目立つはずだった。木は森に隠せの諺《ことわざ》通り、私は暗がりを選ぶべきなのだ。

ふと見ると、橋のたもとには川面に下る石段があった。下りた先は、コンクリートの舟着き場になっていて、そこに筏《いかだ》が舫《もや》われていた。

私は、石段を下った。

舫われているわけではなかった。筏でもなかった。それは、川床料理に使われる板床だった。蒸し暑い夏、ずっと北に上った山奥で、川面に板床を渡し、その上で会席料理を供するのが京都の伝統だ。その板床が、流されてしまったのだろう。

私が立っている所は舟着き場ですらなかった。堰堤《えんてい》の一部、板床はそこに乗り上げ、止まっていた。

待てよ。それなら、ここは鴨川の上流、流れの先には京の町があるはずだ。

板床は十分、筏として役に立った。そこで、堰堤の上から下流に押し出した。三度、力をこめると自由になった。私は板床に飛び乗り、流れに身をまかせた。

春とは言え、水は身を切るほど冷たかった。板床は決して筏ではない。半分は川に沈んだ。サーフボードのパドリングよりいくらかましなだけだった。膝《ひざ》から下は水の中、板の縁をつかんだ手も水に濡《ぬ》れた。ときおりドブのにおいがした。何かが邪魔するたび、それを足で蹴《け》るしかなかった。私は全身、ずぶ濡れになりながら川を下っていった。

やがて、足が川底についてしまった。背の高い雑草が浅瀬のそここに生い茂っていた。板床はその一株に乗り上げて止まった。

私は川の中に腰まで浸《つ》かって立ち上がった。川の両岸は、コンクリートの護岸壁から植え込みのある土手に変わり、町家の軒並みがすぐそこまで迫っていた。

私は水をかき分け、浅瀬を選んで歩いた。左の土手上に一軒分の空き地があった。視界がひらけ、黒々とした山影がのぞけた。それはほぼ正三角形の山で、頂上めざして点々と光が上りつめていた。ロープウェイの明かりだ。

絵はがきで見たことがあった。これこそ、織田信長が焼き払った比叡山《ひえいざん》だ。

じきに大きな橋を潜った。急に川が広くなり、底が浅くなった。低い堰《せき》がいくつか続き、川はゆるい階段のようになっていた。それでも膝から下は水の中、靴下はもう脱げかけていた。

やがて右の石垣の下に川原が顔を見せた。セイタカアワダチソウを手で払いながら、私は岸辺の泥の上を歩いた。すぐ上には立派な屋敷が何軒か立ち並んでいた。松の一枝が、ときおり川面《かわも》にしなだれ、どこからか三味線の音色と宴のさんざめきが聞こえてきた。何が三味線だ。ギターに毛が三本足らない愚かな楽器じゃないか。待てよ、今夜はどうかしているぞ。

それは、どうかもするだろう。空気の冷たい春の夜、ずぶぬれで川底を歩いているのだ。しかも無一文、足には破れた靴下がひとつ、首筋には火傷《やけど》の痛みを背負って。

半時間はたっぷり歩いたろうか、川はますます広くなり、流れもゆるくなった。四つ目の橋を過ぎたころから、岸辺はコンクリートのパネルで整備され、だいぶ歩きやすくなった。左側の堤の上では並木道が街灯に明々と照らされていた。ほころびはじめた桜にひかれ、そこをそぞろ歩く人々のざわめきが絶え間なく降ってきた。

どうだろう、そろそろ上を歩いては。しかし、そうするには、私はあまりに人目を引いた。ただ濡れているだけではない。膝から下は泥だらけ、ワイシャツも真っ黒、足は靴下、腰には目に見えない砂袋がいくつもぶら下がっているといった具合なのだ。

七つ目の橋をくぐると、右から来た大きな川とそこで合流していた。川面には飛び石が置かれ、合流点の洲《す》にある公園まで渡っていけるようになっていた。

そこでは、数組の親子連れが、まだ三分咲きの桜の下でバーベキューをしていた。ソース焼きそばの匂いが、私を誘った。やっと人心地がついた。すると、不思議なことに膝が震えた。マリファナの酔いがいっぺんにぶり返してきた。あの修行室からここまでの時間がぶつ切りになって、頭の中で渦巻いた。過去にはつながりがなく、記憶はバラバラにされて箱に入っていた。吐き気と目眩《めまい》を抑えながら、私は飛び石を渡った。

「皇居まではまだ遠いですか」私は、フライ返しを忙しく動かしていた男に、何のためらいもなく東京官話で尋ねた。

「御所のことでっしゃろ？」彼はにやりと笑って訂正した。私の顔を見ても、別に驚いた素振りは見せなかった。

「じきですわ。三つ目の橋を右に行かはればよろしわ」

橋の数も方向も嘘ではなかった。しかし、そのとき彼は上流を指さしていた。

しかたない、私は京都の人間に道を聞いたのだ。それも、東京で使われている日本語で。

さらに対岸へ、飛び石は続いていた。私はそれを伝って向こう側の川原まで行った。そこは広いなだらかな土手になっていて、柳が植えられ、植え木がきちんと刈り込まれていた。

案内板の絵地図によれば、間違いない、この土手は丸太町橋まで続く公園で、ここから先が鴨川なのだ。では、ここまでは？　案内板によれば賀茂川だそうだ。

むろん、私は下流へ歩いた。右手の石垣の上、家々はどれも五メートルほど川原に迫《せ》り出して建っていた。それを支える丸太が、ずらりと柱廊のように並んでいた。床下をちゃっかり庭にしている家も、一軒や二軒ではなかった。

鴨の川原に面した家は、夕涼みのために板敷きのテラスを出すことを許されてきた。戦後の混乱に乗じて、誰かがそのテラスに壁を立て、屋根をのせ、家の一部にしてしまった。誰かが誰かの後に続いた。今では、すべての家がこの調子だ。床下を板で囲い、そこを徐々に地下室に変えてしまおうと狙っている家もあった。

私は歩いた。腰の砂袋は一万個に増えていた。腹が、日本のマンガの主人公のようにみごとな音で鳴った。

丸太町橋が見えてきた。どこから通りに上がればいいだろう。

私の頭に、廣子さんの声が降ってきたのはそのときだった。

「まあ。どうなさったの！」それは悲鳴に近かった。

「あなた、まるで板戸に乗った小仏小平みたいよ」

12

もちろん京都の家々は、間口より奥行きのほうが数倍長い。あの旅館の裏側が鴨川に突き出ていても、何の不思議もありはしない。

廣子は浴衣《ゆかた》を着て出窓に腰かけ、こっちを見下ろしていた。

「早くあがっていらして」と、言って、どこから上がるか戸惑っている私を残し、窓から奥へ引っ込んだ。

戻ってきたときは、手に何かを持っていた。それを浴衣の帯にくくり付け、するすると下ろしてよこした。ラプンツェルでもあるまいし。いやはや、それは大きな鋳物の鍵《かぎ》だった。

「秘密よ」と、彼女は言って、床下をそっと指さした。

京都では、秘密を持たないものに価値はない。秘密のない場所もありえない。

ここでは舞子さんとの逢《あ》い引きにはもちろん、にしん蕎麦《そば》を食べるにも、隣の家に回覧板を届けるにも、何にもかにも厳重な作法と手続きを必要とする。にもかかわらず、その作法も手続きも門外不出、秘中の秘となっている。だから、ここには秘密の売り買いで生計をたてているものがごまんといる。江戸末期の公家《くげ》などは、そうした秘密の千年のストックに飽き足らず、自ら次々と新しい秘密を創り出し、愚かな武家に高値で売っては暮らしの助けにしていた。いかにも、そうした秘密の発信源こそ、禁裡《きんり》なのだ。

旅館など、秘密の抜け穴があることがむしろ当たり前、ないほうがおかしいくらいだ。

私は床下の支柱の間に入っていき、石垣の隙に隠された木戸の錠前を鍵であけた。それで、旅館の地下蔵にはいることが出来た。酒樽《さかだる》や味噌樽のあいだを手さぐりで進んで行った。いちばん遠いひと隅に梯子《はしご》段があり、それを上った先が、玄関の用水桶《おけ》の中だった。

何はともあれ、私は五か所のクレジットカード会社に電話をいれ、紛失を伝えた。それから風呂《ふろ》に入り、燗《かん》をした酒を飲んだ。川を見下ろす広間に通されるまでに、お銚子が三本、空になった。広間には、食事が用意されていた。廣子が仲居を遠ざけ、自分で飯をよそってくれた。

納豆を頼めるだろうか？　彼女は眉《まゆ》を吊《つ》り上げ、首を激しく振った。繊細で色とりどりの料理を楽しむには、どうにも疲れていた。私は、油揚げと水菜を炊いたのと漬物でご飯を二膳《ぜん》食べた。

「酔っぱらっているのかと思ったわ」

廣子は食卓を片づけ、お茶をいれながら言った。

「酔わされたんだ。だけど、酒でじゃない」

「祇園でひっかかってるのかなと思ったのよ。それとも、東山のお屋敷に戻ったのか」

「あそこへは、マイクロキャム無しで戻る気はないよ」と、私は言った。

熱く渋いお茶を一口すすると、気持ちだけはすっかり元気になった。

「壬生《みぶ》の屯所《とんしょ》につかまっていたんだ」

言って、私はうめき声を上げた。よく糊《のり》が効いた浴衣の襟が、首の火傷をおろし金のように引っかいたのだ。

廣子が立ち上がってそこを覗《のぞ》き込み、階下へ救急箱を取りにいった。消毒パウダーをかけ、バンドエイドを貼っただけで、痛みはだいぶ薄らいだ。

「本当に新撰組《しんせんぐみ》みたいね。焼け火箸《ひばし》でやられたの？」と、彼女は尋ねた。

「電気ショックで気絶させられたんだ。この話は、ぼくたちだけの秘密だよ」

「いいわ」と、彼女はうなずいた。よく光る大きな目がじっと私を見つめた。

私は、あの車に乗せられてから六時間ほどの間に起こったできごとを彼女に話した。時間の流れに沿って、それを順に話せる自分が、どこか奇妙だった。しかし、全部話したわけではない。青蛙に乗った男が警察手帳を見せたこと、あの建物でペパー軍曹を見かけたこと、そして競輪場跡のヘリコプタのこと、その三つは黙っていた。話し終えると、私はもう一度、念を押した。

「内緒だぜ。ことに平岡さんには」

「もちろんよ。でもいったい何で？」

理由はなかった。ただ何となく、

「彼が、ぼくに沢山のことを秘密にしているみたいなんでね」

「大した理由はないのよ。そういう態度をとるだけなの」と、彼女は言った。

「だから、ぼくもそういった態度で応じるまでさ」

あの日、田中角栄が当分、忍者屋敷に戻れなくなったことは、みんなが知っていた。事実、本間はあの朝いちばん、予定より半日早くわれわれを出迎えるよう田中から言われて、屋敷にやって来たのだった。にもかかわらず、平岡はわれわれに、午後、田中がインタヴューに応じると約束した。そこが、どうにも気になった。

そして山での事件だ。平岡のうろたえぶりはいったい何だったのだろう。あの豪傑の内にとびきりの臆病者《おくびょう》が隠れていたとしても驚きはしないが、臆病者のパニックとは、だいぶ趣向が違っていた。ヘリコプタが襲ってきたとき、彼はこう叫んだのだ。

『違う』『そんなはずはない』『なぜこんなことをする』と。吉家のVTRテープに、声がはっきり残されていた。

「でもなぜ、新興宗教なんかがあなたを捕まえたのかしら」と、廣子が真顔で尋ねた。

「ふたつなら、理由を考えたんだ」と、私は答えた。

「ひとつは、どうしてもぼくから聞きたいことがあって、普通の方法ではそれを聞き出せないと踏んだから。もうひとつは、何時間か、あるいは何日間か、ぼくを世間から遠ざけておく必要があったから」

「そのどちらだと思うの？」

「どちらも、こっちに思い当たることはない」

思い当たることはないが、不思議なことならいくつもあった。

赤いサスペンダーの男が、はじめから私が東京官話を話すと知っていたことも、そのひとつだった。彼は、それを誰かから聞かされたと言った。いったい誰から？　あの青蛙に乗った警官だろうか。いや、そんな口ぶりではなかった。だいいち、あの警官もまた、いきなり私が東京官話で話しかけたのに、驚きもしなかったではないか。

「聞きたいことと言えば、佐藤の小母様《おばさま》の聞きたいことっていったい何だったの」と、廣子が言った。

彼女は、私たちのあいだに置かれていた煙草盆をどけ、斜め座りになったまま、こちらに座布団ごとにじり寄ってきた。膝《ひざ》も襟も乱れなかった。ある種の日本女性にだけできる芸当だった。そして、そういう日本女性は、決して見えないものを、男の心に見せてしまうのだ。いや、もちろん、これは父の受け売りだが。

「あなた、あの後、何のお話をしたの」

「オーリック・G・ペパーを覚えているだろう。佐藤さんは彼の写真が必要らしい。ゆずってくれと頼まれた」

「変ね。何でかしら」彼女は首を傾げた。白く穏やかな曲線が、襟足からのぞけた。石鹸《せっけん》の匂いがあたたかく香った。

「ぼくは彼と大阪の酒場で、偶然、会っているんだ。そのことを君に言ったかい？」

「いいえ。うかがってないわ。ただ、あなたのあのおかしな機械でお顔を見せてもらっただけよ。そのことなら小母様に教えたけれど」

「どういうふうに？」

「どういうふうにって、変な機械を持っているって。そうしたら、すごく興味をお持ちになって」

「ペパー氏に？」

「いいえ、あの機械によ。ジーちゃんの話は、私にはまったくなさらなかったわ」

アテンション・プリーズ。東日本ではいざ知らず、こちら側で、マグネラマなど別に珍しくも何ともない。だいたい、世界で売られている九割が、西日本製なのだ。

「ねえ、小母様はおきれいだったでしょう」

彼女はにっこり微笑んだ。何かを試す笑いだった。

「まあね。しかし、ぼくよりずっと年上だ」

「そう。でも、数えで七十にはとても見えないわ」

えっ？

私の声は、声にならなかった。喉《のど》で音もなく破裂して終わった。

「だから昭和ってお名前なのよ。元年の生まれだから」廣子はますますにっこり微笑んだ。

「それは、すごい話だ。よほどの秘密があるんだろうな」私はやっとの思いで言った。

「きっとね。でも、私にはあまり役に立たない秘密だわ」廣子の声は冷たかった。

「お酒になさる？」

私がうなずき、彼女がぽんと手を打った。しんと静まり返った襖《ふすま》の向こう側から、ゆっくり足音が近づいてきて、襖が自動ドアのように開いた。

和服の仲居が、廣子の前に盆を置いた。手回しよく、湯気のたつ銚子が二本のっていた。

私に猪口《ちょこ》を渡し、彼女が酒を注いだ。私はそれを飲み干した。またすぐにそれは酒で満たされた。

「ぼくは今日、ヘミングウェイに会ったんだ」と、私は言った。

「どんなことより、その方が重要だよ。彼は最後の戦争レポーターだからね」

「あら、あなたは違うの」

「残念ながら」私は言って、酒を飲んだ。

「第二次世界大戦の後、戦争と野球を女子供にも分かりやすくしようと作り替えた奴がいる。そのせいで戦争と野球は、レポートの妙味も醍醐味《だいごみ》もなくしてしまった。ヴェトナム戦争で一巻の終わり。今や戦争は人気商品ですらない」

「野球は？」

「今のところ、戦争よりましだ」

「あの方とはどんなお話をしたの？」と聞いて、彼女は私の目を真っ直ぐ見つめた。

「大した話はしなかった。ただ、彼と会ったとき、ぼくは思ったんだ、アメリカがハノイに原爆を落としたことにはそれなりの意味があったんだって。——自分の爪を剝《は》がしたら心臓が止まるほど痛いということを知っただけでも」

「それって、いったい誰が？」

「当然、知るべきもの全員が」と、私は言った。

「ただ問題は、それでも結局はただ痛いだけ、心臓は止まりゃあしないんだって、ついでに知ってしまったことさ」

「それも、全員が？」

「知るべきでない連中まで」

彼女はくすくす笑った。

「私もいただくわね」と言って、伏せられていたもうひとつの猪口を返した。

私は酒を注いだ。ひとくちで、彼女のうなじは桜色に輝いた。

「ぼくが通ってきた地下道は、桂小五郎が使ったものなのか」と、私は尋ねた。

「そうよ。でも、あの抜け道は、もっと前からあったものなの。ここは、竜田川というお相撲さんが、さんざん世話をかけた女性のために建てさせた家だったんですって。その女将《おかみ》がここで料亭を始めたとき、彼のためにってそっとこしらえたのよ」

「相撲取りのために、何で抜け道が必要だったんだ」

「知らないわ。京都は奥が深いから」

いつの間にか、小さな左手が私の膝に乗っていた。廣子はそこに軽く体重をかけた。

「明治になると、新政府の命令で花街が廃止されて、ここは大学の開講場になったの。それからはずっと大学の施設」

「たしかに、この部屋は広すぎる。他に客もいないみたいじゃないか」と、私は言った。

「吉本首相の私学助成金大幅カットで、大学はどこも苦しいのよ。お金に困った大学が、ここで再び旅館の経営に乗り出して、うまく行かなくて、田中の小父《おじ》様が丸ごと借り上げたの。今日は私一人しか泊まっていないわ」

これもまた、いつの間にそうなったのか、私の手が彼女の手に乗っていた。それが、重ね合わされ、指が絡み合った。

私が彼女の方に手を回すと、すでに彼女は私の胸の中にいた。私の中で声がした。

『何事もやってみなけりゃ始まらない』

それは、決してフランクリン・デラノ・ルーズヴェルトの専売特許ではなかった。

ナポレオンはこう言った。

『卵を割らなきゃオムレツはできない』

私の父は、こう言った。

『ジッパーを下ろさなきゃ始まらない。なあ、オーガスタス。出すのも、入れるのも、つくるのも』

そういえば、私は一度だけジョン・フィッツジェラルド・ケネディのいちばん下の弟に会ったことがある。

ハイアニスポートのフェリー桟橋だった。ナンタケット島から、フェリーが出ていたのだ。そして、その港町の郊外には、あの有名なケネディ家の海辺のお屋敷があった。

私は、ニューヨーク州ハイドパークの家に帰るため、最終便のフェリーから降りたところだった。家では、母の亡骸《なきがら》とドーント神父が私を待っていた。私は、小さな錆《さび》だらけのホンダを桟橋に停めたまま、ぼんやり潮の匂いがする空気を呼吸した。汽車で帰るべきだったのかもしれない。私はわけもなく途方に暮れていた。

ケネディ家の生き残りは、その桟橋の突端に停まったコンヴァーチブルの運転席にいた。上半身はタキシードを着ていた。下半身は赤毛の女の口にくわえられていた。女の頭がせわしなく動いていた。やがて、彼のかすれ声が聞こえた。

『ツギャザー！』

いつの間にそうなったのだろう、ふと気がつくと、私の唇は廣子さんの唇にぴったり重なっていた。

彼女が体を合わせてきた。私たちは、畳に静かに崩れていった。

床の間で、聞きなれた音がした。電話の音だった。薄目を開けて見ると、そこには私の鞄《かばん》が置いてあった。スクリプトワーカーと携帯電話を入れた革鞄だ。

廣子の手が私の襟がみを強くつかんだ。

電話は執拗《しつよう》に鳴りつづけた。彼女が手を離すまでに四回鳴った。私が鞄を開けるまでにまた四回鳴った。そろそろ止まってもいいころだった。しかし、そうは問屋が卸さなかった。（これは日本の言い回しだ）

「何やってんの！」とても有能な上司が大声で叫んだ。

「あの素材はどうしたのさ」

「アンガスが代わりにやっつけたはずだ」

「彼は急な事件で九州に行っちゃったわ。そんなこと、何も言ってなかったよ」

私は、電話を耳から離し、マイクを親指でふさぐと、廣子にふり返った。そして囁《ささや》いた。

「今じゃないんだ。これがぼくらの現実だよ。今だと、――」

最後まで言うことはできなかった。廣子がぽんと手を打ち鳴らし、襖の向こうに、

「タクシーを呼んでくださいな」と、声をかけたのだ。

13

大阪の商店街は残らずアーケードに覆われている。

御堂筋がとりわけすごいのは、晴れた日、そのアーケードの屋根が電動で開閉するという仕掛けにあるのではない。真下にもうひとつ、ほぼ同じ大きさの商店街があるということなのだ。その地下商店街は、梅田の駅の地下街から難波の駅の地下街まで南北四キロ、途切れることなくつづいている。

これほどではないが、大阪の繁華街はどれも似たようなものだ。地面の下に複雑で豪華な商店街を隠している。そして、それはあたかもヒガサアリの王国のように次々と分裂し結合して、今では全容を完全に知るものはいない。〝プレイガイドジャーナル〟という雑誌が、毎年、増刊号で地下街マップを発行するのだが、どうにもいい加減、大阪の若者はそれを『地下街遭難マニュアル』と呼んでいる。そのくせ、それは電話帳ほどの厚さがあるのだ。

事実、地下街のおかげで、大阪ではロサンジェルスより傘が売れない。

彼らは、ひところの中国人のように本気で核攻撃におびえているのだろうか。ライシャワー教授が、そう言って首をひねっていたことを、私はよく思い出す。しかし核シェルターにしてはあまりにお粗末、上の道路は細かく重量規制され、それでもときおり、陥没事故が起き、車が地下に飛び込むというような造りなのだ。

私はその日の昼、〝サブ御堂〟と呼ばれる地下街を、心斎橋の地下鉄駅から歩いて下った。

たいして広くない通路を、大勢の人が思い思いの方向へ歩き回っていた。南北へ真っ直ぐ歩いている者など、まずいなかった。店から店へ横断する者、ショーウインドーからショーウィンドーへ斜めに横切る者、意味もなくふらふらする者、いきなり立ち止まり直角に曲がる者、それはもうでたらめ、誰一人方向など持っていなかった。

そこを南へ真っ直ぐ下るには、ヴァンウィック・パークウェイをローラースケートで走る勇気が必要だった。

しばしば体が触れ合った。それでも彼らは、挨拶《あいさつ》ひとつせずに行き過ぎた。そのうち、肩がどんとぶつかった。私は思わず日本語で詫《わ》びた。すると相手はこちらを睨《にら》み、一瞬びっくりして後ずさり、

「おおッ。けったいなやっちゃなあ」と叫んだ。

「アメちゃんやいうて、あんまし、でかい顔したらあかんで。戦争で勝ったいうたって、お互い三勝一敗同士、ぼちぼちなんやからな。忘れんとき」

私は柏崎で買ったジャンパーを着ていた。たいした理由があったわけではない。ほとんどの荷物が、まだ通関業者の倉庫に置いたままだったので、着るものがなくなってしまったのだ。たしかに、シルクに銀糸で刺繍《ししゅう》した富士山はよく目立った。でかい顔をしていると、人から思われるぐらいに。

しかし西日本の若者たちには、この刺繍の派手な山が何なのか判らないようすだった。私が日本語を判るとはつゆ知らず、やれキリマンジャロだとかロッキーだとか、したり顔で言う者もいた。

〝サブ御堂〟は、道頓堀《どうとんぼり》に向かって下り坂になっていた。道幅が広がり、真ん中に動く歩道が設けられていた。やがて透明な特殊ガラスの天井に道頓堀の川底がのぞけた。ちょうど真上が戎橋《えびすばし》、夜ともなれば道頓堀の両岸を埋め尽くした原色のネオンが川の流れににじんで揺れて、それを見上げるアヴェックで歩けなくなるほど混雑する。ネオンに灯は入っていなかったが、見上げた川底は昼の光にあふれていた。大きなビデオスクリーンがちかちか瞬き、そこには、帽子を振る在りし日の昭和天皇の姿が映っていた。料理屋の看板の巨大な蟹《かに》がそれをじっと見つめていた。

川を潜ってしばらく行くと、地下広場に出た。《国立吉本劇場》という案内板のあるエスカレータに乗って、私は地上に出た。

地下鉄を千日前《せんにちまえ》で下りれば三分とかからない場所だった。しかし、そこには何本もの地下鉄と私鉄が乗り入れ、四方八方から地下街が集中し、大阪育ちの人間でもまず迷う。それこそ、グリグリ族の創世神話を身をもって試すようなものだ。

昨日の夜中、《竜田川》の玄関先で、明日《あした》の昼飯を一緒にどうかと尋ねると、廣子はここを待ち合わせ場所に決め、何度もこう念押しした。

「タクシーで、必ず劇場の真ん前まで来てちょうだいね」

タクシー代を惜しんだのではない。私だって、この程度の度胸試しはする。

ちょうど正午だった。国立吉本劇場のロビーにあるラウンジ《ゴールド》には、まだ廣子は来ていなかった。私は窓辺の席に座り、日本茶を頼んだ。

第二次大戦前、ここには大阪歌舞伎座が建っていた。その建物は空襲で屋根を失い、それでも本体は焼け残った。戦争が終わると、応急手当てを受けて米兵相手のキャバレーに改装され、大阪政府から経営を委託された松竹が、三百人からの女をかき集めた。

ところで、当時の松竹は歌舞伎興行だけでなく、映画もつくっていた。そこで、誰が考えたのか、女たちには映画の撮影所から持ってきた衣装が貸し与えられたのだ。舞子に花魁《おいらん》、姫君、腰元、果ては文金高島田の花嫁まで、それは夢のような世界だったそうだ。

父はその話をするたび、必ず目を潤ませ、心ここにあらずといった顔をしたものだった。

その跡地に国立劇場を建てたのは吉本頴右首相だ。工事中に首相は急死、葬儀の三か月後に完成し、首相を偲《しの》んで国立吉本劇場と命名された。

濃い日本茶がやってきた。それを飲むと、すこしは目が覚めた。

昨夜、あの旅館から乗ったタクシーが大阪についたとき、日付はもう今日になっていた。VTR編集を始める前に、競輪場の廃墟《はいきょ》で見かけたヘリコプタのことを話すと、フーメイ女史はすぐさまケイスネスに電話、カメラクルウに早朝の招集をかけ、近くのビジネスホテルにさっさと自分の部屋を取り、

「あんたも、とっとと終わらせて、寝とかなきゃ駄目よ！」と叫んで飛び出していった。

それが午前二時、彼女が決めた打合せの時間が午前七時、寝るといったって、ホテルになんか帰るだけ無駄だ。編集を終えて、オフィスのソファでうとうとしようと思ったが、どうにも寝つけない。これならホテルへ戻り、シャワーでも浴びたほうがましではないか、そんなことをぼんやり考えていると、ケイスネスがドアから飛び込んできた。まだ朝の五時前、打合せの前に話を聞いておきたかったんだと、彼は言った。

私は、昨日起こったことを残らず話した。ただし、ペパー軍曹の一件は別だ。もし彼のことを話したら、鶴橋の《タイガーリリー》で起きた殺人事件のことから説き起こさなければならない。

ひととおり話し終えたところで、スタンガンで気絶させられマリファナで眠らされたことは、会議では言わないでおくつもりだとつけくわえた。

「暴行があったとなれば、社は道義上、事件を警察に届けなければならなくなるでしょう。少なくともビッグ・ヒリアーみたいな人間はそうするはずだ。警察が事件にすれば、このニュースは特ダネでもなんでもなくなってしまう」

「やっぱり、来てよかった」と、彼は言った。

「だったら、こうしよう。君は独自の調査で競輪場のヘリコプタを見つけた。それ以外は、全部、私と君だけの腹に飲んでおくんだ。どうやら、君は狙われているらしい。特ダネなんて二の次だよ。今の話を聞いたら、あのヒリアーでなくたって君の身の安全を第一に考える。つまり異動さ。君をこの一件から外すんだ。君は、ヘリコプタから銃撃を受けた。これは危険地帯の取材ではよくあることだ。しかし、次に警察手帳を持った男に拉致《らち》され、巨大な宗教団体の本部に連れ込まれた。そこで、襲撃に使われたヘリコプタを見かけた。暴行があろうがなかろうが、これは相当に深刻な事態だぜ。そのうえ、ヘリコプタの所有者がその宗教団体の政治組織だったんだからな」

彼はコンピュータのプリントアウトを一束出して、私に渡した。

それは、あちこちのデータバンクから取り寄せた国際厭共連合に関する情報だった。それによれば紛れもない、国際厭共連合は国士計画の政治団体だ。宗教法人の政治活動が禁止されているため、別組織として登録されているだけのことなのだ。

国際厭共連合は、決して旧来の右翼ではない。反共組織なのだと自負して、国内より国外、ジョン・バーチ協会だのＫＫＫ、ネオナチ、近ごろではピエール・カマンのフランス失業者報復トラストなどとも連携を深めている。国会にも推薦議員を二人送りだし、前回の総選挙では公認候補を何人か立て、合計で十七万票を獲得していた。

「それを承知で、君は続けるんだな」と、ケイスネスが尋ねた。

「ええ、もちろんです」

「よし。フーメイにも、必要以上は話さないことだ。下手に聞いてしまうと、万一のとき責任を取らなければならなくなるからな」

「あなたはいいんですか」と、私は聞いた。

《戦争屋》の返事は以下のとおり。

「誰かが全部、知っておかなければならない。君に万一のことがあったら、それをニュースにする人間が必要になるんだからね」

結局、打合せが終わったのは、九時近かった。ケイスネスが私の代わりにカメラクルウを連れて京都に出ていった。私は、ホテルに帰って風呂《ふろ》に入り、お湯のなかで一時間眠っただけ、ラウンジのふかふかの椅子の上で、居眠りを押さえるのに死ぬ思いをした。

正午を十分ほど回ったとき、廣子が現れた。彼女はたまご色に塗られたヴェスパのスクーターに乗り、難波の交差点を渡ってきた。

ずいぶん遠くから、窓辺の私に気づいて手を振った。彼女は白いブラウスに丈の長い生成りのフレアスカートをはいていた。頭には白いヘルメットをかぶり、髪の毛を短くまとめていた。首に巻いたスカーフだけが紅葉の山肌のように色づいていた。

すぐ外の歩道際に停まると、彼女は片足を舗石にかけてスクーターを支え、私に手招きをした。

私はジャンパーに袖《そで》を通しながら通りに出ていった。

「あら、富士山ね。素敵だわ。お似合いよ」と、彼女は言った。

「そっちこそ、いいスクーターだ。西日本で輸入の二輪車なんて珍しいね」

「ね、貴方《あなた》もそうお思いになるわよね」と、彼女は語気を強めた。

「本当はホンダが欲しかったのよ。新潟では、みんなが憧《あこが》れているわ。でも、平岡さんに、西日本では気のきいた若者は外車に乗るものだと言われて、これになってしまったのよ」

私がどうしたものか考えあぐねていると、彼女はとにかく後ろに乗るように言った。

「ぼくが運転してもいいんだが」と、私は言った。

「まあ、君がそう言うなら、お言葉に甘えさせていただくよ」

アテンション・プリーズ。もちろんこれは日本語独特の言い回し、そして私は二輪車が運転できないわけでは決してない。

私は彼女の後ろに乗り、腰に腕を回した。細いがしっかりした手応《てごた》えがあった。

「どこでご馳走《ちそう》してくださるの」

「鶴橋で焼き肉はどうかな」と、私は言った。

「あの町で、ちょっと会ってもらいたい人がいるんだよ」

千日前から、鶴橋までは千日前通を真っ直ぐ一本、十分とかからない道のりだった。

私たちは途中、交番の前にさしかかるたびスクーターを降り、それを押しながら歩いた。

「大阪も、バイクのヘルメットにうるさくなったんだね」

廣子の答えは、いたって単純。

「大阪の警官は、若い女を交番に引きずり込むチャンスは絶対に見逃さないのよ」

アテンション・プリーズ。交番とは、もちろん日本独自の治安システム、警官が常駐する小屋のことだ。彼らは夫婦喧嘩《げんか》や子供の非行、老人の世話までしながら、その町のおそろしく立ち入った情報を収集する。ライシャワー教授によれば、これは江戸時代からあった制度で、そのころは『草』と呼ばれていた。

『これもまた服部半蔵が始めたものだ。蕎麦《そば》屋や風呂屋を兼ねた交番もあったんだよ』と、教授は言った。

今ではニューヨークを始めとするいくつかの都市に交番が輸入され、効果を上げている。

しかし、皮肉なことに当の大阪では、交番はあまり役に立っていない。大阪市民は、なぜだろう、交番の警官を学校の用務員やオフィスの掃除婦のように扱うので、しばしば問題がおき、地域によっては暴力ざたにまで発展する。

大阪では、無用の長物を譬《たと》えて、こう言うくらいだ。

『猫に交番』

谷町九丁目の赤信号に停まっていると、天王寺の方から濃いブルーのマイクロバスがやってきた。窓には金網が張られ、前後にスピーカーをつけていた。しかし、右翼の街宣車のように軍歌を流してはいなかった。日の丸の旗もかかげていなかった。スピーカーからは妙に抑えた声が、祖国の再統一を切々と訴え、ボディには鮮やかな金色の文字が読めた。

《東方の領土返る日、平和の日／国際厭共連合》

その車は、私たちの目の前をゆっくり横切り、北へ上って行った。

「なんで反共でなく、厭共なんだろう」と、私は尋ねるともなく言った。

「私たちはね、人の意見に正面切って反対するのはあまりお行儀のいい行いじゃないって子供のころからしつけられてるのよ」と廣子が答えた。

「あの人達の本部は京都にあるの。ことに京都の人は、相手にはっきりノーと言うだけで、清水の舞台から飛び下りるような覚悟が必要なの」

なるほど、しかし、それでも言わねばならないとき、京都の人はどうするのか。

「御不浄の中でこっそり囁《ささや》くんじゃゃなくって」

アテンション・プリーズ。御不浄とはトイレットのことだ。で、それは自分の家の？

「いいえ、もちろん相手の家の」

五輪筋のひとつ手前の交差点から、鶴橋の町ははじまっていた。高架橋の下は肉を焼く煙で霞《かす》んでいて、自動車はヘッドライトを点《つ》け、デッドスローでそこをやり過ごさなければならなかった。

私たちは駐車場を探して走り回った。西日本も、この十年ほど年々治安が悪くなっていた。ことに、この辺りにスクーターを放り出して行くには、相当の覚悟が必要だ。ことにこんなに目立つバイクを。

しかし、駐車場にはどこも《外車お断り》の立て札が出されていた。これは、先の日米首脳会談でも取り上げられた。ヤクザをはじき出すために始めたというのが日本側の言い分、——それなりの効果が上がっているのだそうだ。アメリカ車が鯨のように大きかった時代の幻影に囚《とら》われている部分もある。場所を取りすぎて損だというのだ。しかし、だからと言って、

「これはスクーターだぞ」と、私は七、八軒目の駐車場で、ついに怒鳴った。

廣子が配車係に、折り畳んだ半紙をそっと手渡した。

「これで勘弁してちょうだい」

係は急に相好を崩し、自動駐輪機までついてくると、あれやこれやと世話をやいた。

そこからは、ずいぶん歩いた。アンガスに聞かされていた焼き肉屋は（ということは、つまり曾根崎新地の消息筋の推薦だが）三軒とも鶴橋インターナショナル・マーケットにあった。その通りが、一筋縄ではいかなかった。右へ左へ入り組んで、しかも軒を並べた店の半分は焼き肉屋だった。結局、探し当てた三軒は三軒ともいっぱい、道路に行列ができていた。

先に用をすませようと言いだしたのは廣子だった。

そこで私は、五輪筋に沿って南に下った。《タイガーリリー》からはじめないと、西風荘までの道が判らなかったのだ。

《タイガーリリー》は、ドアも窓もベニヤ板で塞《ふさ》がれていた。ドアに上がっていく階段は、近所の店が捨てたのだろう、ゴミ袋でびっしり埋もれていた。

西風荘に変わりはなかった。相変わらず汚かったし、相変わらずひっそりしていた。

玄関先に立つとあちこちから防腐剤のにおいがした。

何度も声をかけたが返事はなかった。私はがらり戸を開けた。框《かまち》の上で鈴が鳴った。室内の印象はすっかり変わっていた。廊下は明るかった。ガラス戸に張られていた布が、すべて取り払われ、そこから陽が注いでいたのだ。

玄関も、以前とは違ってどこかきれいだった。相変わらず掃除はしていなかったが、履物がそろえてあった。数も減っていた。

何度呼んだか、どれくらい待ったか判らない。私は靴を脱ぎ、廊下を春子の部屋へ歩いた。ベニヤ張りのドアは、大きく開け放たれていた。廊下に、ゴミ袋がいくつも出されていて、その中は、古雑誌、古新聞、コンビニの弁当箱、惣菜《そうざい》のトレー、レトルト食品の空き箱、空のペットボトル、つまり彼女の部屋の調度の一部になっていたものであふれ返っていた。壊れたホットカーラーもそこに出されていた。

はじめはそれが何なのか判らなかった。

部屋のなかは真っ白だった。ベッドも畳も、糊《のり》の利いたシーツに覆われていた。シーツは何枚もあった。どれも洗濯屋のシールがついたままだった。かすかに残った黄ばみやシミから、私はそれが廊下に張られていた白布だったことに気がついた。

判らないのは、その真ん中を赤く汚している液体だった。そして、そこに小さく折り畳まれているずだ袋の存在だった。

足音が追ってきた。すぐ後ろで、廣子が息を呑《の》んだ。すると、何のことはない、私にも判った。目の前のこれは、血の中に突っ伏した死体なのだ。

春子は、白いシーツを敷きつめた部屋のほぼ真ん中で、足をきちんと折り、その膝《ひざ》を前のめりに抱えて倒れていた。首が奇妙に捩《ねじ》れて、こちらからは、頭がほとんど見えなかった。そのせいで、頭を床に突っ込んでいるように見えた。ドアからはずだ袋にも見えた。

血はまだ流れつづけていた。前に回ってみると、血は鼻の穴から流れ出ていた。見た目に傷口はなかった。片頬が紫色に腫《は》れ上がっていたが、それは下向きにしていたためにできた鬱血《うっけつ》にすぎなかった。

私は死体を触らないよう注意して、その様子をマグネラマで映した。

「警察」と、廣子が呟《つぶや》いた。息が荒かった。その音が、メトロノームのように、この部屋に時間を呼び戻した。

「でも、駄目よ。どうしよう。私はいちゃいけないいんだわ」

「すぐに出る。外にいなさい」と、私は言った。

「駄目よ。人が亡くなってるのよ。どうしましょう」

彼女の目は真っ赤で焦点が定まっていなかった。唇が粉をふいたように白くなっていた。悲鳴を上げたり泣きだしたりするのは、時間の問題だった。

「いいから、数を数えて。そこで百までゆっくり数えてるんだ」

私はシーツに足跡をみつけた。大きな靴底の跡だった。土足で上がってきたにしては、しかし汚れが薄かった。当然ながら、私は《修行室E》で寛いでいた大男を思い出した。

足跡を、あわててマグネラマに記録すると、最後にひとつ、疑問をただすためにシーツの隅をめくり上げた。

案の定、それは言葉通りのボロ隠しだった。下の畳は焼け焦げだらけ、シミだらけ、汚いなんてものを通りこし、火事場から拾ってきたような状態なのだ。ゴミを片づけたのはいいが、今度はこの畳を何かで隠さなければならなかったということなのだろう。しかし、ガラス戸にかけていたシーツを、洗濯屋に出したのは用意がよすぎる。そのために出したとしか思えない。彼女は、よほど大切な客を待っていたのだろう。

そのとき、それが匂った。シーツをさらにめくり上げた。顔を近づけた。シーツに湿りけがあった。何かの液体が染みた跡だった。しかし、間違いはない。おそろしく薬臭いこの甘い香り、これは〝ジェイリー・ベリー〟の匂いだ。

アテンション・プリーズ。〝ジェイリー・ベリー〟は、イリノイ州ノースシカゴのゴウリッツ製菓が造っているジェイリー・ビーンズだ。三十九種類の色と味をうたっているが、どれもこれも同じ、バービー人形の化粧品のような（もしそんなものがあるなら）甘くやるせない匂いがする。

子供だったころ、ポーキプシーの町から巡回映画館が国道九号線沿いのハドソン渓谷の村々に巡ってくると、野外につくられたその簡易劇場の入り口には大きな紙箱が置かれ、〝ジェイリー・ベリー〟を好きなだけ取っていいことになっていた。私は、この匂いに包まれながら〝怪獣大戦争〟を見、〝宇宙水爆戦〟を見、〝ブラキュラ〟を見た。マービン・ルロイとハワード・フォークスを知った。

ふと気がつくと、私はとても幸福な気分にひたっていた。真紅の血溜《ちだ》まりと無残な死体を足許《あしもと》にしながら、ついふらふらと。

あわてて、頭をふった。すると、畳の縁が盛り上がっているのに目が留まった。なぜだろう。畳の上がこれだけ汚れているのだ。畳の下に、どんなゴミが隠れていても不思議ではないというのに。

それでも、見ずにいられなかった。畳に手をかけ引き上げた。しかし、その下にあったのはゴミだけではなかった。数十枚の一万円札と預金通帳がしまってあったのだ。

私は通帳を一ページずつ開き、マグネラマで撮った。

畳をもとへ戻すと、私は廣子にそっと尋ねた。

「いくつまで数えた」

「な、七十と四」と、彼女は言った。

そこで、私はその先を声に出して数えながら、ベッドの下をのぞきこんだ。

案の定、例の写真の入った段ボール箱はそこに押し込んであった。私はそれを引きずり出した。しかし、開ける前から異常に気づいた。四つとも、やたらと軽かったのだ。

ほとんど空だった。底のほうに、紙屑《かみくず》やワタ埃《ぼこり》と一緒に、数枚の葉書と写真がへばりついていただけだった。残る三つの段ボール箱も同じことだった。出納帳も伝票も、客の名刺類も、残らず持ち去られていた。

「百よ。百になったわ」と、廣子の声が聞こえた。

私は、まだ九十二までしか数えていなかったが、クレームをつけても始まらない。

わずかに残った葉書や書類を、同じベッドの下につくねてあった阪神デパートの空袋に突っ込んで立ち上がった。

ドアのところに戻ると、廣子が腕をぎゅっとつかんだ。その手は、まるで感電しているみたいに震えていた。

「どうしたんだい？　第五幕のハムレットの母親ってところだぜ」と、私は言った。

しかし、昨夜の仕返しなど言っている場合ではなかった。たしかに、私たちの足許には死体があるのだ。

14

廣子を連れて玉造通へ出ると、私は北へ上っていくタクシーを拾った。

スクーターは最初から諦《あきら》めていた。廣子は震えが止まらず、肩を抱いていないと真っ直ぐ歩けないほどだったのだ。今日中に駐車場へ取りに戻ればそれでいい。決して、運転に自信がないわけではなかった。

部屋の鍵《かぎ》は、いつもポケットの中に入れっぱなしにしていた。

ホテルに着くと、フロントを素通りして、ロビーの奥にあるエレヴェータホールまで真っ直ぐ歩いた。エレヴェータには私たちだけだった。

部屋の冷蔵庫の上のキャビネットにはあらゆる酒が揃っていた。廣子は、日本酒がいいと言った。不思議なことに、日本酒だけがそこになかった。ルームサーヴィスを待つのももどかしかった。彼女は私と同じコニャックを生で飲んだ。

一杯飲むと、やっと落ちついた。顔に赤みがさし、目がおだやかになった。ところが、二杯目の途中で、廣子は急に立ち上がり、バスルームに駆け込んだ。

少しすると水音がした。また少しすると、ドアの隙間から声がした。

「ご免なさい。服を汚してしまったの。シャワーをお借りしていいかしら」

無理もない。死体を見た上、ドロリと濃厚な焼き肉の煙の中を延々と歩かされたのだ。

私は、ランドリーから返ったばかりのポロシャツをバスルームのドアの前に置き、ここに服を出しておくように言った。今の時間なら、三時間で洗濯が仕上がる。

それから、部屋を見回しながら自分の二杯目を空にした。掃除はもうすんでいた。雑誌や新聞はメイドがひとところに積み重ねていた。下着も靴下も、外に出ていなかった。よろしい。私は三杯目をつくってテレビの前に行き、肘《ひじ》掛け椅子に座ってブラウン管にマグネラマの映像を出した。

春子が部屋の畳の下に隠していた現金は全部、比較的新しい一万円札だった。五十万円よりは多く、百万円より少ないように見えた。

通帳は白水銀行鶴橋支店の普通預金口座、名義人は『エレンブルク春子』。彼女の最後の夫は、逆さのNや横棒のないAがつく名前の男だったのだ。

日本では、こんなふうに預金通帳を使うのだろうか。二十五日に必ず三十万円の振込があり、翌日か翌々日、遅くとも三日以内に引き出す、これの繰り返しなのだ。振込人は、毎月『ゴホンニン』。一か月に二行、一年に二十四行、三月の二十七日に三十万円を引き出すまで四年以上使われていたが、まだ余白は十分にあった。

死体は、こうして見直すと、こざっぱりした格好をしていた。あの場ではずだ袋のように感じたが、服は洗濯がしてあった。水玉模様のワンピースにカーディガンを着ていた。他に新しい発見はなかった。

シーツの足跡は革靴のものだった。下手をすると私の倍はある。判ったのはそれだけだ。私はマグネラマの電源を切って、入力をチューナーに戻した。

TVからニュースが転げ出た。

《え！　あの江ノ島がロシア領?!》

手書きのテロップがおどろおどろしいジングルに乗ってズームアップした。

「先日、我が国のモスクワ大使館に緊急復員しはって話題を呼んだ、元東日本外務省第一外務次官がいはりましたな」と、メイン・キャスターがケレン味たっぷりに言った。

隣に座った局アナが、「はいな」と言って、大きくうなずいた。目鼻立ちのいやにはっきりした娘で、若いくせにとても化粧が厚かった。

それは扶桑テレビの午後のワイドショーだった。扶桑テレビの女性アナは、「はいな」と頷《うなず》くだけが仕事なのだ。私は副音声にした。

「その小和田元外務次官の証言から、旧ソ連と東日本との間に驚愕《きょうがく》の裏取引、言語道断の密約が交わされていたことが判り、関係者に深い衝撃を与えているんですね」

「はいな《ウフウム》」

〝イエス〟ではなく〝ウフウム〟。副音声の同時通訳も、この辺りのニュアンスをよく心得ていた。

「それというのも。御存知かとも思うんですが、神奈川県湘南《しょうなん》海岸の名勝、あの広重も好んで描いた江ノ島が、旧ソ連、今のロシア共和国に割譲されていたというんですね」

「はいな《ウフウム》」

二人が背にしたマルチヴィジョンに、広重が描いた江ノ島越しの富士山が映し出された。B GM、イン。

♪真白き富士の根、緑の江の島

仰《あお》ぎ見るも　今は涙
帰らぬ十二の　雄々《おお》しきみたまに
捧《ささ》げまつる　胸と心♪

「みなさん覚えておいでの方も大勢おありでしょうが、一九八一年、北方四島が旧ソ連邦から東日本領土に戻ってきて話題を呼びましたね。何しろ、帝政ロシアは言うに及ばず、モスクワ公国の時代まで遡《さかのぼ》っても、拡張に次ぐ拡張、略奪に次ぐ略奪、あの国は手に入れたものはお婆ちゃんの金歯だって返さないことで有名でしたから。平和裡《り》に話し合いで領土を返したなんて、もうこれは驚天動地、私なんかニュース読みながら頬っぺたつねっちゃいましたよ」

「はいな《ウフウム》」

「それが元で、シベリア、沿海州の各地に暴動が起こり、現在の極東シベリア共和国の分離独立に至ったわけなんですが」

アテンション・プリーズ！　極東共和国は反ロシア反モスクワの政治運動から生まれたものではない。まして、領土返還の不満が民族意識に火をつけた革命劇などというのは大嘘だ。もともとシベリアには、民族自決を訴えるような民族はほとんどいないし、そもそもクリル諸島を日本に手渡してしまったのは、他ならぬ同志、ミハイル・セルゲイビッチ・ゴルバチョフ御本人ではないか。

しかし扶桑テレビの煽《あお》りとつかいかみと自家撞着《どうちゃく》には定評がある。いちいち過ちを指摘したところで、それこそ猫に交番、馬の耳に見物だ。

「さて、その陰で、とてつもない陰謀が仕組まれていたんですね。実は、日本古来の領土である北方四島を返還するという当然の行為に、見返りを出していたんですよ。それが、江ノ島だったんですね。江ノ島を九十九年間、軍事的な補給基地、レーダーサイトとして租借するというものなんです。これは、現在のロシア共和国に引き継がれているそうで、モスクワの外交筋は、私ども扶桑テレビの取材に対してその事実を否定しませんでした。これが本当だとすると、まったく、中曾根という人物はどういう人なんでしょう」

「はいな《ウフウム》」

「これこそ、泥棒に追い銭。これからは、ロシア人に江ノ島、なんて言い直さなけりゃなりませんよ」

「はいな《ウフウム》」

「江ノ島は今やロシアの軍艦が出入りし、レーダーサイトと防空施設で、コンクリと金属のハリネズミみたいな無残な姿を湘南の海に晒《さら》しているということです」

「はいな《ウフウム》」

「海水浴を毎年楽しみにしていた子供たちのことを思うと、胸が痛みますね」

「カイスイヨクって何ですか？」

奇妙な感じがした。喉《のど》に何かがつかえていて、今にも咳《せき》と一緒に口から飛び出してきそうな、そんな気配だ。それが、ニュースを見ているあいだ、次第次第に強くなっていった。

TVでは海水浴について、たあいのないやり取りが続いた。時間があまってしまったのだろう。キャスター同士のかけ合いのあいだ、画面に次々と江ノ島のスチールが映し出された。どれも相当に古いものだった。傷だらけのモノクロ写真も混ざっていた。そのいちばん最後に、田中の忍者屋敷に掛かっていたあのタペストリーとそっくりな写真が現れた。それには横浜写真と呼ばれていた明治時代の絵はがきだと説明があった。

やっと気がついた。江ノ島だったのだ。

ずいぶんデフォルメされてはいたが、あの断崖《だんがい》、あの洞穴の入り口、そしてあの角度で富士山が見える場所は、考えてみれば江ノ島をのぞいて他にない。

私は、マグネラマの映像を出し、記録を遡ってレオナルド・フジタのタペストリーの対の一方を呼び出した。

やはりそうだった。これは江ノ島の海側の断崖だ。なぜ思い出さなかったのだろう。

私が卒論のテーマにしたのは小栗虫太郎の遺作だった。その小説は、江ノ島の伝説を主なモチーフにしていたのだ。そこで私は、当時アメリカ国内で手に入るすべての文献——江ノ島とその洞窟《どうくつ》に関する文献を読みあさった。江ノ島縁起も吾妻鏡《あづま》も、はたまた柳田國男も、弁天小僧の一代記も。

江ノ島は、太古、巨大な亀が浮上するかのように忽然《こつぜん》として海から湧きだした。アマテラスはこれを怪しみ、この地に多くの神々とともに赴いた。片瀬の海辺に到着すると、まず対岸の島にアメワカヒコという神を斥候に送り出した。このころはまだ、島は陸続きではなかった。

さて江ノ島の外洋に面した断崖、今は稚児《ちご》が淵《ふち》と呼ばれている場所には、地の底へつづく洞穴の入り口があり、そこには人魚が住んでいた。人魚は、その穴に近づく者をたぶらかし、亀にしてしまうのが務めだった。しかし、彼女はこの若い神に恋をしてしまう。彼女は彼を穴の奥底へとやさしく誘う。

ところで、この穴の行き着く先、大地の中心というのは、グリグリ族の神話とは逆に、すべての終焉《しゅうえん》の場だった。言うなら黄泉《よみ》の国。しかしそう悪くしたものでもない。そこは時間というものが無いパラダイスでもある。

アテンション・プリーズ。日本では、ときどきだが神も死ぬ。神が死ぬ以上あの世には、地獄もなければ天国もない、時間も空間も無である場所がただ在るだけだ。

片瀬海岸で待っていたアマテラスには、しかし時間がある。だから、神でありながら斥候がなかなか戻らないことに苛立《いらだ》って、雉《きじ》を一羽、見にいかせる。雉は勇敢にも洞穴を通り、大地の中心までやってくる。アメワカヒコはこれを矢で射殺してしまうが、アマテラスが遣わしたものだと気づいたとたん、悔いて地上に帰ると言いだす。

薄情な！　もちろん人魚の女神は嘆き悲しむ。それでも、引き止めきれないと知ったとき、永遠の想い出にと言って木箱をひとつ持たせて、彼を見送る。

アメワカヒコはこうして、片瀬海岸に陣取るアマテラスのところに戻って来る。

『あの島に怪しいところは有りや無しや』と、アマテラスは聞く。

アメワカヒコは歓待されたことを伝え、相手はアマテラスを敬い、その証《あか》し、ほら、ここに手土産まで、と言って木箱を開ける。すると、中から一条の煙が立ちのぼり、彼を一匹の海亀に変えてしまうのだ。

『後に、世阿弥《ぜあみ》はこれを読み解いて、次のように書いた』と、ライシャワー博士はこの神話を紹介したあとで言った。

『偽りの花は咲くのも日任せ、散るのも風任せ。しかし、真の花は咲くのもまま、散るのもまま、とね。開夜姫から比べれば、ずいぶんと穏やかに思えるが。しかし、日本の夜というのは、穏やかな昼とは裏腹に、どこより長く昏《くら》く激しいものだからね』

私がマグネラマから呼び出したタペストリーの稚児が淵では、波に洗われる洞穴に、薄物を着た女神がこちらに背を向けて立っていた。白いうなじが悲しげだった。彼女の足許《あしもと》の海草の間には、亀になってしまったアメワカヒコがその背中をじっと見上げていた。遠くに富士山がしっとりと浮かんでいる。

「あら、これはお玄関の絵じゃなくって?」と、廣子の声が尋ねた。

彼女は、髪の毛をバスタオルで頭の上にくるみ、まるで白いきのこのようだった。スカートの上に私のシャツを着て、ストッキングと洗ったブラウスをそれぞれ両手に持っていた。彼女はストッキングをそっとソファの足許に隠し、ブラウスをハンガーにかけて窓辺に持っていった。

「あら、窓が開かないのね」と、彼女はがっかりした声で言った。

「高層ビルはどこもそうだ。今、ランドリーを呼ぶよ」

「いいえ。そんなのは無駄遣いよ。大丈夫、とても乾燥しているから」

彼女は背伸びして、エアコンの吹き出し口にハンガーのフックを引っかけた。

「京都のタペストリーが三保の松原、これは江ノ島だ」と、私は言った。

「ええ。江ノ島はよく知っているわ。平岡さんから写真を見せていただいたことがあるの」

「どんな写真?」

「旅行のスナップだと思うわ。江ノ島の景色や軍艦なんかが写っていたわ」

彼女は自分を抱きしめるようにしてソファに座った。声はしっかりしていたが、相変わらず唇が青ざめていた。

「寒くないか」と、私は聞き、返事を待たずにエアコンを切った。

「さっきの家で倒れていた方はどなたなの？」

廣子は私を真っ直ぐ見て、言葉を選びながら言った。言い終えると、大きく肩をたわめて溜《た》め息をついた。

私は、マグネラマを検索モードにして、ブラウン管に最初に記録した春子の映像を呼び出した。

「この人だよ。あの宿の女将《おかみ》だ」

「新潟で見せていただいたわ。でも、知らない人だと言ったじゃない」と、彼女は言った。あきらかに抗議がこめられていた。

「あっちが君を知っているんじゃないかと思ったんだ。あるいは君によく似た女を」

「何で？」

そう。いったい何で？　私には返事のしようがなかった。なぜか、廣子を連れていったら、春子はびっくりするような気がしたのだ。たとえどんな形にしろ、そして多少なりとも、ショックを受けるのではないかという気が。

「このベッドで休んでもいいかしら」と、廣子が言った。

標準語を話す日本人とばかり接していたせいだろうか。それとも、私は自分の日本語に慢心していたのだろうか。いや、何より、私は上がっていたのだ。ふと気がつくと、いつの間にか廣子と二人、この部屋にいたものだから。

「服を脱げばね」と、私は答えていた。

本当は、『服を脱ぐほうがいい』と言うつもりだったのだ。『それなら、ぼくは向こうへ行っていよう』というニュアンスを持って。いや、これは嘘でなく。

廣子は唇をきゅっと引き結んで私を見つめた。目に光が戻っていた。

「いや、そうじゃなく」と、私が言いかけると、

「いいわ」と、言って立ち上がった。

「そうして貰《もら》いたかったの。さっき肩を抱かれたとき、とても安心だったわ」

彼女の脚はとても白くしなやかで、気立てのいい膝小僧《ひざこぞう》をしていた。フレアスカートが、今はもうヴィーナスの貝殻のように足許で丸くなっていた。

廣子はスカートをきちんと折り畳み、アッパーシーツの下に滑り込んだ。ポロシャツのボタンをひとつ外した。

私はそこまで、なすすべもなく見ていた。

「本当なんだ。そんなつもりで言ったんじゃないんだよ。ぼくが悪かった」

知らぬ間に私は立ち上がっていた。

彼女はベッドの上で上半身を起こし、腕を伸ばして私の手を握った。見ると、目は部屋中の光を飲み込んで膨らんでいた。あっという間に、それが零《こぼ》れた。涙は雫《しずく》になって頬を伝った。

彼女は泣きながら私の手を振った。

「ひどいわ」と、彼女のかすれ声が聞こえた。

「あやまるよ。君に言っておくべきだった」

「待っている人がいるのね」

「ぼくを待っているのは冷えたベッドか棺桶《かんおけ》だけさ」

私はまだ立っていた。彼女は私の手を振りつづけていた。

「君にいやな思いをさせたくないんだよ。ほとんどの女性がぼくにがっかりする。中には傷つく人もいるんだ。初めてのとき、白人の上級生に誘われたんだが、ことが終わる前に、彼女はぼくを突き放して罵《ののし》った。それからは、まあ、似たりよったりなんだ」

彼女の手が止まった。そこに力がこもった。手がぽっと温かくなった。

「何て言われたの？」

「マスター・チャージなのかと思ったら。意外や意外、黒人のくせにアメリカン・エクスプレスだったわねって」

「ごめんなさい。英語は判らないのよ」

「失礼。おげれつなジョークだ」

彼女がそっと手を引いた。私は自然に彼女のかたわらに腰を降ろした。私の手を彼女はふたつの手で包んだ。そして言った。もう泣いてはいなかった。目が輝き、唇も赤かった。

「ご存じでしょう。スーパーマンにだって悩みがあったのよ。あんな緑の石を見ただけで気絶しちゃうような身体ですもの。きっと始めは、心配だったと思うわ。とにかくやってみないことには、何もはじまらないわ」

『やってみなけりゃ、何事もはじまらない！』

そのスローガンが、私を元気づけたのは後にも先にもこれが初めてのことだった。

私は右手に力を込めた。

彼女はもう私の胸のなかにいた。


長い午後が終わり長い夜が過ぎ、私が七度めか八度めかの眠りから目を覚ますと、すでに部屋には朝日があふれていた。廣子はすぐ近くにいて、おはようと言ってキスをした。

「あなたみたいな失礼な人が、なぜ、そんなに上手なの？」彼女は、信じられないとでも言うように、笑いながら頭をふった。

「失礼でないとはじめられない。上手でないと終わる資格がない」

彼女はしばらく考え込んでいた。それからまぶしそうな目をして、

「それって何のこと？」

「もちろん人生のことさ」

部屋には光が満ちていた。実に上天気な一日だった。こんな朝、私の父は誰より早く起きて、木立の中を歩き回り、そして言ったものだ。うなずきながら、こんなふうに。

『花も団子も人生だ』


（下巻に続く）

本作品はフィクションであり、実在のいかなる組織・個人とも一切関わりのないことを付記いたします。

単行本・上下　一九九七年十一月　新潮社
新装版・合本　二〇〇二年三月　角川書店

あ・じゃ・ぱ・ん 上

矢《や》作《はぎ》俊《とし》彦《ひこ》

平成21年 11月25日　初版発行
令和6年 9月20日　10版発行

発行者●山下直久

発行●株式会社KADOKAWA
〒102-8177　東京都千代田区富士見2-13-3
電話　0570-002-301（ナビダイヤル）

角川文庫 15995

印刷所●株式会社KADOKAWA
製本所●株式会社KADOKAWA

表紙画●和田三造

●お問い合わせ
https://www.kadokawa.co.jp/（「お問い合わせ」へお進みください）
※内容によっては、お答えできない場合があります。
※サポートは日本国内のみとさせていただきます。
※Japanese text only

ISBN978-4-04-161657-4　C0193

◆◇◇

角川文庫発刊に際して

角川源義

第二次世界大戦の敗北は、軍事力の敗北であった以上に、私たちの若い文化力の敗退であった。私たちの文化が戦争に対して如何に無力であり、単なるあだ花に過ぎなかったかを、私たちは身を以て体験し痛感した。西洋近代文化の摂取にとって、明治以後八十年の歳月は決して短かすぎたとは言えない。にもかかわらず、近代文化の伝統を確立し、自由な批判と柔軟な良識に富む文化層として自らを形成することに私たちは失敗して来た。そしてこれは、各層への文化の普及滲透を任務とする出版人の責任でもあった。

一九四五年以来、私たちは再び振出しに戻り、第一歩から踏み出すことを余儀なくされた。これは大きな不幸ではあるが、反面、これまでの混沌・未熟・歪曲の中にあった我が国の文化に秩序と確たる基礎を齎らすためには絶好の機会でもある。角川書店は、このような祖国の文化的危機にあたり、微力をも顧みず再建の礎石たるべき抱負と決意とをもって出発したが、ここに創立以来の念願を果すべく角川文庫を発刊する。これまで刊行されたあらゆる全集叢書文庫類の長所と短所とを検討し、古今東西の不朽の典籍を、良心的編集のもとに、廉価に、そして書架にふさわしい美本として、多くのひとびとに提供しようとする。しかし私たちは徒らに百科全書的な知識のジレッタントを作ることを目的とせず、あくまで祖国の文化に秩序と再建への道を示し、この文庫を角川書店の栄ある事業として、今後永久に継続発展せしめ、学芸と教養との殿堂として大成せんことを期したい。多くの読書子の愛情ある忠言と支持とによって、この希望と抱負とを完遂せしめられんことを願う。

一九四九年五月三日

二村永爾シリーズ第1弾!

リンゴォ・キッドの休日

矢作俊彦

Toshihiko Yahagi

横須賀の朝、高台の洋館で高級クラブに勤める女の屍体が発見された。そして米軍基地内の桟橋沖に沈んだワーゲンからは男の屍体が引き揚げられた。無関係に思える二人だが、同じ拳銃で射殺されていたことがわかり、非番だった神奈川県警捜査一課の二村永爾は、署長からの電話で捜査にかりだされることに。所轄と公安、そしてマスコミの目を欺きながら、二村は事件の真相を追うが……。

ISBN 978-4-04-161606-2
角川文庫

二村永爾シリーズ第2弾!

真夜中へもう一歩

矢作俊彦

Toshihiko Yahagi

横浜医科大学の処理室から一体の屍体が消えた。屍体は江口達夫という医大生のもので、学術解剖用に遺体を提供するという遺書が死後発見されていた。消えた屍体の捜索を依頼された神奈川県警捜査一課の二村永爾は、江口の友人二人を訪ねるが、その数日後、屍体は処理室に戻っていた――。

ISBN 978-4-04-161607-9
角川文庫

著者唯一の
ハードボイルド作品集

さまよう薔薇のように

矢作俊彦

Toshihiko Yahagi

ISBN 978-4-04-161608-6
角川文庫

かつて検察事務官をしていた「私」は、いまは当時の警察人脈を利用して公然と駐車違反の車を動かすことを生業としていた。客のほとんどは、ホステスか水商売がらみ。一晩に五十八台の客の車を一、二時間ごとに十メートルずつ動かし、駐車違反を逃れることで生計を立てている。……ある日、客の紹介である男から失踪した姪の捜索を頼まれるが——。(「船長のお気に入り」)

掛け値なしの傑作と評された、ハードボイルド作品集。